ullstein

FRIEDEMANN KARIG, geboren 1982, studierte Medienwissenschaften, Politik, Soziologie und VWL und schreibt unter anderem für *Süddeutsche Zeitung*, *SZ-Magazin*, *Die Zeit* und *jetzt*. Er moderierte das für den Grimme-Preis nominierte Format »Jäger&Sammler« von »funk«, dem jungen Online-Angebot von ARD&ZDF. *Dschungel* ist sein literarisches Debüt, zuvor erschien 2017 sein Buch *Wie wir lieben. Vom Ende der Monogamie*. Karig lebt in Berlin und München.

FRIEDEMANN
KARIG

# DSCHUNGEL

roman

ULLSTEIN

Besuchen Sie uns im Internet:
www.ullstein.de

Ungekürzte Ausgabe im Ullstein Taschenbuch
1. Auflage August 2020
2. Auflage 2021

Umschlaggestaltung: zero-media.net, München
Titelabbildung: © Getty Images / hg0513 / Imazins
Satz: Pinkuin Satz und Datentechnik, Berlin
Gesetzt aus der Sabon
Druck und Bindearbeiten: CPI books GmbH, Leck
ISBN 978-3-548-06236-5

Für meine Freunde

*We look at the world once,*
*in childhood.*
*The rest is memory.*

— LOUISE GLÜCK —

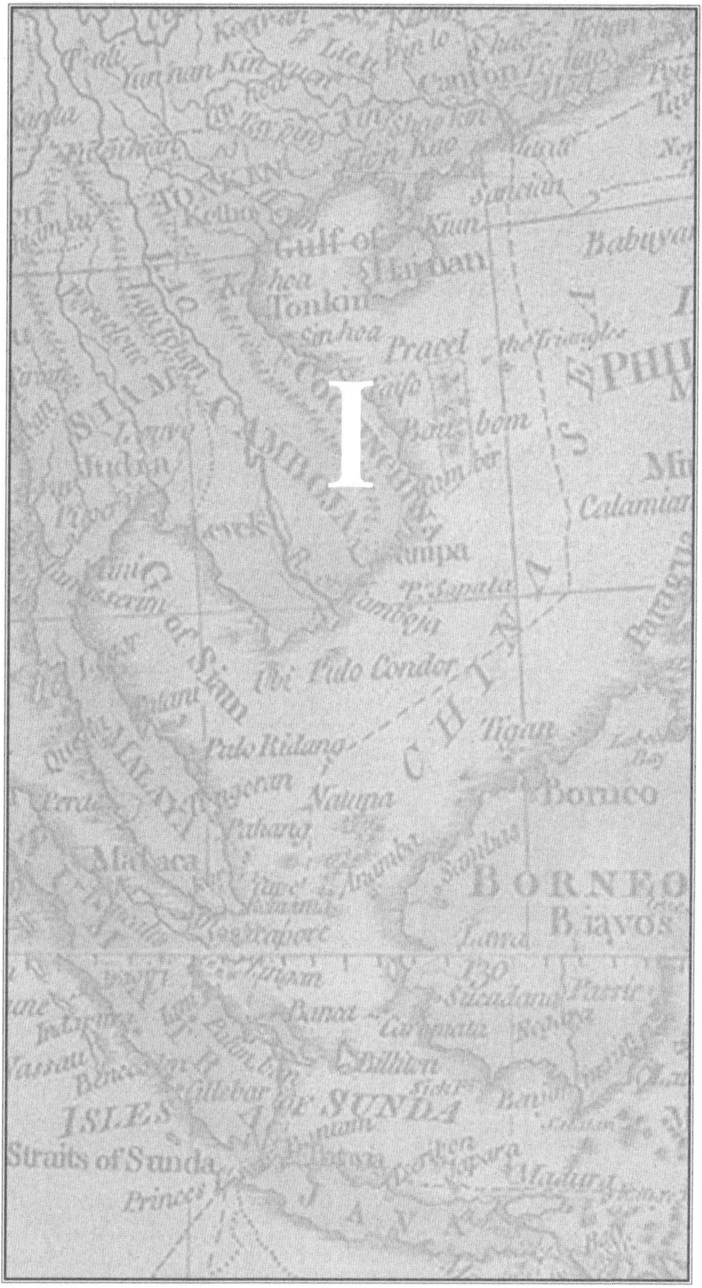
Gulf of
Tonkin
Pracel
Pulo Condor
Pulo Ridang
Borneo
BORNEO
Straits of Sunda
Calamian
Babuyan

# I

# KLIPPE

ICH ERINNERE MICH GENAU. Wir stehen einen Schritt vom Tod entfernt, aber wir stehen nebeneinander. Vor uns fallen siebzig Meter senkrechte Felswand durch Licht und Luft herab. Die Küste geht links und rechts endlos weiter: Bucht für Bucht, Hafen für Hafen. Das Wasser reicht bis zum Horizont, diesem Anfang, der sich als Ende tarnt. Dahinter Afrika. Unter uns Klippen, scharf wie aufgeklappte Messer, und Wellen, hart wie Beton. Sonst nichts.

Felix musste auf diesen Felsen. Seit der Sekunde, da uns jemand im Ort davon erzählte. Er ahnt, was uns erwartet. Nickt heftig dazu. Starrt mich an, zieht an meinem Shirt. Biegt seine vollen, geschwungenen Lippen, die ihn mit den schmalen Augen und den ins Gesicht hängenden Locken aussehen lassen wie eine Comicfigur, wie eine Verheißung und ein Scherz zugleich.

»Alter«, sagt er, »wie geil muss das da oben sein?« Er steht auf, zeigt in die Luft, nach oben, immer nach oben, setzt sich, steht wieder auf.

Ich weiß schon, was da oben los ist: Wind, Möwen, Touristen. Das Übliche. Aber er lässt nicht locker.

»Das willst du nicht verpassen«, sagt er.

»Doch«, sage ich. Aber ich folge ihm. Er trägt die weißen hohen Nikes, die er *slick* nennt, ein Wort, das er neulich erst gelernt hat. Kurze Hosen, ein dunkles Shirt, das um seine Schultern flattert. Ich habe die Gitanes in der Tasche meiner Shorts, darüber ein helles Shirt, die New-York-Yankees-Kappe, falschrum. Wir glühen. Wir können alles. Wir sind fünfzehn.

Raus aus dem Ort, über die Düne, den Berg hinauf, immer höher. Hier wachsen keine Pinien mehr, die unten das Land in Schatten baden. Es ist heiß. Das Gras schneidet in unsere Waden. Mücken stechen uns. Sand in unseren Schuhen. Manchmal riecht es so heftig nach Lavendel wie in einer Parfümerie. Felix ist bester Laune. Treibt mich nach oben. Ich bin sein Freund, zusammen sind wir in Südfrankreich, das erste Mal weg von zu Hause. Ich will nicht da hoch, ich habe Höhenangst, er weiß das. Wir kennen uns schon lange. Wir tun so, als wären wir gleich.

»Es gibt keine Höhenangst, Herr Doktor«, erklärt er mir. Seine Arme flattern wie zwei Flügel durch die Luft. »Es gibt nur Fallsucht. Das ist keine Furcht. Sondern Lust! Der Sog der Tiefe. Der Reiz des letzten Schrittes.«

»Was soll daran reizvoll sein?«

»Der Mut. Wer sich das traut, muss sich nie wieder etwas trauen. Alles maximal vereinfachen. Fallen lassen. Klarheit schaffen. In einer letzten Sekunde aufgehen und verschwinden.«

»Ultimativ frei sein«, sage ich. Hoffentlich ist das richtig.

»Exakt, Herr Doktor«, sagt er. *Exakt richtig sogar*, denke ich. »Wenn man das weiß, hat man keine Angst mehr, sondern Spaß.«

»Voll«, sage ich.

Wir hören auf zu reden. Der Weg ist steil, Geröll liegt herum, keiner will langsamer gehen als der andere. Schweiß rinnt mir in die Augen, ich sehe sowieso nur seine Beine, von hinten. Die Nikes, die Haare an seinen Waden. Ich denke an zu Hause, die Schule, die Qualen nach den Ferien, ich will das hier auskosten. Es war seine Idee. »Wenn schlechtes Wetter ist, lernen wir«, versicherte er meiner Mutter. Die Sonne scheint jeden Tag.

Ich überlege, was ich noch sagen könnte, was ihn zum Lachen bringt. Mir fällt nichts ein. Im Takt unserer Schritte singe ich innerlich ein Lied, nur einen Fetzen, immer wieder: *Ich bin der König im Affenstall, der größte Klettermax.* Auf den Rest komme ich nicht.

Endlich stehen wir oben, zehn Meter vor dem felsigen Abgrund. Das Meer, die Klippen, der Himmel breiten sich so üppig, so übertrieben blau und weiß und weit und groß vor uns aus, wie von einem angeberischen Gott für einen Fotowettbewerb erschaffen und dann vergessen. Ich muss lachen, gegen den Wind. Sehe auf die Küste hinunter, auf die Felsen, das spritzende Wasser, die Wellen, die Möwen, die See, das Licht der Sonne wie goldener Zucker auf allem. Meine Beklemmung zerfließt wie warme Schokolade. So weit habe ich mich gezwungen, gegen jeden Instinkt! Wenn ich es hier hinaufgeschafft habe, was ist unmöglich für uns?

»Alter«, sage ich.

»Sag ich doch«, ruft Felix.

Er tänzelt auf den Rand zu, dreht sich um zu mir und grinst. Ich grinse zurück und mache ein Victory-Zeichen. »Yeah«, sage ich und wische mir den Schweiß aus dem Gesicht. *Ich bin der König im Affenstall.* Felix geht rückwärts auf die Kante zu. Immer weiter. Ich setze einen Fuß vor den anderen. Noch fünf Meter. Der Wahnsinn des Falls drückt mir seine Faust in den Magen. Meine Schritte werden weicher, kürzer, langsamer. Wie mein Großvater tapse ich voran. Felix hat sich umgedreht, sieht nicht, wie ich kämpfe. Drei Meter vor der Kante bleibe ich stehen. Gänsehaut an den Beinen, Schwindel im Bauch, ein Schrei in der Lunge. Mein Körper ahmt vor, was mit uns geschieht, wenn ich nicht aufpasse. Aber da ist auch eine Geilheit, ein Rasen im Ohr, ein Halleluja! Ich spüre den Fall. Seinen Fall. Schlimmer als siebzig Meter Leere ist nur, ihn alleine dort stehen zu sehen. Außer Kontrolle. Die ultimative Freiheit.

Also weiter, noch ein Schritt. Der Abgrund ist ein Magnet, eine Mutter und ein Vater. Ich höre ihn zu mir sprechen, undeutliche Worte flüstern wie eine Hellseherin, die uns die Karten legt, nicht glauben kann, was sie sieht, Wundersames und Furchtbares murmelt. Doch der Abgrund ist da. Er will uns bei sich haben. Er braucht uns, und wir brauchen ihn. Wir dürfen ihm nicht zuhören. Ich gehe in die Knie, kann mich nicht mehr aufrecht halten.

»Junge«, sage ich, zwei Meter vom Rand entfernt, »pass auf.« Der Fels ist kahl, kein Grashalm, nichts. Der Wind weht mächtig. Kann eine Böe, stark wie ein Schiff, einen Menschen umwerfen? In welche Richtung würde er fallen? Und wie lange?

»Bequemen Sie sich bitte, Herr Doktor«, sagt er, zum Meer, zu Afrika. »Nur noch ein winziges Stückchen.«

»Vergiss es«, flüstere ich. Aber ich folge ihm, natürlich. Er steht wirklich an der Kante. Seine Zehen ragen beinahe in das Nichts hinein.

»Komm her«, sagt er, »ganz vorn ist der Blick am geilsten.«

Ist er wahnsinnig? Hat er keine Angst? Hat er kein Notprogramm, keine Sicherung? Warum macht er das?

Ich berühre mit den Händen den Boden, krabble mehr, als dass ich gehe. Mache einen letzten Ruck vorwärts, einen halben Schritt, schräg hinter ihn. Plötzlich fällt mir die nächste Zeile des Liedes ein: *Ich will so sein wie du. Gehn wie du, stehn wie du!* Von meinen Fußspitzen sind es vierzig Zentimeter bis zum Ende. Mein Kopf ist auf Höhe seiner Knie.

»Na los, steh auf.« Er schaut auf mich herab. »Du bist doch kein Hund.«

Ich schließe die Augen. Löse die Hände vom Fels. Drücke die Knie durch, langsam. Ich will so groß sein wie er. Will es schaffen. *Gehn wie du, stehn wie du!* Will nicht auf ewig daran zurückdenken müssen, wie ich hinter ihm kauerte. Dieser Gedanke streckt meine Beine, richtet mich auf, ich stehe. Ich stehe fast neben ihm!

Wir schauen jetzt beide aufs Meer hinaus. Ein blauer Teppich, nein, eine Decke, über die Welt gebreitet. Eiskalt und warm zugleich. Ich fixiere den Horizont. Atme. Schaue. Ist da ein Schiff? Oder nur ein Schatten? Die Faust wühlt in meinem Bauch. Strom fließt durch meinen Körper, in Wellen, es tut weh, so stark ist der Schwindel. Runterschauen geht nicht. Für ein paar Momente legt sich der Wind. Man hört eine Möwe ihre Freunde rufen. Die Brandung gegen den Felsen schlagen.

Eine Sekunde Stille.

»Traum oder Albtraum?«, sagt Felix.

Ich sehe uns von oben. Zwei Jungen am äußersten Rand einer Steilküste. Der eine, mit den braunen Locken, ganz vorn. Der andere, fast neben ihm, auch er hat Locken, nur dunklere, kürzere. Sie stehen da wie Späher, wie Möwen. Als würden sie gleich abheben und fliegen, über die Kante, in eine andere Welt.

»Traum«, sage ich, will ihm auf die Schulter hauen. *Der größte Klettermax.* Wenn ich ehrlich bin, will ich ihn sogar umarmen, zur Not von hinten. Aber er würde sofort hinunterstürzen. Ich mit ihm. Wer schlägt zuerst auf? Und wer fällt auf den anderen? Kann der Untere den Oberen retten?

»Hörst du den Abgrund auch?«, fragt er.

Ich denke daran, was in ein paar Jahren aus uns geworden sein wird. Ob wir uns noch kennen, uns oft besuchen. Ob wir vielleicht Nachbarn sind. Wie wir leben, wie unsere Frauen aussehen. Seine blond, meine dunkelhaarig. Oder umgekehrt. Unsere Kinder, die in dem gemeinsamen Garten spielen. Er hat das Haus gefunden.

»Danke«, sage ich, und ich weiß nicht, ob ich den Felix jetzt oder in zehn Jahren meine. Wir stehen einen Schritt vom Tod entfernt, aber wir stehen nebeneinander.

Ich spüre seine Bewegung, bevor ich sie sehe. Meine Instinkte schreien auf. Ich will brüllen, greifen, mich zusammenrollen wie ein verprügelter Boxer, doch bevor ich reagieren kann, macht er einen wiegenden Schritt. Wie ein Tänzer auf das Kommando einer Musik, die nur er hört. Zu schnell für mich.

Aber nicht nach vorn. Nach rechts, dicht vor mich. Wir berühren uns beinah. An meiner Brust, seinen Schulterblättern. Seine Locken wehen mir fast ins Gesicht. Sein dunkelblaues Shirt hat ein sternförmiges Loch auf der rechten Schulter. Ich kann ihn riechen. Er riecht wie Holz. Gescheitetes, trockenes, süßes, totes Holz. Bereit, zu brennen.

»Würdest du mich stoßen, wenn ich darum bitte?«, fragt er in den Wind.

War er das? Oder der Abgrund? Macht die Tiefe mich verrückt? Ich sehe alles schärfer denn je, die Kanten härter gezeichnet, höre den Wind singen, nur für mich. Meine Sinne sind extrem. Ich irre mich nicht.

»Sag jetzt. Würdest du?«, fragt er wieder.

»Bist du dumm?«, antworte ich.

Wir stehen exakt symmetrisch zueinander. Von hinten sieht man nur mich. Von vorn nur ihn. Wir sind eins.

»Ernsthaft«, sagt er, ganz ruhig. »Das muss man doch einmal erlebt haben. Den freien Fall! Die ultimative Freiheit! Würdest du mir das schenken?«

Aber wer sollte uns schon sehen? Eine Möwe, von vorn? Und von hinten? Außer uns ist niemand hier. Niemand kann mir helfen.

»Würdest du mir diesen Wunsch abschlagen?«

Was soll ich dazu sagen? Wenn ich ernsthaft antworte, mache ich mich dann wieder zum Idioten? Will er genau das? Was tut ein bester Freund?

»Würdest du jemanden anderen stoßen, wenn ich dich frage?«

Ich kann hören, dass er die Augen geschlossen hat, wie immer, wenn er seinen Worten Gewicht verleihen will. Langsam, wie ein Turmspringer, breitet er die Arme aus. Das Rasen in meinen Ohren wird unerträglich. Ich beiße die Zähne aufeinander, ziehe mich zusammen, werde kleiner, will nicht fallen. Ich darf ihn nicht berühren! Hätte ich mich bloß nicht so weit vorgewagt!

»Jemand Fremden? Oder auch jemanden, den du kennst?«

»Wen denn?«, frage ich gepresst.

Ein paar Sekunden vergehen. Er fängt an, sich leicht nach vorn zu neigen. Dann nach hinten. Nach vorn in den Tod. Nach hinten zu mir.

*»Mama«*, singt er leise. *»I killed a man. Put a gun against his head. Pulled the trigger, now he's dead.«*

Ich will etwas sagen, aber mein Atem könnte ihn hinunterstoßen. Ich halte die Luft an, bin aus Stein, nutzlosem, hartem, kaltem Stein. Wie der Felsen, auf dem wir stehen. Wie die Klippen, auf die wir fallen. Wie das Wasser.

»Es wäre der perfekte Mord. Keine Zeugen. Keine Spur. Niemand würde dir etwas nachweisen können. Sag doch mal: Was würdest du für mich tun?«

*Alles*, will ich antworten. *Aber komm da weg!*

Er beugt sich wieder vor, weiter und weiter, steht schräg in der Luft, den Oberkörper über dem Nichts, dann endlich wieder aufrecht, lehnt sich nach hinten, so dass ich es ihm gleichtun muss, um ihm auszuweichen. Ich denke: Wenn wir uns berühren, stecken wir uns an dem Nichts an. Erst er, dann ich. Fallen beide. Egal, wer zuerst aufkommt, beide wären wir tot. Aber ich kann nicht länger nichts tun. Sein Wiegen ist die Bitte, mich zu entscheiden, ob ich ihm den Stoß geben, ihn aufgeben würde. Oder mich.

»Na, Herr Doktor?«

Und ich entscheide mich.

Warum verschwindet ein Mensch? Wann entschließt er sich dazu? Gibt es den einen Moment? Oder ist es eher ein Durchsickern der Erkenntnis ins Bewusstsein? Ein Filtern, ein Ausprobieren, ein Würzen mit verschiedenen Dosen Ernsthaftigkeit, bis das Verschwinden richtig schmeckt und den Angehörigen serviert wird? Wie plant er das alles? Freut er sich darauf? Und wie genau verschwindet er überhaupt?

Er ist ja immer noch da. Er lebt in den Erinnerungen und Gedanken der anderen fort, als ob er nur kurz Milch holen wäre. Oder verreist. Wenn wir, wie manche behaupten, ohnehin nur auf der Bühne eines anderen Bewusstseins existieren – was genau ist dann der Unterschied zwischen Verreisen und Verschwinden? Dass man vom Verschwundenen die Rückkehr nicht einfordert, sondern ihn darum anfleht? Dass statt des großen Lagerfeuers der Erwartung, um das sich alle scharen, die Hoffnung nur brennt wie eine letzte kleine Kerze bei Stromausfall, misstrauisch beäugt von allen Hinterbliebenen, geschützt und angebetet, aber, und das wissen wir alle: endlich wie jeder Tag und jede Nacht.

Seit Felix verschwunden ist, irgendwo in Asien das letzte Mal gesehen wurde, sich wie eine Wolke im Wind auflöste, seit ich ihm hinterhergeflogen bin, ihn suche und das erste von Hunderten Malen sein Foto hochhielt und *have you seen this guy?* fragte, seit ich jemand anderes geworden bin, dabei so viel verloren habe und immer noch verliere, seit ich mich erinnere und immer weniger weiß, seit ich hoffte und immer wieder hoffe, dass er einfach um die Ecke kommt, mich angrinst, *Herr Doktor* zu mir sagt und alles gut sein wird – seitdem habe ich tausendmal an diese Minuten über den Klippen gedacht. Wie wir dicht beieinander stehen. Wie er sich wiegt, vor und zurück. Wie ich erstarre.

Als er sich zum dritten Mal nach vorn lehnen will, springt mein Körper endlich an. Wie ein Roboter, der programmiert wurde, Leben zu schützen. Am liebsten würde ich an ihm vorbeilaufen, ihn vom Abgrund wegstoßen, den Schwung nutzen und selbst springen. Alles ist besser als das hier.

Ich mache einen Schritt nach hinten, beuge mich gleichzeitig vor und packe ihn um die Hüfte. Schlinge meine Arme um ihn, mein Gesicht in seinem Rücken. Spanne alle Muskeln an, ziehe mit aller Kraft, ziehe ihn weg vom Abgrund, zu mir. Erst hält er dagegen, hält wirklich dagegen, hin zum Abgrund, als wäre das ein Spiel. Dann klappt er plötzlich zusammen, ohne Widerstand, fällt auf mich, leicht wie immer, rollt zur Seite und lacht. Er wird eine Viertelstunde lachen, das weiß ich. Er lacht gern so lange. Ich robbe weg vom Rand. Der Wind heult.

»Du kranker Spast«, sage ich, nicht laut, ich kann nicht schreien, mir ist zu schlecht. »Du Russenficker. Schwanzlutscher. Missgeburt. Du bist noch viel dümmer, als ich dachte, wenn du so was lustig findest«, sage ich. »Das nächste Mal schicke ich dich mit einem Arschtritt in die Hölle.« Jetzt werde ich doch laut. »Mehr hast du nicht verdient. Einen Arschtritt, und Ende.« Ich hole Luft, nur kurz, soll ich lachen? Einfach mitlachen? Ist es dann alles witzig?

»Fotzenknecht!«, rufe ich.

»Herr Doktor, jetzt regen Sie sich doch bittschön nicht so auf«, lacht er. »Denken Sie an Ihren Blutdruck!«

»Mutterficker!«

Er springt auf, holt zum Tritt aus, genau in mein Gesicht. Er würde mich voll treffen, ich reiße die Arme hoch, zu langsam. Im letzten Moment stoppt sein Fuß in der Luft. Zentimeter vor meiner Nase. Ich sehe die Sohle seiner Nikes. *Slick*. Ich sehe seine Schnürsenkel. Sie sind geknotet. Wie immer. Er bindet keine Schleifen.

»Halt's Maul«, sagt er. Kein Lachen mehr. Ich will noch etwas sagen. Aber er läuft schon los. Nach unten. Ich stehe auf. Ich will nicht hinterherlaufen. Ich will springen. Anlauf nehmen, wie im Schwimmbad, acht Schritte, losrennen und abdrücken und schauen, wie weit ich fliegen kann. Alles maximal vereinfachen.

»Fick dich«, rufe ich. Die Sonne geht hinter der Düne unter. Es wird dunkel. Ich kann ihn einholen, wenn ich jetzt loslaufe. Ich will ihn nicht einholen. *Gehn wie du, stehn wie du, uh-hu!*

Ich laufe los.

Was wollte er damals von mir? Was will er heute? Warum das alles?

Ich finde keine Antworten.

Also frage ich ihn. In meinem Kopf sitzt er mir gegenüber. Um uns herum ist alles schwarz, wie in einem verlassenen Fernsehstudio. Ein Scheinwerfer steht in der Ecke, blendet mich. Sonst nichts. Ich erzähle ihm jedes Detail meiner Suche. Erzähle ihm von dem Hostel, in dem er das letzte Mal gesehen wurde. Von den Menschen, die mir geholfen haben, und den Menschen, die mich dafür hassten, dass ich ihr Paradies mit meinen Fragen störte. Von dem Piraten, der mich beinahe umgebracht hätte. Von dem Schmuggel und wie ich in jener Nacht zu einem schlechteren Menschen wurde. Was ich verbrochen habe für ihn. Erzähle von dem Boot, dem falschen Italiener, der Insel, von Emma und Ambel, von der Utopie und dem Dschungel, immer wieder vom Dschungel. Von Lea und Lilith und Luca und dem Hippie und Belmondo und Jérôme dem Schweiger und Mama Dita, dem Neuseeländer und all den anderen. Lasse alle, die er kannte oder auch nicht, auftreten wie in einem Puppentheater. Ich erzähle ihm von meiner Suche, als wäre sie sonst nie passiert. So wie ich sie hier erzähle. Fehlerhaft und mangelhaft und eigensinnig, mit verzerrtem Blick, wie durch eine kaputte Linse gefilmt. Aber besser kann ich es nicht. Besser will ich es auch nicht. Es ist das Einzige, was ich mir jetzt erlaube: zu erzählen, was ich erzählen kann. Noch.

Felix, in meinem Kopf, hört zu. Und sagt nichts.

*Wo bist du?*
*Warum?*
Keine Antwort.
Aber er beobachtet mich. Bei allem.
Er ist immer da.

# MIKRONESIEN

Es war das erste Mal in meinem Leben, dass mich jemand am Flughafen abholte. Es war das zweite Mal, dass ich flog. *Fünfzig Prozent*, dachte ich. *Gute Quote.*

Als die Rollen des Flugzeugs den Boden berührten, lächelte ich, so breit und ungewohnt, dass ich die Muskeln in meinem Gesicht spürte. Die zerbrechliche Erwartung, dass nach der Gangway, den Drehtüren, Treppen, Rolltreppen, dem Zoll, dem Zickzack eines abgesperrten Ganges durch eine leere Halle, den unendlich vielen Tafeln mit der Aufschrift *Ausgang/Gepäck* und dem bunten Labyrinth von Duty-Free-Schrott, durch das ich mit den anderen Reisenden irrte, jemand meinetwegen hergekommen war, dass sie in ihrem kleinen Auto raus aus der Stadt gefahren war und nun auf mich wartete, breitete sich warm in meinem Bauch aus wie ein großer Schluck Whiskey.

Ich hatte nicht zu dieser Schulung gewollt. Christoph hätte mich auch nicht gezwungen. So ein Chef war er nicht. Aber nein sagen? Nur weil ich fliegen hasste, Hotels mich einsam machten, mir unterwegs immer kalt war?

Lea hatte nur gesagt: »Wenn du fährst, hole ich dich Freitag am Flughafen ab. Dann gehen wir ins Bett. Und stehen erst Sonntagabend wieder auf.«

Also flog ich, überlebte, kam wieder. Also schwor ich mir, es ihr zu sagen, wenn wir zu Hause wären.

Sie stand am Ausgang, zwischen den Fahrern und ihren Schildern, den Familien. Ich sah sie sofort. Wir umarmten uns. Ihre Haare an meiner Wange.

»Du bist klein geworden«, sie küsste mich auf die Stirn.

»Es kommt mir vor, als wäre ich zwei Wochen weg gewesen«, sagte ich, »und nicht zwei Tage.«

»Das kommt davon, weil du so klein bist. Aus deiner Perspektive wirkt alles viel größer und länger.«

»Meinst du?«

»Weißt du eigentlich, wie klein genau du bist?«, fragte sie, hielt ihre Hand dicht vor mein Gesicht, ließ dabei einen Spalt Luft zwischen Daumen und Zeigefinger. »Du bist so klein, du kommst aus Mikronesien und bist hier ganz verloren unter uns Giganten. Aber ich pack dich zu Hause in die Kiste zu den Eiern, da bist du sicher. Dann kannst du auf ihnen runterrutschen.«

Ich schüttelte den Kopf.

»Na ja, dafür bist du so klein, dass man dich mit bloßen Auge fast gar nicht erkennt.« Wir steuerten Arm in Arm den Ausgang an. »Ich musste dich eben mit der Lupe suchen. Falls ich aus Versehen auf dich drauftrete, Entschuldigung schon mal.«

Sie ließ mich los, ging einen halben Schritt vor mir. Wir liefen wie zwei fröhliche Kinder durch die hellen Hallen zum Parkhaus, wo ihr Wagen wartete. Von sehr weit oben, von einer Raumstation aus betrachtet, waren wir nicht zu unterscheiden. Die Zukunft fühlte sich nicht an wie eine Plastiktüte voller Schrauben und Nägel, das tat sie sonst oft. Sondern wie eine Folge von gemeinsamen Schritten.

»*Du* bist so klein,« rief sie, »man muss dich unter ein Mikroskop legen und auf tausendfache Vergrößerung stellen. Und selbst dann erkennt man höchstens einen ganz minimal kleinen schwarzen Punkt. Außer, du ziehst mal was anderes an als schwarze Klamotten, damit man dich ein bisschen besser sieht.«

Ich holte sie ein, lief neben ihr durch die Glastüren in die kalte Luft. Um ins Parkhaus zu kommen, mussten wir ein Stück die Straße entlanggehen. Erst im allerletzten Moment würden wir auf die gegenüberliegende Seite wechseln. Wir kannten das

Spiel. Gewonnen hatte, wer eine möglichst rechtwinklige Abbiegung nach links über die Straße fand, trotz parkender Autos und Taxis und Busse und anderer Fußgänger. Wer zu früh abbog oder zu lange pokerte und einen Umweg nehmen musste, hatte verloren.

»Du bist so klein«, konterte ich, »man braucht ein Elektrophotonenmikroskop von der NASA und einen Riesen, der durchschaut, um überhaupt mal das zweite Mikro-Mikroskop zu sehen, mit dem man dich dann möglicherweise ausfindig machen könnte.«

Sie lachte und bog ab, vor mir. Ich hielt kurz inne – sie hatte die perfekten neunzig Grad erwischt – jagte ihr hinterher, griff nach ihrem Mantel, doch sie sprang auf den Bürgersteig, war schneller, mir und meinem Koffer einen Schritt voraus. Sie huschte durch die gelbe Tür ins Parkhaus, hielt sie gerade lange genug auf, damit ich auch durchkam. »Eine Treppe runter«, sagte sie, »schaffst du das noch?«

Sie nahm zwei Stufen auf einmal, entwischte mir ins Parkdeck, Ebene 1. Ich entdeckte ihr Auto, wir waren drei Reihen von ihm entfernt. Ich griff noch einmal nach ihr, fasste ihre Hand, zog sie zu mir, sie ließ es geschehen, ich sagte irgendetwas, sie sagte irgendetwas. Zusammen taumelten wir weiter. Vielleicht hätten wir uns geküsst. Vielleicht hätte ich es ihr gesagt, hier zwischen den Autos oder im Auto, im Hausflur, vor unserer Wohnungstüre, in der Küche, im Bett, neben ihr, unter ihr. Alles schien möglich. Gestern, in diesem furchtbar grauen Hotel mit diesen furchtbar grauen Menschen, tödlich bedroht von einer Langweile, so groß wie ein Schiff, hatte ich mir immer wieder vorgestellt, wie ich es ihr sagte, wenn ich endlich zu Hause wäre. Ich hasse Kalendersprüche. *Man bereut die Dinge, die man nicht getan, nicht gesagt hat, viel mehr als jene, die man gesagt hat.* Der stimmt leider.

Plötzlich stand sie vor uns. Sie hatte kein Gesicht. Nur einen Schatten. Lea zuckte an meiner Hand zusammen, als die schwarze Gestalt zwischen zwei Autos auftauchte und uns in den Weg trat. Mein Herz setzte für eine Sekunde aus.

Erst als sie den Kopf hob, erkannte ich sie. Ihre Haut schien fahl unter den Leuchtröhren. Einzelne silberne Strähnen glitzerten in ihrem schwarzen Haar wie nasser Asphalt, dunkel und groß starrten ihre Augen mich an, zwei flache Pfützen der Angst. Unter ihrer spiegelnden Oberfläche lag harter Grund.

»Meine Güte«, sagte Lea erschrocken.

»Dorothée«, sagte ich und atmete aus.

»Entschuldigung. Aber Felix ...« Sie schluchzte.

»Entschuldigung, dass ich euch so erschrecke«, setzte sie neu an. Ihre Stimme war plötzlich weicher, eine Oktave höher, als hätte sie die Kassette gewechselt. Ihr Blick hatte etwas Sanftes, sie neigte den Kopf zur Seite, fast kokett. Sie wollte offenbar Frieden. Trotzdem fühlte ich mich, als hätte ich einen Fehler gemacht.

Auch wenn ich später hundertmal darüber nachgedacht habe – im Hostel, auf der Insel, im Dschungel sogar bei jedem Schritt – weiß ich bis heute nicht, ob sie es mit Absicht tat. Sie musste uns beobachtet haben. Musste gesehen haben, dass wir sie nicht bemerkten. Musste diesen bestimmten Moment gewählt haben, um aus dem Schatten zu treten. Sie rief uns nicht, als wir näher kamen, machte sich durch nichts bemerkbar, wartete nicht an Leas Auto. Woher wusste sie überhaupt, dass wir hier waren?

Sie war immer schon unerwartet aufgetaucht. Materialisierte sich wie ein Geist aus ein paar Molekülen Luft. Wurde zwischen zwei Atemzügen zu einem Menschen aus Fleisch und Blut, mit blitzenden Augen und Zorn auf der Stirn, wenn sie *Felix* zischte, das *Kkksssss* seines Namens spitz wie eine Nadel. Mit einem Laut schoss sie Gift in die Adern unseres Spiels, das sie störte, wenn wir zu laut waren in Felix' Zimmer, welches direkt neben ihrem Schlafzimmer lag.

»Ich dachte, ich warte am besten hier unten.« Ihr Blick wanderte an der Reihe der Autos entlang, als wollte sie sichergehen, dass niemand sonst hier war. Dann wandte sie sich wieder mir zu. »Hast du etwas von Felix gehört? In den letzten Wochen?«

Ich dachte nach.

»Nichts?«

Ich spürte, wie Lea mich anschaute.

»Nein, wieso?« fragte ich.

Meine Antwort schien sie nicht zu überraschen.

»Er ist verschwunden«, sagte sie, atemlos, als blieben uns nur zehn Sekunden für diese Unterhaltung. »Seit vier Wochen. Irgendwo in Kambodscha.«

»Wo genau dieses Mal?«, fragte Lea.

Sie sah Lea nicht an.

»An der Küste. Ein kleiner Ort, ein Hostel. Seitdem keine Spur.«

Ich blieb stumm. Ein Auto fuhr langsam an uns vorbei, ein an- und abschwellendes Rauschen. Zwei Lichter. Zwei Menschen. Die Reifen quietschten müde in der Auffahrt. *Sie fahren nach Hause*, dachte ich.

»Vor einem Monat und zwei Tagen. Eine kurze Nachricht. Ein Foto von ihm. Danach habe ich nichts mehr gehört.«

»Na, so was«, sagte Lea.

Ein Blick ließ sie verstummen. Seine Mutter trat ein Stück näher, schloss unser Dreieck.

»Er hat sich in Luft aufgelöst«, sagte sie, verfiel in ihren üblichen Tonfall. Sie war gewohnt, zu bestimmen. »Kein Lebenszeichen. Die Botschaft weiß nichts. Kein Krankenhaus, keine Polizei, keine Behörde. Es gab kein Flugticket auf seinen Namen. Das haben sie überprüft. Aber er kann mit dem Schiff überall hin sein. Nach Thailand, Vietnam, Malaysia. Auf die Inseln ohne

Namen. Und auf dem Weg kann ihm alles Mögliche passiert sein.«

Ihre Worte trafen mich nicht sofort. Der Schreck verfestigte sich erst allmählich. Gerann zu etwas Klebrigem, irgendwo zwischen meiner Brust und meinem Bauch, wurde mit jedem Wort härter und dunkler.

»Ich muss dich um etwas bitten«, sagte sie.

Felix hatte fast dasselbe gesagt. Ein halbes Jahr zuvor, als er sich von mir verabschiedete, einen Tag vor seiner Abreise. Wir hatten uns auf eine Bank in die Sonne gesetzt. Es war kein echter Park. Knappe zwanzig mal zwanzig Meter Grünfläche. Vier Bäume, ein paar Bänke, drum herum zweispurige Straßen. Aber nah bei mir.

»Bitte nimm es mir nicht übel«, sagte er. »Ich muss das alleine machen.«

Schweigend hörte ich ihm zu.

»Sechs Monate, mindestens«, fuhr er fort. »Bleib du hier bei Lea und allem. Und falls mir was passiert, kommst du mich eben holen.«

»Klar«, sagte ich.

»Wenn ich aber einfach keine Lust habe, wiederzukommen«, rief er, »lass mich bloß dort!« Dann lachte er und schnappte nach Luft. Wie immer: Lachen, schnappen, lachen. Als würde er halb ersticken vor Freude. Dazu die braunen Locken. Kurz. Wie kleine Nudeln am Kopf. Es sollte in den Süden gehen. Endlich. Was hatte er nicht schon alles verpasst? Warum hatte er so lange damit gewartet? Er konnte kaum auf der Bank sitzen bleiben. Sprang über den Rasen wie ein Flummi. Hatte den Kopf schief gelegt, als wollte er die Welt absichtlich ein bisschen verkehrt sehen und uns alle damit austricksen. Ein bisschen Verstecken spielen. Ein bisschen zaubern.

Ich saß noch lange auf dieser Bank, um mich herum zwanzig Mal zwanzig Meter Grün, und fragte mich, was ich fühlen sollte. Erleichterung? Enttäuschung? Ich konnte mich nicht entscheiden. Ich wollte, dass er zurückkam und mir sagte, was los war. Mir erklärte, warum er alleine fuhr. Und vor allem, was ich dazu sagen sollte. Aber er kam nicht. Und ich konnte nie wieder aufstehen. Eigentlich saß ich immer noch auf dieser Bank und dachte an ihn. Wie er da unten herumsprang, lachte, schnappte, lachte. Ich saß dort, als er schrieb, wo er war, wen er traf, was er alles erlebte. Ich saß dort, als sie mich anriefen wegen des Jobs. Ich saß dort, als Felix schrieb, ich müsse das unbedingt machen. Ich saß dort, als Lea mir ein Buch schenkte, mit Widmung, in der stand, dass ich immer da sein soll. Ich saß dort, als Felix nicht mehr schrieb, eine Woche, zwei Wochen, drei Wochen. Ich saß dort und antwortete nicht, weil ich wenigstens einmal der Stärkere sein wollte. Ich saß dort und verfluchte ihn, weil es nicht funktionierte. Ich saß dort, bis seine Mutter vor mir stand und weinte.

»Ich habe keine Ahnung, wo er ist«, sagte sie.

»Er wird schon irgendwo sein«, entgegnete Lea, »sonst hätte er sich doch abgemeldet.«

»Keine einzige Nachricht«, sagte seine Mutter. »An niemanden.«

*Nicht mal an mich*, dachte ich.

Seit vier Wochen kein Foto. Kein Traumstrand. Kein Flughafen. Kein Zitat irgendeines Schriftstellers, von sonnengebleichtem Papier abfotografiert. Keine neuen Freundschaften mit Ava aus Malmö, Fernando aus Mexico City, Yuval aus Tel Aviv. Keine Locations mit exotischen Namen. Kein Post, kein Beitrag.

*Kein Lebenszeichen*. Ich hatte das Gleiche gedacht. Und es dann wieder vergessen. Oder besser: wegsortiert wie eine längst beglichene Rechnung. Ich brauchte keine Statusmeldung von ihm. Er wusste, wo er mich finden konnte: auf der Bank, wo er mich zurückgelassen hatte.

»Und das heutzutage, wo man überall Netz hat«, sagte sie. »Wenn ihm etwas passiert ist …« Ihre Stimme versagte.

*Passiert*? Was denn? Was sollte mit ihm sein? Vom Motorrad gefallen, überfahren, Genickbruch, Stromschlag, ertrunken? Von einem Laster angefahren, gegen eine Hauswand geschleudert, reglos liegen geblieben im Dreck? Ermordet, mit einem Messer, fünf Mal in den Hals, bis das Blut spritzte? Eine Steilküste hinuntergestürzt?

»Dorothée«, begann ich, Leas Blick auf mir, hundert Kilo schwerer als noch eine Minute zuvor.

»Ganz ehrlich«, unterbrach mich Lea. »Vielleicht hat er sein Handy verloren. Oder es absichtlich ausgeschaltet. Ihr kennt ihn doch auch, besser als ich, er ist stur, er macht, was er will …«

Dorothée musterte sie wie einen seltenen Vogel.

»Es kann alles Mögliche sein«, warf ich ein, ohne nachzudenken. »Was Lea meint …«

Seine Mutter packte mich am Handgelenk. An ihrem Arm klimperten die Armreifen. Sie war so nah, dass ich sie riechen konnte. Sie roch wie früher. *Wie ein Bonbon*, hatte ich als Kind gedacht, *wie ein Geschenk*. Mit ihren glänzenden Haaren und den grünen Augen, dem Lippenstift, der Wimperntusche. Mit ihrer Stimme, die nach Geheimnissen klang. Sie trug immer noch ihre honigfarbene Bernsteinkette. Jeans und Trenchcoat. Unter den Tränen sah sie gut aus.

*Sie kennt mich mein Leben lang*, dachte ich. Manchmal, ganz selten, hatte sie Felix geschlagen. Nicht fest, nur ein Klaps auf den Mund. Wenn er Schimpfwörter benutzte, die wir von der Straße hatten. Dann schlackerte ihre Kette, das Bonbon wurde giftig, das Geschenk eine Strafe. Sie kaufte uns später ein Spielzeug, damit wir niemanden etwas erzählten.

»Hör auf mit den Sprüchen«, fuhr sie mich an. »Es sind jetzt vier Wochen und zwei Tage. Er würde mir das nicht antun. Wo ist er?«

Ich schaute zu Lea. Sie schaute zu mir. Ich schaute zu Dorothée. Sie ließ mich nicht los.

»Dafür gibt es Profis, die Polizei, was weiß ich«, sagte Lea. »Die finden ihn nachher irgendwo am Strand, er hat jemanden kennengelernt, einfach vergessen, was zu sagen, wetten?«

Ich blieb stumm.

»Ich habe alle Hebel in Bewegung gesetzt«, sagte seine Mutter. »Aber sie können nichts machen. Sie kennen ihn nicht. Für sie ist er nur ein Gesicht auf einem Ausdruck. Irgendein Weißer, der irgendein Problem hat. Der ihnen ein Problem macht. Sie haben keine Ahnung.« Sie ließ meinen Arm los. »Aber du. Du kennst ihn. Du kannst ihn finden.«

Ihre Augen fixierten erst mein linkes Auge, dann mein rechtes. Links, rechts. Ihr Blick wechselte immer schneller hin und her.

»Oder?«

Woher wusste sie eigentlich, dass ich hier sein würde? Warum hatte sie nicht angerufen? Hatte sie Angst, dass ich nicht rangehen würde? Mich vor ihr verstecken würde?

*Sie wusste genau, dass Felix sich nicht bei dir gemeldet hat. Und sie hat so lange gewartet, zu dir zu kommen, wie sie nur konnte. Sie ist am Ende.*

Während ich nach einer Antwort suchte, nahm sie meine Hand, dieses Mal ganz behutsam. Ich hätte ausweichen können. Ich tat es nicht. Sie war warm und weich. Sie schloss ihre Finger um meine. Felix hatte die gleichen Hände.

»Was, wenn er tot ist?«

Konnte jemand wie Felix einfach sterben? Die Augen schließen und aufhören zu atmen? Auf einem Operationstisch, der letzte Herzschlag ein durchdringender Ton der Maschine, die Ärzte verschwitzt, hilflos, *zu viel Blut verloren, zu spät gefunden*, Ende? Irgendwo, wo ihn keiner kannte, Tausende Kilometer weg von zu Hause? Wo keiner wusste, wer er war? Wo keiner wusste, was die Narbe unter seinem Kinn bedeutete, wo keiner gesehen hatte, wie wir zusammen auf dem Dreimeterbrett federten, den anderen an den Schultern gepackt, die Gesichter kaum eine Kinderarmlänge voneinander entfernt. »Schneller, komm schon!«, hatte er geschrien, wir sangen ein Kinderlied, an das ich mich nicht mehr erinnere, irgendwas mit einem Mädchen und einem Sprungbrett, immer lauter schrien wir, und ich rutschte ab, riss ihn mit. Sein Kopf schlug auf dem Brett auf, er muss den Himmel vor Augen gehabt haben, als wir fast gleichzeitig ins Becken stürzten, Blut im Wasser, überall, sein regloser Körper auf dem heißen Stein, fünf Stiche.

Und der sollte einfach tot sein? Ohne dass ich davon wusste?

*Völlig unwahrscheinlich*, hätte Felix selbst dazu gesagt, mir in die weiche Stelle zwischen Nacken und Schulterknochen gegriffen, die keinen Namen hat. *Völlig unwahrscheinlich, Herr Doktor. Es muss eine plausiblere Alternative geben. Es gibt immer eine.*

Seine Stimme in meinem Kopf. Sie klang näher als sonst. Und gleichzeitig nicht echt, nicht wie meine Erinnerung. Sondern wie eine billige Computersimulation.

*Nein*, dachte ich. *Dem großen Felix ist nichts passiert. Völlig unwahrscheinlich.*

Die viel plausiblere Variante: Er lebt. Es geht ihm gut. Er beobachtet uns. Nicht von oben, wie es die Toten tun. Sondern von der anderen Seite der Welt. Er sieht eine Frau und einen jungen Mann und eine junge Frau. Eine Mutter und einen Freund und dessen Freundin. In einem Parkhaus in Deutschland. Sie sprechen leise miteinander, damit niemand sie hört. Die Mutter kommt dem Freund nahe. Er kann sich nicht entziehen. Kann das Geschenk nicht ablehnen. Schaut nach links, rechts, auf den Boden.

Das würde Felix gefallen. Eine Szene nach seinem Geschmack. Als hätte er das alles geplant. Wie ein Regisseur Licht und Kamera eingestellt, die Figuren angeordnet, ihnen Text gegeben. Anweisungen erteilt, wann wer wen berührte, packte, zu weinen begann.

»Ich muss wissen, was mit ihm ist«, sagte seine Mutter, ließ er sie sagen, und das Wasser in ihren Augen stieg. Tränen liefen los, über ihr Gesicht, Richtung Bernsteinkette, nach Süden. »Wenn ihn einer finden kann, dann du.«

Sie hatte recht. Er hatte recht. Jemand musste beweisen, dass die zweite Variante plausibler war als die erste. Dass Felix nicht einfach so verschwand. Jemand musste ihn suchen. Und finden. Jemand, der wusste, woher die Narbe an seinem Kinn stammte. Ich war die perfekte Besetzung.

Sie drückte meine Hand. Ich drückte ihre Hand. Das war meine Antwort. Das war meine Rolle, war sie immer gewesen.

Lea sagte nichts.

»Ich habe dir einen Flug gebucht, eben am Schalter ... Für morgen früh. Sie brauchen noch deinen Ausweis. Am besten, wir gehen sofort zurück.«

Lea starrte mich wortlos an.

»Ich kann dich nach Hause bringen«, schob Dorothée hinterher.

Ich holte Luft. Dann sagte ich: »Fahr schon mal vor, Lea.«

# MILCHZÄHNE

UNSERE GESCHICHTE beginnt mit meiner Faust. Sie landete genau auf seinem Kinn. Ich hatte nicht bewusst gezielt. Es war ein Reflex gewesen, ein uralter Bewegungsablauf, ein Algorithmus des Angriffs, der schon Millionen Fäuste auf Millionen Kinne geführt hatte. In allen von uns, unter den Autobahnen des Bewusstseins, hinter der Vernunft und der Moral, existiert eine Abkürzung: Sie führt vom Schmerz, der einen verbrennt, direkt zur Rache, mit der man ihn kühlt. Sie muss nur eine kaum merkbare Kurve nehmen, welche die Frage berührt, ob man zu Recht verletzt wurde. Hat man sie passiert, ohne sich allzu schuldig zu fühlen, gibt es keinen Halt mehr. Jahrmillionen der Evolution übernehmen. Nicht ich schlug zu, sondern die Spezies Mensch an sich. Wir waren einsam, wir waren hart, wir waren sieben.

Mein Arm und meine Faust spannten sich, fuhren zurück wie der Bolzen eines Gewehrs, um dann mit aller Kraft nach vorn zu schnellen. Sobald meine Haut seine Haut berührte, übertrug sich die kinetische Energie meiner Knöchel auf seinen Kieferknochen, sein Kopf fiel in den Nacken, ich vornüber, fing mich jedoch und sah, was ich getan hatte. Adrenalin schoss durch meinen Körper, berauschte mich für einige kostbare Sekunden, klang ab. Der Reflex war vorüber.

So versuchte ich es der Lehrerin zu erklären, die gerannt kam und das Blut sah.

»Reflex?«, schrie sie. »Was für ein Reflex?«

Der Anführer stand gebückt, eine Hand vorm Gesicht. Die

andere hielt einen Helfer auf Abstand. Zwischen seinen Fingern lief Blut. Mit einem Mal kehrten meine Sinne von ihrem Blitzkrieg zurück. Ich war nicht mehr meine Wut, sondern nur noch ich. Ein Mensch. Mit Blut an der Hand.

Die Zähne wie helle Kiesel auf dem Boden. Drei, zählte ich.

Drei auf einen Schlag.

Alles hatte damit angefangen, dass er und seine Leute wieder einmal etwas wollten, was dem Tobi, meinem Nachbarn, gehörte. Der Anführer kam gern zu fünft, zu sechst, und verlangte etwas von uns. Tobi und ich, wir waren nur zu zweit. Wir versuchten, die glitzernden Sachen zu verstecken. Am Morgen war Tobi mit einer dieser Pistolen in die Schule gekommen, eine Spielzeugwaffe mit ringförmiger Munition, sechs Schuss, die ordentlich knallten. Die Dinger waren verboten in der Schule. Der Tobi hatte sie trotzdem dabei. Es würde Ärger geben, so oder so.

Der Anführer, einen Kopf kleiner, baute sich vor ihm auf und sagte: »Ihr wollt Krieg spielen? Findest du Krieg gut?«

Die Luft wurde dicker, süßer, wärmer. Wie immer, wenn Menschen, und seien sie nur sieben Jahre alt, Gewalt riechen. Wenn alle Wahrnehmung sich plötzlich auf zwei Optionen verengt: Angriff. Oder Flucht.

»Findest du es gut, wenn Menschen getötet werden? Bist du ein Mörder?«

»Lass mich in Ruhe, ist doch nur Spielzeug«, sagte der große Tobi und drehte sich weg. Ein Fehler. Er zeigte Schwäche, er war ein Opfer. Der Anführer erkannte so etwas sofort. Seine Leute rückten näher.

»Das ist kein Spielzeug. Das ist Krieg«, sagte er.

»Sind nur Platzpatronen«, rief der Große verzweifelt und schaute sich um, ob ihn jemand retten würde. Ich starrte auf den Anführer. Was wollte er? Die Pistole? Oder ging es um etwas anderes, Dunkleres?

»Willst du sagen, dass ich lüge?«, rief er.

»Nein, aber ...«

»Also willst du Krieg?«

»Nein.«

»Du nennst mich einen Lügner?«

Tobi blieb stumm.

»Gib mir die Waffe!«

»Das ist keine Waffe!«

»Du sagst schon wieder, dass ich lüge, du Mörderschwein!«

»Ich bin kein ...«

»Halt's Maul, Mörder!« Er versuchte, die Pistole an sich zu reißen, doch der große Tobi umklammerte sie. Der Anführer drehte ihm die Hand um, die Finger quetschten sich im Abzug, der Tobi bettelte, »lass los«, der andere ließ nicht los, drehte weiter, bis etwas knackte und Schüsse über den Schulhof knallten: *BAMMBAMMBAMMBAMM*!

Der große Tobi stieß ihn endlich weg, zur Seite, genau auf mich. Die Schuhsohle des Anführers brannte über mein Schienbein, ich fiel hintenüber, der Schmerz war heiß, machte mich blind. Und als er so vor mir stand, mich überrascht anschaute, als wäre ich eben noch nicht da gewesen, als müsse einer wie er einen wie mich gar nicht beachten, als hätte ich auszuweichen, wenn er auf mich fiel, in diesem Moment nahm meine Faust die Abkürzung und schlug zu. Er hatte angefangen. Er hatte es verdient.

Wieso waren Pistolen auf einmal schlecht? Wieso konnte er das entscheiden? Für wen hielt er sich, wer war er?

Meine Fragen schlugen auf ihn ein, und gleich die erste landete genau unter seinem Kinn. Er wehrte sich nicht, nahm den Schlag, als hätte er ihn bezahlt. Sein Mund explodierte in einer Fontäne Blut, ich ließ von ihm ab. Wir standen voreinander, als drehte sich die Welt nur um uns.

»Ein Reflex?«, schrie die Lehrerin noch mal. »Wir werden ja

sehen, ob die Mutter von Felix auch findet, dass es ein Reflex war!«

Mein Herz pumpte.

*Jugendstrafe*, dachte ich. *Lebenslang.*

Und: *Felix*. So hieß also der Junge, der mich in den Knast bringen würde.

Ich war sieben Jahre alt und hatte keine Ahnung, was sich hinter dem Wort Jugendstrafe tatsächlich verbarg. Es geisterte in unseren Klassenzimmern herum, raunte über Pulte und Stühle wie ein kalter Wind. *Jugendstrafe*, das war das Ende, oder fast, denn man musste sie ja noch absitzen. Ich sah mich, kahlrasiert und ausgemergelt. Wie die Gefangenen in einer Dokumentation, die wir heimlich gesehen hatten, als ich beim großen Tobi übernachtete. Er hatte einen eigenen Fernseher im Zimmer. Unser Tor zur Welt. Die Insassen schlurften auf die Kamera zu, kamen mir immer näher. Einer von ihnen hatte mein Gesicht. Er sah aus wie mein unterernährter, geschundener Zwillingsbruder.

»Er kann nichts dafür. Es war ein Reflex«, sagte Felix. »Sie brauchen meine Mutter nicht anzurufen.« Es klang, als würde ihn das wütender machen als der Schlag. »Sie weiß sowieso alles. Sie hat ein Fernglas, mit dem sie mich immer sehen kann.«

Er hatte sich aufgerichtet. In seinem Blick entdeckte ich ein entferntes Leuchten. Eine lodernde Gestalt spiegelte sich in seinen Augen. Das war ich! Ich sah mich, auf dem Schulhof, mit Blut an der Hand. Blanker Kopf. So gut wie tot.

»Die haben angefangen«, sagte ich, wähnte mich im Recht. Aber meine Stimme quäkte schwach. So klang ein Geständnis.

Felix blinzelte. Er sah aus, als träfe er eine Entscheidung. Ich suchte mich noch einmal in seinem Blick. In seinen Augen stand ich aufrecht. Ich hatte Partei ergriffen, die richtige. Gegen ihn.

Ich konnte mich sehen, wie er mich sah.

Ich sah besser aus, als ich mich je selbst gesehen hatte.

Ich war kein Häftling. Ich war ein Held.

»Das waren sowieso nur Milchzähne«, sagte er zu der Lehrerin, klar und deutlich, als wäre nichts geschehen. Eine Blutspur zog sich über seinen Pulli. »Also, regen Sie sich ab.«

Er streckte eine Hand zu mir aus. Seine Geste war das Gegenstück zu meiner Faust. Nicht er reichte mir die Hand, sondern die Spezies Mensch. Es war das größte Angebot.

»Komm, wir machen Frieden«, sagte Felix.

# PECHVOGEL

ICH SASS AUF DER TOILETTE des Flugzeugs und dachte darüber nach, wie irrsinnig es war, in 10 000 Meter Höhe mit 1000 Stundenkilometern um die Welt zu rasen. Und einfach pinkeln zu gehen. Wenn wir jetzt mit einem anderen Flugzeug zusammenstießen, würde ich mit heruntergelassenen Hosen vom Himmel fallen. Und später, sollte man meine Leiche jemals finden, würden die Ermittler rätseln, ob mir der Absturz die Hose heruntergezogen hatte. Oder ich tatsächlich auf der Toilette überrascht worden war. Sie würden mir einen Spitznamen geben, wie es Profis oft taten, um mit dem Schrecken fertigzuwerden: »Stripper« oder »Pechvogel«, sehr lustig.

*Sag mal, sind die dentalforensischen Ergebnisse für den Pechvogel schon da? Das Labor soll sich beeilen. Übermorgen ist die Pressekonferenz, bis dahin müssen wir sämtliche Überreste identifiziert haben.*

Ich spülte. Das Vakuum saugte meinen Urin in den Abgrund. Als Kind geriet ich in Panik, sobald ich im Zug auf die Toilette musste. Schlimmer fand ich nur die Plumpsklos von früher, die direkt auf die höllisch ratternden Schienen gingen und an denen man ausgerechnet nach einem so intimen Moment die Unmenschlichkeit dieser viel zu schnellen, viel zu lauten Art erkannte, sich fortzubewegen. *Ain't nothing gonna break my stride*, summte ich, ließ dann eine Zeile aus, die mir nie richtig einfiel, *oh no! I got to keep on moving.*

Ich trat aus der Kabine. Die Stewardess war damit beschäftigt, Tabletts in einen der stählernen Schränke zu räumen, hinter denen Mahlzeiten wie in einem Gefängnis warteten. Ich wollte mich an ihr vorbeizwängen. Sie drehte sich um.

»Entschuldigung«, sagte sie und sah mich an.

Was hatte ich falsch gemacht? Durfte ich gerade nicht auf die Toilette? Hatten die Anschnallzeichen geleuchtet? Konnten sie mich zwingen, sitzen zu bleiben?

»Dich kenne ich doch!«, sagte sie. Sie hatte die braunen Haare streng gescheitelt und zu einem Zopf gebunden. Ihre dunklen Augen liefen schmal zu, ihr Mund war spitz. Sie sah aus wie ein schlaues, fleißiges, exotisches Tier, das sich perfekt an seine Umwelt angepasst hatte. Und ja, sie kam mir ebenfalls bekannt vor. Aber woher?

»Bist du nicht gestern schon geflogen?«, fragte sie.

Ich wusste nicht, ob ich mich erleichtert fühlen sollte. Oder ertappt.

»Ja, bin ich.«

»Ich auch. Ich hab dir einen Tee gebracht.«

Jetzt erinnerte ich mich an sie. Ich hatte sie nach einem Tee gefragt, weil ich nervös gewesen war. Turbulenzen. *Oh no!*

»Das warst du?«

Warum duzten wir uns?

»Ja, das war ich.«

Sie lächelte. Kein Stewardessenlächeln, das auf ihr Gesicht sprang wie ein Insekt und wieder verschwand, sobald der Passagier woanders hinschaute, so schnell, dass man sich fragte, ob man es überhaupt gesehen hatte. Nein, ein echtes Lächeln. Geöffnete Lippen, Mundwinkel nach oben.

»Warum bist du schon wieder in einem Flugzeug?«

»Das Gleiche könnte ich dich fragen.«

Das Flugzeug sackte ab, ich spürte es im Bauch. Es fühlte sich an wie drei Stockwerke in einem Fahrstuhl – vermutlich waren es viel mehr, fünfzig Meter.

»Ausfall«, sagte sie. »Krankheit. Einfach nicht aufgetaucht.

Vielleicht hart verkatert ... Niemand steigt freiwillig mit Restalkohol in diese Uniform, in diese Maschinen. Hier oben fühlt sich jeder Kater dreimal so schlimm an wie unten. Hat mit dem Luftdruck zu tun. Also haben sie mich aus dem Hotelbett geklingelt. Gibt einen fetten Bonus, wenn man spontan Langstrecke fliegt.«

Sie räumte weiter Tabletts ein und aus, nach einem undurchschaubaren Muster und unbeeindruckt davon, dass sie sich nicht wie ich festhalten konnte, wenn das Flugzeug nach links oder rechts fiel.

»Tee?«

»Eher Bier.«

»Bringe ich dir. Wird gleich unruhig. Setz dich besser wieder in die Bronx.«

»Wohin?«

»So nennen wir die Economy Class.«

Es klang nach dem Ende unserer Konversation. Ich drehte mich um und ging zu meinem Platz. Das Flugzeug war dunkel. Wir waren jetzt drei Stunden in der Luft, und da wir mittags gestartet waren und in die Nacht flogen, versuchten alle zu schlafen. Nur wenige Bildschirme, eingelassen in die Vordersitze, flackerten. Trotz der Luftlöcher blieb es ruhig.

*Oh no! I got to keep on moving.*

Lea küsste mich zum letzten Mal an der Treppe zur U-Bahn, auf den Mund, auf die Handrücken. Von unten strömte warme Luft herauf. Wir umarmten uns. Hielten uns fest. Lösten uns genau gleichzeitig voneinander. Das hatten wir immer gekonnt. Keiner musste denken, er hinge mehr am anderen. Nicht einmal in einer Umarmung.

Wir sagten nichts mehr. Hatten alles gesagt. Nachdem ich endlich zu Hause gewesen war, die Gestalt aus dem Parkhaus zurückgelassen und die Tür hinter mir verriegelt hatte. Es war schwieriger, als ich dachte. Lea war eine haushohe, glatte Wand.

»Du spinnst«, hatte sie gesagt.

»Das ist nichts Neues«, sagte ich.

»Aber hiermit haben wir den Beweis.«

»Was soll ich denn machen?«

»Abwarten.«

»Vier Wochen. Wie lange noch?«

Sie dachte kurz nach. »Vielleicht steht er morgen vor der Tür. Oder meldet sich aus Rio vom Karneval oder vom Mond oder von sonst wo. Und du sitzt schön in Kambodscha im Sumpf.«

»Vielleicht braucht er Hilfe.«

»Hilfe? Wobei? Beim Schuhebinden?«

»Wenn ich das wüsste.«

»Warum fährt sie nicht selber?«

»Sie ist fast sechzig.«

»Man könnte zuerst sie aufbrauchen, bevor man dich anbricht.«

»Er ist mein Freund.«

»Bist du dir sicher?«

»Felix, der Typ mit den Locken. Du erinnerst dich?«

»Nein, ich meine: Bist du auch *sein* Freund?«

Wenn jeder Mensch klingt wie ein Instrument, war sie eine Querflöte. Ein wenig dunkler, herber als andere Flöten. Aber immer silbrig und fein, schillernd und klar, kühl und warm zugleich. Und wären die Sommersprossen nicht gewesen, sie sähe auch aus wie eine. Schlank und silbern. Die Sommersprossen waren ein Problem. Sie hatte Tausende. Ich mochte sie nicht. Sie waren fremd, unverständlich. Wieso waren sie da? Wie eine feindliche Armee saßen sie auf dem Gesicht meiner Freundin, einem Gebiet, das meines sein sollte. Stur, unbeugsam. Sie würden niemals vor mir zurückweichen. Egal wie oft ich die Haut küsste, die sie besetzt hielten.

Sie kratzte sich im Nacken, unter ihren braunen halblangen Haaren, die auf die Kante ihres Kinns hin geschnitten waren.

»Er würde auch fahren.«

»Ja. Wenn du ihn eingeladen hättest und das Flugticket bezahlen würdest.«

»Das macht ja seine Mutter.«

»Für sich selbst hätte sie Business Class gebucht.«

»Lea. Kein Mensch weiß, wo er ist. Was mit ihm ist. Ob ihm was passiert ist. Ich kann doch nicht einfach abwarten, bis sie seine Leiche finden. Oder ihn für tot erklären, weil sie keine finden.«

»Wie lange bist du weg?«

»Ich weiß es nicht.«

»Sag mir eine Zahl. Los.«

»Ich könnte dich nur anlügen.«

Pause.

Sie schüttelte sanft den Kopf.

»Du glaubst nicht, dass er tot ist. Ganz im Gegenteil. Du bist dir sicher, dass er lebt. Sonst würdest du nicht fahren.«

Woher wusste sie das? Woher wusste sie immer alles?

»Natürlich glaube ich, dass er lebt. Vermutlich sitzt er irgendwo am Strand und hat einfach keine Lust, sich zu melden. Hat eine Frau kennengelernt. Oder zwei. Trotzdem muss jemand hin.«

»Warum eigentlich du? Willst du auch mal ein Held sein?«

Die Sommersprossen waren, wenn man alle zusammenzählte, den silbernen Stellen überlegen. Die einheimischen Truppen hatten keine Chance. Die Besatzung würde ewig dauern. Ein Stellungskrieg mit hohen Verlusten. Mehr war nicht zu erwarten.

»Ich habe keine Wahl.«

»Hör auf. Die hast du. Und ich auch. Und ich nutze diese Wahl.«

Sie kam näher. Ich saß auf einem Stuhl, die Beine am Tisch

vorbeigestreckt. Sie setzte sich auf meinen Schoß, umarmte mich, küsste mich, flüsterte in mein Ohr.

»Ich wähle, nicht sauer zu sein. Sondern dich zu verstehen. Fahr hin, geh ihn suchen. Geh ihn vor allem *finden*. Und wenn du ihn hast, hau ihm eine rein. Schick mir ein Foto von seinem blauen Auge. Und wage es ja nicht, auch zu verschwinden.«

Sie löste sich von mir, stand auf, drehte sich um. Keine Sommersprossen mehr, nur ihre Beine, ihr Rücken, ihr Hinterkopf. Ich würde es niemals zugeben, aber es war das Erste, was mich an ihr gebannt hatte: ihre Rückseite. Ich hatte sie angestarrt. Drei Minuten lang. Hatte gehofft, sie würde sich niemals umdrehen. Dann hatte ich widerrufen und war bereit, alles zu geben, damit sie sich zu mir umdrehte.

»Schau ruhig noch mal hin«, sagte sie, als sie im Türrahmen stand. »Das wird dir fehlen. Wie lange du auch weg bist, es wird dir lange vorkommen. Bis du ihn aus einem asiatischen Puff gezogen hast. Oder wohin auch immer er sich verirrt haben mag. Früher oder später wirst du hierher zurückkriechen. Und weil ich deine Frau bin, werde ich dich zurücknehmen. Dich ausziehen und waschen, von Kopf bis Fuß. Und dann werde *ich* mich ausziehen, für dich«, sie lächelte ihr schiefes Lächeln, die Sommersprossen leuchteten, meine Feinde, unbesiegbar, dazu erklang die Querflöte. »So langsam, dass du weinst. Weil du weg warst, das alles verpasst hast, was du jetzt vor dir siehst. Und ich werde dir nicht erzählen, dass ich einsam war.« Ihr Blick wurde dunkel. Keine Spiele mehr. »Ich werde dir nicht erzählen, dass ich andere Männer angeschaut habe. Ich werde dir nicht erzählen, wie ich nachts nicht schlafen konnte, vor Sorge. Und vor Zweifeln. Wie ich mich gefragt habe, warum ich auf einen Typ warte, der mich einfach zurücklässt. Ich werde dir nur erzählen, wie sehr ich dich vermisst habe und wie froh ich bin, dass du wieder hier bist. Und danach wirst du nie wieder gehen.«

Felix hatte sie zuerst gesehen. Er wurde nicht müde, darauf hinzuweisen. »Ich habe dich zuerst gesehen«, sagte er, wenn wir zu dritt waren. Sie streckte ihm die Zunge raus, drohte eine Ohrfeige an, zeigte den Mittelfinger, ignorierte ihn, rollte mit den Augen, lachte, verließ den Raum. Sie sagte: »Kannst du gar nicht, so blind, wie du bist«. Oder: »Ich hab dich aber nicht gesehen.« Mit der Zeit sagte sie gar nichts mehr, schaute mich an, damit ich etwas sagte. Er hörte nicht auf. »Ich habe sie zuerst gesehen«, sagte er zu mir, als wäre sie gar nicht da. Ich sagte nichts. Er hatte ja recht.

Ich hatte sie entdeckt, als sie schon mit ihm redete, den Rücken mir zugewandt. Er lachte, schnappte, lachte über irgendetwas, das sie gesagt hatte. Sie standen an der Theke in diesem Café, in das damals alle gingen, vor den Flaschen mit dem Alkohol. Um sie herum viele Menschen, die Bedienung muss vorbei. Lea geht einen Schritt zur Seite, Felix bleibt stehen. Warum war ich später gekommen? Ich wusste es nicht mehr. Ich erinnerte mich oft an diese Szene, ließ sie noch einmal innerlich ablaufen. Immer ging sie anders aus als in Wirklichkeit. Immer war Lea irgendwann weg, und Felix noch da. Dabei war es anders gekommen. Er war verschwunden, und sie war noch da. Hatte sich umgedreht. Mich gesehen.

»Hallo«, sagte sie.

»Hallo«, sagte ich.

»Ich bin Lea«, sagte sie, und ich dachte: Warum sagt sie nicht »Ich heiße«? Was meint sie mit »Ich bin«? Will sie damit zum Ausdruck bringen, dass in diesem Namen ihre ganze Existenz steckt?

Das erste von tausend Rätseln.

Dann sagte sie: »Wie lange schaust du mich schon an?«

Ich setzte mich auf meinen Platz, zweiter von rechts, mittlere Sitzreihe. Neben mir saß eine ältere Dame. Perlenkette, Bluse, graue Haare. Duft nach Puder. Eine Großmutter, die ihre Enkel zu selten sah. Sie hatte die Augen kurz nach dem Start geschlossen und nicht wieder aufgemacht. Der Platz neben mir, am Gang, war frei geblieben. Ich dachte darüber nach, ob die Dame es unhöflich finden würde, wenn ich von ihr abrückte, und wie viel mehr Privatsphäre ich uns beiden damit verschaffen könnte. Ob sie das überhaupt bemerken oder zehn Stunden durchschlafen würde. In dem Augenblick bewegte sich eine Hand von rechts in mein Sichtfeld, ein Bier schwebte darin. Die Stewardess.

»Bitte.«

»Danke.«

Sie blieb stehen. Schaute den Gang hinauf und hinab. Ihre Kollegen saßen ganz vorn oder schliefen hinten. Die meisten Passagiere hatten die Augen geschlossen. Das Flugzeug brummte ohrenbetäubend. Dann sank es plötzlich heftig ab. Die Stewardess hielt sich an meinem Nachbarsitz fest.

»Was dagegen?«, sagte sie und deutete auf den freien Platz neben mir. »Irgendwo muss ich während der Achterbahn sitzen. Und die Klappsitze vorn sind eine Folter.«

»Nein, bitte«, sagte ich.

Sie setzte sich, seufzte und sagte, mehr zu dem toten Bildschirm in der Rückenlehne als zu mir: »Soll ich dir was verraten?«

»Klar.«

»Ich hasse Fliegen.« Wie um sie zu bestätigen, ruckte das Flugzeug einmal. Nach oben, dachte ich. Können wir nach oben fallen? Drehten sich Flugzeuge in Turbulenzen nicht manchmal, so dass der Luftstrom abriss, der sie am Himmel hielt, und dann trudelten sie wie Papierflieger gen Erde?

»Ich finde es auch schrecklich, alles ist so unbequem,« sagte ich, »diese Sitze und …«

»Nein, nicht weil es unbequem ist«, unterbrach sie mich.

»Nicht, weil man Fremden zu nahe kommt. Nicht wegen des Essens, mit dem wir euch vergiften. Nicht wegen der Luft, die einen von innen austrocknet. Nicht wegen der schweren Wagen, die ich gegen Schienbeine ramme. Nicht wegen der Säufer und der schreienden Kleinkinder.«

Sie machte eine Pause. Ich trank von meinem Bier.

»Flugangst?«, fragte ich und versuchte sie anzulächeln.

Sie schnaubte und beugte sich vor. »Ich glaube nicht an Flugangst.«

Ich suchte in ihrem Gesicht nach einem Hinweis, ob sie spottete. Nichts. Selbst als erneut ein leichtes Erdbeben durch die Kabine ging und alles klapperte, verzog sie keine Miene, schaute lediglich den Gang hinauf, um zu prüfen, ob sie gebraucht wurde.

»Ich hasse Fliegen nicht, weil man abstürzen könnte, die letzte Minute seines Lebens in totaler Panik zu Ende zittert, schreit, betet, mit 800 Stundenkilometern gegen eine Wand aus Wasser rast, aus dem Sitz geschleudert wird, verbrennt oder zerdrückt wird. Ein Horror jenseits aller Vorstellung, bis man endlich weg ist, im totalen Nichts. Für den Rest der Welt nur eine Zahl in einer Statistik, eine Meldung, ein leeres Grab.«

Sie schob ein paar Haare zurück, die sich hinter ihrem Ohr gelöst hatten. Wir fielen noch einmal heftig ab. Die ersten Passagiere wachten auf, dachten aber wohl, sie hätten nur geträumt. *Ihr werdet schlafend in euer Verderben stürzen*, dachte ich.

»Ich hasse Fliegen, weil mir inzwischen klargeworden ist, dass es die endlose Gier des Menschen beweist. Es reicht uns nicht, herumzulaufen, zu fahren, mit Autos oder Zügen, die schon zehn Mal schneller sind, als wir jemals rennen könnten. Wir müssen noch weiter, noch höher. Dafür sind wir bereit, uns wie Gefangene in Sitzreihen zu pressen, uns wie Gefangene alles befehlen zu lassen und wie Gefangene zu sterben, wenn jemand einen Fehler macht. Wir erniedrigen uns, um uns zu erhöhen.

Und niemandem fällt dieser Widerspruch auf. Täglich sitzen Millionen Menschen in Tausenden Stahlwürsten und lassen sich um eine Erde schießen, die wir mit unserem Größenwahn kaputtmachen.«

Während sie schneller redete, riss es das Flugzeug nach rechts, ich wurde gegen sie gedrückt, krallte mich an die Armlehnen.

»Und das Schlimmste daran ist: Ich bin Teil des Problems. Es ist mein Job. Ich kann nichts anderes. Ich muss mitmachen.«

Und ich auch.

»Aber jetzt bist du dran. Was hat dich in dieses Gefängnis gezwungen? Müssen ja dringende Geschäfte sein.«

Ihr Blick fiel auf den kleinen kupfernen Behälter, länglich wie eine Patronenhülse, der an einem Lederband um meinen Hals hing. Er war aus dem Ausschnitt meines Hemdes gerutscht. Man konnte sofort sehen, dass ich etwas darin aufbewahrte. Etwas Wichtiges.

Felix' Mutter hatte mir die Kette gegeben, hatte sie mir eigenhändig umgehängt vor unserer Tür, als sie mich ablieferte.

»Für den Fall einer DNA-Analyse«, sagte sie. »Manchmal kann man Leichen nur Anhand einer Gewebeprobe identifizieren, wenn sie lange im Wasser getrieben sind oder …«

»Ich weiß schon«, unterbrach ich sie.

»Ich hoffe, du brauchst sie nicht.«

Zu Hause schraubte ich den Deckel von dem Behälter. Darin fand ich eine Locke von Felix' dicken braunen Haaren. Vorsichtig nahm ich sie heraus und zerrieb sie zwischen den Fingern zu einzelnen Haaren. Wenn ich eins davon in meine Haut einarbeiten könnte, dachte ich, würde sich mein Fingerabdruck dann ändern?

Woher hatte sie die? Bewahrte sie immer eine Locke ihres Sohnes auf?

»Sie ist die am besten vorbereitete Mutterwitwe aller Zeiten«, sagte Lea. Dann ging sie ins Bett. Ich blieb am Tisch sitzen.

Als die Sonne aufging und ich zum Flughafen musste, hatte ich keine Sekunde geschlafen, stattdessen die Nacht vor dem Laptop verbracht. Das Land gegoogelt, die Stadt, das Hostel. Kambodscha. Rote Khmer. Völkermord 1975 bis 1979. Heute friedlich, aber arm. Alles kam mir so fremd vor. Nicht exotisch, eher erfunden, wie aus einem Fantasyfilm. Die Bilder mit den lächelnden dunkelhäutigen Menschen wie Postkarten aus einem imaginären Land, die ein imaginärer Postbote zu mir brachte, und ich wollte ihn festhalten, ihn fragen, ob er Felix gesehen hatte, aber er wehte wie ein Geist davon. Unwillkürlich begann ich eine Melodie zu summen. *Oh yes, wait a minute Mister Postman*, wo auch immer dieses Lied herkam, so erstaunlich fröhlich – aber waren jetzt nur noch traurige Lieder erlaubt?

Ich schaute seine Fotos an.

Fast sechs Monate war er jetzt unterwegs. Er hatte sich verändert. War erst braun geworden. Dann dunkelbraun. Die Locken wuchsen, fielen, wuchsen. Die Menschen um ihn waren wie aus einer Kartei zusammengestellt, wie gecastete Schauspieler für den perfekten Trip, möglichst vielfältig. Alle Hautfarben, Größen, Gesichter. Alle lachten. Felix auch. Wonach suchte ich? Nach einem Hinweis? Was wäre ein Hinweis? Eine Fahrkarte, die er in die Kamera hielt? Auf der ein Ort stand, wo ich ihn finden würde? Oder eher ein Gefühl? Ein Bild, auf dem er anders aussah? Und was bedeutete das dann? Würde er so ein Bild online stellen, selbst wenn es eins gäbe? Und was würde das dann bedeuten?

Ich las seine letzte Nachricht an mich. Ein Foto. Er saß mit ein paar Leuten an einem Tisch, sie prosten sich zu, Bierflaschen, Felix im Vordergrund. Peace-Zeichen in die Kamera. Zunge leicht rausgestreckt. Ich hatte nicht geantwortet. Mir war nichts eingefallen. Nichts Geistreiches, nichts Passendes. Ich kannte den Ort nicht, war noch nie außerhalb Europas gewesen. Was sollte ich dazu sagen? Viel Spaß, Alter?

Und jetzt? Ich hatte mir geschworen, ihm erst zu schreiben, wenn ich dort war. Schon als ich am Schalter stand und das Ticket entgegennahm, die Angestellte der Fluglinie mich aufmunternd, fast neidisch anblickte.

»Schöne Reise«, sagte sie, reichte mir das Kuvert, auf dem eine glückliche Familie vor einem Flugzeug unter blauem Himmel abgedruckt war. Sie musste gedacht haben, meine Mutter kaufte mir spontan ein Flugticket, für den nächsten Morgen. Erfüllte mir einen Traum: Kambodscha! Tolles Land! Und Dorothée und ich spielten mit, lächelten zurück. Bloß nicht anmerken lassen, dass etwas nicht stimmte. Sonst hätte sie womöglich nachgehakt. Das hätte ich Felix erzählen können. Jetzt. Die Geschichte noch ein bisschen ausschmücken. Einen Dialog erfinden, *oh yes, Mr. Postman*, wie die Fluglinienfrau mit mir geflirtet oder wie sie gesagt hätte, dass sie auch immer nach Kambodscha wollte, und so weiter. Wie ich ihr versprochen hätte, eine Karte zu schicken. Wie wir alle lachten, aus unterschiedlichen Gründen.

Ich meldete mich in dem Netzwerk ab und tippte Felix' Mailadresse als Benutzernamen ein. Dann probierte ich ein Passwort: *Felix1234* (ich hatte ihn einmal beobachtet, wie er es benutzte).

Falsch.

*Felix2345*. Auch falsch.

Die Mailadresse stimmte. Wie viele Versuche hatte ich? Ich rief den Maildienst auf. Gab *Felix1234* ein. Falsch. Ich dachte nach. Musste man als bester Freund nicht einen besseren Tipp haben?

*Felix2345*.

Falsch.

*Felix12345.*

Falsch.

*FELIX12345.*

*felix12345.*

*FELIX4321.*

*felix4321.*

Alles falsch.

Felix plus sein Geburtsdatum. Falsch. Felix plus mein Geburtsdatum. Natürlich falsch.

*Passwort zurücksetzen?*, fragte mich der Laptop.

Ich stand auf und packte. Die Sachen aus der Tasche raus, neue Sachen in den großen Rucksack rein. Kurze Hosen. T-Shirts. Sonnencreme. 30 Grad hatte es dort heute, sagte mir eine Anzeige neben der Suche. Sie fragte: *Reisen Sie nach Kambodscha? Brauchen Sie ein Hotel?* Zumindest diese Frage hatte sich von allein geklärt.

*Ich will nicht*, dachte ich, so laut und klar, als hätte ich die drei Worte in ein Mikrofon gesprochen, das mit zwanzig Boxen und fünf Subwoofern verbunden war, deren Bass mir meine Stimme wieder in den Körper jagte. Der Widerstand hatte meine Glieder erfasst, alles vibrierte in dieser Frequenz, die dissonant zur Realität schwang. Der Missklang quälte mich, mir wurde übel. *Ich will nicht, ich will nicht*, dachte ich, *ich will nicht dahin fliegen, ich will nicht weg, ich will nicht, nicht morgen und nicht übermorgen, ich bin doch gerade erst wiedergekommen.*

Ich blieb vor dem Schrank stehen, unfähig, noch ein Kleidungsstück herauszunehmen und in den Koffer zu packen. Beinahe stampfte ich mit dem Fuß. War ich ein Erwachsener oder ein trotziger Teenager, den man zu einem Urlaub mit den Eltern gezwungen hatte, statt sturmfrei zu Hause zu bleiben? Was war ich für ein Typ, wenn ich nicht wie jeder normale Mensch einfach in ein Flugzeug steigen konnte? Ich hörte Felix über mich lachen.

*Ich will nicht*, dachte ich noch mal, aber die Boxen waren leise gedreht. Die Worte verhallten. Ich hatte schon aufgegeben.

Ich setzte ich mich wieder hin und probierte neue Passwörter. Zehn Mal. Zwölf Mal. *Account vorübergehend gesperrt.* Dann suchte ich nach Fällen von vermissten Personen. Wie man am besten vorging. Was schon einmal jemanden zurückgebracht hatte. Wo man anrufen konnte, wenn man es nicht mehr aushielt. Als es hell wurde, war ich keinen Schritt weiter. Hatte keinen einzigen Anhaltspunkt. Keine Idee. Keinen Verdacht. Ich würde hinfliegen müssen und suchen. So einfach, so brutal.

*Wait a minute, wait a minute.*

Bevor mein Wecker klingelte, kam Lea. »Guten Morgen«, sagte sie, als wäre das wahr. Küsste meinen Hals. Ging ins Bad. Ich hatte keine Sekunde neben ihr gelegen. Nicht einmal im Schlaf beobachtet hatte ich sie, wie ich es sonst tat, wenn ich nicht schlafen konnte. Nicht ihren Atem gemessen mit meinem Handrücken. Mich nicht erschreckt, wenn sie zuckte. War nicht irgendwann doch an ihrer Seite eingeschlafen. Nie war mir Zeit erbarmungsloser verschwendet vorgekommen.

Ich rief in der Agentur an. Mein Chef war natürlich schon da. Am Samstag. Ich hatte mir ein paar Lügen zurechtgelegt für ihn. Weshalb ich sofort, ab heute Urlaub brauchte. Drei Monate, nachdem ich den Job angefangen hatte. Zwei Wochen, nachdem ich dachte: Das bringt dich nicht um. Eine Woche, nachdem der Chef gesagt hatte: »Du bist angekommen.« Einen Tag nach der Schulung.

Aber dann sagte ich einfach die Wahrheit: »Mein Freund ist verschwunden. Irgendwo in Kambodscha. Ich muss ihn suchen gehen.«

»Mach das, finde ich gut«, sagte mein Chef.

Ich nenne ihn natürlich nicht Chef. Ich nenne ihn beim Vornamen: Christoph. Er hat kaum noch Haare. Ansonsten sieht er nicht viel älter aus als ich. Schmal, dunkle Augen, helle Haut. Fleece-Pulli, Jeans, Brille. Wie ein Durchschnittsmensch in einem Computerspiel.

Es ist seine Firma, auch wenn er sie immer nur den »Laden« nennt: ein großes Büro mit zwölf Bildschirmen, ein kleines für Christoph, eine Küche, ein Balkon zum Rauchen. Ein großes Schaufenster zur Straße hin, als wären wir die Auslage, die verkauft würde. Jahrzehntelang befand sich hier ein Elektrogeschäft, bevor es aufgab und Christoph mit seinem Laden einzog. Es gibt Hunderte, Tausende davon im Land, und darin sitzen Hunderte, Tausende Versionen von Christoph und mir und versuchen, etwas zu verkaufen, das keiner braucht.

»Ich hoffe, du findest ihn schnell. So oder so kann er sich glücklich schätzen, einen Kumpel wie dich zu haben«, sagte Christoph.

»Ich melde mich, sobald ich was weiß«, sagte ich.

»Vermutlich hängt er in irgendeiner Strandbar ab und hat sein Handy verloren.«

»Vermutlich.«

»Ist gar nicht so ungewöhnlich. Jedes Jahr verschwinden Tausende Touristen kurzfristig. Dann erinnern sie sich nach einem Monsterkater daran, wo das Ladegerät ist, und auf einmal posten sie wieder Sonnenuntergänge. Ich kann deinen Freund verstehen. Ich würde das Handy gleich hierlassen.« Ich hörte, dass er auflegen wollte. »In einer Woche sitzt du wieder hier. Alles hat sich geklärt. Und wir können richtig durchstarten. Die anderen mögen dich. Ich brauche dich. Aber jetzt fahr du erst mal. Wird bestimmt ganz lustig.«

»Ich suche einen Freund«, sagte ich zu der Stewardess.

»Wo?«

Sie schien sich kaum zu wundern. Das Flugzeug machte einen

Sprung, als wäre es in ein Schlagloch aus Luft gefahren. Wir hatten es noch nicht hinter uns.

»Kambodscha. Irgendwo an der Küste. Ich habe nur die Adresse des Hostels, wo er zuletzt war.«

»Da ist er nicht mehr?«

Ich schüttelte den Kopf. »Er ist einfach verschwunden.«

»Wie lange schon?«

»Vier Wochen.«

Sie schaute in den Gang. Inzwischen waren einige Passagiere unruhig geworden. Blickten sich um. Doch niemand war aufgestanden. Also blieb auch sie sitzen.

»Und, was glaubst du, wo er ist?«

Das hatte mich bisher noch niemand gefragt. Nicht seine Mutter, nicht Lea. Warum eigentlich nicht? War es nicht wichtig, was ich dachte, solange ich nur fleißig suchte? Sollte ich alles ausschalten, alle Gefühle und Gedanken, und wie ein Spürhund nur dem Geruch folgen, auf den ich abgerichtet war?

»Er lebt«, sagte ich. »Er muss leben.«

»Und du findest ihn?«

Ich zögerte.

»Ich weiß nicht, ob ich das kann.«

»Wieso nicht?«

»Ich bin nicht so gut in … so etwas. Ich war noch kein Mal außerhalb Europas. Ich fliege nie. Und, versteh mich nicht falsch, aber ich rede ungern mit fremden Leuten. Keine guten Eigenschaften, um am anderen Ende der Welt nach jemandem zu suchen.«

Sie nickte langsam. »Was wären gute Eigenschaften?«

»Keine Ahnung. Das Gegenteil von meinen, wahrscheinlich.«

Wir schwiegen.

»Ehrlich gesagt wäre es andersrum viel besser«, sagte ich dann. »Wenn er mich suchen würde. Er kann gut mit Leuten, war schon überall, lässt sich nie unterkriegen. So was halt.«

Sie lachte, als würde sie Felix kennen und an einen seiner Ausfälle denken. Zum Beispiel, als er einmal, wir waren vielleicht vierzehn, auf der Straße einen älteren Herrn angesprochen hatte und so lange »Onkel Dieter« zu ihm gesagt hatte, bis dieser wirklich versuchte, sich an einen Neffen zu erinnern, den er nie in seinem Leben gesehen hatte. Wir waren damals ein bisschen bekifft gewesen, doch für Felix war jeder Kontakt mit der Außenwelt nicht wie für mich ein notwendiges, zu vermeidendes Übel. Sondern eine Quelle der Energie. Etwas schien da draußen auf ihn zu warten, zog ihn an und stieß ihn wieder ab, so dass er von einer Begegnung zur nächsten flog, mich im Schlepptau wie ein Kleinkind.

»Warum suchst ausgerechnet du ihn dann? Warum nicht jemand anderes, der besser geeignet wäre?

»Weil seine Mutter mich gebeten hat.«

Sie schaute wieder in den Gang.

»Und du konntest nicht nein sagen.«

»Korrekt.«

»Was denkst du, was mit ihm ist?«

»Ich habe keine Ahnung.«

»Das glaube ich dir nicht.«

»Jedenfalls säße ich nicht hier, wenn ich glauben würde, er wäre tot.«

Sie runzelte die Stirn. »Na ja. Man kann auch eine Leiche suchen und finden. Die meisten Angehörigen von Verschwundenen wünschen sich doch irgendwann genau das: eine Leiche. Das Ende der Ungewissheit.«

»Woher willst du das wissen?«

»Als ich angefangen habe mit dem Fliegen, habe ich jedes Buch, jeden Artikel, jeden Film über Flugzeugabstürze verschlungen. Der Absturz der peruanischen Rugbymannschaft in den Anden Anfang der Siebziger. Die 737 der Air France von Buenos Aires nach Paris, die plötzlich vom Himmel fiel, mit zwei Piloten, die bis zum Aufprall dachten, sie flögen auf 4000 Meter Höhe. Der Zusammenstoß 1996 über dem Bodensee, als es russische Kinder vom Himmel regnete, zwei Schulklassen, die einen Mathematik-Wettbewerb gewonnen hatten. Nine Eleven, natürlich, die Mutter allen Flugzeug-Horrors. Und die Germanwings-Maschine, die dieser irre Selbstmörder vor ein paar Jahren in die Alpen steuerte. Ich kenne alles. Und habe mir unzählige andere Abstürze vorgestellt. Irgendwie ist das auf eine perverse Art geil. Aber vor allem dachte ich, wenn ich nur genug Schreckensszenarien detailliert genug durchspiele, schließe ich eines nach dem anderen aus.«

»Weil du dann wüsstest, wie du reagieren musst?«

»Nein«, sie schüttelte langsam den Kopf. »Du kannst bei einem Absturz sowieso nichts machen. *Brace, Brace! Safety position!* Die Schwimmwesten, Trillerpfeifen, Sauerstoffmasken – alles Voodoo. So wirkungsvoll gegen Abstürze wie eine Aspirin. Wenn das Ding runterfällt, bist du tot. Ende, aus, vorbei. Alles andere ist ein verdammtes Wunder, so wie damals die Landung auf dem Hudson River mit einem Airbus A320, und durch nichts beeinflussbar ... Nein, mich hat etwas anderes getrieben: Wie wahrscheinlich ist es, das mir etwas passiert, von dem ich schon gelesen habe?«

»Unwahrscheinlicher, als wenn du nichts davon wüsstest?«

»Genau. Deshalb weiß ich alles über Abstürze. Und darüber, wie die Hinterbliebenen sich an jeden Strohhalm der Hoffnung klammern. Bis sie irgendwann um eine Leiche betteln. Die es meistens nicht gibt.«

»Ich will keine Leiche.«

»Du fängst auch erst an zu suchen. Und als Suchender ist das anders, glaube ich. Wart mal ab.«

Sie sah mich prüfend an. Als erwartete sie, dass ich sie anschreien würde. Oder, schlimmer, in Tränen ausbrechen. Aber ich war kühl. Nur mein Bier war leer. Sie würde sich darum kümmern. Zum ersten Mal, seit Dorothée aufgetaucht war, hatte ich das Gefühl, nicht ganz allein zu sein. Es gab Menschen, die mir helfen konnten. Und sei es mit Horrorgeschichten, 10 000 Meter über der Erde.

»Hast du Angst, abzustürzen?«, fragte sie.

»Manchmal«, sagte ich. Es war gelogen. Ich hatte an nichts anderes gedacht, hier oben. Wie auf ein Zeichen ging die Anzeige für die Sitzgurte aus.

»Schätz mal«, sagte die Stewardess, »wie viele Opfer die kommerzielle Luftfahrt letztes Jahr zu beklagen hatte?«

»Hunderttausend.«

»Im Ernst.«

»Tausend.«

»Ich sag's dir: vierundvierzig.

»Nur vierundvierzig? Ernsthaft?«

»Ernsthaft.«

Sie lächelte.

»Was genau meinst du: Dass man es als Suchender leichter hat?«, fragte ich. Sie sollte weiterreden.

»Na, ein Suchender sitzt nicht zu Hause und leidet, die Kinderfotos in der Hand, Blick auf die tickende Wanduhr. Man schaut nicht immer wieder zur Tür, als käme der Sohn, der Bruder, der Freund gleich hereinspaziert. Man geht durch diese Tür hinaus, zu ihm. Man muss sich keine Leiche wünschen. Man kann sie finden.«

»Ich will keine Leiche finden«, sagte ich noch mal.

»Was willst du dann?«

Ich seufzte. »Natürlich kann es sein, dass ihm etwas passiert ist. Ein Unfall. Ein Verbrechen. Wobei ich nicht daran glaube. Es passt nicht zu ihm.«

»Verstehe.«

»Ich glaube, dass er noch lebt. Erstens. Zweitens glaube ich, dass es ihm gutgeht. Aber drittens bin ich mir nicht sicher, ob ich ihn finden kann. Ob er gefunden werden will. Wenn nicht, habe ich keine Chance.«

»Verstehe immer noch.«

»Aber ich kann nicht anders, als auch an die schlimmen Möglichkeiten zu denken. Er, im Krankenhaus. So entstellt, dass man ihn nicht erkennt. Wird nie wieder gesund. Allein die Überführung nach Deutschland dauert Wochen.«

»Viel dunkler als das Loch, das jemand hinterlässt, ist das, womit wir es füllen.«

»Genau.«

Die Sitznachbarin beugte sich vor und warf uns müde Blicke zu. Abwechselnd, als wollte sie entscheiden, mit wem sie sprechen wollte. Dann lehnte sie sich zurück und schloss wieder die Augen.

Die Stewardess nahm meine leere Flasche. »Vielleicht musst du, um ihn zu finden, ein bisschen werden wie er.«

Sie war langsam aufgestanden.

»Ich muss wieder zur Arbeit«, sagte sie.

»Hoffentlich hast du einen ruhigen Flug«, hatte Lea noch gesagt. Einer ihrer letzten Sätze, oben an der U-Bahn-Station. Wir umarmten uns. Menschen strömten an uns vorbei.

Ich wollte nach Hause rennen, mit ihr, und gleichzeitig zog es mich die Treppe hinunter. Ich wollte mich aufteilen. Einer blieb, einer suchte.

Sie strich mir über die Haare. »Bleib hier.«

»Das hast du jetzt nicht gesagt.«

»Doch.«

»Warum?«

»Weil ich es will.«

»Ich weiß.«

»Nichts weißt du.«

»Du sagst doch selber, dass es halb so wild wird.«

»Wer sagt, dass ich immer recht habe?«

»Ich. Und ich sage auch: Wahrscheinlich bin ich in drei Tagen wieder da.«

»Du hasst Asien.«

»Ich kenne Asien gar nicht.«

»Ja, eben. Du hasst alles, was du nicht kennst.«

»Hass ist ein starkes Wort. Ich habe … keine Lust drauf.«

»Dann bleib hier.«

»Ich kann nicht.«

»Natürlich kannst du.«

»Lea. Ich will nicht im Streit gehen.«

Sie lehnte sich zurück. Schaute mich an wie ein Problem. »Er will doch nur, dass du kommst. Du bist sein Knecht, schon wieder, zum tausendsten Mal.«

»Ich hab gesagt, ich will nicht im Streit gehen.«

»Also gut. Schick mir eine Brieftaube, wenn du gelandet bist.«

»Ich ruf dich auf dem Joghurtbecher an.

»Ein Rauchzeichen genügt.«

»Aye aye, Captain.«

»Flieg vorsichtig.«

Ich stieg die Treppe hinunter. Lea blieb oben stehen. Ich drehte mich unten um. Wir sahen uns noch einmal an. Ja, sie weinte vielleicht. Nein, ich sagte nichts mehr. Formten ihre Lippen noch ein paar Worte? Vielleicht wollte ich das auch nur sehen.

Ich kaufte einen Fahrschein. Sie kam mir nicht hinterher. Natürlich hatte ich einen Moment lang gehofft, dass sie es tun, mich festhalten, anschreien, küssen würde, irgendetwas, damit ich nicht fuhr. Aber sie stand oben, im Licht, ich unten, im U-Bahn-Schacht, und dann hielt ich die Fahrkarte in der Hand. Ich hätte mich anders verabschieden sollen. Ihr etwas erzählen sollen, das sie behalten konnte. Sowieso mehr erzählen sollen.

Von mir. Von allen. Heute weiß ich es. Auf Reisen lernt man so etwas, selbst wenn es einem nichts mehr nutzt.

Ich stieg in die Bahn, setzte mich hin, den Rucksack zwischen den Beinen. *Muss das sein*, fragte ich Felix in Gedanken. *Muss das sein?* Die Bahn fuhr los. Mit jeder Station fragte ich lauter: *Muss das jetzt sein?*

Ich holte mein Handy hervor. Nichts.

Ich tippte: *Muss das sein?*

Ich schickte die Nachricht nicht ab.

In der Schlange vom Check-in schlief ich fast im Stehen ein. Als ich durch die Sicherheitskontrolle ging, piepste es. Der Mann von der Security fuhr mit seinem Gerät an mir hoch und runter. Ich hatte das Kleingeld in meiner Hosentasche vergessen.

Ich setzte mich mit dem Gesicht zum Gate, damit ich, falls ich einschlief, den Abflug nicht verpasste. Ich war viel zu früh hier. Ich kannte mich nicht aus. Um mich herum müde Menschen. Eine Frau mir gegenüber hatte ihre Handtasche, Handschuhe, eine Plastiktüte, eine Mütze, ihren Boardingpass, ihren Reisepass, eine Flasche Wasser, Kaugummis und ihr Handy auf ihrem Schoß gestapelt, als fürchtete sie, etwas davon könnte sich in Luft auflösen, wenn sie es nicht alle paar Sekunden mit einem Blick sicherte. Sie sah mich an. Ich wandte mich ab. Eine Durchsage: Eine Stunde Verspätung. Meine Maschine war zu spät aus Kambodscha angekommen.

Ich nahm das Telefon in die Hand. Keine Nachricht. Ich gab auf. Ich konnte nicht in dieses Flugzeug steigen, ohne ihm geschrieben zu haben.

*Wo bist du?*

Ich drückte auf Senden.

Die Frau gegenüber packte ihre Sachen zusammen. Erst alles in die Plastiktüte, dann die Plastiktüte und die Handschuhe in die Handtasche, sie brauchte ewig. Ich versuchte, nicht hinzuschauen. Sie würde denken, ich beobachtete sie, machte mich innerlich über sie lustig. Erst als sie alles zusammengerafft hatte und aufgestanden war, bemerkte ich, dass sie ihren Boardingpass verloren hatte. Das kleine Stück Papier lag unbeachtet am Boden.

Ob er es las? Hatte er die vorherigen Nachrichten gelesen? Die verzweifelten seiner Mutter, die neugierigen seiner Freunde. *Wo bist du? Wo steckst du? Warum antwortest du nicht? Geht es dir gut? Was ist denn los? Melde dich bitte mal! Melde dich!*

Funktionierte sein Handy? Hatte er es bei sich? Lag er in einer Hängematte, saß er in einer Bar mit Blick aufs Meer? Lachte er? Schüttelte er den Kopf, ärgerlich, weil wir ihn nicht in Ruhe ließen, ich ihn nicht in Ruhe ließ, ihn zwang, zu antworten, bevor ich wirklich so dumm war und mich aufmachte ans andere Ende der Welt? Oder las jemand anderes unsere Nachrichten?

Die Frau war stehen geblieben, zwängte die Plastiktüte tiefer in ihre Handtasche. Ich starrte auf ihren Boardingpass, wollte etwas sagen. Ich sah mich um. Niemand am Gate beachtete mich, sie, den Boardingpass.

Ich stellte ihn mir vor, irgendwo am Strand. Sein Handy summte, er holte es aus der Tasche. Er saß in einem Zug, am offenen Fenster. Er lief durch eine Straße, den Rucksack auf dem Rücken. Immer lebte er. Am Ende der Show zwang ich die Bilder zurück zu der Hängematte, in der Christoph ihn vermutete. Er trug einen Strohhut. Trank etwas. Schaute aufs Wasser. Falsch. Er trug nie Hüte.

Die Frau stellte ihre Tasche ab. Ich setzte zu einer Geste in ihre Richtung an, doch sie studierte die angezeigten Abflüge auf einem Monitor. Ich musste etwas sagen, wenn sie mich bemerken sollte. In diesem Augenblick vibrierte mein Telefon. Einmal kurz. Eine Nachricht.

Was, wenn er sich jetzt meldete? Mir schrieb, dass ich nicht kommen solle? Ich würde sofort zurückfahren zu Lea. Was könnte ich ihr kaufen, als Wiedergutmachung? Konnte ich jetzt noch zum Duty-free? Ohne zu fliegen? Aber was sollte er schon schreiben – *komm nicht, du Kasper. Ist alles okay bei mir.*

Die Frau nahm ihre Tasche, ging los in Richtung der anderen Gates. Ich schaute auf das Display: Lea. Natürlich nicht Felix.

*Du hättest wenigstens noch einmal mit mir schlafen können.*

Aus den Augenwinkeln sah ich, dass die Frau stehen geblieben war. Sich langsam umdrehte. Zurückkam. Unter den Sitz schaute. Den Boardingpass fand. Mir wurde warm. Ich hätte etwas sagen sollen. Sie stellte ihre Tasche auf den Sitz, ging in die Knie, nahm das Papier, richtete sich wieder auf. Ihr Blick traf mich.

»Ladies and Gentlemen«, tönte es aus den Lautsprechern, »your Star Alliance flight 984 to Phnom Penh is now ready for boarding.« Schnell stand ich auf und reihte mich in die Schlange der Fluggäste.

*Du hast recht. Wie immer. Ich melde mich von dort*, schrieb ich an Lea.

Im Gänsemarsch bestiegen wir das Flugzeug. Vor mir eine Familie. Urlaub, Brustbeutel für alle. Hinter mir ein alter Mann, Leinenanzug, Gehstock. Was wollte der in Kambodscha?

Der Steward am Eingang grüßte mich freundlich. »Herzlich willkommen.«

*The point of no return.* Oder: *The point of know and turn.*

Ich tippte eilig eine zweite Nachricht an Felix.

*Wenn das ein Witz ist, ist er nicht witzig. Ich komme dich jetzt suchen. Im Ernst.*

Senden.

Zehn Minuten, nachdem die Stewardess aufgestanden und hinter dem Vorhang, der die Business Class von der »Bronx« abtrennte, verschwunden war, schlief ich ein. Und träumte wieder, dass wir abstürzten. Sanft fielen und fielen. Dass die Stewardess nur stumm im Gang stand, mit meinem Bier. Alle schwiegen.

Niemand schrie. Niemand flehte. Ich hatte keine Angst. Ich träumte, dass im Moment des Aufpralls alles hell wurde, es endlich vorbei war, gar nicht weh tat.

Und dass Felix neben mir saß.

»Oh no!«, sagte er, als alles explodierte.

»Please fasten your seat belts«, sagte die Stewardess über die Lautsprecher.

Wozu, dachte ich. Wir sind sowieso tot. Die Gurte sind nicht besser als Aspirin.

»Please fasten your seat belts«, wiederholte die Stewardess, diesmal ließen mich ihre Worte hochfahren. Wir befanden uns im Landeanflug. Die Passagiere drehten die Köpfe nach allen Seiten. Sobald wir den Boden berührten, würde ihr Urlaub beginnen. Zwei Wochen Paradies. Mit jeder Sekunde kamen sie ihrem Ziel näher. Wärme. Licht. Frieden. So wenig wollte der Mensch.

Wir setzten auf, das Flugzeug rollte aus. Es war morgens. Die Sonne strahlte. Die Menschen um mich herum atmeten auf. Mein Rücken schmerzte. Ich war nur einmal aufgestanden während des gesamten Fluges. Doch ich war wach.

Die Stewardess sammelte den Müll ein, lächelte mir zu, als ich ihr meine Flasche gab. »Du machst das schon«, sagte sie und legte den Kopf schief. »Du kannst ja sowieso nicht anders.«

»Na dann«, sagte ich.

»Hast du eigentlich ein Rückreiseticket?«

»Nein.«

»Du brauchst irgendwas, irgendeine Buchung. Am billigsten ist Laos. Kauf am besten vor der Immigration noch schnell einen Flug in zwei Wochen dorthin. Sonst lassen sie dich gar nicht erst rein.«

Daran hatte ich nicht gedacht.

»Danke,« sagte ich, »das schaffe ich.«

»Mach's gut«, sagte sie.

»Du auch«, sagte ich.

Ich schaltete mein Handy an. Eine Nachricht des Mobilfunkproviders: *Welcome to Cambodia.*

Keine Nachricht von ihm. Es dauerte, bis das Flugzeug zum Stehen kam. Als sich die Schlange im Gang endlich vorwärtsbewegte, hatte ich das Netz auf dem Handy freigeschaltet und für dreißig Euro einen Flug nach Laos gebucht. Ich war bereit.

Wir stiegen aus, die Gangway hinauf, in ein gesichtsloses Flughafengebäude. Schon hier drinnen war es heiß. Es roch süßlich. Sonst nahm ich kaum etwas wahr. Diese Gänge und Hallen hätten überall sein können. Wir stauten uns vor den Schaltern der Visavergabe. Die Beamten, olivfarbene Haut, graue Uniformen, unterdrückten ihr Gähnen nicht. Um ein Touristenvisum für dreißig Tage zu bekommen, musste man sich erst an einer Schlange vor einem Schalter anstellen, an dem man seinen Pass, ein Passbild, zwanzig Dollar und ein Formular abgab. Dann stellte man sich an der nächsten Schlange an, mit denselben Leuten, die im selben Flugzeug gesessen hatten, und irgendwann wurde man aufgerufen und bekam nach kurzer Befragung seinen Pass mit dem eingeklebten Visum zurück. Für zehn, vielleicht zwanzig Minuten Wartezeit war man niemand, noch besser: Man konnte darauf hoffen, den falschen Pass zu bekommen und jemand anderes zu werden. Der Typ vor mir hatte ein Auge auf den Nacken tätowiert, als könnte er nach hinten sehen. Es funktionierte, ich fühlte mich beobachtet. Als ich vorn am zweiten Schalter stand, wurde mein Name aufgerufen. Ich hatte keine Chance, so zu tun, als hätte ich ihn nicht gehört.

Der Kambodschaner, der mich abfertigte, war höchstens so alt wie ich und außerhalb dieses Flughafens sicher ein sehr freundlicher, sanfter Mensch. Mich jedoch musterte er streng, zog seine Augenbrauen hoch, während er mit dem Zeigefinger die bordeauxrote Kante meines deutschen Reisepasses entlangfuhr.

»What are you doing here?« fragte er mich. »Business or holiday?«

Ich hatte beim Verlassen des Flugzeuges entschieden, dass ich nicht lügen würde. »Sag einfach, du bereist das Land«, hatte mir seine Mutter eingeschärft. »Du willst ja keinen Ärger.« Sie war Tausende Kilometer weit weg.

Ich sah an dem Beamten vorbei aus einem Fenster, das weit hinter ihm, am anderen Ende der Halle, geöffnet war wie ein Ausblick in eine bessere Zukunft. Landebahnen, Palmen, Sonne, Hitze. *Ain't nothing gonna break my stride.*

»I am looking for a friend of mine«, sagte ich.

Ein kalter Blick. »Do you have a flight back home?«

»No. I have a flight to Laos. In two weeks.« Ich hielt mein Smartphone schon in der Hand, um ihm die Buchung zu zeigen.

Aber er fragte nur: »Looking for a friend?«

Das letzte gespeicherte Foto zeigte Felix. Von vorn, lächelnd. Die Locken ein wenig zu lang. Die Haut ein wenig zu blass. Aber wer ihn schon einmal gesehen hatte, würde ihn sofort erkennen.

»He looks like this«, sagte ich und hielt ihm das Handy hin.

Der Beamte betrachtete den Menschen in meiner Hand. Schaute mich an.

»He looks like you«, sagte er, ohne eine Miene zu verziehen. Schüttelte kurz den Kopf. Dann stempelte er meinen Pass.

Und damit begann meine Suche.

# TUNNEL

»WIR BRAUCHEN EINEN TUNNEL«, sagte Felix.

»Was?«

»Du weißt schon, ein Loch im Boden, einen unterirdischen Gang. Von dir zu mir.«

Wir standen in der Eisdiele und warteten. Immer, wenn die Zeit eine Lücke ließ, füllte Felix sie mit Ideen. Er schien mehr davon auf Lager zu haben als der Eisverkäufer von den kleinen bunten Plastiklöffeln, die in einem Glas auf dem Tresen steckten. Darunter leuchteten Eissorten in grellen Farben, jede Woche neue, mit unaussprechlichen Namen, das reinste Paradies. Wenn wir kein Geld hatten, bettelten wir den Eisverkäufer so lange an, bis er uns wenigstens probieren ließ. Heute aber hatte uns Dorothée mit ein paar Münzen losgeschickt, die Felix in seiner verschwitzten Hand drehte. Wir würden im großen Stil zuschlagen. Wir waren schlau, wir waren gierig, wir waren neun.

»Einen Tunnel«, sagte ich, »unter der Erde? Von deinem Haus zu meinem Haus, oder wie?«

Felix starrte aus dem Schaufenster. Vor uns waren noch drei Kunden. »Ja«, sagte er abwesend. »Man müsste ihn nur graben. Dann könntest du immer heimlich zu mir kommen.«

Ich stellte mir vor, wie wir uns im Tunnel begegneten, weil wir beide gerade den anderen besuchen wollten. Wir würden eine Leitung brauchen, über die wir uns verabreden konnten, mindestens einen Draht, an dem man zog, so dass am anderen Ende eine kleine Klingel läutete, allerdings riskierte man damit die Entdeckung des Tunnels. Vielleicht besser ein verstecktes

Licht? Oder wäre das wiederum zu unauffällig als Signal? Es gab noch einige Fragen zu klären.

Endlich waren wir an der Reihe, machten uns groß, bestellten, bekamen unser Eis, jeder eine Waffel mit zwei Kugeln, durften zwei neue Farben probieren, und ausnahmsweise hatten wir uns wirklich nichts Böses gedacht, wollten einfach nur mit unserem Eis so schnell wie möglich raus, auf irgendeine Mauer im Schatten, um uns eingehend mit dem Wunder in unserer Hand zu beschäftigen, die restliche Welt war die Taube auf dem Dach, also los! Deshalb rannten wir aus dem Laden, wobei, das stimmt nicht, wir rannten nicht. Ich bin mir sicher, dass wir nicht rannten, denn wir hatten jeder ein Eis in der Hand, und wieso den kostbaren Schatz gefährden, zumal es so heiß war, dass man am liebsten regungslos im Dunkeln liegen wollte?

»Nur, weil du wieder so irrsinnig gerannt bist«, sagte seine Mutter später, aber erstens stimmte das nicht, war nicht logisch, und zweitens war sie nicht dabei gewesen, konnte es also nicht wissen, selbst wenn es gestimmt hätte. »Du rennst immer«, behauptete sie, »als wärst du zu doof zum Gehen. Nimm dir mal ein Beispiel an ihm«, sie zeigte mit dem Finger auf mich, ohne mich anzuschauen, als wäre ich ein Gegenstand, »er kann gehen wie ein normaler Mensch.« Und ich verstummte, denn ein Gegenstand sprach nicht.

»Ich bin nicht gerannt«, sagte Felix ein einziges Mal, als ich dabei war, und ich war oft dabei, wenn sie ihn deswegen ausschimpfte. Sie stockte, schaute ihn an, als traute sie ihren Augen nicht. Dann sagte sie: »Das kannst du doch gar nicht einschätzen. Du hast ein viel zu schlechtes Körpergefühl.« Das Fernglas erwähnte sie nicht, mit dem sie angeblich immer sehen konnte, was Felix machte, selbst wenn er ein paar Straßen weiter vor einem Eisladen war. »Und außerdem biegst du dir deine Erinnerungen gern hin, wie es dir passt.« Vielleicht existierte das Fernglas gar nicht?

Die entscheidende Frage blieb jedoch: Rannten wir oder rannten wir nicht, als wir aus dem Laden kamen? Als ein Mann, »ein armer älterer Herr«, wie ihn Felix' Mutter nannte, gerade um die Ecke bog und davon überrascht wurde, dass zwei Jungen mit Waffeln in den Händen ihm in den Weg traten? Er wollte ausweichen, verlor das Gleichgewicht, fiel zur Seite, langsam, aber endgültig, wie ein gefällter Baum. Sein Oberschenkel brach, er fluchte, schrie jedoch nicht, jammerte nicht, fluchte nur: »Zum Teufel!« Felix und ich standen neben ihm mit unserem tropfenden Eis, jeder zwei Kugeln, ich Vanille und Erdbeere, er Stracciatella und Pistazie. Wenn ich mich so genau daran erinnere, welches Eis wir aßen, müsste ich doch wissen, ob wir gerannt waren, ob der Mann tatsächlich uns verfluchte oder nur das Schicksal an sich, das ihn einen Weltkrieg und Dutzende Jahre Frieden hatte überleben lassen, einen Sturz vom Dach, auf das er nur geklettert war, weil seine Frau Angst hatte, dass es durch die vom Sturm abgedeckten Stellen reinregnete, und nicht warten wollte, bis der Dachdecker kam, aber was waren ein gebrochener Arm und eine Platzwunde an der Stirn gegen eine Frau, die keine Angst mehr hatte? All das, erzählte er Felix später, habe er erlebt, überlebt, nur damit er sich vor einem Eisladen den Oberschenkel brach, zum zweiten Mal, und schon beim ersten Mal, zwei Jahre zuvor, hatte ihn der Sohn angeschaut wie einen Ochsen, den man notschlachten musste. Dieses Mal würde er nicht mehr aus dem Krankenhaus heimkommen, die steckten ihn direkt ins Pflegeheim, *zum Teufel noch mal.* Worte, die aus dem Mann hervorbrachen, als müsste er platzen, so wie Felix, als er sie dann vor mir ausspuckte.

Zunächst jedoch standen wir sprachlos vor unserem Opfer.

»Entschuldigung«, stammelten wir beide, aber der Mann beachtete uns nicht.

»Du gehst dich heute in aller Form entschuldigen«, sagte Felix' Mutter am nächsten Tag. »Das ist wohl das Mindeste, wenn man jemandem so weh tut. Dann fühlst du dich doch auch besser, meinst du nicht? Und erfinde nicht wieder irgendeine Ausrede.« Sie legte ihre Arme um ihn, drückte ihm einen Kuss auf den Mund, wie zur Versöhnung. Natürlich hasste er sie dafür umso mehr. Trotzdem gehorchte er, ging zu dem Mann. Mit einem Geschenkkorb, den seine Mutter gekauft hatte und dessen Kosten sie ihm vom Taschengeld abzog. Aber das reichte ihr nicht. »Der arme Mann liegt jetzt zu Hause und kann nicht einmal einkaufen gehen. Wenn du so gern rennst, dann renn für ihn zum Edeka, das wäre doch was? Wollen wir das fest ausmachen?«

Ich wusste, was jetzt folgte: eine »Vereinbarung«. Seine Mutter schrieb auf, was Felix an Schuld auf sich geladen hatte und was zur Wiedergutmachung zu tun sei. Mit ihrer elektrischen Schreibmaschine, auf ein weißes Blatt Papier. Das surrende Geräusch hörte man durchs ganze Haus, selbst in Felix' Zimmer, wo wir seit dem Unfall die meiste Zeit hockten. Als sie fertig war, kam sie zu uns.

»Jungs, einen Moment mal«, sagte sie, und wir hörten auf zu spielen, was immer wir gerade mit halber Konzentration spielten. »Ich finde es sehr wichtig, dass wir das hier zusammen unterschreiben.« Sie legte den Papierbogen auf seinen kleinen Schreibtisch. »Auch du«, sie sah zu mir herüber, »du warst schließlich dabei und bist ein Zeuge.« Sie roch süß, ihre Augen waren blau geschminkt. Wir standen auf, Felix zuerst, und beugten uns über das Blatt.

»Lest es euch gut durch«, sagte sie.

*Hiermit vereinbare ich, Felix (Sohn), mit Dorothée (meiner Mutter) und Georg (meinem Vater) folgende vier Punkte:*

*1. Ich helfe dem armen Mann, den ich in diesen schlimmen Unfall verwickelt habe, jeden Tag eine Stunde im Haushalt.*

*2. Ich verspreche, nicht mehr zu rennen.*

*3. Dafür erlassen mir meine Eltern weitere Strafen, die ich eigentlich verdient hätte.*

*4. Wir diskutieren nicht über diese Vereinbarung. Wir halten sie ein.*

Felix starrte lange auf die Zeilen, als handelte es sich um einen unentwirrbaren Haufen Buchstaben. Seine Mutter wartete, nach einer Weile hielt sie ihm ungeduldig den Füller hin, mit dem sie bereits unterschrieben hatte. Wortlos, ohne den Blick zu heben, krakelte Felix seinen Namen auf das Papier. Ich erschrak, als er das dunkelblaue Metall vor meine Brust hielt.

»Zeuge«, sagte er knapp und schaute mich aus dunklen Augen an. Ich hatte keine Wahl. Ich unterschrieb neben seinem Namen, etwas leserlicher und kleiner.

»Sehr gut«, sagte seine Mutter, klatschte in die Hände und nahm mir den Füller aus der Hand. »Georg wird das heute Abend auch unterschreiben, und dann haben wir eine Vereinbarung. Richtig?«

»Richtig, Mama«, sagte Felix.

Sie heftete das Blatt in den Ordner mit den anderen Vereinbarungen, und schon am nächsten Tag ging Felix für den alten Mann einkaufen, half ihm in der Wohnung, hörte sich seine Klagen an. Er hasste es. Jedes Mal, wenn seine Mutter ihn hinschickte, musste er sie anrufen und ihr den alten Mann geben, der ihr bestätigte, wie tüchtig der Junge ihm zur Hand gegangen war. Eis gab es in diesem Sommer nicht mehr.

»Wir brauchen wirklich einen Tunnel«, sagte Felix zu mir, nachdem er das letzte Mal bei dem alten Mann gewesen war. Es klang eindringlicher als damals in der Eisdiele.

»Wie soll das gehen?«

»Von Keller zu Keller. Das sind maximal hundert Meter

Luftlinie. Unterirdisch kann man ja direkt graben. In den Alpen haben sie kilometerlange Tunnel gebaut, richtige Höhlensysteme, als Bunker für den Krieg. Die ganze Schweiz hätte da reingepasst.«

»Die ganze Schweiz?«

»Wir müssen nur genau genug graben.«

»Hundert Meter. Wie lange braucht man dafür?«

»Lange. Aber nicht ewig.« Er hatte die Stimme gesenkt. »Die beiden Eingänge müssen wir gut verstecken, hinter alten Schränken, die voll sind mit Akten oder so. Wo niemals jemand rangeht. Und wo nur ein Kind drunter durchkrabbeln kann. Dann haben wir eine geheime Verbindung.«

»Keiner wird sie jemals finden«, sagte ich leise, weil ich wusste, dass er es mochte, wenn etwas geheim war, nur uns anging.

»Genau. Keiner wird sie jemals finden.«

Ich dachte, es wäre eines dieser Märchen, die wir erfanden, wenn wir in der Eisdiele warteten. Und weiterspannen, wenn das Eis aufgegessen war, wir auf dem Spielplatz herumsaßen. Einer auf der Schaukel, der andere im Klettergerüst. Der Nachmittag zerfloss wie warme Schokolade in der Hosentasche. Klebrig. Ohne Anfang und Ende. Wir redeten so vor uns hin. Bis wir heimmussten.

Am nächsten Tag, nach der Schule, stand Felix mit einer Schaufel vor mir. Ich war mit dem Fahrrad zu ihm gefahren. Ich dachte, wir wollten irgendwohin, aber er bewegte sich kein bisschen.

»Los, fangen wir an«, sagte er.

»Mit dem Tunnel?«

»Nein, mit dem jährlichen Schaufelumzug.«

»Was?«

»Natürlich mit dem Tunnel. Heute ist Mama nicht hier. Niemand wird uns erwischen.«

Ich stellte mein Fahrrad ab, wir gingen in seinen Keller, nicht durch die offene Außentür, sondern durch den Zugang im Flur, damit uns kein Nachbar sah. Es war feucht unter dem alten Haus, die Wände waren aus kaltem, grauen Stein, nicht verputzt wie in dem Mietblock, in dem wir wohnten. Felix begann, mit einer Taschenlampe das Mauerwerk abzuleuchten.

»Wir brauchen eine Stelle, wo der Stein schon bröckelt«, sagte er. »Los, nimm die Lampe und leuchte mir.«

Ich ließ den Schein der Lampe das Dunkel aufsaugen, Felix klopfte mit der Schaufel gegen den Stein, so arbeiteten wir uns Stück für Stück vor. Wo ein Regal die Wand versperrte, räumten wir die Sachen von den Brettern, um weiter testen zu können, stellten anschließend alles penibel zurück, damit niemand etwas bemerkte. Jedes Einmachglas kam wieder auf seinen Platz, auf den dunklen Fleck, den es vom Staub freigehalten hatte.

Wir arbeiteten schweigend, bis ich irgendwann sagte: »Als wären wir Verbrecher im Gefängnis.«

Ich hatte laut gedacht, hatte uns als Häftlinge in Streifenpyjamas vor Augen, die den großen Ausbruch planen. Laut denken war gefährlich mit Felix. Er drehte sich zu mir um und schaute mich an, als wäre es das Dümmste, was er je in seinem Leben gehört hatte.

»Wir sind nicht gefangen, du Schwachkopf«, sagte er und schüttelte den Kopf. »Sonst könnten wir wohl kaum graben.« Dann drehte er sich wieder um und klopfte mit der Schaufel gegen den Stein, in der Hoffnung, dass es dahinter hohl klang. Und erst als wir nach stundenlangem Abtasten herausfanden, dass dieser eingemauerte Keller keinen einzigen schwachen Punkt hatte, dass alles um uns massives Gestein war, gab Felix auf.

»Wir denken uns etwas anderes aus.« Er ließ die Schaufel fallen und rannte die Kellertreppe hinauf ans Tageslicht.

*So geht rennen*, dachte ich.

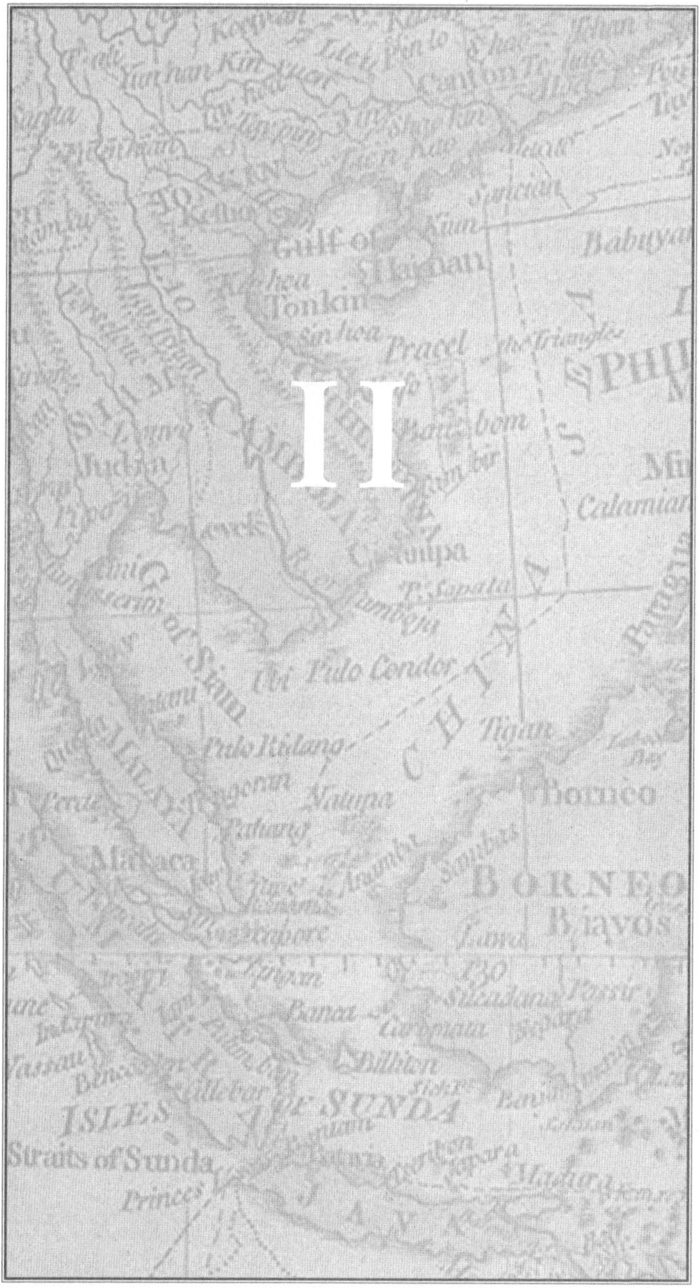
Canton
Gulf of Hainan
Tonkin
Pracel
Babuyan
Calamian
Pulo Condor
Pulo Ridang
Natuna
Borneo
BORNEO
Malacca
SUNDA
ISLES
Straits of Sunda
Princes

# II

# HOSTEL CALIFORNIA

»HAVE YOU SEEN THIS GUY?«

Die Musik war laut. Ich lehnte an der Bar, das Mädchen stand neben mir in Tanktop und Jeansshorts, so wie alle hier, nur die Kambodschaner hatten mehr an. Sie wollte bestellen, aber die Bedienung kam nicht, weil am anderen Ende des Tresens gerade vier Jungs (braungebrannt, siegessicher, womöglich Amerikaner) rote Cocktails orderten. Also wartete das Mädchen, lange genug, dass ich Anlauf nehmen, mir ihre schlimmstmöglichen Reaktionen ausmalen – Gleichgültigkeit, Misstrauen, geheucheltes Mitleid – und sie ansprechen konnte.

»Hey, sorry«, ich hielt ihr mein Handy entgegen, das Display strahlte ihr Gesicht blau an, »have you seen this guy?«

»Sorry, what did you say?«

»My friend. I am looking for him.«

Sie runzelte die Stirn, warf einen schnellen Blick auf den kleinen Bildschirm. Felix schaute sie von unten an. Dann ging die Beleuchtung des Displays aus. Ich musste die automatische Sperre auf »nie« stellen, warum hatte ich daran nicht gedacht? Niemals sollte es ausgehen, immer *an* sein, immer Felix' Bild zeigen und mir den Weg weisen, sein Gesicht als meine Eintrittskarte in das Labyrinth, in dem er sich verlaufen hatte. Als ich wieder aufsah, stand die Bedienung vor uns.

»One beer, please«, sagte das Mädchen, ohne sich noch einmal zu mir umzudrehen. Die Bedienung bückte sich, griff nach einer Dose, streckte sich wieder, stellte das Bier ab. Das Mädchen schob eine grüne Dollarnote über die Theke.

Sie war hübsch. Sie wurde sicher dauernd angesprochen. Die Amerikaner hatten sie schon entdeckt.

»Sorry«, sagte ich, das Handy wieder im Anschlag. »He is missing for four weeks now.« Für eine halbe Sekunde schien sie neugierig zu sein, schaute sich das Foto noch einmal an. Dann rutschte ihr Blick zu ihrem Bier. Das Handy blieb hell.

Sie behaupten, es werde einfacher, je mehr Menschen man anspricht. Sie lügen. Genau wie alle, die sagen, nur der erste Satz sei schlimm, danach werde es schon laufen. Die wiederum lügen genau wie jene, die vorgeben, mich zu verstehen. Meine Schüchternheit. Meine Angst.

Niemand versteht mich.

Niemand weiß, wie der Fluchtreflex meine Vernunft lahmlegt, meine Sinne geschärft werden für alle Auswege, mein Denkapparat seine gesamte Energie darauf verwendet, mir mittels eines Chors von Skeptikern einzureden, dass es der falsche Zeitpunkt, die falsche Art, der falsche Ort, der falsche erste Satz und ich sowieso der falsche Typ sei, Menschen anzusprechen. Dass ich fliehen sollte, sofort. Todesangst kommt in mir auf, wenn ich fremde Leute ansprechen soll und riskiere, mich zu blamieren. Die Furcht, aus der Gruppe ausgeschlossen zu werden, ist ein Instinkt aus Urzeiten, als man ohne die Horde verhungerte, von wilden Tieren gefressen oder von einer anderen Horde als Außenseiter erschlagen wurde.

*Felix, mein bester Feind*, dachte ich, *du wusstest, dass ich das hier hassen würde.*

»Sorry«, sagte das Mädchen, zwang sich zu einem Lächeln, »no idea who that is.« Dann ließ sie mich stehen. Ich schaute ihr hinterher, bis ich mich selbst dabei ertappte und wegsah. Die Amerikaner hatten uns beobachtet. Sie sprachen über mich, ganz sicher, und freuten sich, dass ich mir einen Korb eingefangen hatte. Einer hob ironisch sein Glas, rief »cheers« zu mir herüber. Diesmal war ich es, der sich wegdrehte.

Ich war abends in dem Hostel angekommen. Nach der *Immigration* dauerte es noch einmal lange, bis unser Gepäck auf dem Band war. Dann war ich den Zeichen durch die Halle zu dem Parkplatz gefolgt, wo mein Bus abfahren sollte. Noch vor dem Ausgang passte mich ein junger Kambodschaner ab.

»Where do you wanna go, my friend?« Er trug ein weißes Hemd und ein Schild in der Hand, auf dem vier verschiedene Busunternehmen genannt waren.

Ich zeigte ihm mein Ticket. Er sah mich lächelnd an. Ich hatte das Gefühl, noch etwas hinzufügen zu müssen. »You know where this bus leaves?«

»You have ticket already?«, fragte er.

»Yes«, sagte ich ungeduldig.

»You don't know where?«

»No. I didn't book it myself.«

»Who did it?« Er beugte sich über das Ticket.

»The mother of my friend.«

»Your mother?«

»No.«

Warum redete er überhaupt mit mir? Wollte er mir etwas verkaufen?

»I have to go«, sagte ich und ließ ihn stehen. Sekunden später öffneten sich die Schiebetüren, ich trat hinaus ins Freie. Nach Kambodscha.

Viele sagen, die Hitze hier sei wie eine Wand. Das stimmt nicht, man bewegt sich ja darin, wenn auch langsam. Sie ist eher wie eine zu warme Badewanne, in die ich als Kind nie wollte und heute noch viel weniger. Jeder Schritt ist zäh, die Luft sträubt sich, eingeatmet zu werden, und man hört erst auf zu schwitzen, wenn man tot ist.

Die Minibusse standen bereit, allerdings war nirgends zu entdecken, wo sie hinfuhren. Es waren zehn oder zwölf, also musste ich wohl oder übel fragen. Nachdem ich drei Kambodschaner mit meinem Ticket und dem Namen des Ortes bedrängt hatte und sie immer auf den nächsten Bus gezeigt hatten, kam endlich der richtige Fahrer auf mich zu und führte mich zu seinem Van. Auf der Seitentür stand in großen Buchstaben »VIP«. Drei weiße Gesichter, müde und verspannt, empfingen mich, als ich einstieg. Weiter hinten saß ein schlechtgelauntes Pärchen. Er sah aus wie Goofy, viel zu groß, lange schwarze Haare, seltsam gekrümmt in dem zu engen Sitz. Seine Beine ragten zu seiner Freundin hinüber, die wiederum klein war, ein Mausgesicht mit spitzer Nase und strengem Zopf. »Ich bin gar nicht sauer«, sagte sie. Deutsche.

»Du hast schon bei der Landung nur gemeckert«, sagte er gereizt. »Warum wohl«, zischte sie zurück. Ich setzte mich auf den einzelnen Sitz schräg hinter ihnen und hoffte, dass sie zu übernächtigt waren, um lange zu streiten. Ich hasste Paare, die sich in der Öffentlichkeit nicht beherrschen konnten. Lea und ich hatten uns nie gestritten, wenn andere es mitbekamen.

Als ich am Flughafen mein Handy eingeschaltet hatte, traf sofort eine Nachricht von ihr ein.

*Alles Roger in Kambodscha?*, schrieb sie.

*Das ist jetzt nicht dein Ernst*, schrieb ich zurück.

*Sorry. Das ist die Vermissung. Sie macht mich dumm. Geht's dir besser?*

*Geht. Bin gelandet. Suche jetzt den Bus.*

*Viel Glück. Ich gehe ins Bett.*

*Gute Nacht.*

*Schreib mir morgen, also später, wie es ist.*

*Mache ich.*

*Kuss.*

*Kuss.*

Aber wie? Wie sollte ich ihr diese Tour quer durch ein so fremdes Land beschreiben, wenn ich selber nichts verstand? Der Fahrer raste über die buckelige Straße. Das Chaos aus Häusern und Menschen und Staub und einer Million Motorräder flog an uns vorbei wie ein Sturm, in dem halbfertige Baustellen tanzten und Garagen und Wellblechhütten und glitzernde Bauten mit hohen Mauern und Reisfelder, von einem Grün, wie ich es noch nie gesehen hatte. Neben der Fahrbahn pinkelte ein Mann in den Graben. Alles hier war offen, die Gesichter der Menschen, die unablässig lächelten, ebenso wie die Häuser, die Straßenimbisse, Tankstellen, Apotheken, Friseure, Restaurants. Sämtliche Gebäude hatten nur drei Wände, als würde man sonst in ihnen ersticken. Das Leben passierte zur Straße hin, zwischen den Pflanzen und Bäumen, dem Müll, der überall hingekippt war, gelber, grüner, schwarzer, blauer, roter Müll, der fast fröhlich aussah, so bunt leuchtete er am Straßenrand neben den Plakaten der »Cambodian Peoples Party«, auf denen zwei ergraute Herren in Anzügen grüßten. Werbeschilder für Handyverträge und ein Bier namens »Angkor«. Kinder, die barfuß an der Straße mit abgemagerten Kühen spielten. Der Busfahrer hupte, wenn er bremste, und hupte, wenn er überholte, wie ein Wahnsinniger scherte er aus, fuhr mit voller Breite auf die Gegenfahrbahn, egal ob ein Roller oder ein Laster entgegenkam, rechts sausten blaue Taxis vorbei und weiße Minibusse wie unserer. Mönche in orangefarbenen Gewändern, die zu Fuß unterwegs waren, Schüler in weißen Uniformen auf Fahrrädern und Mütter mit Babys auf Motorrollern, die kleinen Bündel auf den Rücken geschnürt, wegen des Fahrtwindes. Wir überholten sie alle, und mehr als einmal dachte ich, *gleich knallt es, und wir sind alle tot*, aber im letzten Moment scherte unser Fahrer wieder ein. Die Menschen trugen Flipflops, Fußballtrikots von englischen Mannschaften, gebügelte dunkelblaue Hemden oder bestickte fließende Tücher wie aus einem Kostümfilm. Ein süßlicher, schwerer Geruch und der Lärm der Straße drangen immer wieder zu uns herein, ich spürte eine Aufregung und Angst wie auf einem Zehnmeterbrett, es war schrecklich und wunderschön zugleich. Wie konnte man hier verloren gehen? Wie konnte man hier *nicht* verloren gehen?

Wir schlingerten in die Dämmerung, die Leuchtreklamen flackerten, ich wollte wach bleiben, aber der Jetlag killte mich. Mir fielen die Augen zu, obwohl der Fahrer fuhr, als verwechselte er ständig Gas und Bremse, obwohl die Schlaglöcher den Bus durchschüttelten wie Granateneinschläge, obwohl das Radio aufgedreht war mit kambodschanischem Pop, zuckersüß gellende Musik wie aus dem Kopf eines Zweijährigen. Obwohl die Scheiben in den minderwertigen Gummifassungen bei jeder Unebenheit kreischten, obwohl die Klimaanlage brutal blies. Ich träumte wirres Zeug, abstruse Konversationen zwischen Lea und Felix' Mutter, zwischen Felix und Lea, dann war ich wieder wach. Etwas warf Funken vor der Scheibe, eines der Bündel Stromkabel, die überall freiliegend an den Straßen entlangführten, niemanden schien die offensichtliche Gefahr zu kümmern. Eine ganze Familie auf einem Motorrad steuerte durch die schmale Lücke zwischen zwei Transportern. Fünfzehn Kinder auf der Ladefläche eines Pick-ups, ein toter Hund am Straßenrand, der es nicht mehr ins rettende Grün geschafft hatte. Was war hier ein Leben wert?

Im Bus waren nun fast alle bewusstlos. Goofy hatte seine langen Glieder von sich gestreckt. Neben ihm lag seine Freundin, sie hatte ihre Rückenlehne ganz nach hinten gestellt, fast waagrecht, weshalb der Kambodschaner hinter ihr sich in seinen Sitz pressen musste, als fürchtete er einen fatalen Aufprall. Ich fühlte mich überfordert, verstand das alles nicht. Den Verkehr nicht, die Architektur nicht, was machten die in den Häusern und Büros? Vermutlich das Gleiche wie wir. Ich versuchte, nicht nachzudenken, doch solange ich wach war, rasten meine Gedanken. Wie arm waren sie hier wirklich? Stahlen sie? Töteten sie für Geld? Was ich sah, wirkte chaotisch, aber friedlich. Sie fuhren wild durcheinander auf ihren Rollern und Rädern und allerlei Gefährten, für die ich keine Namen hatte. Aber sie verletzten sich nicht, sie gaben aufeinander Acht, und das Gehupe, begriff ich, diente hier der Vorsicht. Wie ein Schwarm Fische schienen sie immer zu wissen, was die anderen taten.

Nach acht Stunden Fahrt hielten wir direkt vor dem Hostel. Es lag zentral in einem Ort, der eine kleine Bucht ausfüllte. Es war hellblau gestrichen, dreistöckig, erleuchtet, Balkone ringsherum. Von der Bar, die zum Wasser lag, drang Musik auf die Straße. Ich stieg aus, der lange Deutsche und seine Freundin mit mir, was für ein Zufall. Ich nahm meinen Rucksack vom Fahrer entgegen und folgte schnell dem Schild »Reception«, um Abstand zu Familie Goofy zu bekommen. Hinter dem Empfangstresen, gleich neben der Bar, stand ein Typ mit Dreadlocks. Er sei Australier, wie er mir ungefragt erklärte, hier hängengeblieben. Alles habe angefangen mit einer wilden Nacht in Bangkok, zwei thailändische Piloten hätten ihn abgefüllt, auf einmal sei er in einem Bus hierher aufgewacht, wie er es über die Grenze geschafft habe, »keine Ahnung, Mann, ich war voll wie David Hasselhoff«. Jetzt arbeite er in dem Hostel gegen Unterkunft und Essen ein bisschen mit. Er war der Erste, dem ich Felix' Bild zeigte. Doch er winkte gleich ab: »Bin erst zwei Wochen hier.« Die Chefin sei an der Bar beschäftigt, er deutete neben sich. »Entspann dich erst mal.«

Er führte mich in ein Zimmer im ersten Geschoss mit Stockbetten, ein Schlafplatz war noch frei, unten rechts am Eingang, das unbeliebteste. Jeder, der reinkam, musste an meinem Gesicht vorbei. »Betten sind auch nur Ladestationen für Menschen, Mann«, sagte der Australier, als ich nicht gleich in Begeisterung ausbrach. Bis ich meine Sachen neben und auf dem Bett verstaut hatte, waren vier andere Gäste rein und wieder rausgelaufen: ein schlaksiger Typ mit hellen Locken, zwei schwatzende Italienerinnen, ein Amerikaner unter einer Baseballcap. Alle hatten mir ein kurzes »Hey« zugeworfen und waren dann Richtung Bar verschwunden.

Erst als ich wenig später selbst hinging, begriff ich, dass das Hostel tatsächlich direkt am Strand lag. Zum Meer hin war es offen, hatte eine große Veranda aus Holz, riesige Ventilatoren kreisten träge an der Decke. Die Wände waren voll mit Tafeln, auf denen mit bunter Kreide »Happy Hour!« oder »Beer = One Dollar« geschrieben stand, dazu Angebote für Tagestouren und Schnorcheltrips (»Be sober for a change!«). Rechts der Tresen, links ein Billardtisch. Dazwischen Tische wie zufällig abgeworfene Findlinge, hohe und niedrige, um die man herumlag, ein paar bunte Sitzsäcke. Die Menschen, die man hier antraf, waren jung und von einem besonderen Glanz. Als wären sie kürzlich getauft worden zu vollwertigen Jüngern einer fröhlichen Sekte. Sie waren keine Touristen, sie waren *auf Reisen.* Ich stand an der Bar und machte mir einen Sport daraus, ihre Tattoos zu zählen. Vögel, Blumen, Schriftzeichen, Zahlen, Wellen, Flugzeuge. Auf Bizeps, Knöcheln, Rücken. Felix hatte keins, er mochte nichts, was ewig blieb. Ich kam auf durchschnittlich 3,7 Tätowierungen pro Person, als das Mädchen neben mir auftauchte, ich sie ansprach, sie mich stehenließ.

»And you, amigo?«, fragte die Bedienung endlich. Sie sah deutlich älter aus als alle anderen, mit grauen Schlieren im halblangen schwarzen Haar, dunkler Teint, vermutlich war sie Spanierin oder Italienerin. »What are you looking for?«

»I am looking for this friend of mine«, sagte ich.

Sie schaute auf das Handy. Schaute wirklich hin. Erkannte etwas. In mir sprang die Hoffnung an wie ein dummer kleiner Hund hinter einer Wohnungstür, der sofort sein Herrchen wittern wollte, wenn nur jemand durchs Treppenhaus ging.

»Yeah«, sagte sie, »I remember him.«

»Really?«

»Really. Ist aber schon eine Weile her.«

»Vier Wochen.«

»Kann sein. Auf jeden Fall erinnere ich mich noch an seine letzte Nacht hier.«

»Was ist passiert?«

»Nichts Wildes, eigentlich. Aber sie haben mir einen Tisch ruiniert, er und Luca und ein paar andere. Irgendein dummes Spiel mit einem Messer, man konnte die Schnitte tief im Holz sehen. Dein Freund hat nur gelacht. Da bin ich wütend geworden, hab ihn angebrüllt. Dein Freund sagte so was wie: Reg dich ab, Narben formen den Charakter. Ich sagte, wenn er selbst keine neuen Narben wollte, sollte er sich verpissen. Genau das habe er vor, tönte er daraufhin. Immerhin hat er sein Wort gehalten. Am nächsten Tag war er weg.«

Er war nicht mehr hier. Nichts anderes hatte ich erwartet. Es von ihr zu hören, versetzte mir trotzdem einen Schlag.

»Wie lange ist das her?«, fragte ich.

»Ein Monat, oder zwei«, sagte sie, dann: »Ich heiße übrigens Dita«, sie streckte mir die Hand hin. »Manche nennen mich *Mama Dita*, wie *Mamacita*, weil ich Mexikanerin bin. Das Hostel gehört mir.«

»Hi«, sagte ich und nannte ihr meinen Namen. »Und du hast seitdem nichts mehr von ihm gehört oder gesehen?«

»Nein, nichts. Warum?«

»Er ist seit vier Wochen verschwunden. Seit er hier war.«

Sie schüttelte den Kopf. »Vier Wochen? Fuck. Das letzte Mal, dass ich ihn gesehen habe, war da drüben … Da, wo jetzt die Mädels sitzen.« Sie deutete mit dem Kinn auf den einzigen Tisch, der mit einem Tuch bedeckt war, rot-weiß kariert, tausendmal gewaschen.

Ich wischte ein Foto weiter auf meinem Handy, zu dem Bild, auf dem Felix mit anderen Travellern um einen Tisch saß. Im Hintergrund war an der Wand eine Karte der Gegend zu erkennen, gemalt auf Stoff. Man konnte ihren unteren Rand erkennen, blau, der Ozean. Es musste der Tisch sein, an dem das Foto entstanden war.

»Warum gehst du nicht zu den Girls«, schlug Dita vor. »Vielleicht weiß der Tisch etwas. Narben und Charakter und so.«

Ich nickte. Die Mädchen am Tisch rauchten, tranken Wein und lachten. Sie schienen seit Monaten hier zu sein, wussten Bescheid und sahen blendend aus. Drei von ihnen hatten diese strandblonden Haare, die man von viel Salzwasser und Sonne bekommt und die ich schon immer so wunderschön wie beängstigend gefunden hatte. Die beiden anderen hatten dunkle Haare, die eine wild gelockte, die andere kinnlange mit Pony, wie Lea. Keines der Mädchen würdigte mich eines Blickes.

Ich beobachtete sie seit zwanzig Minuten und wusste, dass die Uhr tickte. Noch fünf Minuten mehr, und ich würde auf sie wie der Verlierer wirken, der ich war. Wenn ich sie nicht bald fragte, was wollte ich dann in diesem Hostel? In dieser Stadt, diesem Land, auf diesem Kontinent? Felix wäre einfach auf sie zugegangen, hätte ihnen das Gefühl gegeben, dass sie nur auf ihn gewartet hatten, und eine halbe Stunde später wären sie die besten Freunde gewesen. *Ich mache das nur für dich*, sagte ich zu ihm.

Ich stand auf. Setzte mit schweren Beinen einen Fuß vor den anderen. Sah mir selbst dabei zu. Noch einen Schritt. Der Raum um mich herum war längst verschwunden, schwarz, ausgeblendet wie in einem Kinosaal, wenn der Film begann. Die Mädchen saßen auf der Leinwand, unerreichbar.

»Hey, sorry«, sagte ich. Zu leise. Sie schnatterten heftig weiter, als hätten sie sich die Geschichte des Jahrhunderts zu erzählen. Ich verstand kein Wort. Als ich stumm stehen blieb, bemerkten sie mich. Schauten, rauchten.

»I am sorry to bother you …« War das gutes Englisch oder eher zu korrektes Schulenglisch? Verstanden sie überhaupt Englisch? »Sorry, but I am looking for my friend.« Ich hielt das Handy hoch.

Sie tauschten Blicke aus, absichernd, entspannend. Ich war keine Gefahr, hieß das. Ich war nur ein Trottel, der seinen Freund suchte. Vermutlich das falsche Hostel erwischt hatte. Oder den falschen Abend. Wenn es richtig witzig wäre, sogar das falsche Land.

»He looks like this«, sagte ich, und hielt der Ersten das Bild näher hin. »He is missing for four weeks now.«

Mit einem Mal änderte sich etwas. Als ob die Musik abrupt gewechselt hätte. Sie rückten näher zusammen, konnten es kaum erwarten, auf das Telefon zu sehen. Die eine nahm es mir aus der Hand, es war die mit dem Pony, offenbar die Anführerin.

»¡Mirad!«, sagte sie zu den anderen, dann einzelne Brocken Spanisch, die ich nicht verstand.

»Desaparecido.«

»¿Dónde?«

»¿Aquí?«

»No entiendo.«

»Yo tampoco.«

Das Handy, das Foto, Felix – er wanderte von Hand zu Hand wie ein magisches Artefakt.

»Where is he from?«

»Germany.«

»And he was here?«

»Yes.«

»Das letzte Mal«, sagte ich, »ist er hier gesehen worden. Dieses Foto wurde an diesem Tisch gemacht. Vor vier Wochen.«

Ungläubig schüttelten sie die Köpfe, schauten immer wieder auf das Display, dann zu mir. Die anderen Gäste mussten denken, ich zeigte ihnen gerade Bilder eines Außerirdischen.

»Vier Wochen, sagst du?«

»Ja.«

»Wir sind jetzt eine Woche hier«, sagte die Anführerin. »Seitdem haben wir ihn nicht gesehen.«

»Okay«, sagte ich.

Schweigen.

»Sit with us«, sagte sie plötzlich. Und an die anderen gewandt: »Krass, oder? Wer von euch würde für mich nach Kambodscha kommen, na?«

Ein Stuhl wurde frei gemacht, sie rückten zusammen, ich setzte mich. *Das hast du jetzt davon*, sagte ich zu Felix. *Ich und fünf Spanierinnen.* Dann kamen die Fragen: Wann hast du ihn das letzte Mal gesprochen? Hatte er Probleme? Wie alt ist er? Wo in Deutschland wohnt ihr?

Ich konnte nicht mehr antworten als: *Yes, no, I don't know, four weeks, six months.*

Irgendwann sagte eine: »Das ist wie in dieser Serie, ich glaube, sie heißt *The Runaway* ... Da verschwinden auch Leute, super viele. Irgendwie ein oder zwei Prozent der Menschheit.«

»Was?«

»Einfach so, von einem Moment auf den anderen.«

»Von Aliens entführt?«

»Ne, einfach weg. Darum geht es ja in der Serie, also, wo die sind. Na ja, eigentlich geht es darum, was die Hinterbliebenen tun. Wie die zurechtkommen, wenn plötzlich die Mutter weg ist, oder ein Baby.«

Sie wechselte für einen Satz in ihr blitzschnelles Spanisch, eine Lawine aus Konsonanten, und beendete sie mit: »Just gone, you know.«

»Verstehe.«

»Seltsam.«

Eine der Blonden schnappte meinen Blick auf und wandte sich an ihre Freundin: »Bisschen unsensibel, dass du hier von einer Serie erzählst, wo er seinen Freund sucht.«

»Wieso, er ist ja nicht tot.« Sie hob die Hände abwehrend, riss die Augen auf. Schön waren sie. So dunkel.

»Aber es könnte sein …«, sagte die andere und biss sich auf die Zunge.

Ich wusste in genau diesem Moment, als mich alle anstarrten, dass er nicht tot war. Er konnte nicht tot sein, durfte nicht tot sein. War nicht tot, solange ich ihn suchte. Und noch etwas anderes begriff ich: Ich war ein Außenseiter. Ein Problem. Ein Schatten auf ihrer Sonne.

»Danke euch jedenfalls.« Ich wollte gehen.

»Bleib doch«, sagte die Anführerin, »und trink einen mit uns.« Als sie den Arm nach mir ausstreckte, um mich zurückzuhalten, entdeckte ich die Tätowierung auf ihrem Unterarm: *Wanderlust* stand da, in kleinen eckigen Buchstaben. Die Stimmung war umgeschlagen. Nicht mehr unbeschwert. Die Anführerin merkte so etwas. Deshalb war sie die Anführerin. Weil sie etwas dagegen tat. »Seriously«, sagte sie und tippte auf sein Foto, »wenn ich ihn gesehen hätte, so einen hätte ich mir gemerkt.«

Alle lachten.

»Bist du nur deswegen hier?«, fragte mich eine. »Also nur wegen deines Freundes?«

»Ja.«

»Ah, ihr Deutschen seid immer so ernst, immer muss etwas erledigt werden.«

Sie meinte es lustig, verschuldete aber nur das nächste peinliche Schweigen.

»Zum ersten Mal in Kambodscha?«, fragte eine endlich.

»Ja.«

»Warst du schon in Myanmar?«

»Nein. Aber ich würde gern mal hin«, log ich.

»Die Flüge sind ziemlich teuer«, sagte eine andere. »Zumindest ist es da noch nicht so touristisch.«

»Wart's ab, die sind als Nächstes dran. Erst Thailand, dann

Vietnam, jetzt Kambodscha und bald sicher Myanmar«, meinte die mit den Locken.

Das Gespräch nahm eine andere Richtung. Es war okay. Sie wussten nichts, wozu weiter spekulieren. Sie schenkten mir Wein in ein benutztes Glas, an dem ein wenig Lippenstift hing. Ich trank und erkundigte mich, woher sie kamen. Valencia, sie sprachen es *Balencia* aus. Wieder was gelernt.

Die Mädels bestellten eine Runde Shots, irgendetwas Rotes, Scharfes mit Tomate. Sie hielten sich die Nase zu und warfen die Köpfe zurück, damit das Zeug möglichst schnell in ihre Rachen schoss. Ich versuchte es auch, musste husten. Zwei klopften mir auf den Rücken. Ich hatte Tränen in den Augen.

Nach der zweiten Runde stand auf einmal ein Typ neben mir am Tisch: lange braune Haare, die ihm auf die Schultern fielen, ein Tanktop, das seine dünnen tätowierten Arme freigab, Brusthaar, dunkle Haut, lustige Augen. Er klatschte in die Hände und lächelte breit. So stellte ich mir einen Gaukler vor, einen Glücksritter, der immer auf die Füße fiel, wie eine Katze, die erst heimkam, wenn es etwas Ordentliches zu essen gab. Er begrüßte die Mädchen mit Küsschen, jede Einzelne stand kurz auf, ein paar Wörter Spanisch flogen herum.

»Auf den Alkohol, die Ursache und die Lösung all unser Probleme«, rief er, streckte ein Glas von sich, und wir tranken einen weiteren Shot. »Hey, man«, sagte er dann und gab mir die Hand.

»Hey«, sagte ich.

»Darf ich mich vorstellen: My name is Luca. I live on the second floor.«

Ich lächelte. Der Song war älter als wir beide. Endlich jemand, der wie ich die alten Sachen liebte. Aber ich war nicht schnell genug, um darauf einzugehen.

»Ex-Salesman«, fuhr Luca fort. »Feminist, Bassgitarrist und inzwischen Hausmagier dieses bescheidenen Etablissements.«

Alle lachten.

»Er sucht seinen Freund«, sagte die Anführerin und hielt Luca mein Handy hin, auf dem Felix noch leuchtete. »Der ist hier irgendwo verschwunden.«

»Verschwunden«, wiederholte Luca gedehnt, griff nach einem Messer. »Du meinst verschwunden – so wie dieses Messer?« Er hatte es in die rechte Hand genommen, die Faust um den Griff geschlossen, bis nur noch ein Teil der Schneide herausschaute. Jetzt schlug er zweimal mit der linken Hand gegen die rechte.

»Poff, Poff!«, rief er – und das Messer war weg. Seine Handflächen waren leer. Er zeigte sie dem ganzen Tisch, grinste mich an, die Mädchen schlugen ihm begeistert auf die Oberschenkel.

»Wenn jemand einen Menschen wieder auftauchen lassen kann, dann er!«, sagte eine.

»Luca, mach den Trick mit dem Tischtuch!«, rief die Anführerin.

»Nicht schon wieder!«, die nächste.

»Na, komm schon!«

»Ich kann nicht«, sagte er und streckte die Arme aus. Ich suchte seine Gestalt nach dem Messer ab. Es war nirgends zu sehen.

»Wieso nicht?«

»Verbot von der Chefin.«

»Ach komm.«

Er beugte sich vor, bis wir auf Augenhöhe waren, und raunte mir zu: »Na, Gringo, glaubst du an Magie?«

Ich musste lächeln, die Mädchen blickten mich erwartungsvoll an. Mein Mund brannte von den Shots. Ich wollte das Richtige sagen.

»Nein«, sagte ich auf Englisch, das mir jetzt leichter über die Lippen ging, »aber wenn du ein echter Zauberer bist, dürfte es dein einfachster Trick sein, mich zu bekehren.«

Luca donnerte eine Hand auf meine Schulter. »¡Cabrón!«,

rief er, die Spanierinnen lachten, ich hatte wohl etwas richtig gemacht. »Ich werde dir die weiße und die schwarze Magie zeigen, auf dass du zu Hause …« Er hielt inne. »Woher kommst du noch mal?«

»Deutschland.«

»Hervorragend. Ein deutscher Rationalist, ein Skeptiker, ein Ingenieur! Also, auf dass du es zu Hause erzählst, in allen Städten und Dörfern, auf Brücken und Bühnen: Luca, der große Magier, lebt in fucking Kambodscha in einem Hostel am Meer und kann Tischdecken wegzaubern!«

Alle klatschten in die Hände und plapperten durcheinander, auch ich musste lachen, das erste Mal, seit Lea mich abgeholt hatte. »Konzentration!«, mahnte Luca mit gespielter Strenge, und: »Achtung!«

Wir rückten mit unseren Stühlen zusammen, setzten uns aufrecht hin wie brave Schüler. Der Zauberer drängte sich zwischen der Anführerin und mir an den Tisch, ging in die Knie, strich sich auf beiden Seiten die Haare hinters Ohr, eine Strähne befreite sich sofort und hing ihm ins Gesicht, er pustete sie weg, als wäre das ein erster Trick. Er fasste das Tischtuch an seiner schmaleren Seite mit beiden Händen, mit den Daumen genau auf einem weißen Quadrat, vermutlich war das wichtig für den Zaubertrick? Auf dem Tuch standen sechs Teller mit Löffeln und Gabeln, sechs Gläser mit Wein, eine leere Flasche Rotwein, eine halbvolle, die sieben Shotgläser, dazwischen lagen ein scharfes Messer (vielleicht hatte Felix damit den Tisch vernarbt?), diverse Handys, gewebte Geldbeutel in bunten Farben, ein *Lonely Planet Camboya*, zwei Packungen Marlboro Gold, vier bunte Feuerzeuge, eine Tube Sonnencreme, ein voller Aschenbecher, eine brennende Kerze in einem Meer von Wachs auf einem kleinen Teller, zwei Flaschen Wasser, mehrere Dollar und ein paar kambodschanische Geldscheine mit geheimnisvollen Schriftzeichen.

»Ladies and Gentlemen«, rief der Zauberer, »lassen Sie sich von mir entführen in das Reich der Fantasie! Was Sie jetzt erleben werden, ist die Macht der weißen Magie.« Er räusperte sich, hob mit extra geschwollener Stimme wieder an: »Ein kambodschanischer Medizinmann offenbarte mir ihre Geheimnisse, vor langer Zeit, tief in den Kardamombergen …«

Ich spürte den Alkohol. Meine Gedanken drifteten ab, zu Felix, zu einem möglichen Voodoo-Zauber. Ich könnte Luca das Bild vorlegen, dazu die Haarsträhne aus der Halskette. Wenn er ein echter Magier war, könnte er Felix' Aufenthaltsort auspendeln. Oder aber seinen Geist beschwören.

»Abrakadabra!« Mit einer blitzschnellen Bewegung riss Luca das Tischtuch zu sich, ein volles Weinglas landete auf meinem Schoß, ich rette immerhin ein Viertel seines Inhaltes. Alles andere flog rechts und links an mir vorbei. Es klang wie ein Tsunami, die Mädchen riefen »¡puta madre!«, es klirrte und schepperte. Der Tisch war leer. Der Fußboden voll. Der ganze Raum hielt den Atem an.

»Schon wieder nicht geklappt«, sagte Luca in die Stille. Er sah traurig aus – oder spielte er nur sehr gut? Die Spanierinnen schauten auf die Katastrophe. Für eine Sekunde war alles ruhig. Dann kreischten sie los, lachten und klatschten ihm auf die nackten Oberarme. Dita war zum Glück nirgends zu sehen.

»Vielleicht sollte ich das Tischtuch einfach verschwinden lassen«, sagte Luca, »so wie das hier.« Er grinste, griff mir hinters Ohr – und hatte auf einmal das Messer in der Hand. »Sorry wegen deines Freundes, übrigens. Ich kannte ihn nur flüchtig.« Er hielt es mir vors Gesicht, wie um zu sagen, dass er den wichtigsten Gegenstand gerettet hatte. »Lustiger Typ, ist aber schon länger weg. Keine Ahnung, wohin. Diese Nächte hier radieren dir das Gehirn aus.«

Nach dem Essen spürte ich plötzlich, wie müde ich war. Der Jetlag drückte mich wie eine riesige Welle ins Dunkle, nahm mir die Luft, mein Kopf wurde unerträglich schwer. Ich stand auf, winkte in die Runde.

»¡Buenas noches!«, riefen die Spanierinnen fröhlich. Sie wollten mit Luca weiterziehen, in ein anderes Hostel, wo es *Free Shots* gab. Als ich sie aus roten Augen anglotzte, gaben sie es auf, mich zum Mitkommen zu überreden.

Ich torkelte zu meinem Zimmer. Fiel auf das Bett. Jetzt erst merkte ich, dass dem Kopfkissen der Bezug fehlte. Noch einmal aufstehen? Niemals. Es war egal. Ich war tot.

Eine letzte Nachricht.

*Lea*, schrieb ich, *ich bin im Hostel. Es ist okay. Noch keine echte Spur. Aber er war hier. Und ich habe einen Zauberer kennengelernt. Den schlechtesten Zauberer der Welt. Aber immerhin Magie. Ich hoffe, dir geht es gut. Ich küsse dich.*

Senden.

Ich lag da. Der Ventilator surrte. Rechts über mir schnarchte jemand.

*Lea, noch was: Es ist doch wahnsinnig, dass wir beide gleichzeitig existieren, aber an anderen Enden der Welt. Jetzt, in dieser Sekunde, machst du irgendwas (offensichtlich nichts mit dem Handy). Ich finde das höchst fragwürdig. But: I tell you baby, you will never find another girl, in this heart of mine!*

Das Telefon glitt mir aus der Hand, auf die Nase. Die Matratze war viel zu weich, ich verschwand in einer Kuhle. Jemand kam ins Zimmer, suchte etwas, ging wieder. Es war heiß. Unerträglich heiß. Wenn der Ventilator sich in meine Richtung drehte, wurde es plötzlich kalt. Sein Wind ließ den Schweiß auf meiner Haut zu Blitzeis gefrieren. Ich hatte Angst, mich zu erkälten. Ich war zu müde, um zu schlafen. Trotzdem driftete ich irgendwann unter einer Welle weg, spürte nichts mehr, fiel tief. Dann kamen die Moskitos.

Erst einer, in meinem Ohr, laut wie ein Flugzeug. Der andere stach mich in die Hand. Der dritte, hungriger, höhere Frequenz, drei Stiche am Bein. Ich ließ sie saugen. Es juckte wie die Hölle. Die Müdigkeit war stärker. In meinem Kopf trocknete der Alkohol langsam zu Beton. Der Kater setzte schon ein. Ich musste pinkeln. Ich versuchte, alles zu ignorieren.

*Wo ist Felix?*

Ich verbot mir die Frage. Spaltete sie auf in möglichst kleine, banale Details. Hatte er auch wach gelegen in den ersten Nächten? Bis er sich an den Lärm, die Hitze, die Moskitos gewöhnt hatte? Nein, er konnte immer gut schlafen. Oder so tun. Schlaflosigkeit kam in seinem Wortschatz nicht vor. Aber was hatte er hier gesucht? Wie bekam ich den Wein morgen aus meiner Hose?

Als die ersten Vögel laut wurden, schlief ich ein. Ich träumte, dass Felix von einem Palast stürzte, nachdem er über eine Absperrung geklettert war. Vermutlich hatte ihn jemand gehetzt. Ich fahre hin, steige hoch, da ist Felix. Ein gesichtsloser Mann verfolgt ihn, jagt ihn, er schwingt über das Geländer, ihm schwindelt vor dem Abgrund, er dreht sich um. Der Mann ist Felix und lacht.

»Glaubst du an Magie, Herr Doktor?«, ruft er.

Erst als der Letzte, ein Amerikaner, der besorgniserregend geschnarcht hatte, das Zimmer verließ, wachte ich auf. Zählte die Stiche: siebzehn. Einen konnte ich nicht finden, ganz sicher hatte es auch am linken Ellenbogen gejuckt, die halbe Nacht fürchterlich gejuckt, aber jetzt war da nichts. Konnte man einen solchen Reiz, an der Grenze zum Schmerz, träumen?

Ich stand auf, nahm eine Aspirin, ging zum Frühstück. Lauter neue Gesichter. Normalerweise wäre mir das nicht aufgefallen. Aber jetzt schaute ich genau hin, wessen Achselzucken, Kopfschütteln, Bedauern ich am Abend zuvor schon einmal gesehen hatte, wenn andere Gäste zufällig an unserem Tisch haltgemacht hatten. Von den Spanierinnen keine Spur. Auch Luca, der Zauberer, war nirgends zu sehen.

Ich war allein.

## MUTPROBE

ICH ERKANNTE SCHON VON WEITEM, dass ihn etwas aufregte. Er balancierte auf der Wippe hin und her, brachte sie zum Kippen, fiel runter, stieg wieder hoch. Als ich am Spielplatz ankam, sprang er ab und lief auf mich zu. Jeden Tag trafen wir uns hier, heute war ich spät dran. Erst die Hausaufgaben! Über meine Hefte gebeugt, bildete ich mir ein, ihn rufen zu hören. Das letzte Ergebnis in Mathe erriet ich, kritzelte es hin, ließ den Stift fallen, rannte los. Ich wusste, wohin. Wir warteten aufeinander, wir wollten alles, wir waren elf.

»Kannst du ein Geheimnis für dich behalten?«, fragte er mich, und ich dachte, er würde sowieso keine Antwort abwarten. Doch er fieberte mich aus großen Augen an, führte mich zur Wippe. Wir setzten uns. Hatte er wieder etwas Verbotenes gefunden, vielleicht ein Heft mit nackten Frauen, und es in seiner Matratze versteckt? Als ich schon dachte, seine Lippen würden gleich platzen vor Ungeduld, da fragte er noch mal: »Geheimnis? Ja oder nein?«

Hat eigentlich irgendjemand in der Geschichte der Menschheit schon einmal *nein* auf diese Frage geantwortet? Wenn, dann sicherlich kein Elfjähriger. Und der Elfjährige, an den ich mich erinnere, akzeptierte kein Nein.

»Ja«, sagte ich, »klar.«

Sofort kullerten die Worte aus ihm heraus wie Murmeln, rollten die Wippe hinunter in den Sand des Spielplatzes und funkelten uns an: Die Jungs, die älteren, also der Matze und der Mehmet und noch ein paar andere, die seien heimlich zum

Stauwehr, sie hätten dort ein Lager, von dem niemand wisse, außer ihm, und jetzt mir, aber ich müsse schwören, zu niemandem ein Wort, sonst würden sie mir die Zunge abschneiden – doch!

»Das haben sie schon mal bei einem gemacht, ehrlich.«

*Zu niemandem ein Wort.*

Ich wiederholte.

*Zu niemandem ein Wort.*

Also, fuhr er fort, die Jungs seien da gestern hin, hätten sogar dort übernachtet, voll ausgestattet sei das Lager, wie bei Robin Hood. Mit Feldbetten und geheimen Eingängen und Fluchtwegen, falls die Erwachsenen auftauchten. Denn sie hüteten dort allerlei Dinge, die die Erwachsenen nicht finden durften. Hefte mit nackten Frauen. Und Flaschen.

»Jack Daniels«, sagte er.

»Jacky«, sagte ich, weil das dazugehörte, wenn jemand *Jack Daniels* sagte.

»Genau«, sagte Felix.

Dann schwiegen wir. Es war ein warmer erster Frühlingstag. Bald würde Sommer sein. Allerdings konnte das Wetter jeden Tag umschlagen, die Knospen erfrieren lassen und die Menschen enttäuschen.

Nach zwanzig Sekunden sprang Felix hoch, kletterte wieder auf die Wippe, ganz Nerven und Arme und Beine. Ich stand auf, damit er im Stehen wippen konnte, und versuchte nachzudenken. Ich kam nicht weit, er ließ mich nicht.

»Wir müssen dahin«, rief er und balancierte auf den Mittelpunkt der Wippe zu.

»Wir dürfen da nicht hin«, sagte ich.

»Ich weiß. Aber wir müssen.«

»Wenn uns jemand erwischt. Dein Vater.«

Ein Blick von oben, als sei ich schuld an einem Unfall.

»Wenn wir uns beeilen und gleich wieder zurücklaufen, sind wir zu Hause, bevor es dunkel ist«, sagte er.

»Aber wenn die Jungs uns erwischen«, sagte ich.

»Wir gucken nur mal.«

»Die haben bestimmt Alarmsysteme.«

Er schaute mich an. Daran hatte er nicht gedacht.

»Wir müssen da aber hin«, sagte er mit gequältem Gesichtsausdruck. Ich wusste, dass es, wenn man es genau durchdachte, so wie bei den Matheaufgaben, an denen er oft scheiterte und ich nie, nur ein richtiges Ergebnis gab. Und dass er im Endergebnis seiner Rechnung leider recht hatte. *Wir* mussten gar nichts. Aber *er* musste. Er konnte nicht hier bleiben, auf dem Spielplatz, während die Jungs am Stauwehr in ihrem Lager saßen und Dinge taten, so geheimnisvoll, dass er nicht einmal Worte dafür hatte. Sie waren zwei Jahre älter als wir. Sie hatten Hefte. Und Jacky. Dort war der Himmel. Das machte das Hierbleiben zur Hölle. Er musste hin. Und deshalb musste ich mit. Als Teilmenge von *Wir* hatte ich immer das gleiche Vorzeichen wie er. Obwohl ich das Stauwehr nicht mochte.

Den Fluss hoch im Wald lag dieser Ort, so verflucht wie anziehend, seit zehn Jahre zuvor der Vater von irgendwem dort nachts ertrunken war, sicherlich besoffen. Sehr verboten! Nirgends stand ein größeres Schild als vor dem Tor zum Stauwehrübergang. Mit Totenköpfen und Strichmännchen, die in das gezackte Wasser stürzten. Die Staustufe war zwar nur knapp zwei Meter hoch, und der Fluss führte selbst im Frühling nie viel Wasser. Dennoch konnte man darin ertrinken, zumal nachts, wenn dort vollkommene Dunkelheit herrschte. Aus all diesen Gründen war das Stauwehr berüchtigt – vor allem bei den Jungs unter achtzehn, die etwas tun wollten, was auf jeden Fall verborgen bleiben sollte.

Wir marschierten los. Vom Spielplatz aus an der Kirche vorbei. Ein Stück die Hauptstraße entlang, ortsauswärts, immer zwischen den Adern des Asphalts, Felix trat nie darauf, schon gar nicht, wenn wir auf einer Mission waren. Er glaubte, es bringe Unglück, wenn jemand auf eine Linie trat. Ich versuchte meine Schritte seinen anzupassen. Hinter den letzten Häusern traf man auf den Fluss, dem man einfach nur folgen musste, bis zum Wehr.

»Ein Lied«, forderte Felix, vielleicht zur Ablenkung, als wir im Gänsemarsch Richtung Fluss einschwenkten und die Geräusche der Straße immer leiser wurden.

»Bist du bescheuert?«, rief ich und schlug mir theatralisch mit der flachen Hand auf die Stirn – ich würde einen Punkt machen können!

»Wieso, kannst du nicht mehr singen?«, fragte er.

»Willst du noch auffälliger sein?« Ich blieb stehen. »Zwei Jungen auf dem Weg zum Wehr, am späten Nachmittag, ohne Begleitung von Erziehungsberechtigten oder älteren Geschwistern?«

Er presste Luft durch seine Zahnlücke, ein Geräusch, das wohl bedeuten sollte: Schon gut, schon gut.

»Außerdem werden sie Späher aufgestellt haben.«

Er lachte. »Ich mag, wie du denkst.«

Und was für einen Punkt. Ich beschloss, für den Rest der Mission den Schweiger zu geben. Mehr als »Ich mag, wie du denkst« ging sowieso nicht.

Wir hörten das Tosen des Wassers, bevor wir es sahen – Tauwasser, das noch aus den Bergen kam, während hier unten schon fast Sommer war. Wir gingen am linken Ufer entlang, stumm, im Gleichschritt. Zwischen den Bäumen blitzte der graue Stahl der Anlage hervor, die quer über dem Fluss lag wie der Rüssel eines riesigen Elefanten. Oberhalb des eigentlichen Stauwehrs führte eine Art umgekippte Leiter über das Wasser, für Arbeiten an der Anlage. Zu beiden Seiten war sie von einem Tor versperrt. Daran hingen die warnenden Totenkopf-Schilder. Wir wussten beide: Das Lager konnte sich nur auf der anderen

Seite befinden, wo die Bäume dichter waren, eine garagengroße Umspannstation vor sich hin witterte, ein uralter Traktor verrostete. Wir mussten über den Fluss. Und wenn wir nicht nass werden wollten, mussten wir über das Wehr.

Felix ging voran.

Das Tor zum Übergang war nicht das Problem, es war nur so hoch, wie wir greifen konnten, kein Stacheldraht, nicht einmal scharfe Zacken auf der oberen Kante. Man musste lediglich den Fuß oben richtig aufsetzen, so dass man in einem Schwung rüberkam, nicht hängenblieb und sich verletzte. Solche Tore gab es auch am Sportplatz und an der Grundschule. Ich machte es wie Felix, zog mich hoch, drückte mich ab und landete auf der anderen Seite neben ihm. Er sondierte bereits den Übergang. Es gab nichts, woran man sich festhalten konnte, außer dem dünnen Metall unter uns. Wir mussten auf allen Vieren gehen und die Streben wie die Tritte einer waagrechten Leiter nehmen. Man konnte eigentlich nicht hinunterfallen. Aber wenn, stürzte man erst auf die Kante der schmalen Mauer des Wehrs, dann die Staustufe hinunter ins Wasser, das dort entweder nicht tief genug oder von gefährlichen Strudeln durchzogen war. So muss der Vater damals ertrunken sein, ein erwachsener Mann, ein guter Schwimmer.

»Los«, sagte Felix, »vielleicht beobachten sie schon das Wehr.«

Er fing an zu krabbeln, eine Strebe nach der anderen.

Ich folgte ihm.

Das Wasser unter uns schäumte in purem Weiß. Kalt spritzte es nach oben. Die Streben waren nass und glitschig. Ich packte sie immer erst mit beiden Händen, bevor ich die Füße so weit wie möglich nach vorn setzte, mich zu einer Kugel krümmte und die nächste packte. Felix war schneller. Er hatte bereits die Hälfte geschafft, als er den Kopf zu mir drehte. »Wir müssen rüber«, zischte er. »Hier sind wir ihnen schutzlos ausgeliefert.«

Ich stellte mir kurz vor, wie aus dem Gebüsch auf der anderen Seite plötzlich Pfeile flogen. Giftpfeile. Oder glühende Steine, aus Steinschleudern. Wäre es nicht besser, sofort den Rückzug anzutreten, sich fallenzulassen, in einem waghalsigen Manöver flussabwärts zu entfliehen? *Man hat keine Leiche gefunden*, schoss es mir durch den Kopf. Wie bei Professor Moriarty, dem Gegenspieler von Sherlock Holmes, der die Reichenbachfälle hinuntergestürzt war. Oder wie bei dem Mann, der hier ertrunken war. Erst nach drei Wochen hatte man den Leichnam geborgen, er war kaum zu identifizieren gewesen. Vielleicht, dachte ich, steckte ja eine weitere Leiche da unten fest? Halb aufgefressen von den Fischen? Ein Schauer überlief mich. Irgendwo wurde bestimmt jemand vermisst, und vielleicht kletterte ich gerade über ihn hinweg.

»Komm schon«, sagte Felix. Der Abstand zwischen uns war auf drei Meter angewachsen. Ich gab mir Mühe, aber meine Schienbeine stießen ständig schmerzhaft gegen den Stahl. Im dünnen Abendlicht sah man von der anderen Seite wenig. Was, wenn sie uns dort abfingen?

Aber dann war Felix drüben. Betrat die erste Betonstufe, noch halb über dem Wasser. Endlich erreichte auch ich das Ufer. In diesem Moment waren wir am verletzlichsten. Wenn sie uns jetzt angriffen, hätten wir keine Chance gehabt.

Doch nichts passierte.

Der Weg führte schräg nach rechts zu dem Trafohäuschen. Ein grauer Bau, rohverputzt, mit einem drei Meter hohen Turm, von dem aus Leitungen sich bis zu Dingern spannten, die wie riesige Lockenwickler aussahen.

»Kein Feindkontakt«, flüsterte Felix.

Ich schwitzte. Wir lauschten. Das Wasser war so laut, man würde eine Attacke erst mitbekommen, wenn einem der Kopf schon von einem Volltreffer klingelte. Ich lugte vorsichtig aus unserer Deckung hervor.

Nichts.

Ein Vogel landete drei Meter vor uns. Er pickte herum. Hob wieder ab. Etwas glänzte dort im letzten Licht, das durch die Wolken drang. Felix richtete sich langsam auf. Schlich zu der Stelle, wo der Vogel gewesen war. Ich sicherte seine Position vom Baumstamm aus.

Er kniete sich hin und las ein Snickers-Papier auf. Schaute mich an. Ich nickte. Er ließ es sinken.

»Sie sind hier irgendwo«, sagte er.

»Aber das Lager ist bestimmt nicht direkt hier. Zu gefährlich.« Er betrachtete die Umspannstation. Dann entschied er: »Wir schwärmen aus.«

»Wir sind nur zu zweit«, gab ich zu bedenken.

»Das sagt man nur so. Soll heißen: Wir suchen getrennt, aber in Sichtweite.«

Er ging los, flussaufwärts. Mir blieb der Feldweg. Oder tiefer in den Wald vorzudringen. Ich entschied mich für den Wald. Weg von der Zivilisation. Näher bei ihm. Jetzt, da wir so weit gekommen waren, wollte ich das Lager unbedingt finden. Mit ihm dort zusammen hausen, es ausbauen zu einer Festung.

Ich steuerte auf eine große Tanne zu, mit einem enorm breiten Stamm. Sollte ich die Tanne links oder rechts umrunden? Links würde ich zu Felix aufschließen. Rechts würde ich außer Sichtweite geraten. Irgendetwas riet mir, den Mittelweg zu wählen. Ich entdeckte eine Lücke im Gestrüpp der Tanne, schob zwei dicke Zweige auseinander, und stand auf einmal in einem Raum. So hoch wie ich. Schräg abfallend mit dem Geäst der massiven Tanne. Von außen drang kaum Licht hinein. Umgekehrt gelangte das Licht der Stirnlampe, die am Stamm der Tanne hing, auch nicht nach außen. Schemenhaft erkannte ich zwei Nachtlager am Boden, Schlafsäcke, Flaschen, und in der Mitte, in ein Kartenspiel vertieft, für das die Lampe gerade genug Licht gab, den Matze und den Mehmet. Matze hatte raspelkurze blonde

Haare, Mehmet genauso kurze schwarze. Sie saßen sich gegenüber, drehten mir beide halb den Rücken zu und hatten mich offenbar nicht bemerkt. Ich hörte auf zu atmen.

»Scheißpech«, fluchte Matze und warf eine Karte hin.

»Immer ist es Pech«, sagte Mehmet. »Du Spast.«

Meine Augen gewöhnten sich allmählich an die Dunkelheit. Aus dem Grau schälten sich einige Gegenstände deutlicher heraus. Eine Petroleumlampe. Ein kleiner Kühlschrank, offen, voller Hefte. Hefte! Waren das *die* Hefte? Lange Stöcke lehnten am Stamm der Tanne. Dick wie meine Unterarme. An einem Ende zugespitzt.

Ich griff hinter mich, nach den Zweigen, die als Tarnung vor dem Eingang hingen. Schob sie vorsichtig auseinander.

»Da bist du ja«, sagte Felix laut und trat neben mich, in den Schein der Lampe. In dem Moment drehten sich die beiden anderen zu uns um.

»Oh«, sagte Felix.

»Ihr kleinen Säcke«, sagte Mehmet ganz ruhig. »Ihr seid so gut wie tot.«

Dann sprangen sie auf. Ich wollte wegrennen. Doch erstens stand Felix im Weg. Und zweitens bewegte er sich keinen Zentimeter.

Der Matze leuchtete uns mit der Lampe in die Augen. Erst sah ich gar nichts mehr, dann schwenkte er den Strahl auf unsere Füße, als hätten wir nicht mehr Licht verdient. Als sich meine Augen wieder beruhigt hatten, konnte ich endlich überschauen, was hier wirklich los war.

Grüne Müllsäcke, die als Tarnung in den Ästen hingen. Umzugskartons, die am Boden als Isolierung dienten. Umgedrehte Weinkisten als Stühle und Tische. Ein kaputter Kühlschrank als Vorratskammer. Überall verstreut alte Kleidung, Stiefel, Hefte, eine Gießkanne, leere Flaschen, der Unterleib einer alten Schaufensterpuppe, grün angemalt, als gehörte er zur Tanne. Nichts hier war an seinem Platz. Alles war aus der Wirklichkeit entführt worden, seinem eigentlichen Zweck entfremdet. Eine Festung, zusammengebaut aus Müll.

»Wir bringen euch um«, sagte der Matze.

»Wir schneiden euch die Zungen ab!«, zischte Mehmet. »Haben wir schon mal mit jemandem gemacht.« Ich musste grinsen, er schubste mich, nicht fest, aber fest genug, so dass ich auf eines der aus Kartons, Schlafsäcken und Wald zusammengebastelten Feldbetten fiel. Auf meinen rechten Ellenbogen. Das tat weh. Ich unterdrückte einen Schrei. Jetzt bloß keine Schwäche zeigen.

»Wie viele seid ihr?«, fragte Felix.

»Genug.«

»Wir wollen mitmachen.«

»Verpisst euch.«

»Wir können auch Jacky und Hefte organisieren.«

»Du lügst.«

»Ihr habt ja selber nicht mal welche.«

Blicke aus vier Augenpaaren wanderten durch das Lager, die beiden Großen schienen zu überlegen.

»Ich geh klauen, jeden Tag«, sagte Felix.

»Jeden Tag«, sagte ich von meiner niederen Position auf dem Feldbett aus, nur um auch etwas zu sagen. »Der spinnt. Der ist voll krank.«

»Du hältst das Maul!«, sagte Mehmet und trat mir mit der Fußspitze gegen das Schienbein. Mittelfest, aber schmerzhaft.

»Aua«, rief ich.

Felix schaute auf mich herab, als läge ich schon zu lange da und sollte lieber aufstehen als rumheulen. Ein komisches Schweigen trat ein. Man hörte nur noch das Wasser am Wehr in die Tiefe stürzen. Inzwischen war die Dämmerung in Dunkelheit übergegangen. In einer halben Stunde musste ich zu Hause sein.

»Es gibt eine einzige Chance, sich für unsere Bande zu qualifizieren«, sagte Matze. »Ihr müsst eine Mutprobe bestehen.«

»Okay, machen wir«, erwiderte Felix sofort. Seine Wangen waren gerötet, seine Augen geweitet. Er liebte Mutproben.

»Wenn ihr die besteht, seid ihr dabei«, sagte Mehmet.

Felix schaute mich an. Ich nickte. Ich wollte nicht, aber ich nickte.

»Okay, hauen wir ab und lassen die kleinen Ficker hier.« Für Matze schien die Sache klar zu sein, er fing an, die Karten einzusammeln.

»Und was ist jetzt die Mutprobe?«, fragte Felix.

Die beiden Großen hielten inne. *Sie wissen es gar nicht*, dachte ich. Wir hatten sie überrascht.

»Ganz einfach«, begann Matze. Er schien seine Gedanken beim Reden zu formen.

»Ihr bleibt hier«, ergänzte Mehmet schnell, als wäre damit alles gesagt.

»Okay. Verstanden. Und dann?«, fragte Felix.

»Nix, und dann«, sagte Matze.

»Wir können ja schlecht den ganzen Abend hier rumsitzen«, sagte Felix, »also, wir können das schon. Aber dafür braucht man ja keinen Mut.«

Der Matze lächelte ihn böse an. »Recht hast du, kleiner Ficker.« Er griff nach einem der Schlafsäcke, schüttelte ihn aus, warf ihn über ein großes Stück Karton, machte eine einladende Handbewegung, wie ein Page in einem Luxushotel.

»Deshalb werdet ihr auch nicht nur den ganzen Abend, sondern die ganze Nacht hier verbringen.«

Mehmet schlug sofort mit ihm ein. »Geil, Alter. Die Opfer können hier schön übernachten.«

»Morgen früh«, sagte Matze, »sind wir wieder hier und sehen nach, ob ihr noch lebt.«

Sie kicherten. Noch mal High five.

»Keine Tricks!«, rief Mehmet.

»Wir kommen euch abholen«, sagte Matze und sah sich noch einmal im Lager um. »Und wehe, es fehlt irgendwas.«

Dann waren wir allein.

Wir hatten nichts mehr dazu gesagt. Felix vermutlich, weil er darüber nachdachte, was er nach bestandener Mutprobe alles mit der Bande anstellen würde. Und ich, weil ich darüber nachdachte, wie ich ihn von dem Plan abbringen konnte. Er stand in der Mitte des Lagers herum und sondierte die Ausrüstung. Ich saß noch genau dort, wo mich der Matze hingeschubst hatte, auf einer Art Sofa, dem jedoch so viele Teile fehlten, dass es eher einem Haufen Metallschrott im Sommerpelz glich.

»Du hast nichts von übernachten gesagt«, sagte ich. »Wenn ich das gewusst hätte.«

»Wusste ich ja selbst nicht. Aber jetzt sind wir hier.«

»Ich wäre gar nicht mitgekommen, wenn ich das gewusst hätte. Du hast behauptet, sie hätten lauter geile Sachen. Und ein richtiges Lager. Was sollen wir hier? Hier kann man nichts machen!«

Ich war beleidigt, hatte keine Lust mehr, wollte heim.

»Aber ich hätte mich doch niemals ohne dich in so ein Abenteuer gestürzt«, sagte Felix bedeutungsvoll und streckte versöhnlich die Hand nach mir aus. »Du bist der beste Mann für so eine Aktion.« Ich packte zu, wir fassten uns mit den Händen um die Unterarme. So bekam man jemanden am leichtesten hoch, das hatte uns der Sportlehrer gezeigt. Felix half mir auf die Beine. »Du hast ja überhaupt erst den Eingang gefunden. Du siehst Dinge, die andere nicht sehen. Deshalb will ich, dass du immer bei mir bist. Ich brauche so jemanden.«

Er legte mir die Hand auf den Arm, wie sie es im Fernsehen machten, wenn sie etwas sehr ernst meinten. Ich bekam eine Gänsehaut. »Mir ist auch kalt«, sagte er. »Aber die haben Jacken hier. Bundeswehrjacken, echte. Mit Deutschlandfahnen drauf.«

Er kramte in den herumliegenden Klamotten, und ich fragte mich, woher er das so genau wusste, er war doch nie zuvor in diesem Lager gewesen. Schließlich zog er zwei graubraune Parkas hervor. Sie sahen aus wie bis nach Stalingrad getragen. Er gab mir einen, und wir suchten sie nach Blutflecken von Russen ab. Fehlanzeige. Wir zogen sie an, wurden langsam wieder warm. Dann schauten wir nach etwas Essbarem. Wir fanden eine Fahrradklingel, Aldi-Prospekte, zusammengerechnet neun Umzugskartons in verschiedenen Stadien der Verrottung, einen Otto-Katalog, in dem die Dessous-Seiten größtenteils rausgerissen waren, zwei leere Flaschen Jacky, einen Kasten Bier mit dreizehn leeren Flaschen, noch eine kaputte Fahrradklingel, zwei verschlossene Tüten H-Milch.

»Damit haben die Soldaten im Krieg vier Wochen überlebt«, sagte Felix, als wäre das gestern in der Schule drangewesen.

Er gab mir eine. Wir tranken still.

»Stell dir vor, wir wären im Krieg«, fuhr er fort. »Russland. Oder besser noch Vietnam. Mitten im Dschungel. Draußen lauert der Feind. Nur hier drin ist es sicher.«

Aber ich hatte keine Lust, mich auf sein Spiel einzulassen. Die Jacke stank. Der Schlafsack stank. Außerdem hatte ich bei Feldbetten an Betten aus Feld gedacht, an Gras, Heu, gemütlich und warm, warum auch immer. Felix nahm einen Katalog nach dem anderen aus dem Kühlschrank, gab mir die trockenen zur Verstärkung der Betten. Ich versuchte, die Anzeigen mit dem Essen nach unten zu legen, damit der Hunger nicht schlimmer wurde. Ansonsten passierte nichts. Ab und zu rief eine Eule, und solange man das Wasser rauschen hörte, konnte ich mir wenigstens sicher sein, dass die Welt dort draußen noch existierte.

»Wir warten hier einfach, bis der Krieg vorbei ist«, sagte Felix. Er hatte sich damit abgefunden, dass es langweilig werden würde. Er wollte nur die Nacht herumbringen, bis die Jungs wieder auftauchten.

Ich war enttäuscht. Wenn man sich vorstellt, dass man mit seinem besten Freund von zu Hause abhaut, die Nacht in einem geheimen Lager verbringt, dann muss etwas Krasses passieren. Aber die Wirklichkeit war keine Vorabendserie, in der zwei mutige Jungen auf mysteriöse Weise verschwanden. In der Wirklichkeit saßen wir herum, bis die Aufregung abgeklungen war und wir müde wurden. Die Milch in unseren Bäuchen machte uns träge. Wir schliefen ein, auf den Feldbetten, auf den Kartons und Schlafsäcken. Das Letzte, was ich sah, war Felix' Gesicht unter der Lampe.

Ich träumte vom Stauwehr, von einer Leiche, die aussah wie ein Fisch, aber ganz freundlich war und mir etwas Wichtiges mitteilen wollte, nur verstand ich sie einfach nicht, zu undeutlich drangen die Worte unter Wasser zu mir. Da merkte ich, dass ich auch unter Wasser trieb und ein Fisch war, also schwamm ich los, bis ich von einem seltsamen Geräusch geweckt wurde. Ich schlug die Augen auf. Ein Soldat im Krieg. Immer bereit. Die Taschenlampe, die wir in einen Eimer gelegt hatten, damit sie gedämpftes Licht ausstrahlte, brannte nicht mehr. Ich sah nichts. Im ersten Moment dachte ich, ich träumte noch, weil ich eine solche Schwärze, so tief, nicht kannte. Es war, als hätte man mich in ein Tintenfass getaucht.

Nach und nach machte ich die Umrisse der Gegenstände aus, die mich umgaben. Den Stamm in der Mitte des Lagers. Den Kühlschrank. Das Feldbett neben mir – es war leer. Zum ersten Mal, seit wir vom Spielplatz fortgelaufen waren, bekam ich Angst.

»Felix?«, rief ich leise. Meine Stimme klang fremd in der Dunkelheit. »Felix?«, fragte ich noch einmal lauter. Keine Antwort.

Ich richtete mich auf. Tastete mich an dem Stamm der Tanne vorbei zum Eingang des Lagers. Die Nadeln stachen, schützend hielt ich mir die Arme vor das Gesicht. Dann stand ich im Wald.

Alles, das Stauwehr, das Trafohäuschen, der Wald, lag da wie am Abend zuvor. Nur waren es jetzt graue Schemen, Geister, die die Nacht bevölkerten.

»Hallo? Felix? Wenn du jetzt nicht sofort rauskommst, bin ich nicht mehr dein Freund.«

Ich schämte mich sofort dafür. Es war nicht nur weinerlich, sondern auch gefährlich, so durch den Wald zu rufen. Ich kannte doch all die Geschichten. Männer, die kleinen Jungs Geld anboten, wenn sie zu ihnen ins Auto stiegen. Alte Frauen, die vergiftete Bonbons an Kinder verteilten, weil sie ihre eigenen verloren hatten und darüber wahnsinnig geworden waren. Verrückte, die nachts durch die Wälder um den Ort strichen, gesichtslose Gewalttäter, Vergewaltiger und Sadisten und Hexen. Es war Nacht. Ich war allein. Im Wald, am Stauwehr, im Dschungel. Niemand würde mir helfen, wenn mich gleich ein Fremder in sein Versteck verschleppte. Ich kauerte mich hin, wollte mich klein machen, mich verstecken und verschwinden, da packte mich etwas, es schrie, ich schrie.

»Hab ich dich!«, rief es, und ich fuhr zusammen, riss mich los, wollte rennen, kämpfen, sterben, töten.

»… aber ganz schön erschreckt, was?«, lachte Felix.

Als ich morgens aufwachte, war Felix schon wieder nicht da. Zwei Mal würde nicht einmal er denselben Scherz bringen, also musste ich träumen. Ein Albtraum. Ich erwartete ihn draußen, irgendwo herumstreichend. Im Morgenlicht sah das Lager noch erbärmlicher, vermüllter aus. Ich pinkelte an einen Baum. Felix war nirgends zu sehen. Hatte er sich nach unserem Streit in der Nacht davongeschlichen? Oder frühmorgens? Wieso hatte er mich nicht geweckt?

Ich wartete. Auf Felix. Auf den Matze und den Mehmet. Ich kam mir dumm vor. Wie der Einzige, der den Witz des Jahres nicht kapiert. Der im Schwimmbad keine Badehose hat, in der

Unterhose ins Wasser muss. Ich saß vor dem Lager, hatte einen Schuh ausgezogen und warf kleine Steinchen hinein. Niemand kam. Nach einer Stunde stand ich auf, sagte »Arschloch« zu einem Baum und brach auf. Der Weg über das Stauwehr schien jetzt, da ich eine Nacht alleine im Wald verbracht hatte, wie ein Spaziergang. Ohne anzuhalten schaffte ich es über das Tor und den Fluss. *Schade*, dachte ich, *dass Felix mich nicht sehen konnte.*

Auf dem Heimweg stellte ich mir vor, dass der ganze Ort entvölkert sei und ich der letzte Überlebende, der von nun an wild durch die verfallenden Häuser streichen würde. Als ich endlich die Straße wieder erreichte, begegnete mir eine Oma mit Wägelchen und Kopftuch. Sie sagte: »Gestern Nacht sind zwei Jungs verschwunden. Bestimmt ein Triebtäter, ein Ausländer. Noch haben sie ihn nicht. Geh lieber schnell nach Hause.«

Meine Eltern zeigten sich genau so, wie ich es erwartete. »Enttäuscht«, wie meine Mutter in Endlosschleife wiederholte: »Wir sind *enttäuscht.*«

Ich musste nicht in die Schule, sondern zum Arzt. Nur eine leichte Erkältung. Auch ich war enttäuscht. So viel Ärger wegen einer langweiligen Nacht. Aber Felix tat am nächsten Tag so, als wäre nichts passiert. Im Gegenteil. Er pfiff gutgelaunt durch die Gegend, grinste in sich hinein, war so ruhig wie lange nicht mehr. Wir waren der Mittelpunkt der Schule. Vorher waren wir zwei ganz normale Jungen gewesen. Jetzt hatten wir eine Geschichte. Sie belagerten uns in jeder Pause, bildeten Kreise um uns, bewunderten uns.

»Wo warst du?«, fragte ich ihn, als wir endlich mal alleine waren.

»Im Lager«, sagte er, »im Dschungel. Die ganze Nacht. Oder willst du was anderes behaupten?«

Ich traute mich nicht, nachzubohren. Der Matze und der Mehmet nickten uns zu, wenn sie uns sahen. Niemand wusste, dass sie dahintersteckten. Wir hatten dichtgehalten. Die anderen wollten alles wissen. Ob wir jetzt Mitglieder der Bande waren. Ob es das Lager wirklich gab. Ob es dort, wie man sich erzählte, einen Fahrstuhl gab und einen Swimmingpool und eine Selbstschussanlage. Das Lager war eine Legende, und wir gehörten nun zu denen, die sie erzählen konnten. Felix sagte immer nur: »Das ist streng geheim. Wenn ich etwas verrate, muss ich mir selbst die Zunge abschneiden.« Aber wir hatten jetzt einen Code. Wann immer wir nicht wussten, was an einem Tag noch passieren würde, sagte einer von uns: »Später. Im Dschungel.« Sogar der Matze sagte einmal zu mir: »Wir sehen uns. Im Dschungel.« Gerade so laut, dass es ein paar andere mitbekamen. Und ganz ernst.

Felix' Mutter holte ihn eine Zeitlang jeden Tag von der Schule ab. Er bekam sogar ein altes Handy, für Notfälle, damit er immer zu Hause anrufen konnte. Er war der Erste in der Schule, der eins hatte. Alle wollten damit Snake spielen. Er ließ nur den Matze dran und mich, manchmal. Er tat so, als wäre das der größte Gefallen, den man von einem Menschen verlangen konnte. Dabei lächelte er wie jemand aus einer anderen Sphäre, fast erleuchtet. Wie jemand, der etwas fürs Leben gelernt hatte.

# NIRVANA

DER POLIZIST SCHAUTE MICH MÜDE aus seinen kleinen dunklen Augen an. Als sei ich zum vierhundertsten Mal hier, als hätten wir dieses Gespräch schon dreihundertneunundneunzig Mal geführt, er in Uniform, mit Schnurrbart, die Mütze neben sich auf dem Tresen, ich blass, in verschwitztem Shirt und Shorts. Als hätte diese kleine Szene immer mit demselben Ergebnis geendet: ein ungespielter Schlussakkord, eine nachhallende Leere, die zur Leere vor unserer nächsten ersten Begrüßung wurde, wenn wir wieder von Neuem anfingen: »I am looking for my friend«, womit unsere Begegnungen einen ewigen Kreislauf bildeten, genau wie das Leben, die Wiedergeburt, die Sterne und der ganze Kosmos, oder woran auch immer ein Kambodschaner wie er glaubte. »Sorry, Mister«, sagte er und würde es bis in alle Ewigkeit sagen, egal wie oft ich fragte, »your friend is not here.«

Es war heiß in der Polizeistube, heißer als draußen, keine Ahnung, wie sie das schafften. Ein einzelner schiefer Ventilator scheuchte ein paar Fliegen durch den Raum, der durch einen Empfangstresen geteilt war, hinter dem an zwei Schreibtischen auf Plastikstühlen zwei weitere Kollegen saßen. Sie alle trugen ordentliche Uniformen und schienen sehr konzentriert nichts zu tun. Mir lief der Schweiß von der Stirn, ich wischte ihn alle zehn Sekunden mit dem Handrücken aus meinem Gesicht, damit ich überhaupt etwas sah. Meine Zunge klebte. Mein Blut dampfte. Ich fühlte mich wie ein Hummer, der mit zugebundenen Scheren langsam gekocht wurde.

Ich steckte das Handy wieder ein.

»Kann ich eine Vermisstenanzeige aufgeben?«

»Sicher, Mister. Einen Moment, bitte.«

Er bückte sich und holte einen rosa Zettel hervor, dann suchten seine Augen nach einem Stift. Langsam wanderten sie die Theke ab, schwenkten auf das oberste Fach, glitten in das Dunkel hinein, blieben kurz an etwas Länglichem hängen, das wie ein Stift aussehen mochte. Dann hüpften sie weiter, in das zweitoberste Fach. Der Ventilator klapperte. Ein Moskito summte. Und in diesem Moment verstand ich, dass der rosa Zettel völlig egal war. Dass meine Suche hier völlig egal war. Dass ich genauso gut die Hunde der Stadt oder die Wolken befragen konnte.

Die Taxifahrer rund um das Hostel, vielleicht ein Dutzend, die auf Motorrädern, in Tuk Tuks oder verbeulten Autos Fahrgäste einsammelten – ich hatte sie fast alle erwischt. Überall hatte ich nachgefragt, in den umliegenden Shops, die Trikots von Real Madrid und Manchester United feilboten, in einer Drogerie mit Spirituosenregal, in den zwei Supermärkten, vor deren Eingang auf dem löchrigen Bürgersteig lose riesige Bananenstauden standen, bei dem Khmer-Grill neben dem Hostel mit den niedrigen Plastikhockern vor schmierigen Tischen und den großen Rosten, auf denen Hühner und Frösche brieten, in den umliegenden Bars, in der Travel Agency namens »Coconut Tours«. Alle hatten erst gelächelt, dann erschrocken auf mein Handy geschaut, schließlich den Kopf geschüttelt. Jeder zweite schien sich zunächst zu erinnern, kratzte sich am Kopf, machte »ah« und »oh«, holte einen anderen dazu. Dann fragten sie: »French boy, yes?« Nein. Oder: »Last year, yes?« Nein. Und selbst wenn ich irgendeiner Fantasie zustimmte, leerten sich ihre Gesichter schnell. »No, my friend. Sorry, my friend.« Zwar war ich eine Attraktion, die Kinder scharten sich um mich, liefen mir hinterher, sangen mir ein Lied. Aber gesehen hatten sie nichts. Sie tippten auf das Foto von Felix, wenn ich es ihnen hinhielt, riefen sich etwas zu, das ich nicht verstand, dann krähten sie: »Yes, Mista!« und reckten die Daumen.

So hatte ich an meinem ersten Morgen erfolglos die Straßen des Ortes durchkreuzt, war herumgelaufen zwischen dampfenden Garküchen, Bettlern, Fruchtsaftständen, Motorrädern, Fahrrädern, Schubkarren, Tempeln, Massage-Salons, Rucksackträgern, Fliegen, Bananenstauden, Wasserflaschen, umschlossen von der süßlich riechenden Hitze, die mich zu erdrücken drohte. Hatte schnell aufgegeben, auf keine Linie zu treten, weil kaum ein Quadratmeter Asphalt intakt war und weil ich es mir nur wegen Felix angewöhnt hatte; um zu denken, sein Aberglaube könnte meine Suche beeinflussen, war ich noch nicht verrückt genug. Ich hatte Dutzende Kambodschaner begrüßt, versucht, ihr strahlendes Lächeln und ihre Geste zu erwidern, bei denen sie ihre Handflächen zusammenführten und den Kopf leicht neigten, um ihnen dann zu erklären, was ich wollte. Hatte ihre guten Hinweise und Angebote abgewehrt, nein, er konnte nicht im Hostel sein, nein, er sei nicht zurück nach Germany, ja, in der Travel Agency war ich. Nein, ich wollte nichts kaufen, kein Wasser, keine Melone, keine Mango, keine Kokosnuss, kein T-Shirt, keine Tour, keine Cola, auch nicht für nur *One Dollar.* Alles hier kostete *One Dollar* oder eine spontan erfundene Menge an *One Dollars.* Und nichts gab mir irgendeinen Hinweis, was mit Felix passiert sein konnte. Ich hörte von keinem einzigen Verbrechen, sah keine Polizei auf Patrouille. Alles schien sicher zu sein, die Menschen wirkten aufrichtig. Die jüngeren kleideten sich seltsam modisch, mit Print-Shirts und Flipflops, Caps und bunten Uhren. Die meisten aber waren selbst in der Hitze gedeckt angezogen. Die älteren Männer sahen aus wie der spießige Vater Will Tenner aus der Serie *Alf*: hohe Stirn, ordentlicher Scheitel, sanftes Lächeln, Hemd, Stoffhose, Brille. Wir hatten die Serie als Kinder geliebt. Und uns jedes Mal gestritten, bei wem wahrscheinlicher ein Melmacianer in die Garage abstürzte, denn nichts wünschten Felix und ich uns sehnlicher als außerirdischen Besuch.

Könnte einer dieser freundlichen Menschen ihm etwas angetan haben? Was wusste ich schon. Sprachen sie untereinander ihr melodisches Kambodschanisch, meistens aufgeregt ob meiner Fragen, klangen sie für mich wie Figuren in einem Computerspiel, dessen Prinzip ich noch nicht verstanden hatte. Sie lächelten, sie wünschten mir Glück, sie schickten mich zum nächsten Shop. Einer legte mit mir ein Räucherstäbchen und eine kleine Banane auf den kleinen Altar vor seinem Haus, für die Geister, die Felix vielleicht festhielten. Einer sagte: »Do you go police?« Ich nickte. »Police better in Thailand«, dann formte er mit seinen Händen einen dicken Bauch, »here police eat too much.« Einer glaubte, mein Freund sei sicher bei einem *girl*, und wollte mir auch eins anbieten. Eine Frau sagte, ich sei zu dünn, und wenn ich nicht bei ihr eine Suppe äße, würde ich auch bald verschwinden. Ein anderer nahm mich am Handgelenk, nachdem er das Foto von Felix gesehen hatte, redete mir aufmunternd zu, führte mich um die Ecke, wo in einer Bar drei Weiße saßen und Karten spielten. Der, der gerade verlor, hatte Locken wie Felix, war aber zwei Köpfe größer und zehn Jahre älter.

Vier Wochen war er nun weg. Die Spur war kalt. Einer von Hunderten Weißen jeden Monat, die bei dir auf dem Moped saßen, Melone gekauft, eine Tour gebucht haben – er war schneller vergessen als das Wetter von gestern, das sowieso immer gleich war. Sogar einen Bettler, der beinlos an einer Mauer lehnte, sprach ich an. Sein Blick wirkte klar, er hatte den ganzen Tag nichts zu tun, und Felix gab Bettlern oft etwas. Ich beugte mich zu ihm, hielt ihm das Handy vors Gesicht, da packte er meinen Unterarm, hielt sich fest, als wollte er sich hochziehen an mir, »good good«, sagte er, »good good«. Er stank nach Kot, ich wollte mich losreißen, aber er hielt mich mit einer erstaunlichen

Kraft fest. Ich würde nicht loskommen, ohne ihn umzuwerfen, mitzuschleifen, ich schaute mich um, niemand beachtete uns, da ließ er plötzlich los und schaute weg.

»Good friend«, sagte er wie zu sich selbst.

Die Polizeistation hatte ich mir bis zum Schluss aufgehoben, erst wollte ich noch beim einzigen Krankenhaus nachfragen, das ein wenig außerhalb lag. Schwitzend war ich hingestapft, die staubige Straße entlang, zahlreiche Angebote für eine Fahrt im Tuk Tuk ablehnend und mit dem festen Vorsatz, dort keinen Felix zu finden, keine Mumie unter lauter Verbänden, keinen reglosen Körper, der nach Desinfektionsmitteln roch. Ich war zur Aufnahme gegangen, hatte seinen Namen auf einen Zettel geschrieben, sein Foto gezeigt, und die ganze Zeit hatte die Krankenschwester den Kopf geschüttelt, »no Western people here«, und ich glaubte ihr. Erst danach schlug ich den Weg zur Polizei ein. Als ob ein Verbrechen als Grund für Felix' Verschwinden unwahrscheinlicher würde, je später ich seine natürlichen Feinde aufsuchte.

Die Wache lag nur ein paar Häuser vom Hostel entfernt. An der Fassade hing die kambodschanische Nationalflagge: ein weißer Palast auf rotem Grund, darüber und darunter ein blauer Streifen. Der Himmel und das Meer? Und das Rote war das vergossene Blut? Ich sah dem Polizisten zu, wie er das Formular ausfüllte mit allem, was ich ihm sagen konnte. Er war plötzlich sehr dienstlich, als würde ihn das Schreiben motivieren, mich ernster zu nehmen, als würde er sich nun doch um seine Wiedergeburt sorgen und ein weiteres Leben als Polizist fürchten. Er schob mir das Papier zum Unterschreiben hin, legte den Stift daneben und musterte mich.

»Hatte dein Freund Probleme?«

Er war der erste Kambodschaner an diesem Tag, der nicht lächelte.

»Ich weiß es nicht«, sagte ich und überflog meine Angaben noch einmal.

»Also hatte er vielleicht Probleme.«

»Er ist verschwunden, irgendetwas muss ja passiert sein.«

»Probleme mit der Polizei?«

»Ich glaube nicht.«

»Probleme mit Drogen?«

Der Polizist funkelte mich jetzt aus erstaunlich wachen Augen an. Ich sagte nichts.

»Probleme mit Drogen machen oft Schulden, und Schulden machen oft, dass ein Freund aus Deutschland kommt und hilft.«

Ich schüttelte den Kopf. »Nein. Und wenn, dann geht doch der Freund nicht direkt zur Polizei, oder?«

»Du bist nicht direkt hierher gekommen. Du hast erst alle anderen gefragt.« Nun lächelte er doch. »Du gehst den ganzen Tag hier herum und machst alle nervös. Warum?«

»Ich suche meinen Freund«, sagte ich, den Stift noch in der Hand, das Blatt mit den kambodschanischen und englischen Schriftzeichen vor mir. *Missing Person*, stand darüber.

»Vielleicht suchst du deinen Freund auch, weil er dir Geld schuldet?«, sagte der Polizist. Seine beiden Kollegen blickten mich von ihren Schreibtischen aus an. Sie schwitzten nicht. Seit wann hörten sie zu?

»Vielleicht brauchst *du* das Geld dringend, weil du Schulden hast? Wegen Drogen?«

»Wie kommen Sie darauf?«

»Niemand kommt hierher und sucht seinen Freund. Alle kommen her und wollen Spaß. Sie wollen Spaß kaufen. Oder sie wollen Spaß *verkaufen*. Keiner sucht jemanden. Keiner findet jemanden. Willst du Spaß kaufen? Oder Spaß verkaufen?«

Er legte mir eine Hand auf den Unterarm, ganz sachte. Sie war leicht, trocken und angenehm. Nicht wie die Hände draußen, die ich im Hostel geschüttelt hatte, die auf der Straße auf

Motorroller zeigten, *hello my friend, wanna ride?* Die winkten und einen am Arm fassten, *hello Mister, ice cold Beer, one Dollar!* Sie waren die *One Dollar Army*, dachte ich, und niemand würde sie aufhalten.

»Hello Mister«, sagte der Polizist, »ich spreche mit dir. Spaß verkaufen?«

Ich räusperte mich. Bog den Rücken durch. Ich war größer als er, fast einen Kopf. Hatte er mich so billig eingeschüchtert? Wollte er Geld? Sollte er sich um Väter kümmern, die ihre Kinder für sich arbeiten ließen, um Bettler, die sich einschissen, um die Typen, die mir Drogen hatten verkaufen wollen und die mich sicher abgezogen und vielleicht sogar ausgeraubt hätten, wäre ich mit ihnen gegangen. Was war mit deren Karma, deren Wiedergeburt?

»Kein Spaß«, sagte ich, »das ist kein Spaß. Mein Freund ist verschwunden, irgendwo hier, vielleicht auch woanders. Und ich muss ihn suchen. Wenn Sie mir nicht helfen wollen, okay. Aber ich habe keine Zeit für Spiele. Und ich habe nichts Falsches getan.«

Ich legte den Stift neben den rosa Zettel, nickte dem Polizisten zu und ging. Ende des Kreislaufs. Keine Wiedergeburt mehr.

Nirvana.

Das Erste was mir auffiel, als ich zurück im Hostel war: Es wurde viel gegähnt. Niemand musste aufstehen, aber alle waren müde. Die Hitze und das Geräusch der Wellen, die ans Ufer schwappten, schienen die Menschen träge zu machen. Wenn sie sich nicht angähnten, nickten sie sich nach einem komplizierten System zu: Alle nickten den Angestellten zu, die waren irgendwie wichtig, und natürlich grüßten alle Dita, denn sie war der Chef. Neuankömmlingen wurde nur zugenickt, wenn sie besonders interessant und weitgereist aussahen, lange Rastas hatten oder viele Tätowierungen. Wer am Abend zusammengesessen hatte, begrüßte sich morgens, und ein »Hey, man, what's up?« war beim Erstkontakt angebracht, benötigte aber keine Antwort. Es wurde generell eher wenig gesprochen, man lag in seiner Hängematte, gähnte und nickte und schaute die meiste Zeit auf sein Smartphone. Nach Routen, Hostels, wie es zu Hause lief und vor allem nach dem Wetter. Es sollte regnen, also musste man Touren umplanen und ansonsten: abhängen. Zwischendurch versuchte man, eine Mindesthygiene zu halten, die jedoch spätestens an den Füßen scheiterte. Alle hatten dreckige Füße. Einer, die an mir vorbeilief, klebte sogar eine Zwiebelschale an der nackten Fußsohle, sie ließ sich in einen Sitzsack fallen, holte ihr Handy aus einem Täschchen, und irgendwann fiel die Schale von selbst ab. Ich hatte sie schon nach Felix gefragt, sie war uninteressant für mich, so wie alle anderen, die hier abhingen. Das waren die drei Dinge, die wir als Speerspitze des Individualismus gemeinsam hatten: Wir gähnten unsere Smartphones an. Unsere Füße waren dreckig. Und wir hatten Felix nicht gesehen.

Dieser Moment, wenn ihn die Menschen betrachten, sein Foto auf meinem Handybildschirm, ich nach rechts wische, zum nächsten Foto, und wieder zurück, dann das eine Video starte, das ich von ihm habe, es ist nur kurz, Felix sitzt auf einem Stuhl in meiner Wohnung, sieht von unten in die Kamera, fragt: *what's up?* – ich nehme dieses Video, weil er Englisch spricht, und eins reicht, wer ihn jetzt nicht erkennt, hat ihn nie gesehen … In diesem Moment haben sie alle den gleichen blanken Ausdruck im Gesicht. Sie schauen hin, denken nach, und dann schalten sie ab, weil sein Anblick nichts in ihnen auslöst, und die Millisekunde vor dem Kopfschütteln, alle schütteln sie den Kopf, sie ist die eigentliche Folter, weil ich die Hoffnung, dass endlich einmal jemand bedeutungsvoll nickt, mir hilft und mich weniger allein sein lässt mit seinem Verschwinden, einfach nicht abschalten kann, auch nicht will.

Und jedes Mal entschuldige ich mich im Stillen dreifach. Bei

Lea, dass ich meine, nein, unsere Zeit hier verschwendete. Bei seiner Mutter, dass ich ihn nicht schneller heimbrachte. Und bei ihm für etwas, das ich noch nicht benennen konnte.

Ich suchte mir einen ruhigen Platz, zog nun selbst mein Smartphone hervor.

*Wie läuft es?*, schrieb Lea. *Warst du gestern betrunken?*

Ich entschied mich für die Wahrheit. *Ein wenig. Und es läuft gar nicht. Keine Spur. Wie vom Erdboden verschluckt. Wobei der ihn doch sofort angewidert ausspucken würde …*

*Haha. Polizei?*

*Nichts. Wie erwartet.*

*Taxifahrer, Bars, usw.?*

*Nichts. Ich war überall.*

*Mist.*

*Ja …*

*Und wie geht's dir?*

*Okay. Kein guter Ort hier. Aber man kann es aushalten. Wenn man viel kifft.*

*Und, kiffst du?*

*Das ist VERBOTEN. Und ich habe seit Jahren nicht gekifft. Wieso sollte ich hier wieder damit anfangen?*

*Verstehe. Machst du dir Vorwürfe, weil du nicht noch mal mit ihm geredet hast?*

*Wann?*

*Nach eurem Streit.*

*Das war sein Streit.*

*Das wird er anders sehen. Er wollte schließlich mit dir reden.*

*Hat er aber nicht. Er hat mir nur mitgeteilt, dass er fährt. Allein.*

*Hast du ihn gefragt, warum?*

*Nein, mache ich aber, wenn ich ihn finde.* Auf einmal stand Dita vor mir, mit einer Plastiktüte voller Kleidung. *Muss weiter.*

*Kuss.*
*Kuss.*

»Ich hatte es komplett vergessen, als du aufgetaucht bist, aber eben ist mir das hier aus einem Schrank vor die Füße gefallen.« Ich sprang auf und griff nach der Tüte. »Sind nur Klamotten«, sagte sie, als ich den Inhalt auf meinen Stuhl kippte, »hat er wohl nicht mehr gebraucht.«

Ich sah auf den ersten Blick: Sie gehörten Felix. Eine Daunenjacke, ein Pulli und eine lange Hose. Genau die Sachen, die man mitnehmen muss, wenn man in Deutschland im Kalten startet und vermutlich ins Kalte wieder zurückkehrt. Unnötiger Ballast auf einer Reise durch Südostasien.

»Hat er irgendwas dazu gesagt?«, fragte ich.

»Nein. Hätte ich dir erzählt.«

Sie ist genervt, dachte ich. Wie oft wohl jemand hier etwas liegen ließ, deponieren wollte und versprach, es später abzuholen und dann nicht kam?

»Danke«, sagte ich und stopfte die Sachen zurück in die Tüte.

»Willst du die Sachen nicht mitnehmen?«

*Nein*, dachte ich. »Doch«, sagte ich. »Später, okay?«

Sie zuckte nur mit den Achseln. »Das sagen alle und meinen eigentlich: *nie*. Vermutlich sehe ich auch dich und deinen Freund nie wieder und vergesse euch irgendwann. Wie all die anderen.« Sie fixierte einen unbestimmten Punkt in der Ferne, schien abzudriften in ein anderes Land, eine bessere Zeit. »Vielleicht, weil inzwischen alle das Gleiche machen, das Gleiche sehen und deshalb auch das Gleiche erzählen. Immer entlang der üblichen Routen: Start in Hanoi, Halong Bay, von dort aus nach Süden, Hoi An, Hué, dann vielleicht noch bisschen Südvietnam, das aber schon von Russen und Chinesen versaut ist. Die meisten fahren direkt weiter nach Laos, Don Det, zu den viertausend Inseln, Lang Prabang … Vangvieng haben sie vor ein paar Jahren dichtgemacht, weil zu viele verballerte Australier beim Wassersport ersoffen sind, kommt aber langsam wieder.«

»Und hier? In Kambodscha?« Ich hoffte auf irgendeinen Hinweis.

»Kambodscha ist kein Nummer-Eins-Ziel, hier rasen sie alle durch Angkor Wat, zehn Tempel in zwei Tagen, schauen sich pflichtbewusst die Killing Fields bei Phnom Penh an, und dann ab auf die Inseln, chillen. In Thailand zieht vor allem der Strand, da ist höchstens ein Abstecher von Bangkok aus mit dem Zug nach Chiang Mai drin und weiter nach Pai, weil da Hippies in freier Wildbahn zu sehen sind.« Sie lachte kalt. »Die ganz Verrückten schaffen es bis ins goldene Dreieck und suchen Opium. Inzwischen fahren viele auch nach Malaysia und Myanmar, weil die Strände dort noch leer sind. Das nennen sie dann Abenteuer. Aber sie steigen alle in denselben Hostels ab, die immer dieselben Touren anbieten. Ein bewährtes Konzept, die Leute sind zufrieden, wir verdienen unser Geld, und niemand will in den zwei Tagen, die er pro Ort hat, groß überlegen müssen, was er anschaut und was nicht. Wer wirklich etwas Einzigartiges erleben, sich abheben will, der muss aus dem Karussell ausbrechen, etwas riskieren. Alle anderen sind Lemminge.«

Luca war während ihres Monologes in ihrem Rücken aufgetaucht, hatte mir ein Peace-Zeichen gegeben und wissend gelächelt.

»Mamadita, ist ja gut«, unterbrach er sie. »Der Junge will nur seinen Freund finden, keine Lektion von einem lebenden *Lonely Planet*.« Er wandte sich an mich: »Ehrlich, Mann: Vermutlich hat sich dein Kollege mit dem Yellow Fever angesteckt und liegt jetzt irgendwo rum und stöhnt.«

»Wie schlimm ist das?«, fragte ich erschrocken.

Beide lachten.

»Das ist keine Krankheit«, klärte Dita mich auf. »Das bekommen weiße Männer, wenn sie einmal eine Asiatin hatten. *Once you go Asian, you never go back Caucasian.*«

»Ach so«, sagte ich und versuchte, mich nicht wie der letzte Hinterwäldler zu fühlen.

Luca grinste. Er musterte meine hellen Arme. »Du bist so weiß, mein Junge. Bisschen Sonne würde dir gut stehen. Ich gehe jetzt zum Strand. Kommst du mit?«

»Ich würde gerne, aber …«

»*Aber* ist das deutscheste aller Wörter!«

»Ich habe keine Sonnenbrille dabei.«

»Was?«

»Hab ich in Deutschland nicht dran gedacht.«

Er schaute mich an, als hätte ich gerade das Tischtuch weggezaubert. Dann griff er sich an die Brust, wo seine Sonnenbrille, ein Modell mit grünem Plastikrahmen, an einer Kette um seinen Hals hing.

»Nimm diese Brille als Zeichen meiner ewigen Wertschätzung«, sagte er und hängte sie mir um. Jetzt baumelte sie neben der Dose mit Felix Haaren.

»Ach, Quatsch«, sagte ich, wollte das Geschenk ablehnen, aber die englischen Wörter fielen mir nicht ein. »Die hat doch sicher Geld gekostet.«

»Das Geld ist ja nicht weg, nur woanders. Also: Keine Widerrede. Kommst du jetzt mit an den Strand, oder nicht?«

»Na gut.« Ich gab mich geschlagen.

»Dein Freund war irgendwie unterhaltsamer als du«, sagte Luca.

»Dann geh du ihn halt suchen«, sagte ich.

Luca nickte zufrieden. »Du Sohn einer Rumflasche, so gefällst du mir besser … Lass uns das Boot nehmen!« Wenn er niemanden zu einer privaten Schnorcheltour oder einem Besäufnis an einer anderen Bucht kutschieren musste, hatte er als offizieller Zauberkünstler des Hostels auch privat Zugriff auf das kleine Holzmotorboot. »Ich kenne eine Stelle, wo nicht so viel los ist, zehn Minuten von hier. Und creme dich bitte ein, mein Junge, nicht dass du heute Abend rot leuchtest.«

Eine halbe Stunde später stand ich hüfthoch im Wasser, Luca neben mir. Das Meer war warm, viel wärmer als ich gedacht hatte, und grüner. Warum wurde es immer blau gemalt?

»Pass auf die Plastikteile auf«, sagte Luca. »Bei Ebbe kommt die ganze Scheiße hoch, die sie ins Meer leiten.«

»Das arme Meer«, sagte ich.

»Das Meer ist wie ein Mensch. Es schluckt und schluckt den Müll, den man ihm zu fressen gibt. Aber irgendwann kommt alles wieder raus. Was war das für eine Kette um deinen Hals? Dein Drogenvorrat?«

Ich hatte sie abgelegt, bevor ich ins Wasser gegangen war. Zum ersten Mal, seit seine Mutter sie mir umgehängt hatte.

»Erzähle ich dir, wenn wir wieder draußen sind.«

»Was? Wir sind doch noch gar nicht drin.« Er sprang kopfüber in die nächste kleine Welle, die heranrollte. Für zwei Sekunden war er verschwunden im unendlichen Grün des Ozeans. Einige Meter weiter draußen tauchte er wieder auf, drehte sich zu mir um und winkte. Ich wusste, er würde nicht locker lassen, bis ich wenigstens so tat, als hätte ich Spaß.

Ich mochte keine Strände. Herumliegen und nichts tun, in der Hitze, es hatte mir noch nie eingeleuchtet. Und ich mochte keine Badehosen. Ich fühlte mich nackt in ihnen, verletzlich. Durch den dünnen Stoff konnte alles an mich heran. Auch das Meer mochte ich nicht besonders, das Salz in den Augen, den unsichtbaren Grund, auf dem alles Mögliche herumkriechen konnte, die Unendlichkeit.

Mit einem halbherzigen Sprung nach vorn tauchte ich dorthin, wo ich Luca vermutete. Das Wasser schluckte alle Geräusche, und ein seltsames Gefühl dehnte sich in mir aus, bevor ich Luft holen musste: Ruhe. Für einen kurzen Moment war alles ruhig.

»Geht doch«, rief Luca. Ich lächelte ihm zu, zuckte mit den Schultern. Dann arbeitete ich mich zurück an den Strand, zurück zu den Handtüchern und der Kette.

*Black Rock Beach.*

Ich blickte auf das Meer. Auf die Palme, die den Strand links begrenzte. Den schwarzen Felsen, der ungefähr fünfzig Meter vor der Küste aus dem Wasser ragte wie ein Meteorit. Eine Welle teilte sich um ihn, floss zurück, teilte sich. Der Sand unter mir war weiß, wie Puderzucker. Das Meer schillerte nun fast durchsichtig. Die Sonne stand stabil über allem, als würde sie nie wieder untergehen. Wie schön es hier einmal gewesen sein musste, bevor Menschen herkamen. Bevor sich ein Hotel nach dem anderen an den Strand gepflanzt hatte.

Was davon hatte Felix gesehen? Ich kniff die Augen zusammen, fixierte den schwarzen Felsen.

*Felix*, sagte ich zu ihm. *Ich bin hier. Siehst du, was ich sehe? Ganz nett, oder?*

Ich sah Luca aus den Wellen steigen. Er ließ sich neben mich auf sein Handtuch fallen.

»Ich mag den Strand hier. Keine Australier, die mittags um zwölf mit Whiskey-Cola im Schädel am Strand randalieren.«

»So schlimm?«, fragte ich, froh, dass er die Kette offenbar vergessen hatte.

»Weißt du, wie viele Menschen inzwischen im Jahr verreisen?« Er schüttelte seine langen nassen Haare.

»Keinen Schimmer.«

»Ich sag's dir, ich habe nachgeschaut: Über zwei Milliarden pro Jahr. Der ganze Planet brummt von unseren Bewegungen. Wir sind wieder zu Jägern und Sammlern geworden. Aber nicht, um zu überleben, sondern um zu *erleben*. Am liebsten in armen

Ländern, wo man sich viel mehr leisten kann als zu Hause. Man reist sich reich. Und eine ganze Industrie kassiert: Flüge, Mietwagen, Rucksäcke, Trinkflaschen, Moskitonetze, Reiseführer, Apps, Webseiten. Genau wie in Kriegen verdienen viel zu viele Leute daran, deshalb frisst dieser Krebs sich weiter in die Welt. Und genau die, die ihn am meisten hassen, verbreiten ihn am schnellsten.«

»Und zwar?«

»Na, wir. Erst kommen die Abenteurer, dann die Hippies, dann die Backpacker. Ab da geht es nur noch bergab. Sobald du irgendwo mehr als drei Rucksäcke siehst, hau ab. Warte nicht, bis die Chinesen alles aufkaufen und mit Reisegruppen fluten.«

Neben uns lag ein junges Pärchen, das sich lautstark Anweisungen gab, um gegenseitig auf den Fotos besonders gut auszusehen.

»Dieser Ort ist längst versaut, verbrannte Erde. So geht es überall. Malaysia soll noch okay sein. Venezuela war super, bis es zu gefährlich wurde. Vielleicht kommt als nächstes Nigeria oder Ecuador, who knows. Völlig egal. Die Namen ändern sich. Die Geschichte bleibt die gleiche. Ein Paradies nach dem anderen wird heimgesucht und in einen Abenteuerspielplatz für Westler verwandelt.«

»Warum fahren dann alle hin?«

»Weil sie Angst haben, etwas zu verpassen. Das System erzählt dir dein Leben lang, deine kümmerliche Existenz müsste ein funkelndes Abenteuer sein, aber weil du viel zu viel Angst davor hast, machst du doch wie alle anderen einen langweiligen Job in einer langweiligen Stadt irgendwo in der Kälte, und das einzige Abenteuer, das du dir erlaubst, ist, dich einmal im Jahr für drei Wochen in irgendeinem warmen Dritte-Welt-Land abziehen zu lassen. Dann kommst du heim, braun und pleite und um zehntausend Fotos auf dem iPhone reicher, die du niemals anschauen wirst.«

Etwas weiter den Strand hinunter lagen vier junge Männer in der Sonne, jeder einen Stapel Bierdosen neben sich. Einer war dran mit Bier holen, aber er wollte nicht. Er wurde mit Sand beworfen. Ich schwieg eine Weile. Es war erträglich. Hier liegen, ausruhen, Luca reden lassen. Er schien auf mich gewartet zu haben, um seine besten Sprüche loszuwerden.

»Und natürlich wollen alle Sex«, sagte er gerade. Er wartete, dass ich nachfragte. Er war auch so jemand: Geschichte, Theorie, Kunstpause. Ich kannte es zu gut. Es fühlte sich an, als hätte er das bei Felix geklaut.

»Ich habe eine Freundin«, sagte ich, um das Thema abzuschließen. »Zu Hause. In Deutschland. Ich werde also nicht in Versuchung kommen.«

»Was meinst du, wie viele jemanden zu Hause haben und trotzdem schwach werden? Oder gerade deshalb? Was meinst du, warum das Motto von der Bar neben dem Hostel heißt: *Drink triple. See double. Act single?*«

Ich schüttelte nur den Kopf.

»Ist sie hübsch?«

»Natürlich ist sie das.«

»Pics or it didn't happen.«

»Was?«

»Das sagt man so. Zeig mir ein Bild von ihr. Woher soll ich wissen, dass du nicht nur angibst?«

Ich schüttelte wieder den Kopf, fingerte aber doch mein Handy hervor.

»Nicht schlecht«, sagte Luca, als er Leas Bild sah. Ihr Profil. Die Sommersprossen. »Nicht schlecht für eine Kartoffel wie dich.«

*Was Neues? Warst du bei der Polizei?* Eine SMS seiner Mutter.

Ich antwortete: *Nichts Neues. Melde mich wieder.*

*Was sagt denn die Polizei?*

*Nichts. Die wollten wissen, ob er Probleme hatte. Ich habe nein gesagt.*

*Stimmt ja auch. Warst du im Krankenhaus?*

*Natürlich.*

*Vielleicht hat er eine Kopfverletzung und sein Gedächtnis verloren. Das passiert relativ häufig, habe ich gelesen. Wenn er nicht mehr weiß, wer er ist, irrt er irgendwo da unten herum …*

*Dann wird er früher oder später aufgegriffen. Und wir finden ihn. Ein Weißer fällt hier immer auf.*

*Sag mir sofort Bescheid, wenn du mehr weißt.*

Am zweiten Abend war Party. Vermutlich war hier immer Party.

Ein Song lief, den ich aus Deutschland kannte. *'Cause I'm an animal, animal, like animal, like you*, ging der Refrain, immer wieder *animal.* Volle Lautstärke. Als ich auf die Veranda trat, drehten sich alle wie auf Kommando zu mir um. Bekannte Gesichter, neue Gesichter. Konnten sie es schon riechen, meinen Ernst, das Problem, das ich darstellte?

»Ah. Du bist der, der seinen Freund sucht.«

Ich nickte, es hatte sich also herumgesprochen. Ich setzte mich an die Bar, zu Luca.

»Willst du ihn wirklich finden?«, fragte er.

»Wie bitte?« Vielleicht hatte ich ihn ja vielleicht falsch verstanden.

»Na, suchst du ihn nur, oder willst du ihn auch finden?«

»Was ist der Unterschied?«, rief Dita über die Theke, und ich war ihr dankbar dafür. Das wäre auch meine Frage gewesen.

»Man muss es aussprechen«, antwortete Luca, und an mich gewandt: »*Du* musst es aussprechen.«

»Warum?«

»Für das Universum. Es hört dir zu. Wenn du immer nur sagst: Hey Leute, ich suche meinen Freund, dann suchst du ewig weiter. Du musst deinen Wunsch formulieren. Das, was du *willst*. Und du *willst* ja nicht suchen. Sondern finden.«

Ich atmete aus. »Okay.«

»Wie okay?«

»Okay, mag sein.«

»Du hast es immer noch nicht gesagt.«

»Was?«

»*Ich will ihn finden. Ich werde ihn finden.* Du hast es noch nicht gesagt.«

»Aber das meine ich doch, wenn ich sage, dass ich ihn suche.«

»Kann sein. Aber woher soll das Universum das wissen?«

Die anderen stiegen ein. »Ja, woher?« riefen sie. »Das Universum, Alter!«

»Na los,« rief Luca, »sag es!«

Die anderen stimmten ein, »sag es, sag es, sag es«, sie klopften mir auf die Schultern.

»Ist ja gut«, rief ich, sie sollten aufhören. »Ich mach ja schon.«

Stille. Die Musik setzte aus. Luca stand an der Anlage.

»Ich suche meinen Freund«, sagte ich. »Er heißt Felix.«

Das ganze Hostel schien innezuhalten. *Was für eine alberne Scheiße*, dachte ich. Und gleichzeitig spürte ich Tränen in mir aufsteigen. *Das würde dir gefallen, du Idiot, oder? Ich vor Leuten, unsicher, nervös, zum Pathos gezwungen? Eine filmreife Szene, und du als Hauptperson in Abwesenheit. Genau dein Geschmack, ich weiß.*

»Ich will ihn finden«, sagte ich und schluckte. Ein Dutzend Gesichter, heiß und gespannt, um mich herum. »Und ich werde ihn finden.«

Jubelschreie.

»Und jetzt, German guy«, triumphierte Luca. »Musst du auf einen Stuhl steigen und singen. So will es die Tradition.«

Machtlosigkeit. Die Gewissheit, dass die Gruppe einen ausgewählt, dass sie einen Beschluss gefasst hatte und ihn umsetzen würde, und dass jeder Protest sinnlos wäre. Sie würden mich zum Singen bringen. So oder so.

Was hätte Felix gesungen? Klar: Er hätte die große Show gesucht. Hätte sich bitten lassen, wäre auf den Stuhl geklettert und hätte …

»Come on now«, riefen sie, schoben mich zu einem Stuhl, ich stieg hinauf, wie ferngesteuert.

*Was hätte er gesungen? Was* hatte *er gesungen?*

Ich sah in die Runde. Aufgeheizte, rote Gesichter, Lachen, große Augen. Tom aus Melbourne. Shai aus Israel und seine zwei Freunde, Ruth aus irgendwo, Dita, Luca, zwei Französinnen, ein Mädchen aus England, noch ein paar andere. Sie alle waren unbeschwert, wollten etwas Besonderes erleben, deswegen waren sie hier. Ich musste werden wie sie. Also fing ich an.

»Ich bin der König im Affenstall, der größte Klettermax …«, sang ich und musste grinsen. Was war das hier?

Eine Französin sprang auf: »That's the jungle book!«

»In German even a song for kids sounds like you are planning a war«, rief ihre Freundin.

Alle lachten. Und irgendwann lachte auch ich. Ich stieg vom Stuhl. Das Lied ging in mir weiter, hakte am Anfang der zweiten Strophe.

*Nun sag mir schon das Geheimnis*
*Nun sag mir schon das Geheimnis*
*Nun sag mir schon das Geheimnis*

»Wir werden deinen Freund finden«, sagte Luca und packte mich an der Schulter. Seine Augen glänzten, er roch nach Sangria. *Nächte, die dir das Gehirn ausradieren.* »Wo immer er ist. Was immer mit ihm passiert ist. Wenn er lebt, finden wir ihn.«

Ich nickte. Was sollte ich auch tun.

*Nun sag mir schon das Geheimnis.*

Ich war seit vierundzwanzig Stunden hier und hatte nichts – außer im Meer gebadet, auf einem Stuhl gesungen und schon wieder ein Bier in der Hand. Ich war angekommen. Und gleichzeitig verlorener denn je. Plötzlich fiel mir die gesamte zweite Strophe ein, als hätte sich ein Pfropfen in meinem Kopf gelöst:

*Nun sag mir schon das Geheimnis, komm schon*
*Und dann lass ich dich in Ruh*
*Die Feuerpracht,*
*Gibt mir die Macht*
*Genau zu sein wie du*

Fast wäre ich zurück auf den Stuhl gestiegen, aber das Mädchen aus England war schon drauf und sang ein neues Lied.

*Because maybe, you gonna be the one that saves me.*

Alle sangen mit. Außer mir.

»To a night we won't remember«, rief Luca den nächsten Trinkspruch, als sie fertig war, »to friends we'll never forget!«

Als ich mich an diesem Abend auf mein Bett legte, langsam und unter Stöhnen wegen des Sonnenbrandes am Rücken und weil ich betrunken war, schon wieder, dachte ich an die 8000 Kilometer, die mich von zu Hause trennten. Eine Distanz, die kein Mensch je zu Fuß zurücklegen könnte. Man würde Jahre brauchen, konnte genauso gut auf dem Mond sein, dem Mars, der Venus. Ich war klein, winzig, ein Staubkorn im Vergleich zu dieser Entfernung, dieser Kugel, die durchs Weltall flog.

Auf einmal stürzte alles auf mich ein, der ganze Wahnsinn dieser Entfernung, dieses endlos breiten, langen, hohen, weiten Raums zwischen mir und Lea und meiner Wohnung und allem, was mir vertraut war. Ich atmete zu schnell, krampfte die Hände in das Bettlaken. Ich würde nicht heulen. Nicht hier. Der Gedanke an Lea schnitt mir ins Fleisch und beruhigte mich zugleich.

*Hey, alles klar?*, tippte ich auf meinem Smartphone. *Vermisse dich. Kuss.*

Sie lag gern mit ihrem Kopf auf meinem Oberarm, ich mochte es, wenn ihr Haar auf meine Brust fiel, wenn ihr rechter Arm über meinem Bauch ruhte, hoch genug, damit er mir nicht auf den Magen drückte. Ihr rechtes Bein war angewinkelt und um mein linkes geschlungen. Manchmal berührte sie meinen Knöchel mit den Spitzen ihres großen Zehs und des Zehs daneben, der länger war als der große. Das war unsere liebste Kombination. Ich blickte an die Decke und gleichzeitig in sie hinein, wenn sie mir ins Ohr sprach, wie sie sich fühlte, was sie dachte, was sie sorgte.

Im Laufe eines Vormittages ordneten wir unsere Körper und Gliedmaßen immer neu. Würde man uns von oben im Zeitraffer filmen, sähe man unterschiedlichste Muster menschlicher Nähe. Man kann zwei Körper auf unendliche Weisen zusammenfalten, dachte ich, und wischte mir die Wangen trocken.

Ich lag schon im Halbschlaf, als ich im Nachbarzimmer ein Paar hörte. Das Bett quietschte. Sie stöhnten laut. Zu hören, wie andere sich lieben, ist das einsamste Geräusch der Welt.

# KROKODIL

WIR SITZEN AUF DEM FAHRRADSTÄNDER hinter der Turnhalle. Ab und zu, einer geheimen Choreographie folgend, spuckt einer von uns auf den Boden. Felix trägt trotz der Hitze seine Bomberjacke aus Polyester, schwarz, mit einem blauen A auf der linken Brust. Keiner weiß, wofür es steht. Wir sind für »Asozial«. Oder »Avantgarde«. Oder »Arschlecken«. Wir reden nicht, mit niemandem, machen wir nie. Das machen nur Opfer. Besser: Sitzen, spucken, gucken. Wir sind kalt, wir regieren, wir sind dreizehn.

Es gab damals einen Lieblingssport, neben dem Armdrücken und dem Basketball oben ohne, nachmittags auf dem Schulhof, neben dem Mädchenbewerten – von 1–10, jeweils vier Eigenschaften zählten: Geilheit (was sie schon alles machte oder mit sich machen ließ), Gesicht, Körper, Coolness (wie sehr oder wie wenig sie nervte) –, dem Fruchtsektklauen und Auf-ex-Trinken, bis er einem aus der Nase schoss, dem Geschichtenerfinden über Drogen und Sex, über Lehrer, denen wir ekelhafte Perversionen andichteten und an der Schule in Umlauf brachten, dem Wichsen (nie voreinander, dafür umso bildlicher nacherzählt, auf welche Vorlage, wie oft und wie lange) … Ein Sport übertraf alle: der Hass auf die Stadt. Unsere Fantasie, wie wir sie auslöschen, mit welcher Massenvernichtungswaffe (Platz 1: Giftgas) wir sie von der Landkarte radieren wollten, kannte keine Grenzen. Eines Tages würden wir dem ganzen Elend hier entfliehen, so viel stand fest. Natürlich zusammen. Wir teilten alles, vor allem den Hass. Wir hielten uns für Freunde.

»Berlin«, sagte Felix und spuckte auf den Boden. »London«, erhöhte ich und sah, die Stirn gerunzelt, grob Richtung England. »Moskau«, erwiderte er und grinste, denn Moskau, das war ein Sprung. Nichts war so hart, so böse, so krass wie Moskau. Das wussten wir, seit wir eine Dokumentation über Opfer der »russischen Straßendroge Krokodil« gesehen, also sechzig Minuten mit Junkies in Hinterhofmülltonnen gewühlt hatten. Mütterchen Russland, Land des Frostes und der Frostschutzsäufer, der Oligarchen willige Hure. Dort wohnten die wilden Kerle. Und wir wussten auch, dass Krokodil Krokodil hieß, weil man davon schuppige, grüne, kaputte Haut wie ein Krokodil bekam. Und innerlich verfaulte. Für zwei Dreizehnjährige, die sich im Stellungskrieg gegen Akne (ich) und traubengroße Pickel (Felix und ich) befanden und die meiste Zeit so attraktiv wie ein Tier aus dem Sumpf fühlten, der absolute Horror, also: megageil.

In Moskau ballerte man sich Krokodil in die Nase, in Moskau raste man in Lamborghinis und Ferraris durch riesige Alleen, in Moskau wimmelte es von Milliardären, die mit gestohlenem Erdgas ihre Nutten und Goldzähne bezahlten. Wer dort als Deutscher ankam, hatten wir verstanden, war erst mal ein Nichts. Ein *Nikto*, wie uns Google übersetzte. Was den einen Niko, den wir in der Klasse hatten, noch tiefer in unserer Hierarchie sinken ließ, als er wegen seiner Hochwasserhosen sowieso schon stand. Der Neue in Russland musste, wie Niko für uns, niedere Dienste erledigen: Kaugummis kaufen, zum Beispiel. Oder den Bossen Krokodil bringen. Vielleicht würde einer der Bosse in ihm einen *brother from another mother* entdecken und ihm die großen Jobs anvertrauen, und irgendwann würde er in einem Lamborghini über kommunistische Alleen rasen.

Ich war mir schon damals sicher, dass ich nie nach Moskau gehen würde. Auch nicht nach London, allerhöchstens Berlin. Ich würde niemals Krokodil nehmen, und Ferraris oder Lamborghinis interessierten mich nicht. Ich fand sie hässlich, plattgedrückte Spielzeugautos in zu grellen Farben. Ich war nur gut in der Theorie all dieser Ausbrüche, gut genug für Felix. Die Praxis war weit genug weg, wie Moskau, so dass man sie nicht fürchten musste. Für Felix hätte ich da nicht die Hand ins Feuer gelegt. Er war zu allem fähig, wenn er wollte.

»Wenn ich jemals so werden sollte wie mein Vater«, sagte er plötzlich, als hätte das irgendetwas mit Moskau zu tun, »hau mir bitte eine rein. Mit der Faust.«

Er spuckte noch einmal auf den Boden. Sicheres Zeichen: Heute war was mit ihm los. Und wenn was mit ihm los war, hatte es mit seinen Eltern zu tun.

»Klar, mache ich«, sagte ich zu Felix, und deutete mit der Faust eine rechte Gerade genau auf seinen Kiefer an. Er nahm es wie ein Mann, zuckte nicht mit der Wimper.

»Wenn du jemanden ausschalten willst, schlag ihm auf den Kehlkopf«, sagte er. Es gab diese Gewissheiten: Immer auf den Kehlkopf. Niko ist ein Knecht. Moskau ist krass. Krokodil ist krasser.

»Wohin du willst«, sagte ich. »Aber wenn du wirst wie dein Vater, und ich haue dir eine rein, dann verklagst du mich in Grund und Boden.«

Sein Vater war Anwalt. Einer von der gegelten Sorte, Messingschild: »Sozietät«, Mandanten mit »von« im Namen, eine teuer wirkende Bräune aufs glattrasierte Gesicht gebügelt, kein Gefühl. Er sah aus wie ein kurzzeitig erfolgreicher US-Serienschauspieler aus den Achtzigerjahren, ein Windhund, ein leichtfertig gegebenes Versprechen.

Felix hasste ihn.

Eben hatte der Vater, den wir Georg nennen mussten, uns auf der Straße hinterhergehupt, in seinem weißen Mercedes SLK mit den weinroten Ledersitzen. Wir waren stehengeblieben, er hatte neben uns angehalten, das Fenster heruntergelassen und gefragt: »Na, ihr Friseure? Braucht ihr noch Penunzen?« Er redete immer so mit uns. *Mein lieber Herr Gesangsverein, jetzt ist aber Schicht im Schacht, alter Verwalter*! Wie ein Ansager auf der Kirmes, der Tickets für den Autoscooter verkaufen will. Vielleicht dachte er, das mache ihn jünger, dabei machte es ihn nur viel älter.

Felix hasste ihn dafür und für den SLK, für die weinroten Ledersitze, die Zigarette mit Aufsatz, die er überall rauchte, auch im Krankenhaus, als Felix' Oma starb. Er hasste ihn für das Hupen und die Nadelstreifenanzüge, und vor allem hasste er ihn für sein Geld, für jeden Euro einzeln, Münze für Münze, Schein um Schein. Letztere steckten in einer Geldklammer, »wie bei einem Mafioso«, sagte Felix. Sein Vater hob grundsätzlich nur Hunderter ab, am besten zwanzig Stück, und wenn er uns traf, holte er die Klammer raus, fingerte umständlich daran herum auf der Suche nach einem kleinen Schein, den er nicht fand. Irgendwann gab er auf, reichte Felix einen Hunderter rüber und sagte: »Aber Amigo, sag Mama nichts.«

Kaum war der SLK um die Ecke gebogen, streckte Felix beide Mittelfinger in die Luft und schrie immer wieder: »Fick dich! Fick dich! Fick dich!«

Normalerweise verprassten wir Georgs Geld sofort. Kauften uns davon Cola und Erdnussflips und Eis und Kaugummis und Chips und Pfirsich-Eistee und Tittenhefte, wenn wir mutig waren, und Zigaretten, wenn wir jemand trafen, der sie uns mitbrachte. Dann gab Felix mir immer exakt die Hälfte vom Restgeld.

Doch heute hatte Felix nein gesagt, und ich war innerlich zerrissen, ob ich ihn dafür verfluchen sollte, einfach so hundert Euro abzulehnen, nur weil er seinen Vater so schlimm fand, oder ob ich ihn respektieren sollte, weil er sich nicht kaufen ließ.

»Komm, ich geb euch bisschen Knete«, hatte Georg gesagt, der Motor lief noch.

»Nee, lass mal«, sagte Felix und ging einfach weg. So frech war er noch nie gewesen, er wollte seinen Vater offenbar provozieren. Für den Moment reagierte Georg nur mit einem Schulternzucken, ließ das Fenster wieder hoch und fuhr mit einem Röhren los. Doch ich wusste, dass er unter seiner »Immer locker vom Hocker«-Attitüde ein knallharter Diktator war, den man nicht straflos reizte.

Zunächst aber saßen wir auf den Fahrradständern. Ohne Geld. Ohne Plan.

»Lass uns was zu trinken besorgen«, sagte Felix. Es war heiß, sogar hier im Schatten, und der Edeka nur zweihundert Meter weg.

»Wir haben kein Geld«, erinnerte ich ihn.

»Dann organisieren wir uns halt so was.«

Organisieren hieß: klauen. Mal eine Packung Airwaves, mal eine Kinderschokolade, mal eine Dose Cola. Kinderkram. Inzwischen waren wir so trainiert, dass wir drei von allem einsteckten, oder gleich größere Packungen, die sich auch unter weiten Hosen und Shirts abzeichneten. Die Königsdisziplin: Eistee im Tetrapack. Große, klobige, eckige Dinger.

So liefen wir in den Edeka, blind für alles außer uns und dem Drang, etwas kaputtzumachen, schlenderten getrennt durch die Gänge, näherten uns allmählich der Getränkeabteilung, griffen jeder zwei Eistee, er Pfirsich, ich Zitrone, die zusammen nur ein paar Euro gekostet hätten. Auch für das Preis-Risiko-Verhältnis waren wir blind, genauso wie für den Filialleiter, der uns schon seit dem Müsliregal verfolgte, wie er Felix Vater hämisch unter die Nase rieb, als der uns zwanzig Minuten später abholte, vom Filialleiter mit amtlicher Stimme herbeitelefoniert, das Telefon auf Lautsprecher, damit wir es hören konnten, der erste Teil der Strafe: »Ja, Georg, Ihr Sohn, nein, keine große Sache, aber ich denke, Sie sollten dennoch kurz vorbeikommen, wenn es Ihnen möglich ist.« Ich spürte, wie Felix sich neben mir versteifte.

»Das wird Konsequenzen haben«, sagte Georg am Telefon zum Filialleiter.

Die beiden Männer begrüßten sich mit Handschlag und Vornamen, sie kannten sich, vielleicht vom Golf. Den Eistee behielt der Filialleiter, es gab keine Anzeige, mit gesenkten Köpfen trotteten wir Georg hinterher zu seinem Mercedes. Der Wagen blinkte, als er ihn per Fernbedienung öffnete. Wir sollten einsteigen.

Brav flossen wir in das Auto, Felix auf den Beifahrersitz, ich auf die Rückbank hinter ihn. Georg ließ sich Zeit, streckte sich einmal, rauchte noch fertig, dann stieg er auch ein, knallte die Tür zu.

»Habt ihr denn gar nichts Besseres zu tun?«

Wir schwiegen. Schluss mit den lockeren Sprüchen. Wenn Georg sauer war, sagte man lieber nichts mehr, ließ sich beschimpfen und ertrug die Scheiße, die er einem an den Kopf warf.

»Sitzt hier rum mit euren fettigen langen Haaren und riecht nach Hund. Logisch, dass kein Mädchen was von euch will. Dabei würdet ihr so gerne mal, oder? Ihr stellt euch nachts bestimmt vor, was die Weiber mit euch machen würden, wenn ihr nur endlich Männer wärt, na?« Er sprach nicht zu uns, sondern zur Windschutzscheibe und zu der ganzen großen Welt dort draußen, von der wir keine Ahnung hatten. »Klar würdet ihr gern endlich mal bumsen, ist doch normal. Aber solange ihr verschissenen Eistee klauen geht, wird das nichts, ihr Schlappschwänze.«

Schweigen. Er hatte recht. Das war das Schlimmste. In seinem Dreck lag immer ein wenig Wahrheit.

»Lirum larum, ich hab eine Idee. Wir machen eine Spritztour«, sagte er und startete den Motor.

»Georg«, sagte Felix.

»Was?«, bellte sein Vater zurück. Felix schaute zu seinen Fußspitzen. »Also«, sagte sein Vater, und drückte aufs Gas. Dann sagte keiner mehr ein Wort.

Georg fuhr nach links, nach rechts, die Hauptstraße entlang, ins Gewerbegebiet. Ich kapierte erst, wohin er wollte, als es zu spät war. Mit einem Schwung, der mich gegen die Tür drückte, bog er auf den Parkplatz des blauen Mietshauses, das mit etwas Abstand zu den benachbarten Häusern stand, rechts ein Teppichladen, links eine Autowerkstatt, als wollte keines dieser Gebäude mit ihm spielen. Man nannte es den »Blauen Salon«.

Früher hatten wir dort immer geklingelt. Es war eine Mutprobe, ein Sport auf dem Nachhauseweg, den wir dafür um einen kleinen Schlenker erweiterten. Wir trauten uns nur, wenn wir mindestens zu dritt waren. Einer klingelte, die anderen standen Schmiere. Der Klingler musste über den Hof, der in sechs Parkplätze aufgeteilt war, bis zur Tür, die weiß und groß aufragte, mit Spion, aber ohne Schild. Allein ein rotes Herz zeigte an, wo man war. Kaum hatte er geläutet, zuckte seine Hand zurück wie von einer Schlange gebissen, er stürmte wieder in unsere Richtung, und wir rannten alle um die nächste Ecke. Aus der sicheren Deckung prüften wir, ob uns jemand gefolgt war. Nie folgte uns jemand. Und nie konnte man wirklich wissen, ob der Klingler tatsächlich geklingelt hatte.

Heute war ich wieder auf diesem Parkplatz, und ich wusste nicht, ob ich der Mutige war, der klingeln sollte, oder der Feige, der absicherte. Ein übermenschliches Gewicht drückte mich in den weinroten Ledersitz des Mercedes.

»Kommst du mit, Meister?«, fragte mich Georg, plötzlich wieder jovial. »Schön den Fisch putzen?« Er hatte sich zu mir umgedreht, den rechten Arm im weißen Hemd auf Felix Rückenlehne gestützt, den Oberkörper muskulös verdreht. Er sah aus wie ein Diskuswerfer, der im nächsten Augenblick nach vorn schnellte. Sein glattrasiertes Gesicht war gerötet.

Felix starrte durch die Windschutzscheibe auf die Straße. Vielleicht hatte er unseren Fluchtweg im Auge und schätzte ab, wie lange er brauchte, um aus dem Auto über die Straße bis zur Ecke zu kommen. Ob ihm jemand nachlaufen würde. Ob ihn sein Vater mit dem Auto einholen könnte. Was ich tun würde.

»Hast du überhaupt schon mal? Bestimmt auch nicht, oder?« fragte sein Vater. Er lachte laut. »Ihr seid mir zwei Spätzünder. Oder heißt es Spät-Sünder?«

Wenn Felix jetzt loslief, würde er es zumindest aus dem Auto schaffen, ohne dass sein Vater ihn packen konnte. Er war noch angeschnallt, das kostete Zeit, aber ich würde Georg ablenken. Der Motor war aus. Der Vater müsste den Schlüssel umdrehen, zünden, den Gang einlegen, Gas geben, vielleicht war er auch ein Spätzünder? Meine Gedanken gingen durcheinander, ich sah Felix die Tür des blauen Hauses öffnen, aber von innen, er hatte roten Lippenstift überall im Gesicht. Ich sah mich, vier Jahre zuvor, einen Schulranzen auf dem Rücken, rennen und rennen, die Straße hinunter.

Wenn ich heute an diese Sekunden zurückdenke, frage ich mich immer, wie entscheidend sie waren. Ob damals schon alles zu spät war. Oder ob ich irgendetwas hätte verhindern können. Ob ich hätte mitgehen sollen. Ob Felix mich retten wollte. Oder nur sich selbst. Ob er sich überhaupt retten musste.

»Der traut sich eh nicht«, hörte ich Felix sagen. »Ist ein krasser Schisser.« Er schnallte sich ab, drückte die Tür auf, und im Aussteigen sagte er: »Können wir dann endlich, *Dad*?«

Als würde er endlich in den Supermarkt wollen, den Einkauf hinter sich bringen. Als wäre alles halb so wild. Sein Vater schaute ihm ungläubig hinterher, grinste. *Papa* hasste er, aber *Dad*, das war okay. Er zog den Schlüssel ab, warf ihn mir nach hinten, genau in meinen Schritt. »Kannst dich nach vorn setzen, Musik hören. Aber das Auto wird keinen Meter bewegt, sonst verkaufe ich dich an die Zuhälter.«

Dann stieg er aus, nein, er lachte noch, nahm sich Zeit für vier Sekunden lautes Lachen, wie für eine Kamera, als spielte er wieder in einer amerikanischen Serie mit. Nahm sich die Zeit, seinen Ehering aus Weißgold behutsam auf dem Armaturenbrett abzulegen.

»Den bewahrst du für mich auf, ja? Ein Verlust wäre fatal. Am sichersten wäre es, ihn zu verschlucken, aber die Sauerei hinterher …«

Mit der ringfreien Hand griff er nach der Geldklammer in der Mittelkonsole. Draußen packte er Felix an der Schulter, weißes Hemd vor grauem Shirt.

Als er klingelte, zuckte seine Hand nicht.

*Keine Schlange*, dachte ich und blieb sitzen, den Autoschlüssel in meiner Hand.

Eine gute Stunde später kamen sie zurück. Der Vater sah zufrieden aus. Felix hielt den Kopf gesenkt. Sie stiegen ein. Die Türen schmatzten zu. Ich war hinten sitzen geblieben.

»Kein Wort zu Dorothée«, sagte Georg.

»Okay«, sagte Felix.

»Nicht okay, es heißt *Yes, Sir*! Du bist jetzt ein Mann.«

»Yes, Sir.«

Georg warf mir einen Blick im Rückspiegel zu.

»Das gilt auch für dich.«

»Yes, Sir«, sagte ich.

Georg musterte Felix von der Seite. Für eine Sekunde glaubte ich etwas in seinem Gesicht zu erkennen, was dort keinen Platz hatte. Einen Schatten. Doch dann drückte er entschlossen aufs Gas, raste vom Parkplatz auf die Straße, fuhr dicht auf, scherte aus und überholte.

Zwei Wochen später gingen Felix und ich wieder in den Edeka, trotz Hausverbot, und besorgten uns Alkohol. Ob wir erwischt wurden, war uns egal.

»Was soll der Wichser machen? Mich wieder in den Puff schleppen?«

Soweit ich weiß, war Felix nie wieder dort. Ich habe mich nie getraut zu fragen, was wirklich passiert war. Ich weiß, es klingt unwahrscheinlich, dass wir nie darüber geredet haben. Es war einer dieser tausend Nichtangriffspakte, die es möglich machten, einander in die Augen zu schauen.

# SCHATZ

ICH WACHTE VON IHREN STIMMEN AUF. Erst ferne Echos, plötzlich unfassbar nah, als säßen sie in meinem Ohr.

»Weil es kälter war, haben sich die Gehirne anders entwickelt.«

»Also sind sie objektiv intelligenter?«

»Nein, die Witterung, die Jahreszeiten zwangen sie zu einer effizienteren Wirtschaft, Subsistenzwirtschaft oder wie das heißt, Systematik im Anbau und so was.«

»Zum Sparen.«

»Ja, auch das. Sonst wären sie im Winter verhungert.«

»Also sind sie fleißiger?«

»Ja. Wobei, ist das nicht rassistisch?«

Sie mussten auf den oberen Betten liegen, außerhalb meiner Sicht, aber direkt um meines herum gruppiert.

»Es muss ja einen Grund geben, warum die Europäer so einen Entwicklungsvorsprung hatten und immer noch haben.«

»Und den findet man in der Ökologie ihrer Lebensumwelt?«

Stille. Ich überlegte, ob ich aufstehen sollte. Aber mein Kopf pochte, und ich hatte keine Lust, jemandem auch nur hallo zu sagen.

»Gier«, sagte eine dritte Stimme, die bisher geschwiegen hatte. Sie kam von direkt über mir. »Es war die Gier, die uns im 15. Jahrhundert in die Welt hinaustrieb. Es gab andere Weltreiche, die Chinesen, die Inder, die Osmanen. Aber sie hatten kein Interesse an den Kolonien. Sie erkannten den Wert nicht.

Die Europäer hingegen, selbst so winzige Königreiche wie Dänemark, Schottland oder Belgien, entsandten mächtige Flotten, Schiffe voll brutaler Unterwerfer. Warum? Weil sie mehr haben wollten. Und nicht einfach nur *mehr*, sondern mehr als ihre Nachbarn. Weil sie gierig waren.«

»Noch so eine krude Theorie.«

»Aber eine plausible.«

»Märchen sind auch plausibel. Verschwörungstheorien sowieso. Sogar Urban Legends sind plausibel, sonst würde sie ja niemand weitererzählen. Aber sind sie deshalb wahr?«

»Ich kenne eine, die ist plausibel, und ich würde zu gern wissen, ob sie wahr ist.«

»Raus damit.«

»Also: Es gibt ein Dorf, nicht weit von hier im Busch, da leben sie ohne Gedächtnis. Sie trinken die ganze Zeit den Saft einer seltenen Frucht, dreifach vergoren, viel zu stark für den menschlichen Geist. Dieser Trank löscht angeblich deine Erinnerungen. Die Menschen dort haben keine Worte für gestern oder letztes Jahr. Es gibt nur heute und morgen. Kein Besitz, kein Erbe, keine Gier. Sie gelten als die glücklichsten Menschen der Welt.«

Ich hörte ihnen zu, mit halbem Bewusstsein. Die andere Hälfte lungerte in der Vergangenheit herum. Ich rechnete nach, wie oft ich hier aufgewacht war, gerädert von schlechtem Schlaf. Sechs Nächte, fünf Tage. So lange hatte ich immerhin durchgehalten. Hatte mich an das Essen gewöhnt, die maroden Toiletten, die Hitze, die Moskitos. Hatte Backpacker kennen, mögen und verabschieden gelernt. Führte die Handflächen zum *Sampeah* zusammen, wenn ich einen Khmer (nicht: Kambodschaner) grüßte und mich bedankte, sagte »Aukun!« und lächelte dabei. Hatte akzeptiert, dass in Deutschland alle, die mir wichtig waren, ins Bett gingen, wenn ich aufstand, und ich bis nachmittags warten musste, wenn ich mit ihnen kommunizieren wollte. Luca hatte mir eine kambodschanische SIM-Karte besorgt, so dass ich immer Empfang hatte. Meine Haut hatte sich geschält und war jetzt ein wenig dunkler, mein Magen arbeitete. Ich fühlte mich stark genug, um die Dinge in Angriff zu nehmen. Nur welche?

Wie ein Gefangener zählte ich die Tage. Aber ich zählte nicht runter bis null, sondern fing bei null an. Und hatte keine Ahnung, wie viel Zeit noch vor mir lag. Ich war bisher keinen Schritt vorangekommen. Stattdessen marterte ich mich mit Konjunktiven: Was, wenn ich diesen einen Typen noch gefragt hätte? Anders gefragt hätte? Wäre ich dann weiter? Ich versuchte mich auf andere Gedanken zu bringen, mir vorzustellen, wie wir uns trafen. Umarmten. Nach Hause flogen. Ganz einfach.

»Aber warum sollte man sein Gedächtnis auslöschen wollen?«, fragte die Stimme über mir.

»Um den ganzen Quatsch zu vergessen, den du mir heute schon erzählst hast.«

»Same same, but different, man.«

Ich stand auf, nickte den Jungs zu. Es waren drei Typen aus Irland, die ich kurz gesehen hatte, bevor ich ins Bett ging. Ich hatte heftig geträumt, von einem riesigen Tempel, erbaut aus Bäumen, die ineinanderwuchsen, und ich flog darin herum, war ich selbst und gleichzeitig eine Motte. Gruselig war das und wunderschön. Ich träumte zu Hause nie derart.

»Hey, man«, sagte einer, »kannst liegen bleiben. Es regnet schon wieder.«

»I am hungry«, sagte ich und verließ das Zimmer.

Auf der Veranda saßen ein paar Leute um einen Tisch, vertieft in ein Brettspiel. Andere warteten, unterhielten sich. Die Gespräche nahmen sich gegen den Regen wie ein Raunen aus. Es regnete nicht einfach nur, es fielen Wände aus Wasser vom Himmel. Alles war feucht. Ich aß eine Banane, einen Toast, trank schwarzen Kaffee. Gestern hatte ich heiße Suppe zum

Frühstück probiert. Ich tastete mich langsam an das Land und seine Gewohnheiten heran. Ließ mich in einen der mit Reis gefüllten Sitzsäcke sinken, schaltete mein Handy an. Eine neue Nachricht, in Deutschland um elf Uhr nachts abgesendet:

*Schick mir bitte einmal gute Nachrichten!*

Seine Mutter.

Ich steckte das Handy weg. Zog mit dem Sack vor die »Bibliothek« um, wie das schiefe Holzregal genannt wurde, über das jemand mit bunter Kreide *Library* geschrieben hatte. Wahllos nahm ich ein Buch heraus: Fredric Brown, *From These Ashes. The Complete Short SF of Fredric Brown.* Es zeigte einen Raumfahrer im Anzug, allein in den Weiten des Alls.

Ich schlug es auf der Seite auf, die es mir quasi von selbst anbot. Die ich offenbar lesen sollte. Ich überflog die ersten Zeilen links oben. Es ging um einen Soldaten im Schützengraben, »durchnässt und voll Kot, er hatte Hunger, ihm war kalt und er fünfzigtausend Lichtjahre weit weg von zu Hause«. Ich wollte es sofort beiseitelegen, diesen bösen Scherz des Schicksals. Andererseits: *durchnässt und voll Kot.* Da ging es mir unbestritten besser. Ich las weiter:

> »Er blieb wachsam und hatte sein Gewehr bereit. Fünfzigtausend Lichtjahre weg von zu Hause, kämpfte er auf einer fremdartigen Welt und fragte sich, ob er jemals ein Wiedersehen mit der Heimat erleben würde. Und dann sah er einen von ihnen auf sich zu kriechen. Er zielte und feuerte. Der Feind gab diesen sonderbaren, fürchterlichen Laut von sich, den sie alle ausstoßen, und lag dann bewegungslos da.
>
> Er schauderte bei dem Laut und beim Anblick des Fremden, der dort lag. Man hätte sich eigentlich nach einiger Zeit an sie gewöhnen müssen, aber ihm war es niemals möglich gewesen. An diese abstoßenden Geschöpfe mit nur zwei Armen und zwei Beinen, mit dieser totenbleichen weißen Haut und ganz ohne Schuppen.«

Ich fühlte mich ertappt, wenn ich auch nicht wusste, wobei. Ich sah mich um. Beobachtete mich jemand?

Goofy saß mir schräg gegenüber. Er schwitzte. Vor der Hitze waren alle gleich. Wie vor den Moskitos. Alle hatten Stiche, jeder sprühte sich ein. Wo war seine Freundin? Abgehauen? Ein Streit zu viel, ein Wort ergab das andere, und jetzt reiste jeder allein weiter? Am Nebentisch lernten sich gerade zwei Mädchen kennen, tauschten sich über ihre Reise aus. *Wo warst du zuletzt, wo willst du hin, wie kommt man auf die Inseln, lohnt es sich*? Ich suchte in diesen Gesprächen nach einem Hinweis auf Felix wie nach der berühmten Nadel im Heuhaufen. Zwar war ich selbst bisher nur an diesem Ort gewesen, hatte aber das Gefühl, mich besser im Land und mit den Reiserouten auszukennen als die meisten Traveller. Weil ich zuhörte. Jeden Tipp, jede Warnung in mich aufsog, miteinander abglich, sondierte, was Felix interessiert haben mochte. Innerlich korrigierte ich sie, wenn sie wieder einmal Orte verwechselten, sie in die falsche Himmelsrichtung verlegten, Abfahrtszeiten von Booten und Bussen durcheinanderwarfen. Sie schienen sich darauf zu verlassen, dass sie immer irgendwo ankämen. Sie fühlten sich sicher.

»Hey, man«, rief einer zu mir herüber, ein Südafrikaner, glaube ich, er hatte einen Blumenstrauß auf die Brust tätowiert. »Any news from your friend?«

»Nope«, sagte ich.

»Magst du mit zum Hahnenkampf heute Abend? Nur fünf Dollar.«

»Nope«, sagte ich.

Die wissen alle gar nicht, dachte ich, was für ein Glück sie haben. Sie sind intakt, unversehrt, gehen für fünf Dollar zum Hahnenkampf. Während ich mit einer frischen Wunde herumlief, für jeden sichtbar. In den Augen der Leute musste ich ein Problem darstellen. Ein Paria, an dessen Trübsal sich ihr Freiheitsgefühl anstecken konnte. Ich bekam Mitleid von ihnen, eine besorgte Nachfrage, halbernst gemeinte Angebote der Hilfe. Aber ich spürte, dass ich ihnen früher oder später lästig war.

Mein Telefon summte: *Hallo, wie geht es voran? Schon was rausgefunden? VG, Christoph*

Ich antwortete sofort. *Nein. Leider nichts.*

*Immerhin kommst du bei 30 Grad nicht weiter. Hier regnet es nur.*

*Ich wäre lieber zu Hause, ehrlich gesagt.*

*Fänd ich auch besser. Viel Glück.*

Ich blieb im Hostel, den ganzen Tag. Erst nachmittags ging ich hinaus und aß eine Suppe an der Straße. Ich starrte auf die Stückchen Huhn, die in der Kokosmilch schwammen, und überlegte, ob man dieses Essen analysieren und in seine Molekularbestandteile auflösen könnte. Wie viele Hautschuppen, Schweiß, Haare und Schlimmeres sich darin befanden. Ich aß trotzdem auf. Die Suppe war gut, ich hatte selten eine bessere gegessen.

Neben mir saßen zwei Amerikaner. Sie sprachen über ihren Tag, als wären sie in einer Seifenkiste zur Venus und zurück geflogen. *Amerikaner*, dachte ich, reden immer, als wäre eine Kamera auf sie gerichtet. Ein dritter kam dazu.

»Gentlemen«, sagte er. »Mir war heute irgendwie nach Nichtstun. Also bin ich vorn zur Tankstelle, habe drei Bier getrunken, mich dann unter eine riesige Palme gelegt, die keinen Tropfen Wasser durchgelassen hat. Dann hab ich mir noch eine kleine Flasche Rum gegönnt. Hab geschlafen wie ein Baby …« Er fing meinen Blick auf. »Hey, bist du nicht der Typ, der seinen Freund sucht und deshalb alle hier anlabert?«

»Genau.« *Idiot*, fügte ich in Gedanken hinzu.

»Auch eine Methode, um Mädels abzuschleppen. Wenn man es so nötig hat.« Sie lachten, gaben sich High-fives und gingen davon.

Abends schrieb ich Lea: *Alles klar bei dir? Kuss.*

Statt einer Antwort fragte sie: *Was machst du?*

*Ich liege auf meinem Bett und denke an dich. Also auf dem Bett, das ich gemietet habe.*

*Wie viele Menschen da wohl schon drauflagen?*

*Ich will es gar nicht wissen.*

*Vielleicht hat jemand etwas dort versteckt?*

*Haha, was?*

*Klassisch, unterm Kopfkissen, in die Matratze gestopft. In diesen Dorms wird doch so viel geklaut. Wo könnte es sicherer sein?*

Ich schreckte auf. Ich war der größte Vollidiot der Welt!

*Zwei Dinge sind unendlich*, soll Albert Einstein mal gesagt haben. *Das Universum und die menschliche Dummheit.*

Ich war der Beweis. Warum war mir das nicht eingefallen?

*Danke!!*, schrieb ich Lea, sprang auf und rannte zur Rezeption. Der Australier blickte mich aus roten Augen an.

»In welchem Bett hat Felix geschlafen?«

»Pardon, Mann?«

»In welchem Bett«, sagte ich langsamer, in Kiffergeschwindigkeit, »hat mein Freund Felix, den ich suche, geschlafen?«

Der Australier seufzte und blätterte in Zeitlupe durch das Reservierungsbuch. »Keine Ahnung, Mann.«

»Komm schon«, sagte ich, »mir wurde auch eine Nummer zugewiesen, die sieben. Die Betten sind nummeriert, zumindest auf eurem Plan, und der geht Monate zurück. Das habe ich gesehen.«

»Okay, okay.« Er schaute weiter. Er wusste es vermutlich wirklich nicht besser.

Ich ging um den Tresen und nahm ihm das Buch weg. Ich hatte zu wenig geschlafen und zu viele fremde Leute genervt, um noch Geduld zu haben. Und ich wusste, unter welchem Datum Felix' Name stehen musste.

»Easy«, sagte der Australier, aber er wehrte sich nicht. Er hatte die richtige Seite schon aufgeschlagen.

*Felix*, stand da. Und eine Nummer: *8*.

Ich lag also die ganze Zeit neben seinem Bett?

»Thanks«, sagte ich hastig, lief ins Zimmer zurück. Nur ein Mädchen lag auf einem der oberen Betten, »hey«, sagte ich, ohne sie anzuschauen, »hey«, erwiderte sie mit mäßiger Neugier. Wir hatten bei ihrer Ankunft kurz gesprochen. Ich hatte vergessen, wo sie herkam. Das Bett Nummer 8 lag tatsächlich direkt neben meinem, es war frisch bezogen. Ein Schlafsack lag darauf, ich warf ihn auf meine Seite. Keine Ahnung, wer hier schlief.

»Was machst du da?«, fragte das Mädchen.

»Ich suche etwas«, sagte ich, während ich mich auf das Bett kniete und mit der Hand an der hinteren Kante der Matratze entlangfuhr, zwischen Wand und Laken. Meine Hand war grau, als ich sie wieder hervorzog.

»Etwas, das dir gehört?«, setzte sie zögernd nach. Sollte sie denken, ich sei auf Raubzug, mir egal.

»Nein«, sagte ich, »einem Freund.«

»Schläft er hier?«

»Er hat hier mal geschlafen.«

Jetzt hatte sie sich aufgesetzt. »Der Freund, den du suchst? Bist du das?«

Ich war berühmt. »Genau.«

Zwischen Matratze und Wand war nichts. Ich dachte nach. Ja, es gab einen Ort, von dem Felix glaubte, dass an ihm alles sicher war.

Den Liebesbrief von – *wiehießsienoch* – Katja? Vierte Klasse, lange braune Haare, arrogant wie eine Stute im Schweinestall. Aber irgendwann hatte sie Felix auf seine Briefe geantwortet. Und diesen einen Brief von ihr versteckte er in seiner Matratze. So wie später die Pornos. Sein Geld. Die Joints. Alles in der Matratze.

Ich tastete mit den Fingern den weichen Schaumstoff ab, versenkte meinen Arm wie einen Rüssel unter der Matratze, als ich endlich etwas Hartes spürte.

»Hast du eine Taschenlampe?« fragte ich das Mädchen.

»Ja, warte«, sagte sie, »mein Handy.« Und schon leuchtete es von oben herunter.

Ich hob die Matratze an, sah die kleine Ausbeulung, die ich eben nur ertastet hatte. Ich wusste sofort, was Felix hier versteckte. Ich zerrte an dem Bezug über dem Schaumstoff, entdeckte aber keine Öffnung, durch die Felix den Schatz hineingeschoben haben könnte.

»Brauchst du vielleicht ein Messer?«

Als ich mich erstaunt umdrehte, sah ich, dass sie von ihrem Bett hinuntergestiegen war. Das Handy hatte sie oben so abgelegt, dass es weiterhin Licht gab. Sie streckte mir ein Taschenmesser entgegen. Opinel, Holzgriff. So eins hatte ich auch einmal besessen. *Immer vom Körper weg schneiden*, hatte mein Vater gesagt, *und immer mit dem Griff voran reichen.* Ich nahm es und stach vorsichtig in den Schaumstoff.

Ich schnitt, vom Körper weg, die Matratze auf.

Ich griff hinein und zog den Schatz heraus.

»Bingo«, sagte sie. »Ein Smartphone.«

Es hatte einen großen Sprung links oben über der Kamera. Ein paar Splitter waren inzwischen herausgebrochen. Bei seiner Abfahrt hatte es noch besser ausgesehen. Aber es war eindeutig Felix' Handy. Ich erkannte es, wie ich seine Hände erkennen würde.

Es war ausgeschaltet.

Ich hielt den Knopf gedrückt, bis es summte.

Das Display leuchtete auf.

# KOTZE

ES GING VIEL ZU EINFACH: In den Schülerausweis vom großen Tobi, der dieses Jahr die Einmeterneunzig erreicht hatte, das Geburtsdatum mit einem dunklen Bleistift eintragen. Ins Sekretariat, Stempel drauf, die letzte Zahl wegradieren, vorsichtig, ohne das lila Papier aufzurauen. Fünf Nummern kleiner, und man war fünf Jahre in die Zukunft gereist. Aus dreizehn wurde achtzehn. Der große Tobi lachte leise.

Wir gingen zum Edeka. Felix, der große Tobi und ein paar Mädchen aus der Parallelklasse, die Felix angeschleppt hatte, weil er glaubte, alle außer uns hätten gerade die Zeit ihres Lebens und nur wir Langweiler würden wieder alles verpassen. Sie hießen Ines oder Iris oder so, und eine Julia war dabei. Sie hatte krasse blaue Augen, die wollte ich.

Der große Tobi kaufte Wodka und Bier. Wir gingen zur Halfpipe, wo uns niemand erwischen würde. Ich setzte die Flasche Wodka an. Alle sahen mir zu, Felix nicht, er sagte etwas zu einem der Mädchen, Ines oder Iris, sie lachte. Ich trank die Hälfte. Wollte irgendetwas Normales sagen, um normal zu wirken. Ganz beiläufig.

»Was ist mit deinem Handy?«, fragte ich Felix.

»Hab ich vergessen.«

»Hast du nicht.«

»Okay, ich hab's absichtlich zu Hause gelassen, auf dem Küchentisch, damit die Alte mich nicht kontrollieren kann. Ich sage ihr, ich hätte es vergessen.«

»Clever.«

Eine halbe Stunde war es lustig. Der große Tobi versuchte einen Handstand, fiel sofort um. Die Mädchen waren hübsch. Julia mit den blauen Augen mochte mich, glaube ich. Wir verstanden uns alle sehr gut. Dann kotzte ich.

In die Telefonzelle, von der aus ich meine Mutter anrufen wollte, um zu sagen, dass ich später nach Hause käme. Auf den Hörer, die Tasten, die Telefonbücher, an die Scheibe der Tür. Und noch mal von vorne.

Ich stolperte hinaus. Wo waren die anderen?

Ich lief ein paar Meter ziellos in irgendeine Richtung. Fühlte mich schrecklich allein. Ausgequetscht. Dreckig. Musste wieder und wieder kotzen. Ich wachte im Krankenhaus auf.

»2,3 Promille«, sagte der Arzt.

Drei Wochen später war Klassenfahrt. Ich hieß jetzt nur noch: »Kotze«. *Hey Kotze, wie viel Uhr ist es? Kotze, geh mal aus dem Weg. Alter, hier riecht es schlimm, ist Kotze in der Nähe? O Gott, Kotze hat mich angeschaut, mir wird schlecht!*

Meinetwegen hatte die Polizei bei meinen Freunden auf der Matte gestanden. Schwach und wund nach dem Auspumpen und dem Tropf hatte ich alles erzählt. Supermarkt, Wodka, Filmriss. Von dem gefälschten Ausweis sagte ich nichts. Die Polizei wollte ein Exempel statuieren. Wodka an Vierzehnjährige – der Chef der Filiale sollte dran glauben, dafür brauchten sie Zeugen.

»Verräter«, nannte der große Tobi mich.

»Schwulette«, sagte das Mädchen, das gelacht hatte.

Nichts, sagte Felix. Kein Wort zu mir. Nicht in der Schule, wo wir nebeneinandersaßen. Nicht auf der Straße, wenn wir uns begegneten. Nicht im Bus zur Jugendherberge, wo er sich hinter mich setzte. Der Platz neben mir blieb frei.

»Dreckschwein«, sagte der große Tobi, als er an mir vorbeiging. Dann, als er sich neben Felix fallen ließ: »Hi Felix, alles klar?«

»Klar«, sagte Felix, »nachher auf dem Zimmer?«

»Passt.«

Ich drehte mich nicht um. Starrte geradeaus auf den Busfahrer.

»Die Mädels kommen auch«, versprach Felix.

»Hauptsache keine Verräterschweine«, zischte Tobi. »Und keine Kotze.«

»Sicher nicht«, sagte Felix.

Dann lachten sie über etwas. Erst als ich ausstieg, bemerkte ich das Kaugummi in meinen Haaren. Ich musste es vor dem Spiegel herausschneiden. Ich brauchte zwanzig Minuten. Am dritten Tag konnte ich nicht mehr. Ich ging zu unserer Lehrerin, die ich hasste, weil sie immer nach Mottenkugeln roch. Sie nahm mich mit in ihr Zimmer. Ich saß auf dem Sofa und flennte wie ein Kind.

»Lass es raus«, sagte sie, »lass es endlich raus«, und ich hasste sie noch mehr.

Nach drei Monaten hatte ich mich daran gewöhnt: Niemand sprach mit mir, außer den Verlierern, die Rollenspiele spielten. Felix sah durch mich hindurch. Alle seine Freunde, vor allem die Mädels, lachten, wenn ich ihren Weg querte. Ab und zu sagte jemand: »Es mieft nach Kotze.« Einmal standen nach der Pause meine Sachen im Mülleimer. Jemand hatte eine Flüssigkeit darüber gekippt. Ich roch heimlich daran. Es stank nach Tier.

# BELMONDO

9928.
*9982.*
*9882.*
*9888.*

Ich versuchte mich zu erinnern. Es war irgendetwas mit 9 am Anfang. Glaubte ich. Und wenn er den Code längst geändert hatte? Ich hatte nur drei Versuche.

Ich tippte: *9928.*

Falsch.

Noch zwei.

»Weißt du den Code?«

Das Mädchen schaute mir über die Schulter. Ich stand seit einer Minute über das Handy gebeugt. Hatte mich nicht bewegt. In meinem Kopf liefen die Zahlenkombinationen durch, das erforderte meine ganze Konzentration. Für sie musste es aussehen, als hätte mich das Handy angesteckt mit seiner Nutzlosigkeit. Wer hatte den Code für diesen seltsamen Deutschen, mochte sie sich fragen.

»Ich habe keine Ahnung«, gab ich zu.

»Fuck«, sagte sie.

Felix liebte sein Handy. Er würde es niemals ohne Grund zurücklassen. Und dass er es zurückgelassen hatte, bedeutete eigentlich, dass ihm nichts zugestoßen war, dass meine Ahnung die ganze Zeit richtig gewesen war. Also: Kein Unfall, kein Mord. Oder? Wie groß musste der Zufall sein, dass er bewusst sein Handy hier versteckte und ihm kurz darauf etwas passierte? Abér wieso hatte er es überhaupt versteckt und war dann weitergefahren?

»Wer ist so verrückt und vergisst sein Handy in einer Matratze?«

Ich sah sie zum ersten Mal an. Musste lächeln, hob zur Antwort auf ihre Frage ratlos die Arme, ließ sie wieder fallen.

*9828.*

Falsch.

»Fuck«, sagte ich.

»Belmondo«, sagte sie. »Der kann so was.«

»Was, Zahlen erraten?«

»Handys knacken. Wenn es einer kann, dann Belmondo.«

»Wer ist das?«

»Zimmer zwei. Er ist immer dort.«

Ich lief sofort zu ihm hinüber, in sein Einzelzimmer, wo er vor einem Laptop saß und irgendwelche Körner knabberte. Ich hatte ihn zwei Mal gesehen, hinter dem Computer des Hostels, und für einen der Angestellten von Dita gehalten. Er lächelte, wie alle Khmer, viel und gern. Aber sein Lächeln hatte etwas Besonderes. Etwas Verschmitztes. Das Mädchen hatte recht. Mit seinen vollen Lippen und dem Seitenscheitel ähnelte er Jean-Paul Belmondo, dem französischen Filmstar.

»Du suchst also jemanden?«, fragte er.

»Ja. Er heißt Felix, und er sieht so aus.« Ich hielt ihm das Handy hin.

»Kenne ich nicht. Aber ich bin auch erst seit gestern wieder hier. War zwei Monate bei meiner Familie auf dem Land.« Sein Englisch war perfekt, besser als meins.

»Ich habe gerade sein Handy gefunden«, ich zeigte ihm das andere Gerät, »und brauche jemanden, der es knacken kann.«

Er nahm es mir aus der Hand.

»Von deinem Bruder?«, sagte Belmondo.

»Meinem Freund.«

»Meine ich ja. Wir nennen alle guten Freunde unsere Brüder. Aber ihr seht euch auch ähnlich.«

»Ihr seid ein sehr zugewandtes Volk, alle hier waren total hilfsbereit zu mir.« Ich wollte ihm schmeicheln, etwas sagen, das ihm zeigte, dass ich ihn wirklich dringend brauchte.

»Und gleich erzählst du mir«, er drehte das Handy zwischen den Fingern, besah es wie einen Diamanten, den er kaufen wollte, »dass unser Lächeln dein Herz erwärmt hat? Die edlen Wilden, unschuldig und gut?« Er schaute hoch. »Wir haben die Hälfte unseres Volkes umgebracht. Fast so effizient und grausam wie ihr Deutschen. Fahr zu den Killing Fields bei Phnom Penh, da gibt es Bäume, an denen Babys totgeschlagen wurden. Hunderttausende sind damals verschwunden und nie wieder aufgetaucht. Wenn wir Wilde sind, dann teuflische Wilde, die dich lebendig über dem Feuer rösten und dann an die Hunde verfüttern.«

»Alright, verstanden. Kannst du mir trotzdem helfen?«

Er gab mir das Handy zurück, berührte dabei kurz meine Hand.

»Weiche Hände«, sagte er. »Das war damals ein Grund, getötet zu werden. Wer weiche Hände hatte, galt als *neuer Mensch*, unbrauchbar für einen Bauernstaat, und musste weg … Aber ja, ich kann dir helfen.«

»Du kannst es wirklich knacken?«

»Passt das nicht in deinen Kopf? Dass ein Kambodschaner dein deutsches Handy knackt, das in den USA erdacht und in China gebaut wurde? Oder bin ich dir nicht kambodschanisch genug? Müsste ich asiatischer sein, devoter? Mehr Lächeln? Soll ich lächeln, Sir, ja? Dänk ju, Mistah«, äffte er mit übertriebenem Akzent, »dänk ju very much.«

»Hör auf«, sagte ich. »Ich brauche deine Hilfe, ehrlich.«

»Weißt du, was wir in Kambodscha sagen?«

»Du wirst es mir gleich verraten.«

»Eine Freundschaft wiegt nur so schwer wie die in ihr behüteten Geheimnisse.«

»Danke für diese Weisheit.«

Er nickte.

»Natürlich kann ich dieses Telefon knacken, my friend«, sagte er dann, lächelte sein Belmondo-Lächeln. »Es kostet nur ein bisschen was.«

»Wie viel?«

»Die Frage ist eher: Wovon?«

»Also, wovon?«

»Bezahlt wird in Ketamin.«

»Wie bitte?«

»In Ketamin. Zehn Gramm.«

Ich starrte ihn an. Ketamin? Das Pferdebetäubungsmittel, dass sie sich in Deutschland zum Spaß reinzogen? Stand hier darauf nicht die Todesstrafe?

»Mit so was«, sagte ich und betonte jede Silbe, damit er mich hundertprozentig verstand, »will ich nichts zu tun haben.«

Belmondo-Lächeln, extra schmierig.

»Ich auch nicht«, sagte er und hob die Hände, »aber das Geld ist einfach zu gut. Und die Nachfrage zu groß. Ich könnte ihnen den letzten Mist anbieten. Niemand würde sich trauen, sich zu beschweren. Niemand würde versuchen, einen richtigen Dealer zu finden. Niemand will hier irgendwas riskieren, aber alle wollen sie feiern. Und Ketamin macht wach. Man hat tolle Gespräche und spürt keinen Schmerz mehr. Die perfekte Droge für Leute,« er kicherte, »die mit einem monsterschweren Rucksack durch die Gegend ziehen.«

Ich hatte gehen wollen, als er davon anfing, aber ich stand immer noch an der Tür, unschlüssig, und hörte ihm zu, wie er sein Geschäftsmodell erklärte. Es war ein Geständnis.

»Ist gar nicht so schwierig zu besorgen, wenn man weiß, wo. Die Tierärzte zweigen es ab, geben es den großen Bossen, die leiten es an die Fußsoldaten weiter. Der nächste sitzt auf der anderen Seite der Landzunge, ist nur eine kleine Tour rüber. Nimm das Boot. Frag nach *Shopping*, bis dir jemand das Zeug wirklich zeigt – nicht irgendwas verspricht, nichts vorschwärmt, nicht seinen Bruder holen will. Es muss auf dem Tisch liegen. Dann nehmen sie dich ernst. Handle sie ein bisschen runter, sonst werden sie misstrauisch, du könntest ein Lockvogel sein, ein längst verurteilter Idiot, der seine Strafe reduzieren will. Kauf genau zehn Gramm. Lass dich nicht erwischen. Bei Drogen hilft keine Bestechung mehr, da wanderst du direkt in den Knast. Du kriegst das schon hin. In jedem Fall besser als ich.«

»Aber du bist von hier«, sagte ich verzweifelt.

»Genau, ich bin von hier. Wenn sie mich mit Drogen erwischen, schließen sie mich für immer weg. Du aber bist weiß«, er taxierte mich von oben bis unten, als müsste er sich noch einmal vergewissern, ob es stimmte. »Sehr weiß. Du kannst dich aus dem Gefängnis rauskaufen. Wir sind hier nicht in Indonesien, wo sie Westler wegen ein paar Kilo Haschisch erschießen. Und du willst deinen Freund finden. Du tust es für eine größere Sache. Also wirst du es hinkriegen. Dauert maximal zwei Stunden. Und während du weg bist, versuche ich, das Handy zu knacken.« Er schaute auf seinen Laptop, dann wieder zu mir. »Deal?«

Ich nickte.

»Good luck.«

Ich verließ Belmondo, hielt auf dem Flur kurz inne und steuerte entschlossen auf Lucas Zimmer zu. Er war der Einzige, der immer einen Schlüssel für das Boot hatte. Er saß tatsächlich auf seinem Bett. Neben ihm eine der Holländerinnen, die gestern angekommen waren. Sie kicherten, sahen sich irgendwelche Videos auf dem Smartphone an.

»Hey«, sagten wir alle drei leicht versetzt.

»Kann ich kurz mit dir sprechen, Luca?«

»Wenn's sein muss«, stöhnte er.

»Allein«, sagte ich und kam mir vor wie der Held in einem Actionfilm.

»Kein Ding«, sagte die Holländerin, aber ich sah, dass ich soeben meinen Kredit bei ihr verspielt hatte. Sie schob sich an mir vorbei, ich schloss die Tür.

»Sie hat eine Frau kennengelernt, in Hanoi, und ist verliebt. Das erste Mal. In eine Frau. Wie beneidenswert.«

»Was hast du damit zu tun?«, fragte ich ungeduldig.

»Ich wahre meine letzte Chance bei ihr, indem ich ihr anbiete, ihr zu zeigen, wie man es einer Frau macht.«

Ich seufzte. »Unter anderen Umständen würde ich dich bewundern für deine Tricks.«

»Frank Sinatra hat mal gesagt: Man kann nicht mit allen Frauen schlafen. Aber man kann es wenigstens versuchen.«

»Ich brauche das Boot.«

Keine Zeit mehr für Smalltalk.

»Wozu?«

»Ich muss etwas besorgen.«

»Und zwar?«

Ich zögerte. Es wäre nicht besonders klug, ein geplantes Verbrechen herumzuerzählen. Andererseits war Luca der Einzige hier, dem ich vertraute. Und ich brauchte das verdammte Boot.

»Okay, Kurzfassung: Ich habe Felix' Handy gefunden. Dieser Belmondo kann es knacken. Er will Ketamin dafür. Das muss ich besorgen.«

Luca verzog keine Miene.

»Ich kann dir das Boot nicht geben«, sagte er dann.

»Warum nicht?«

»Es ist zu gefährlich.«

»Das Meer ist ruhig. Es sind nur ein paar Kilometer. Ich bin in einer Stunde wieder da.«

Es war gelogen. Alles. Die Wellen konnten tückisch sein, ich hatte noch nie so ein Boot gesteuert, ich würde länger brauchen. Aber ich musste es durchziehen. Ich brauchte das Handy. Also brauchte ich das Ketamin. Es war das mit Abstand Kriminellste, das ich seit Jahren tun würde, viel gefährlicher als Klauen im Supermarkt oder Kiffen im Wald. Und ich fand es weder cool noch abenteuerlich, noch sonst in irgendeiner Weise anders als dumm und gefährlich. Doch so bescheuert es mir vorkam, so wenig ich es mir noch eine Woche zuvor hätte vorstellen können: Es war ganz einfach. Ich war es Felix schuldig.

»Komm schon, Luca.«

»Ja. Genau das werde ich tun«, sagte er.

»Was?«

»Ich komme mit.«

»Nein.«

»Natürlich. Du kennst dich null aus.«

Er sah nicht aus, als wollte er mit mir diskutieren. Kein Lächeln, keine Ironie. Warum wollte er unbedingt mit? Hatte er selber Geschäfte dort zu erledigen? Einen Helferkomplex? Oder nur Angst um das Boot?

Was wusste ich schon. Ich war müde. Ständig hatte ich das Gefühl, für zwei denken zu müssen. In meinem Kopf war kein Platz für die Probleme eines dritten Menschen.

»Also los«, sagte ich.

# TIC TAC

SO UNVERMITTELT ICH VERSTOSSEN WORDEN WAR, so sehr ich gelitten hatte, so plötzlich stand Felix eines Tages nach der Schule vor mir. Die anderen waren nirgends zu sehen. Ich war schon so gewöhnt daran, allein zu meinem Fahrrad zu gehen, allein aufzuschließen und loszufahren und heimzukommen, dass ich ihn erst bemerkte, als ich aufsteigen wollte. Ich erschrak und zog sofort die Schultern zusammen. Erst tags zuvor hatte der große Tobi die Lampe von meinem Fahrrad abgetreten, vor meinen Augen. Eine der vielen Demütigungen, aus purer Langeweile. Sie fühlten sich überlegen. Und sie waren überlegen.

»Was geht?«, fragte Felix, als wären wir verabredet.

Ich hatte auf den Boden geschaut, wie seit Monaten, denn es gab für mich nichts zu sehen. Wie ein Einarmiger fühlte ich mich, frisch amputiert. Alles musste ich neu lernen: Schuhebinden, Fahrradfahren, Schreiben, Essen, Schlafen, Lachen.

»Nicht viel«, sagte ich, wollte cool bleiben, aber es brach sofort aus mir heraus: »Es tut mir leid, echt, ich wollte dir das schon lange sagen, ihr habt bestimmt krass Ärger von euren Eltern bekommen, deine Mutter hat sicher getobt …«

Er packte meine Hand. Legte den Kopf schief, als sei ich ein Vogel, der ihm in den Weg gesprungen war und nun mit ihm redete. Er ließ mich nicht aus den Augen. Jetzt erst wurde mir klar, dass ich in den Monaten seit dem Wodka keinen Versuch unternommen hatte, ihn anzusprechen. Ich war einfach davon ausgegangen, dass er mich ignorieren würde, egal, was ich tat.

Er stand dicht vor mir. Seine Augen bohrten sich in meine, als ob er mich erst öffnen wollte, bevor er Worte in mich hineingoss.

»Weißt du«, sagte er, und ich befahl mir, mich nicht zu freuen, dass er tatsächlich mit mir redete. *Ich bin ein Nichts*, dachte ich. Ich bettelte darum, angespuckt zu werden. Solange er mich nur beachtete.

»Meine Mutter«, sagte er. Es war kein vollständiger Satz. Er zog die Nase zusammen, als ekelte ihn etwas. *Ich ekle ihn*, dachte ich. Allein meine Anwesenheit. Etwas war in seinem Blick, etwas so Dunkles, Abgrundtiefes, dass ich mich fürchtete. Dann war es weg. Für eine Sekunde war er leer. Sein Blick wie ein Lufthauch. Irgendwo hinter meine Augäpfel gerichtet. Er schluckte. Atmete aus. Schien etwas Wichtiges zu entscheiden. Ließ mich los. Er würde nichts mehr sagen. Ich öffnete langsam meine Finger. Er strich sich mit seiner freien Hand einmal über das Gesicht, trat dann abrupt einen Schritt zurück.

»Wer willst du sein?«, fragte er.

»Was?«

»Willst du ein Opfer sein, für den Rest deines Lebens?«

Ich sagte nichts.

»Oder dich endlich wehren? Willst du der Typ sein, den alle fertigmachen, den sie Kotze nennen und dem sie das Fahrrad zusammentreten?« Pause, lange genug, damit ich innerlich *natürlich nicht* sagen konnte. »Oder willst du wieder du selbst sein? Wir sind in der Matrix, und das ist deine rote Pille. Oder deine blaue Pille.« Er zeigte auf ein Rad drei Reihen weiter. Ein großes Herrenrad. Neue Lichter.

»Der große Tobi hat heute sein Fahrrad hier stehen lassen. Ich habe ihn dazu gebracht. Hab seinen Schlüssel an mich genommen. Kriegt er morgen wieder. Ich wollte dir die Chance geben, dich zu rächen.«

Mein Herz klopfte, nicht nur wegen der Angst, erwischt zu

werden. Dennoch zögerte ich keine Sekunde. Er wollte, dass ich es tat.

Ich ging zu dem Rad und trat zu. Kurz befürchtete ich, dass ich nicht richtig treffen würde, dass ich mehrmals zutreten musste, dass Felix mich auslachen würde. Aber ich erwischte das Licht satt, es flog drei Meter weit.

»Geht doch«, sagte Felix.

In diesem Moment, unter seinem Blick, wuchs mir der Arm wieder an. Ich war nicht mehr nur eine Zellmasse, die man höchstens beleidigte, einfach, weil sie da war. Ich war keine Kotze mehr.

»Und jetzt zeig ich dir noch was«, sagte Felix.

Eine Viertelstunde später standen wir in dem großen Badezimmer seiner Eltern. Es gehörte zur verbotenen Zone, klar, aber wir bewegten uns nicht erst seit dem Wodka außerhalb des Gesetzes. Große Spiegel, zwei Waschbecken, eine Badewanne, farblich abgestimmte Handtücher.

Wir lehnten die Tür an, um zu hören, ob seine Mutter nach oben kam. Sie hatte uns begrüßt, mir lange in die Augen geschaut, »schön, dich mal wieder zu sehen«, eine Hand auf meinem Arm, ihr Duft. Felix zog mich in die obere Etage, aber nicht in sein Zimmer, sondern nach links. Er öffnete einen der Spiegelschränke.

»Diese Tabletten muss mein Vater jeden Tag nehmen«, sagte er, »sonst schläft er ein. Einfach so. Er hat die Schlafkrankheit, oder so was. Sagt meine Mutter. Er redet nie darüber. Sie von nichts anderem. Als würde er tot umfallen, wenn sie aufhörte, davon zu reden.«

Es war ein Fläschchen aus orangefarbenem Glas, wie in amerikanischen Filmen.

»Er bestellt sie irgendwo im Ausland«, sagte Felix, »weil es die in Deutschland nicht gibt.« Er nahm das Fläschchen und öffnete es. Schüttelte vorsichtig eine Tablette in seine Hand. Sie war klein und weiß. Mit einer glänzenden Schicht überzogen. »Leck mal dran.«

Ich nahm sie ihm vorsichtig aus der Hand, fuhr mit meiner Zunge einmal über die glatte Oberfläche. Sie schmeckte süßlich. Nach Pfefferminz.

»Wie Tic Tacs«, sagte Felix.

»Wie Tic Tacs«, bestätigte ich.

»Die machen da so süßes Zeug drumrum, damit man sie besser runterkriegt«, sagte er. »Deshalb schmecken sie wie Tic Tacs. Und sehen auch noch exakt so aus.« Er lächelte, als wüsste er die Lösung für eine besonders schwierige Hausaufgabe, an der wir seit Stunden saßen. »Und jetzt schau mal, was ich zufällig hier habe.«

Er holte eine kleine Box weißer Tic Tacs aus seiner Hosentasche hervor.

»Gute Nacht, Arschloch«, sagte Felix.

# SHOPPING

IN EINER LÄNGST VERGESSENEN ZEIT war das Boot einmal grün gewesen. Die Farbe war fast überall abgesplittert, darunter faulte das Holz. Ich setzte mich auf eine der Querplanken, die als Bänke dienten. Luca kniete sich vor den Motor und zog an der Kette. Die Maschine wehrte sich, knatterte und rauchte, aber sie sprang an. Luca lenkte das Boot weg von den Häusern auf das Wasser hinaus. Die Lichter leuchteten die Halbinsel entlang, bis fast zu ihrer Spitze, wo keine Gebäude mehr standen. Ansonsten war alles schwarz. Kein anderes Boot war unterwegs. Von einem der Hostels am Ufer schallte ein Bass zu uns herüber, wie der Herzschlag eines wütenden Riesen.

»Dealst du eigentlich? So wie Belmondo? Teilt ihr das Geschäft unter euch auf?«

Luca lachte. Sein Gesicht wirkte grau im Zwielicht. Es war kühler hier draußen, auf dem Wasser. Ich schwitzte trotzdem.

»Mies kombiniert, Sherlock. Wieso würde er dann nicht einfach mich schicken?«

»Stimmt. Also?«

»Sagen wir es so: Seit einiger Zeit frage ich mich, wie das Zeug in die Hostels kommt. Als du erzählt hast, was Belmondo von dir will, dämmerte es mir. Er ist clever. Er hat sich nie erwischen lassen. Aber das Geschäft scheint gut zu laufen. Und einen Gefallen von dem Typen kann man immer gut gebrauchen. Was ich heute kaufe, ist quasi meine Altersvorsorge.«

»Wovon bezahlst du dann dein Zimmer?«

Er bewohnte eines der wenigen Privatzimmer, eine Kammer

mit Bett, über das ein Moskitonetz gespannt war, und einem eigenen Bad, wenn man die Einheit aus Toilette und Dusche so nennen wollte.

»Gar nicht. Dita leistet sich mich. Ich wohne und esse gratis.«

»Weil du manchmal Tischdecken wegzauberst?«

»Nun. Wenn man nach Südostasien reist, was erwartet man dann?«, fragte er.

»Gutes Wetter, Strand, Tempel?«

»Exakt. Aber was ist in Wahrheit am wichtigsten?«

»Saufen? Sex? «

»Nah dran. Ich sage es dir: Am wichtigsten sind die anderen Reisenden. Die Schönen, die Lustigen, die Freaks. Früher war Backpacking in Hostels die Garantie darauf, Leute kennenzulernen, von denen man zu Hause erzählen konnte. Aber die echten Freaks steigen schon lange nicht mehr in Etablissements wie Ditas Hostel ab. Viel zu teuer, viel zu warmes Wasser, viel zu viele Nichtfreaks. Die Gäste haben vorher die Bewertungen studiert, kommen mit Multifunktionsrucksäcken und Reiseapotheken, meckern über schlechtes WLAN. Wenn aber alle nur langweilig herumsitzen, ist das Hostel langweilig. Also hält man sich einen Hofnarren wie mich. Ich fahre ein bisschen Boot, rede ein bisschen schräges Zeug, in erster Linie aber bin ich der Bürgerschreck. Ziehe Tischdecken von Tischen, mache die Mädels an, singe laut und schief.«

»Und das reicht dir? Willst du nicht noch was anderes sehen?«

»Erste Regel: Keine Konjunktive. Es könnte immer irgendwo noch besser, noch schöner sein, von allem noch *mehr* geben. Jeder strebt die Maximierung der Ereignisdichte an. Was in der Angst mündet, etwas zu verpassen. Der größte Feind des Glücks.«

»*Maximierung der Ereignisdichte*. Das hat Felix immer gesagt.« Es war gespenstisch, diesen Ausdruck jemand anderen sagen zu hören. Und beruhigend. Solange wenigstens seine Worte hier waren, war er noch nicht verloren.

»Womit bewiesen wäre, dass wir uns mindestens einmal unterhalten haben.«

»Und was hast du ihm gesagt?«

»Was ich allen sage: Hör auf, in Konjunktiven zu denken. Du verpasst immer was, streng genommen sogar die ganze Welt. Schon als du losgefahren bist, nach Kambodscha statt nach Kuba oder Kuala Lumpur, hast du dich entschieden, den Rest der Welt zu verpassen. Deshalb: Sei, wo du bist. Sei *da*. Es ist eine der drei Regeln des heiligen Luca: *Keine Konjunktive*. Und wenn du wirklich Sehnsucht hast, tiefe, wiederkehrende, unstillbare Sehnsucht, dann greift Regel Nummer zwei.«

»Die wäre?«

»*Gehen ist besser als stehen.* Wenn du dich fragst, ob du etwas tun oder lassen sollst – immer machen. Zu dieser Regel gehört auch: *Hab keine Angst.* Die bringt dich nur um, im Verkehr von Ho-Chi-Minh-City, beispielsweise. Geh einfach drauflos, verlass dich darauf, dass es gutgehen wird. Und bring eine Auslandsversicherung mit.«

Unter anderen Umständen hätte ich gelacht. Aber ich war zu beklommen. In Filmen wachsen in solchen Situationen selbst die letzten Amateure über sich hinaus. Angst spielt keine Rolle mehr, scheint es, wenn es ums Ganze geht. Was für ein Quatsch. Im richtigen Leben wird man nicht plötzlich mutig oder eiskalt. Man hat einfach nur die Hosen voll und wünscht sich, woanders zu sein.

»Und jetzt kommt die dritte und wichtigste Regel …« Kunstpause, er streckte sich einmal. »Nämlich: *Es gibt keine Regeln.* Ich hab mal, auf einem Flug von Jakarta nach Singapur, einen Rest Koks in meinem Geldbeutel gefunden. Von einem Land mit Todesstrafe ins andere. Mir ist fast die Nase aus dem Gesicht gefallen vor Schreck. Als ich von meinem Geldbeutel aufblickte, stand die Stewardess neben mir. Ich dachte, mein letztes Stündlein hätte geschlagen. Sie winkte mich hinter ihr her, auf die Toilette. Wir haben das Zeug weggeballert, alles. Nach der Landung nahm sie mich mit zu sich, und wir haben zwei Tage durchgevögelt. Die Moral von der Geschichte?«

Ich schüttelte nur den Kopf. Für mich war das alles kein so großer Spaß wie für ihn.

»Mach, was immer du willst. Frag nicht um Erlaubnis. Schau nicht zurück. Sei der allmächtige Gott deiner kleinen Welt. So wie wir in diesem Moment. Das, mein Freund, ist *Reisen.*«

Wir näherten uns den Lichtern an der Spitze der Landzunge. Hinter einem kleinen Anlegesteg reihten sich ein paar Wellblechhütten aneinander. Dahinter erkannte ich ein Haus aus Beton, umgeben von einer mannshohen Mauer. Mit zwei Türmen und einer Dachterrasse, uneinsehbar.

»Wir müssen nur anlegen und gierig aussehen. Dann wird man sich schon um uns kümmern«, sagte Luca.

»Warst du schon öfter hier?«, fragte ich.

»Hast du das Geld?«, fragte er, als hätte er mich nicht gehört.

»Klar«, sagte ich. Ich hatte meinen gesamten Bargeldvorrat in die kleine Plastikhülle gepackt, die man uns im Flugzeug für Toilettenartikel ausgehändigt hatte. Und diese Fracht wiederum in der Innenhose meiner Badehose verstaut, direkt unter meinen Eiern. Wer weiß, ob wir rennen oder schwimmen mussten, dachte ich, und fand den Gedanken sofort albern. Wir würden anlegen, einkaufen, zurückfahren. Das hier war Kambodscha. Nicht der wilde Westen.

»Gut«, sagte Luca, »zeig ihnen das Geld erst, wenn sie uns das Zeug gezeigt haben.«

»Yes, Sir«, sagte ich.

Luca warf die Leine auf den Steg, kletterte schnell hinüber, band sie fest. Ich musste nichts tun. Ein Junge saß wie unbeteiligt am Anfang des Stegs, als wir näher kamen, stieß er einen lauten Pfiff aus. Begrüßte er uns, oder kündigte er uns an? Außer dem Jungen war niemand zu sehen.

»Wenn der Herr sich bequemen möchte«, sagte Luca und machte eine ausladende Handbewegung Richtung Wellblech. In einer der Hütten brannte Licht. Sie hatte keine Tür. Vermutlich ein Büro oder ein Shop. Wir gingen darauf zu, der Junge ignorierte uns, wir ignorierten zurück. Ein Mann tauchte am Eingang auf.

»Hello, my friend«, rief er mit starkem asiatischen Akzent. »Shopping?«

»Das ist wirklich sehr einfach«, sagte Luca leise zu mir und rief zurück: »Yes, Shopping!«

Der Kambodschaner winkte uns heran. Ein Grinsen ohne Zähne. Er mochte dreißig oder sechzig Jahre alt sein.

»Hello, my friend«, sagte er noch einmal, dann schlüpfte er ins Innere der Hütte. Wir folgten ihm.

Ein Tisch. Vier Stühle. Ein Kühlschrank. Eine nackte Glühbirne, die wie ein ausgerissenes Auge von der Decke hing. Ein Durchgang zu einem hinteren Raum. Am Tisch saß der Dealer, kurze schwarze Haare, Hemd, silberne Halskette. Jedes Kind hätte ihn als denjenigen erkannt, der hier das Sagen hatte. Er musterte uns wie ein Wachhund, bereit, jede Sekunde loszuschnellen. Er ließ seinen Blick an mir hoch- und runterlaufen. Registrierte meine Badehose, die Flipflops. Die helle, rote Haut. Dann schaute er zu Luca, nickte ihm kurz zu, deutete auf die Stühle vor ihm. Wir setzten uns. Ich sah ihm ins Gesicht. *Ich mag keine Hunde*, dachte ich. Der Alte vom Eingang verschwand nach hinten.

»You are lucky«, sagte der Dealer. »Today last chance to dance. Too dangerous here. You buy, I go. Never see me again.« Er stand langsam auf, ging an den Kühlschrank, öffnete ihn, nahm ein in Plastikfolie gewickeltes Päckchen heraus, legte es wieder zurück. Er rief etwas auf Khmer in den abgedunkelten

Nebenraum, es klang wie ein Befehl. Ich wagte kaum zu atmen. Endlich erschien eine Frau in einem traditionellen Gewand im Durchgang, sie trug ein Kind auf dem Arm. Es war groß, zu groß, fast halb so groß wie sie. Seine Arme und Beine hingen schlaff an ihr herunter, sie presste es fest an sich, als sie hastig und mit gesenktem Blick an uns vorbeilief. Für eine Sekunde konnte ich das Gesicht des Kindes sehen. Es starrte mich aus riesigen, leeren Augen an. Seine Stirn war breit und hoch gewölbt wie ein Helm. Es gab einen Laut von sich wie ein Kalb. »Very stupid boy«, sagte der Dealer, und ich dachte für einen Moment, er meinte mich, »very sick.«

Kaum hatte die Mutter die Hütte verlassen, griff er erneut in den Kühlschrank. Luca atmete hörbar aus. Der Dealer setzte sich wieder, legte das Päckchen auf den Tisch. Es war so groß wie eine Kinderfaust. Er wickelte die erste Schicht ab, ein Rechteck aus Alufolie kam zum Vorschein.

»Dreißig Gramm«, sagte er.

»Das ist zu viel«, sagte ich.

»Das ist genau richtig«, sagte Luca. »Ich nehme den Rest.«

Ich widersprach ihm nicht. Ich wollte es nur hinter mich bringen.

Der Dealer fing sofort an, das Päckchen in zwei kleine aufzuteilen, eines doppelt so groß das andere. Er schien es tatsächlich eilig zu haben, wirkte nervös. Warum? Hier schien der sicherste Ort für illegale Geschäfte zu sein. Man hörte sofort, wenn sich ein Boot näherte. Der Weg übers Land dauerte eine Stunde. Kein Polizist würde hier auftauchen, wenn er nicht unbedingt musste. Ich entspannte mich ein wenig. Wir hatten es gleich geschafft.

»So, my friends«, sagte der Dealer, »one for you, one for you.«

Ich wollte nach dem kleineren Päckchen greifen, aber sein Blick hielt mich zurück. »First money«, sagte er.

Luca und ich sahen uns an, er griff sich in die Hose und zog einen Beutel heraus. Ich tat das Gleiche.

»Thousand«, sagte der Dealer.

Klingt fair, dachte ich, und Luca deutete ein Nicken an. Ich beschloss, mich Belmondo zu widersetzen und nicht zu handeln. Luca hatte sich offenbar genauso entschieden. Die Beutel lagen auf dem Tisch. Der Dealer öffnete eines und fuhr mit einem winzigen Löffel hinein, den er von irgendwoher gezaubert hatte. Wir probierten die Ware, direkt vom Löffel in die Nase, erst Luca, dann ich. Meine Zunge wurde sofort taub. Was auch immer es war, das Zeug kratzte den letzten Rest Angst aus meinem Hirn, ich fühlte mich schwerelos, als könnte ich zurück zum Hostel schweben. Luca und ich grinsten uns an.

»Na?«, sagte er. »Fühlst du dich auch, als hättest du mit Gott gefrühstückt?«

Ich tauschte Geld gegen Pulver, nahm das eine aus der Plastikhülle heraus, verstaute das andere sicher. Der Dealer nickte anerkennend, als ich die Hülle wieder in meine Badehose steckte.

»Waterproof, Mista«, sagte er und kicherte.

Wir kicherten mit. Alles fühlte sich unwichtig an, als wäre mein Leben nur ein Film, den ich mir ansah und der schon gut ausgehen würde.

»Das Gefährliche an Drogen«, hatte Felix einmal gesagt, »ist nicht, dass sie abhängig machen. Geld kosten. Geist und Körper zerstören.« Er machte eine Kunstpause, vergewisserte sich, dass auch alle zuhörten. Seine Droge war die Aufmerksamkeit. Aber er kannte sich auch mit allen anderen aus. »Das Gefährliche an Drogen ist, dass sie so verdammt geil sind.«

Zwei Minuten später standen wir wieder im Freien, endlich. Die kleinen Schiffe, das Wasser, alles lag da wie zuvor. Nur der Junge war weg. Wir stiegen in das Boot.

»Das ging fast zu glatt«, sagte Luca.

»Wieso sagst du das dauernd?«, fragte ich. Wir saßen uns gegenüber auf dem bisschen Holz, das plötzlich nicht mehr Gefahr, sondern Sicherheit verhieß. Jetzt konnte uns nichts mehr passieren, dachte ich.

»Aberglaube«, sagte er und riss den Motor an, »oder besser: Erfahrung.« Wir legten ab, steuerten hinaus aufs Meer.

»So sitze ich mit einem Italiener und einem Haufen Ketamin in einem Boot ...«, begann ich.

Luca unterbrach mich. »Iraner.«

»Was?«

»Ich bin Perser. Aus dem Iran.«

»Du verarschst mich.«

»Nein. Ich verarsche alle, das stimmt, aber zu dir, da wir jetzt Komplizen sind, bin ich ehrlich. Keiner merkt was, meistens nicht mal die Italiener selbst.«

»Aber warum machst du das?«

»Weil niemand die Iraner mag, aber alle die Italiener.«

Ich schaute ihn zweifelnd an. Türke, Spanier, Südamerikaner, von mir aus. Aber Iraner? Ich fühlte mich geehrt, dass er mir seinen größten Zaubertrick enthüllt hatte. Und zum ersten Mal, seit ich gelandet war, fand ich es ausgerechnet jetzt in Ordnung, hier zu sein.

»Dann heißt du auch nicht Luca?«

»Natürlich nicht. Aber Luca ist perfekt. Alle können es aussprechen, sogar die Amerikaner, dazu der Song, immer gut für einen Spruch. Inzwischen fühlt es sich wie mein Name an. Also bleiben wir dabei.«

»Okay, *Luca*. Ich schulde dir einen großen Gefallen. Wirklich. Du hättest mir nicht helfen müssen.«

»What goes around, comes around. Es kommt alles zurück. Vor allem das Gute. *Karma is a beach*.«

»Na, dann.«

In einem kleinen Bogen nahm Luca Kurs auf das Hostel. Wir waren fast am Ziel. Mein Kopf war angenehm leer. Einerseits wegen des Zeugs, das wir probiert hatten, aber auch, weil ich etwas erreicht hatte. Ein warmes Gefühl der Zufriedenheit wogte in mir. Was auch immer mir Felix' Handy offenbaren würde – ich hatte während unseres Shoppings keine Sekunde daran verschwendet, was ich mir eigentlich davon erhoffte – ich hatte es mir erarbeitet. *Ketamin gekauft bei einem kambodschanischen Gangster*, sagte ich im Kopf zu Felix, *ich kann es kaum erwarten, dir die Geschichte zu erzählen.*

Plötzlich sah ich über Lucas Schulter hinweg ein Boot auf uns zu kommen. Es schien voll auf Kollisionskurs zu gehen.

»Hey, schau mal«, sagte ich. Luca drehte sich um. Das Boot war größer als unseres, höher. Und es leuchtete bläulich.

»Bullen«, zischte er.

»Was machen wir jetzt?«, fragte ich und kam mir sofort unendlich dumm vor. Das Boot war vielleicht noch hundert Meter entfernt. In ein paar Sekunden könnten sie unsere Gesichter erkennen. Das Plastik drückte gegen meine Eier. *Waterproof, Mista.*

»Wir halten uns fest«, sagte Luca und riss das Steuer herum. Ich fiel gegen die Wand des Bootes. »Halt dich fest, Mann!«, das Boot legte sich noch stärker in die Kurve, ich war mir sicher, wir würden kentern. Luca stemmte seine Füße gegen das gesplitterte Grün, ich lehnte mich mit ihm gegen die Fliehkraft, die uns umzuwerfen drohte. Wasser spritzte mir ins Gesicht, der Motor röhrte, aber wir schafften die Kurve.

»Sie sind schneller als wir!«

»Natürlich. Wir haben das langsamste Boot der ganzen Bucht. Wir hätten das Zeug nicht schon aufteilen sollen. Egal, wen sie von uns beiden erwischen, wir sind im Arsch. Wenn wir Glück haben, sehen sie nicht, dass wir es wegwerfen.« Er griff in seinen Schritt und zerrte das Päckchen heraus. »Wir sagen, wir machen eine kleine nächtliche Tour, wollen Mädels abholen. Zwei Weiße in einem Boot ist weniger auffällig als ein Weißer allein um diese Uhrzeit, tu einfach bisschen betrunken und …«

In diesem Moment sprang ich, so flach ich konnte, über die Seite des Bootes, die dem Polizeischiff ab- und der Küste zugewandt war. Das Wasser war kalt und dunkel und schwer, nur seine Oberfläche glitzerte im Mondlicht. Ich fühlte mich, als wäre ich in Quecksilber gefallen. Ich begann zu schwimmen, unter Wasser, so weit ich konnte, holte einmal kurz Luft, tauchte sofort wieder unter, ohne zurückzublicken, ohne etwas zu denken oder zu fühlen. In einem liegen die Filme doch richtig: Wenn man sich entscheiden muss, dann tut man es einfach. Dann spielt man die Rolle, die einem zugewiesen wurde. Jetzt war ich kein Mensch mehr, sondern ein Fisch, und ein Fisch tat nichts anderes, als zu schwimmen. Der kleine Behälter mit Felix' Haaren schmiegte sich eng an meine Brust.

# THE GOOD DIE YOUNG

»UND?«

»Was, und?«

»Ja, was lief?«

»Geht dich nichts an.«

»Alter!«, rief er und schubste mich, aber wir waren beide zu müde zum Kämpfen.

Die Morgensonne streckte sich über den unteren Rand des Himmels, tastete die Felder um uns ab, die leeren Flaschen Lambrusco, mein bleiches Gesicht. Zwei Wochen zuvor waren wir aus Südfrankreich wiedergekommen. Fünf Monate später sollte das mit seinem Vater passieren. An diesem Morgen jedoch schien uns nichts etwas anhaben zu können. Wir fühlten uns unsterblich. Mein Mund war eine Wüste. Mein Herz ein Weltall. Wir waren betrunken, wir waren die Zukunft, wir waren fünfzehn.

»Sag jetzt.«

»Hab's ihr versprochen. Kurz bevor sie ins Taxi gestiegen sind.«

»Was?«

»Niemandem was zu erzählen.«

»Hahaha, come on!«

»Ja, Mann. Sag du doch.«

»Du zuerst.«

Pause. Patt. Wo sind die Kippen, überlegte ich. Wenn wir keine mehr hatten, waren wir aufgeschmissen. Hier draußen auf dem Maisfeld, einen Kilometer von jeder Straße entfernt, gab es keine Automaten. Hier gab es nur Abenteuer.

»Haben wir noch Kippen?«, fragte ich.

»Lenk nicht ab. Selbst wenn ich welche hätte, würde ich dir keine abgeben. Sag jetzt!«

Meine Mundwinkel schoben sich nach oben. Ich konnte gar nicht anders. Ich musste es ihm sagen. Egal, ob es stimmte, rein technisch betrachtet. Wobei man diskutieren konnte, ab wann genau es zählte, und ob das wichtig war.

»Wir haben's gemacht«, sagte ich.

»Was?«

»Blutsbrüderschaft geschlossen, du Idiot. Na, was wohl?«

»Wo?«

»Na, hier. In diesem verfickten Maisfeld vom verfickten Weißbier-Charly.«

Er streckte sich, hob den Zeigefinger und sagte: »Das wird Schwester Angela aber nicht gefallen.«

Wir lachten so sehr, dass ich umfiel. Als ich wieder zu Atem kam, spürte ich, dass etwas Hartes in meiner Hosentasche mir in die Leiste stach – die Packung Zigaretten, plus Feuerzeug. Ich sah nach: Es waren noch genau zwei übrig. Ich steckte beide gleichzeitig an, sog ein, gab ihm eine. Er rauchte tief. Jetzt war er dran.

»Ja, und ihr?«, fragte ich.

»Na ja.«

»Was jetzt? Ich hab's dir auch gesagt.«

»Wir auch.«

»Was jetzt? Habt ihr, oder habt ihr nicht?«

»Nein. Also ja. Wir waren auch im Maisfeld.«

Er schien für einen Moment unentschlossen zu sein, was er mir erzählen sollte. Wollte er ihre Ehre beschützen? Ausgerechnet vor mir? Der ihm die einmalige Chance überhaupt erst verschafft hatte? Ein Date mit Elena, der schönen Elena aus der zehnten Klasse des Mädcheninternats, unerreichbar und so abgehoben, dass sie bis gestern nicht mal seinen Namen wusste, obwohl er ihr seit Monaten hinterherlief wie ein blinder Hund: erbärmlich, lebensunfähig, todgeweiht. Erst als ich sein Flehen erhört und Veronika, Elenas Zimmergenossin, gefragt hatte, ob wir etwas zu viert unternehmen wollten, erst als Elena so tun konnte, als käme sie nur wegen Veronika mit, die mich offensichtlich mochte, warum auch immer, erst da bekam er endlich seine Chance. Er war mir jedes kleinste schmutzige Detail schuldig.

Beim Gedanken an Elenas feines Gesicht, wie sie vor Lust die Beine nach oben in den Mais streckte, wurde mir heiß. Veronika war zupackender, weiblicher. Ich würde mich nicht beklagen. Sie hatte mir einen runtergeholt. Und hatte mir genau gesagt, wie ich sie anfassen sollte. Wir hatten beide unseren Spaß, glaube ich. Aber Elena war die Schönere, ganz klar. Ich wollte wissen, wie sie war.

»Was genau«, fragte ich genüsslich, »habt ihr denn im Maisfeld gemacht?«

»Da drüben«, er antwortete nicht auf meine Frage, schon wieder nicht. »Zehn Meter von hier. Und du hast nichts gehört!«

»Nee, gar nichts.«

»Dafür haben wir euch gehört!«

»Laber nicht«, sagte ich und spürte, wie mir die Hitze in die Wangen schoss.

»Oh, ja, Veronika, oh, ja, mach weiter«, stöhnte er, völlig übertrieben.

»Halt's Maul!«

»Sie stöhnen wie ein Pornostar, Herr Doktor«, rief er.

»Du Schwein!«

»Mir hätte dein Gestöhne beinah alles versaut.«

»Wie bitte?«

»Meinst du, die süße Elena war noch scharf, nachdem sie euch da im Feld grunzen gehört hat?«

»Wir waren gar nicht laut!«

*»Oh, jaaaa, Veronikaaaaa …«*

Ich warf mich auf ihn, die Kippe im Mund, zwei Hände an seinem Kopf, die Finger in seinen Locken, drückte ihn auf den Boden. Er kreischte wie ein kleines Mädchen. Die Sonne schien warm auf uns herab. Erst als er um Gnade flehte, ließ ich ab von ihm. Vom besten Freund, den ich jemals haben würde. Niemals würde ich ihn im Stich lassen, schwor ich mir, niemals.

# PIRAT

DAS GEBÜSCH SCHNITT MIR in die nackten Beine, aber ich spürte kaum etwas. Ich musste weg vom Strand, wo man mich sehen würde, an die Straße, und dann irgendwie weiter, so schnell wie möglich. Ich war total fertig von dem Kilometer, den ich im Meer zurückgelegt haben musste. Ich! Angst vor tiefem Wasser, keine Kondition, Schwimmen schon immer gehasst. Aber es hatte funktioniert. Einen Zug nach dem nächsten, immer auf die Lichter zu. Nicht an Strömung oder Haie denken. Nicht in Panik verfallen. Einfach weiter, das Plastik zwischen den Beinen. Bis ich die Brandung spürte, mich von ihr zum Strand treiben ließ. Nirgends ein Boot. Kein Mensch weit und breit. Ich war entkommen. *Alter*, rief ich innerlich Felix zu, *der Wasserpolizei einfach weggeschwommen. Hast du das gesehen? Ciao Kakao!*

Ich lächelte unwillkürlich, als ich den ersten Fuß auf festes Land setzte, mich zur Straße durchschlug. Voller Adrenalin stand ich nass, aber fröhlich an der dunklen Fahrbahn ortseinwärts. Ich musste nur jemanden finden, der mich zum Hostel fuhr, und dort verschwinden.

Ohne anzuhalten, bretterten ein Lastwagen und zwei Motorräder an mir vorbei, dann näherte sich ein Tuk Tuk. Knallende Fehlzündungen ließen es wie ein Fantasiegefährt erscheinen, *Tuk Tuk*, dachte ich, *klingt wie Tic Tac.* Es wurde langsamer und hielt tatsächlich neben mir an.

Hinter das Lenkrad gepresst saß ein dicker bärtiger Weißer mit einem Piratentuch um den Kopf und rief: »Free drunk rides home! Come on, jump in!« Er lallte, seine Zunge bewegte sich wie ein müdes Tier in seinem Mund.

»How drunk are you?«, fragte ich.

»Drunk as fuck.«

Immerhin war er ehrlich. Ich fröstelte. Das Adrenalin flaute ab. Ich musste hier weg, also sprang ich auf die Bank hinter ihm, schrammte mir heftig das nasse Schienbein dabei auf. Es fing sofort an zu bluten, der Schmerz war höllisch.

»Fuck«, stöhnte ich.

»Yeah, fuck them«, sagte der Pirat, ohne dass klar war, wen genau er meinte.

»You are not going to kill me, right?«, sagte ich, als der Typ losraste.

»Where are you from?«

»Germany.«

»Ah, don't worry. We killed enough of you seventy five years ago.«

Er heizte mit dem kleinen Gefährt die dunkle Straße hinunter, links, am Ortseingang, tauchte ein Minimarkt auf. Er hupte Fußgänger weg, hatte offensichtlich Spaß.

»So alt sehen Sie gar nicht aus«, sagte ich.

»Ich bin eine B-52 geflogen, damals, mein Junge.«

Quadratmetergroße Schlaglöcher taten sich vor uns auf, er nahm sie mit einem Jauchzen, es ruckelte wie auf einer schrottreifen Achterbahn. Ich musste ihn am Reden halten, damit er sich daran erinnerte, dass er im Zweifelsfall einen Beifahrer auf dem Gewissen hätte. Felix konnte das: Leute beschäftigen. Die richtigen Fragen stellen.

»Ganz schöne Sauerei, dieser Krieg, oder?«

»Deshalb bin ich auch immer noch betrunken. Wo hast du damals gesteckt?«

Er hatte sich zu mir umgedreht. Schnell antworten, damit er wieder auf die Straße schaute.

»Bin nach New York geflohen, schon 1936. Kann kein Blut sehen.«

»Kluges Bürschchen. Bist du Jude?«

»Sind Sie Pirat?«

Er lachte, hob das linke Bein und schrie nach hinten: »Arrrrr, das Bein verrät mich …« Es war ein Holzbein. Statt des Oberschenkels hatte er einen Baseballschläger, original Captain-Hook-Style. Ich traute meinen Augen nicht. Was kam als Nächstes? Ein fliegender Teppich, der mich heimbringen würde? »Kennst du die Bar, die Straße runter, *The Flying Pirate*?«, fragte er.

»Yes«, sagte ich. Die gab es tatsächlich, gleich hinter dem Hostel. Ich war mehrmals daran vorbeigegangen. Übler Laden. Rostige Fässer draußen. Vermutlich auch rostige Fässer drinnen.

»Das ist meine.«

»Ich bewundere Ihre Hingabe, Sir«, sagte ich. »Sie haben ein Bein geopfert, nur um Ihre Bar zu vermarkten?«

Er lachte wieder. Jetzt waren wir Freunde. In diesem Moment tauchte vor uns eine Polizeisperre auf. Zwei Streifenwagen, weiß und schwarz wie in einem US-Actionfilm, standen quer auf der Straße.

*Ich bin tot*, dachte ich. Das Paket in meiner Badehose war kalt und schwer.

»Don't worry«, rief der Pirat und drückte aufs Gas, »das sind meine Freunde.« Er fuhr mit ungeminderter Geschwindigkeit zwischen den Polizeiautos durch, hupte und zeigte nach beiden Seiten den Mittelfinger. »Es hilft natürlich, dass ich ihnen jedes Jahr Weihnachtsgeschenke kaufe.«

Ich wandte mich um und sah einen Polizisten unserem Gefährt hinterherwinken wie dem Schlitten des Weihnachtsmannes in einer Coca-Cola-Werbung. Ein neues Gefühl kam in mir auf: Überlegenheit. Hier saß ich, patschnass, mit zehn Gramm Ketamin am Sack, und die Bullen fraßen Staub.

Wir passierten die ersten Hostels. Die Polizeistation. Den Taxistand. Dann waren wir da. Ich sprang ab. Der Pirat gab mir die Hand (kein Haken, wie ich enttäuscht feststellte). »Mach's gut!«, rief er und knatterte fort in die Nacht.

Ob Luca zurück war? An der Rezeption saß eine Kambodschanerin, ein neues Gesicht. Vielleicht war der Australier weitergespült worden. Ich nickte ihr kurz zu, ging weiter zum Wasser. Das Boot war nicht da. Von Luca keine Spur. Ich ging zurück, die Treppe hoch, dritte Tür rechts. Sie stand offen. Belmondo saß, genau wie zwei Stunden zuvor, vor seinem Laptop an dem kleinen Tisch. Das Handy war angesteckt.

»Du warst schnell«, sagte er.

Ich schloss die Tür hinter mir, drehte den Schlüssel um.

»Alles klar?« Er sah mich fragend an.

Ich griff in die nasse Badehose, holte das weiße Päckchen raus, legte es auf den Tisch.

»Du bist zurück geschwommen?«

»Du bist zu neugierig.«

»Stimmt, geht mich nichts an.«

Er nahm das Päckchen und wickelte es langsam aus. Ich hoffte, dass das Ketamin trocken geblieben war. Alles wäre umsonst gewesen, wenn das Meerwasser das Pulver aufgeweicht hätte.

»Very gooooood«, sagte Belmondo anerkennend, als er vier Lagen entfernt hatte, »very good.«

Ich ließ mich erschöpft auf das untere Stockbett fallen. Mein Rücken schmerzte. Mein Schienbein brannte. Ich fror. Ich brauchte eine Pause.

»Also«, sagte er, »gib mir eine Sekunde.«

»Kein Problem, ich habe es nicht mehr eilig.«

»So oder so«, er winkte mich mit dem Handy zu sich, »habe ich mir erlaubt, es schon einmal zu knacken, während du weg warst. Ich war mir sicher, dass du es schaffst.«

»Wie bitte?«

»Und wenn nicht, hätte ich es dir auch so gegeben. Ohne Bezahlung. Ich will ja nicht zwischen dir und deinem Freund stehen.«

»Bist ein guter Kerl«, sagte ich matt.

Er gab mir das Handy. Das Hintergrundbild auf dem Display zeigte eine tropische Insel aus der Ferne: dichter Dschungel, ein schmaler Streifen Strand. Vor dem Bild hoben sich die Symbole der Apps ab. Nachrichten, Telefon, Netzwerke, Musik. Ich tippte auf Nachrichten. Nichts. Ich wechselte auf das Telefon, letzte Anrufe. Keine.

»Ich habe eine gute und eine schlechte Nachricht, Bruder«, sagte Belmondo. »Die schlechte zuerst?«

Ich nickte nur.

»Okay. Die schlechte zuerst: Es ist komplett formatiert. Keinerlei Daten, nichts. Wie neu gekauft. Nur mit Sprung im Display.«

Für einen Moment war mir, als fiele ich hundert Meter tief, ich wollte schreien und um mich schlagen. Ich atmete ein und aus, riss mich zusammen und ging die Apps durch. Belmondo hatte recht. Es waren nur die vorinstallierten Programme darauf gespeichert. Keine Spur eines Benutzers. Keine Spur von Felix.

»Willst du jetzt die gute hören?«

»Egal, was es ist: Ich kann alles gebrauchen«, sagte ich.

»Ein Bild ist drauf. Die Insel«, sagte er. »Das hat er als Hintergrund ausgewählt. Der einzige Hinweis auf einen Benutzer. Ich habe es schnell umgekehrt im Netz gesucht, also, das Bild. An sich wirkt die Insel wie eine von tausend Inseln. Könnte Kambodscha sein, aber auch Thailand, Myanmar, Vietnam. Vielleicht sogar unbewohnt und nirgends kartografiert, so klein und wild, wie sie aussieht.«

Er hielt inne, als wäre er unsicher, ob ich überhaupt zuhörte. Ich war in das Display versunken. Schaute mir alles noch einmal genau an, wie ein Puzzle, bei dem noch ein einziges Teil fehlte, das ich in einem haushohen Haufen suchen musste. Oben links fiel mir das kleine Flugzeugsymbol auf.

»Es ist im Flugmodus«, sagte ich.

»Stimmt. Kannst ihn ausschalten, ich habe auch die PIN für die SIM-Karte herausgefunden. Ist eine von hier. War einfach.«

Ich schaltete den Flugmodus aus.

»3651«, sagte der Kambodschaner, und ich gab den Code ein. Es schimmerte erst ein Balken der Anzeige für den Empfang auf, dann drei. Ich wog das Handy in der Hand. Es war alles, was ich hatte.

Eine neue Nachricht leuchtete auf. Von einer mir vertrauten Nummer.

*Wo bist du? Wenn das ein Witz ist, ist er nicht witzig. Ich komme dich jetzt suchen. Im Ernst.*

Es war meine Nummer. Sie war nicht eingespeichert. Alle Nummern waren gelöscht.

Eine zweite Nummer hatte Nachrichten gesendet: *Melde dich bitte.* Seine Mutter. Immer die gleiche Nachricht:

*Melde dich bitte.*

*Melde dich bitte.*

*Melde dich bitte.*

*Melde dich bitte.*

*Melde dich bitte.*

*Melde dich bitte.*

…

Fünfzehn, zwanzig Mal.

»Was steht da?«, fragte der Kambodschaner.

»Nichts«, sagte ich. »Was war noch mal die gute Nachricht?«

»Die Insel«, sagte er, und ich öffnete das Hintergrundbild. Grüne Pflanzen. Weißer Sand. Blaues Meer. Ein Paradies.

Irgendwo.

»Was ist mit ihr?«

»Ich weiß, wo sie ist.« Er lächelte wieder sein Belmondo-Lächeln. Legte mir behutsam eine Hand auf die Schulter. »Sie ist nicht weit weg. Mit dem Boot ein paar Stunden aufs Meer, südöstlich. In der Nähe ist eine größere Insel, auf der es seit ein paar Zwischenfällen während des Vietnamkriegs eine Militärbasis gibt. Erst lieferten sich US-Marines und Vietcong dort letzte Gefechte. Dann wurde die halbe Besatzung eines amerikanischen Segelschiffes, das sich verirrt hatte, von den roten Khmer erschossen, die andere Hälfte haben sie festgenommen und gefoltert. Einer der Männer gab ein Geständnis ab, indem er Namen aus Comics benutzte für angebliche CIA-Verbindungsoffiziere, damit man wusste, dass er nur zum Schein mitspielte. Nach zwei Monaten erschossen sie ihn auch. Aber ich habe kein Mitleid, immerhin warfen die Amerikaner im Vietnamkrieg mehr Bomben auf Kambodscha, weil sie dort den Feind vermuteten, als auf Deutschland im gesamten Zweiten Weltkrieg.« Er nahm seine Hand von meiner Schulter, als sei damit die Geschichtsstunde vorbei. »Die Insel auf dem Bild deines Freundes hat damit allerdings nichts zu tun. Sie liegt dahinter, und da ist absolut nichts mehr.«

Ich fuhr mir mit der Hand durchs Gesicht. »Wie komme ich dorthin?«

»Keine Ahnung. Sie soll nahezu unbewohnt sein. Ein paar Fischer mit ihren Familien. Wenn überhaupt. Aber es gibt natürlich keine offizielle Bootsverbindung.«

»Was, zum Teufel, will er da?« Ich war wütend. Mein Schienbein schmerzte immer stärker.

»Auf einer einsamen Insel?« Der Kambodschaner sah mich an. »Die Frage ist doch eher, was er hier wollte, oder?«

»Ja, richtig. Das weiß ich auch nicht.«

»Das Übliche, nehme ich an, was sie alle wollen: Sich selbst finden, indem man verloren geht. Eine innere und äußere Reise. Der ganze Scheiß halt.«

»Hat bei ihm nicht funktioniert.«

»Offensichtlich nicht. Also hat er die nächste Stufe gezündet.« Belmondo zuckte mit den Achseln. »Viele Traveller träumen vom Ausstieg. Manche tun es. Die meisten kommen irgendwann genervt zurück von ihren Experimenten. Vermissen Toiletten und Zahnpasta. Nur wenige bleiben tatsächlich für immer.«

»Danke dir«, sagte ich. »Und wie komme ich da nun hin?«

»Frag mal Dita. Die kann immer helfen.«

Ich verabschiedete mich und humpelte auf die Veranda. An der Bar war wenig Betrieb.

»Willst du mir schon wieder deinen Freund zeigen?«, fragte Dita, als sie das Handy in meiner ausgestreckten Hand sah.

»Heute mal was Neues: Kennst du diese Insel?«

Sie stellte das Glas ab, das sie gerade mit Bier gefüllt hatte. »Zeig mal her«, sagte sie, und dann: »Ja, das könnte die Insel sein … Man hört immer wieder, dass Leute dahin wollen. Um sich abzusetzen. Aber ich wäre da vorsichtig. Am Ende steht ein armer Trottel mit seinem Rucksack an einem verlassenen Strand und muss nach zwei Tagen um Hilfe funken, bevor sein Handy leer ist.«

»Und warum gerade diese Insel?«

»Ein Traveller-Mythos … Man sagt, da sitzen ein paar Hippies, nehmen irgendwelche Horrordrogen, lauter Freaks.«

»Klingt fantastisch«, sagte ich.

»Haha«, sagte Dita, ohne zu lachen. »Ist sicher nur Geschwätz. Anyway: Wenn du wirklich dahin willst, musst du jemanden finden, der dich fährt. Mit einem richtigen Boot. Mit einer Nussschale wie der, die Luca gern nimmt, um deutsche Mädchen rumzukutschieren, wirst du nicht weit kommen.«

Die Erwähnung seines Namens traf mich wie eine Ohrfeige. Ich hatte ihn, meinen einzigen Freund vor Ort, der sofort zu helfen bereit war, *im Stich gelassen*, hatte meine eigene Haut gerettet und seine *verraten und verkauft.* Worte, die in mein Bewusstsein eindrangen wie Maden in ein verfaulendes Stück Fleisch. Wie so oft hielt ein Gericht in meinem Kopf eine Verhandlung ab, bewertete alles, was ich tat, und sprach ein vernichtendes Urteil. Aber jetzt war die Stimme, mit der sich die Richter in mir Gehör verschafften, nicht meine oder Lucas. Es war Felix, der mich richtete. Und zum ersten Mal klang er dankbar. Ich hatte es für ihn getan, nicht für mich.

»Apropos«, sagte Dita, »weißt du zufällig, wo Luca steckt? Oder mein Boot?«

»Keine Ahnung«, sagte ich und fragte stattdessen: »Wo finde ich jemanden, der mich zu dieser Insel bringt?«

»Am besten«, sagte Dita, »du gehst morgen ganz früh an den Pier und …«

»Ich meine, jetzt«, sagte ich.

Sie sah mich erstaunt an. »Am Pier liegen die Fischerboote. Manche wohnen direkt dort, manche übernachten auf ihren Booten. Wenn du Glück hast, findest du jemanden. Was heißt Glück – du musst sie vermutlich einfach nur lange genug mit Geld bewerfen. Ab einem Monatsgehalt wird einer weich, sogar mitten in der Nacht. Warum auch immer du jetzt fahren willst.«

»Ich reise lieber nachts«, sagte ich. Sollte sie ruhig denken, ich sei verrückt. Solange sie nicht merkte, dass etwas nicht stimmte mit meinem Aufbruch, warum Luca und das Boot fehlten, sollte es mir recht sein.

»Bist du deshalb immer schwarz angezogen?«

»Nein, ich reise immer ganz in Schwarz, damit ich bei einem Unfall schon korrekt für meine Beerdigung gekleidet bin.«

»Du musst den Typen echt vermissen«, lachte sie, diesmal wirklich, »dass du mitten in der Nacht auf ein Boot steigst, nur weil er irgendwo dort draußen herumgeistern könnte.«

»Habe ich eine Wahl?«, sagte ich.

»Weiß nicht … Aber hoffentlich hast du Glück.«

»Danke.«

Dann ging ich meine Sachen holen.

# RIEN NE VA PLUS

IN DER ZEHNTEN KLASSE FÜHRTEN WIR KRIEG gegen Frau Dubois. Sie war jünger und frischer als die anderen Lehrer, die nach Jahrzehnten der Mühsal stumpf gegenüber unseren Provokationen geworden waren, oder aber sadistisch und gern bereit, jeden, der den brüchigen Waffenstillstand zwischen Pädagogik und Pubertät bedrohte, ihre Macht spüren zu lassen. Anders als ihre Kollegen empfand Frau Dubois noch etwas. Für ihr Fach, für uns, für sich selbst. Sie ermahnte uns sanft, mit einem Lächeln, wenn wir im Unterricht Deutsch sprachen statt Französisch. Man hätte etwas von ihr lernen können. Wir aber wollten, dass *sie* etwas begriff. Wir wollten, dass sie uns fürchten lernte.

An ihrem ersten Tag in unserer Klasse ließ Felix einen Apfel hinter sie rollen, während sie Vokabeln auf die große Wandtafel schrieb. Sie drehte sich schwungvoll um und trat darauf. Seine Einzelteile spritzten über den Boden.

»Was macht der Apfel hier?«, rief sie erschrocken.

»En français, s'il vous plaît«, sagte Felix.

»Wessen Apfel das ist, hab ich gefragt!«

»Das war mein Mittagessen«, sagte ich traurig.

Sie schaute mich irritiert an. »Oh, pardon.«

Alle lachten.

Ihre Mutter stammte aus Bordeaux, aufgewachsen war sie in Deutschland. Ihre Großeltern, hatte sie einmal unvorsichtigerweise erwähnt, mussten vor Hitler fliehen, warum, weiß ich nicht mehr. Sie liebe Deutschland trotzdem genauso wie Frankreich, beteuerte sie. Als sie mich einmal – wir hatten immer, wenn sie sich zur Tafel umdrehte, leise zu pfeifen begonnen, kaum hörbar, aber genau deshalb nervtötend – auf Verdacht rausschmiss, nutzte Felix die Chance.

Er sagte: »Aber Sie haben gar keine Beweise!«

Sie sagte: »Die brauche ich nicht, hier bestimme ich, wer am Unterricht teilnimmt und wer nicht.«

Und Felix rief: »Das sind ja Nazi-Methoden.«

Sie schrie, schlug auf den Tisch. Unter Tränen stürmte sie hinaus, an mir vorbei, ins Lehrerzimmer. Eine Woche war sie krank.

Eines Tages kam sie mit einem Kassettenrekorder und einem Stapel Textblätter in den Unterricht. Eine Französischlehrerin mit Kassettenrekorder und Papierbögen voller Verse, das bedeutete: Chansons.

»Bonjour!«, rief sie in die Klasse. Es war kalt, sie hatte rote Wangen von der Kälte, sie sah gut aus. Vereinzelt tönte etwas zurück, das klang wie die zerstückelte Leiche einer französischen Begrüßung. Frau Dubois ließ sich nicht bremsen. Sie steckte das Gerät ein, verteilte die Textblätter, drückte auf Power und schien für drei Sekunden wieder in Paris zu sein, wie damals, als Studentin. Ein seltsamer Glanz trat in ihre Augen, und man konnte ihr im Gesicht ablesen, dass sie sich nach etwas Aufregenderem sehnte als diesem grauen Alltag in der Schule. Doch anstatt dass uns diese Sehnsucht für sie eingenommen hätte, wir uns mit ihr gegen das Monster Langeweile verbündet hätten, folgten wir der Logik unserer adoleszenten Totalrebellion gegen jedes Gefühl. In uns wüteten sowieso schon so viele Gefühle, mit denen wir nichts anfangen konnten. Wir mussten Frau Dubois bestrafen, und die Verletzlichkeit, die sie uns gezeigt hatte, gnadenlos ausnutzen. Das war Schule, und Schule hieß Krieg.

»Heute wollen wir uns mit französischem Liedgut beschäftigen«, begann sie fröhlich. Niemand reagierte. Aber sie hatte auch nichts anderes erwartet. »Das ist vielleicht nicht die Musik, die ihr zu Hause hört. Und im Radio läuft so was heutzutage auch nur noch selten … Außer natürlich in Frankreich, wo es, vielleicht wusstet ihr das, eine Quote gibt, wie hoch ist die? Und wofür? Was denkt ihr?« Sie blickte erwartungsvoll in unsere Gesichter. Nichts. Niemand meldete sich. »Also, es gibt eine Quote für französischsprachige Musik. Gut ein Drittel der Sendezeit«, fuhr sie etwas verloren fort, »muss mit französischer Musik gefüllt werden, und deshalb laufen manchmal noch diese alten Chansons.«

Jemand zog laut die Nase hoch. Sie seufzte, als Zeichen ihrer sehr frühen Kapitulation vor unserer hemmungslosen Egalheit, die auszustrahlen wir als Klasse, als Kollektiv gelernt hatten wie eine militärische Einheit. Niemand hatte sich zu rühren, niemand hatte eine Miene zu verziehen, und wer es doch tat, wurde in der Pause wie ein Deserteur dafür bestraft. Felix, neben mir, malte sich, fast manisch, mit einem Kuli den Unterarm blau an. Vor Langeweile, vermutete ich, nur ein schmales Auge ließ er in der Mitte frei, als wollte er ein Teleskop bauen, mit dem er um die Ecke oder in die Vergangenheit sehen könnte.

»Vielleicht kennen ein paar von euch das Lied, das wir jetzt hören. Von euren Eltern oder deren Freunden. Und danach besprechen wir, was es in euch ausgelöst hat.«

Ich beobachtete sie, während sie zum Rekorder ging und auf Play drückte, wie sie den ersten Takten des Liedes lauschte. Weil ich sie attraktiv fand, weil ich sie hasste in ihrem pädagogischen Eifer, mir zugleich aber wünschte, später einmal eine Frau wie sie kennenzulernen. Eine, die nur das Beste wollte, für mich und die Welt. Ich tagträumte mich hinweg, stellte mir vor, wie wir uns an einer Universität über den Weg laufen könnten, vielleicht sogar während eines Auslandssemesters in Frankreich, und was dann wohl passierte …?

*Non, je ne regrette rien*, sang die Frau. Das verstand sogar ich.

Erst jetzt fiel mir auf, wie unruhig Felix geworden war. Er wippte mit den Füßen, lehnte sich vor und zurück, und plötzlich sprang er auf und stürzte aus dem Klassenzimmer. Ein paar drehten sich um. Frau Dubois sah mich mit hochgezogenen Brauen an. *Was ist das wieder für eine Frechheit?*, schien sie zu fragen. Ich blickte ihm belustigt hinterher, war mir sicher, er würde gleich wieder zur Tür hereinkommen und irgendeinen Witz reißen. Aber nichts passierte. Warum ließ er sich so viel Zeit? Die Musik lief weiter. Wartete er bis zum zweiten Refrain?

Das Lied ging zu Ende. Felix kam nicht zurück. Ich hob den Finger.

»Oui?«, fragte Frau Dubois.

»Je voudrais …«, sagte ich. »Also, ich würde gern mal nachschauen, was mit Felix los ist.«

Sie nickte. Wie einfach sie uns auf den Leim ging! Ich lief aus dem Klassenzimmer. Irgendwas wird er schon vorhaben, dachte ich.

Felix saß ein paar Meter den Gang hinauf Richtung Lehrerzimmer, auf einem der großen Heizkörper, auf denen man nicht sitzen durfte, obwohl sie jetzt, im Winter, so wunderbar warm waren. Der Direktor stand bei ihm. Warum sagte er nichts wegen der Heizung? Felix starrte ihn an.

»Ich rufe dir ein Taxi. Kann ich dich kurz allein lassen?«, hörte ich den Direktor sagen.

»Ja …« Felix war bleich.

»Was ist los?«, wollte ich wissen, als der Direktor verschwand.

»Ich will nicht mehr nach Hause«, sagte Felix. »Ich kann nicht mehr. Jetzt erst recht nicht.«

Ich musste etwas sagen. Ich musste mich trauen. Immer wenn ich in jener Zeit etwas zu Felix sagen wollte, fühlte ich mich, als stünde ich mit geschlossenen Augen auf dem Dreimeterbrett: Das erste Wort zu sprechen, es zu wagen, war wie nach vorn zu kippen, zu springen, loszulassen. Wie würde ich aufkommen? Ich hatte es hundertmal gemacht, trotzdem wusste ich nie sicher, ob es gutging, ob ich an seiner Seite auftraf.

»Wir machen den Bastard fertig«, sagte ich und meinte seinen Vater, wen sonst. Felix reagierte nicht. Dachte er, ich meinte den Direktor? Ich musste nachjustieren, mich im Fall ein wenig drehen, mich strecken, um an der richtigen Stelle einzutauchen. »Wenn er so weitermacht, fährt er sich in dem verfickten Auto eh bald zu Tode … Sagt deine Mutter doch auch immer.«

»Hat er schon.«

»Was?«

Felix sah auf den Boden, als er weitersprach. »Der Direktor hat es mir gerade gesagt: Frontalaufprall. Auf dem Weg in die Kanzlei. Mit dem Mercedes. Auf einen Laster. Er wird seit vier Stunden operiert. Dreivierteltot. Keiner weiß, ob er es schafft. Ich muss heim. Ich will aber nicht.« Er sagte es ohne einen Unterton, es schwang nichts Kaltes in seiner Stimme mit.

Später erinnerte ich mich oft an diesen Moment. An diese zwei Minuten, die wir auf der warmen Heizung vor dem Lehrerzimmer saßen. Allein. Die Geräusche um uns wirkten gedämpft, beinah friedlich. Vielleicht fragte ich mich deshalb später nie mehr, warum er aus dem Unterricht gelaufen war. Keiner fragte ihn, auch nicht Frau Dubois. Hatte er etwas geahnt? Spürte er die Katastrophe langsam auf ihn zukommen wie eine gigantische Flutwelle, unter der die Erde bebt?

Es blieb eine unerklärliche Lücke in unserer Geschichte. Ein Versäumnis, ein Verschwinden. Es gab anderes, worüber man später versuchte zu reden, und es gab Wörter – Vater, Auto, Unfall, Sterben, Tod, Rollstuhl, Unglück, Waise, Witwe, Pflegefall –, die nun verboten waren. Es gab unzählige Regeln. Man durfte Felix besuchen, aber nur nach Voranmeldung. Es gab die Tage, an denen Felix nicht rauskam, nicht ans Telefon ging, wie vom Erdboden verschluckt war. Es gab die Schiene, für den Rollstuhl, über die rechte Seite der Stufen zur Eingangstür hochgebaut, auch wenn sie so gut wie nie benutzt wurde. Es gab den kurzen Blick, den ich in das Zimmer des Vaters erhaschte, als die polnische Pflegekraft die Tür einmal nicht geschlossen hatte, ich sah das Bett, ein Gestell davor wie ein kleiner Kran, unter der Bettdecke bewegte sich nichts. Alles in dem Zimmer war weiß, die Bezüge, die Vorhänge – war das immer schon so gewesen? *Sie hat sein Arbeitszimmer in ein Krankenzimmer verwandelt*, dachte ich, *oder in eine Vorstufe des Himmels, in den Georg es nicht geschafft hat.* Es gab kurze Besprechungen zwischen Dorothée und meiner Mutter, es gab keine Besprechung zwischen Felix und mir oder zwischen meiner Mutter und mir. Nur ein paar Blicke zwischen meinem Vater und mir, dabei das seltene Gefühl, unverdientes Glück zu haben. Es gab Felix' Vater namens Georg nicht mehr, auch nicht seinen Mercedes und seine Anzüge und seine Zigaretten. Dafür gab es ein großes Geheimnis, und das lag in diesem weißen Zimmer und rottete vor sich hin.

Kurz nach dem Unfall hatten wir Winterferien, zwei Wochen, in denen Felix und ich uns nicht sahen. Als er wiederkam, tat er, als wäre nichts gewesen. Die Lehrer sagten uns, wir sollten ihn in Ruhe lassen.

An jenem Vormittag auf der Heizung hatte Felix nur noch einen Satz zu mir gesagt, den letzten für Tage und Wochen. Er sagte ihn wie einen Zauberspruch, mit dem er die Wirklichkeit zu beugen und alle Dämonen zu bannen versuchte.

Er sagte: »Wenn wir nie mehr darüber reden, ist es auch nie passiert, oder?«

»Ja«, sagte ich, wie immer.

# SEA WOLF

DIE GISCHT SPRITZTE MIR AUS DEM DUNKEL hoch ins Gesicht. Ein feiner Nieselregen von unten, er linderte die Hitze, die mich bis hierher auf offener See verfolgte.

Ich stand an der Reling des Bootes und atmete die salzige Luft. *Felix ist tot*, dachte ich. *Oder er wollte nur sein altes Leben verlieren. Und ich muss herausfinden, wo der Unterschied liegt.*

Er hatte sein Handy nicht aus Versehen zurückgelassen, es war keine Vorsichtsmaßnahme gewesen, dessen war ich mir sicher. Er hatte es zu Hause fast nie aus der Hand gelegt, war nervös geworden, wenn er es mal nicht fand. Es war also ein gutes Zeichen, dass ich es gefunden hatte, vielleicht sogar ein Signal an mich, eine absichtlich gelegte Spur. Wusste er, dass ich ihm überallhin folgen und am anderen Ende der Welt seine Matratze durchsuchen würde? Oder wollte ich das nur glauben, weil die einzige Alternative, die ich mir denken konnte, unerträglich war? Was war mit uns passiert, dass ich wie ein Kommissar versuchte, dem Verdächtigen in den Kopf zu schauen? Oder war das immer schon so gewesen?

Ich nahm mein Handy und schrieb Lea.

*Ich habe eine Spur. Eine Insel, auf der er sein könnte. Ich fahre hin und werde erst mal keinen Empfang mehr haben. Mach dir keine Sorgen. Melde mich wieder. Kuss.*

Es war inzwischen ein Uhr nachts, in Deutschland sieben Uhr abends. Sie würde gleich antworten. Ich schaltete das Handy aus. Ich wollte jetzt nichts mehr erklären und hoffte, sie würde versuchen, mich aus der Ferne zu verstehen. So wie ich versuchte, Felix zu verstehen. Ich summte eine Melodie, den Text kannte ich nur bruchstückhaft, aber sie erfreute mich, fast hätte ich laut gesungen: *Before this river becomes an ocean.*

*Ozeane*, dachte ich, als ich unter mir das endlose Schwarz des Wassers davonfliegen sah, *sind mehr als bloß sehr viel Wasser. Sie sind Türen in andere Dimensionen.*

Der Junge, der seinen Vater auf dem Boot begleitete, trat zu mir.

»Germany?«, fragte er. Er trug ein Trikot von Bayern München, rot und weiß gestreift. Seine Zähne strahlten in der Dunkelheit.

»Yes, Germany«, sagte ich.

»Good good«, sagte er. »Dream country. Bayern.«

»Yes, yes«, sagte ich. »But your country is more beautiful.«

»But Germany more easy, not so much problems.« Er lachte, als schämte er sich für diese Meinung. Ich war unsicher, ob er recht hatte. Schließlich hatte ich gerade mitten in der Nacht ein Boot gechartert, um auf eine einsame Insel zu fahren.

Es war einfacher gewesen, als ich dachte: Ich hatte meine Sachen schnell zusammengepackt und Felix' Jacke und Hose, die Dita mir aufgedrängt hatte, unter dem Bett verstaut. Wenn jemand sie fand und mitnahm, gut, wenn nicht, auch gut. Ich wollte nicht, dass man sie im Müll entdeckte, warum genau, konnte ich nicht sagen. *Besser keine Spuren hinterlassen*, dachte ich. Dann war ich zum Pier hinuntergelaufen, wo die Boote lagen. Auf manchen brannte Licht oder wenigstens eine Zigarette. Kurz überkamen mich Zweifel, ob das hier irgendeinen Sinn hatte. Doch in dem Moment sprach mich ein Mädchen an, das vor einer Hütte saß: »Hello, Sir, need help?«

»I need a boat«, sagte ich. Ich zeigte ihr die Notiz auf meinem Handy, Belmondo hatte den Namen der Insel in Khmer eingegeben. Mit vielen Schnörkeln und Bögen, es hätte genauso gut eine außerirdische Sprache sein können.

»Oh«, sagte sie, es klang bedauernd, aber ich hatte inzwischen gelernt, dass es verständnisvoll gemeint war. Sie bedeutete mir, ihr zu einem Boot zu folgen, das vor der Hütte ankerte. Wir wateten ein paar Schritte in das flache, warme Wasser. Mein Schienbein brannte. Sie rief etwas. Ein Kopf erschien über der Reling.

»My dad«, sagte sie zu mir.

Die beiden diskutierten kurz.

»Now?«, fragte sie mich.

»Yes, now«, sagte ich.

»You alone?«

»I'm alone.«

»One way?«

»One way.«

Sie wandte sich wieder an ihren Vater, für mich nur ein Schemen neben einer Taschenlampe, die irgendwo auf dem Boot hing. Sie sprachen miteinander, dann sagte sie zu mir: »100 Dollar.«

Ihr Vater schien nicht einverstanden zu sein.

»150 Dollar«, sagte sie schließlich. »Dangerous at night.«

Zehn Minuten später stand ich auf dem Boot namens »Sea Wolf«, bereits einen Kilometer von der Küste entfernt, blickte auf das Wasser, den silbernen Halbmond, der glitzernd darauf schien, und fühlte mich gut und schlecht zugleich. Vor der Polizei musste ich mich nicht mehr fürchten. Aber ich fuhr ins Ungewisse. Ich griff nach der Kette um meinen Hals. Allmählich hatte ich eine kleine Sammlung: Haare, Handy, Jacke. Genug Gegenstände, und ich konnte ihn vielleicht aus diesen Einzelteilen wieder zu einem Ganzen zusammensetzen. Zumindest konnte ich etwas tun. *Before this river becomes an ocean.*

Als ich ihn das letzte Mal sah, hatte ich nichts getan. Als er sagte: »Ich will das allein machen.« Als ich ihn fragte: »Warum?« Und er mir keine Antwort gab. »Dein Vater …«, hatte ich begonnen, und er war aufgesprungen. »Das hat mit meinem

Vater nichts zu tun.« Die Theatralik, die ich von ihm kannte. Als stünde er auf einer Bühne. Als wollte er sagen: *Ich bin wütend, aber eigentlich spiele ich es mehr.* Ich hätte aufstehen sollen, als er ging. Hätte ihn einholen, ihm eine Hand auf die Schulter legen, irgendein Zeichen geben sollen. Noch einmal fragen. War er nicht schon damals für mich verschwunden? Schon in dem Park, in dem wir saßen, vor seiner Abreise? Wann hatte meine Schuld ihren Anfang genommen?

Ich holte mein Telefon doch noch einmal hervor.

*Ich habe dein Handy gefunden*, schrieb ich. *Ich weiß also, dass diese Nachricht dich nicht erreichen kann. Es ist mir egal. Vielleicht, eines Tages, erreicht sie dich doch. Oder jemand anderen. Ich will nur noch einmal schreiben, dass ich dich finden werde. Egal, was passiert.*

Senden.

Die Stewardess hatte recht. Indem man, wie ich, selbst auf die Suche nach einem Verschwundenen geht, setzt man der Ungewissheit etwas entgegen. Man bewegt sich. Verändert sich.

*Have you seen this guy?*

Jeder Fremde, den man anspricht, ist ein kleiner Fix Hoffnung. Davon wird man süchtig. Man kann nicht mehr aufhören: Fragt man diesen Menschen noch, geht man jenem Hinweis nach? Biegt man hier links ab? Vielleicht wäre rechts richtig gewesen, vielleicht hätte dort jemand gewartet, der ihn gesehen hat?

Die Angst, etwas zu verpassen, hatte Felix in die Ferne getrieben. Die Angst, ihn zu verpassen, trieb mich Tausende Kilometer hinterher. Jeden Morgen, jeden Abend, immer weiter.

*Have you seen this guy?*

Mit diesen Worten bin ich zu einem Faktor in der Gleichung namens Hoffnung geworden. Als Faktor trägt man Verantwortung. Man kann groß oder klein sein oder null. Man kann versagen. Man kann mitschuldig werden am Verschwinden. Man ist nicht mehr der, der man war. Man ist nicht der Suchende, man *ist* die Suche. Man hat sich am Verschwinden infiziert. Man verschwindet selbst.

*Hörst du? Ich verschwinde. Wie du.*

*Becomes an ocean.*

So stand ich an der Reling des kleinen Kutters, der mich zu der Insel brachte, und drehte die Kapsel mit seinen Haaren zwischen den Fingern. Immerhin hatte ich sie nicht verloren, als ich von Lucas Boot sprang. Ich war ruhig, fast fröhlich. Es bewegte sich etwas, und ich starrte geduldig zum Horizont, dorthin, wo die Insel auftauchen sollte. Suchte nach einer Erhebung, einem Licht, damit ich etwas zu tun hatte. Bis es hell wurde und sich aus dem Grau des Morgens ein grüner Punkt schälte, der schnell größer wurde, wie ein Geschwulst am Himmel, wie eine schlechte Laune des Meeres.

# III

Gulf of
Tonkin
Pracel
Pulo Condor
Pulo Ridang
Natuna
Borneo
BORNEO
Calamian
Babuyan
ISLES
SUNDA
Straits of Sunda

# MACBETH

DIE DREI HEXEN HIELTEN SICH an den Händen, ihre riesigen Nasen über den qualmenden Kessel in ihrer Mitte gebeugt, tanzten seitwärts in stolpernden Schritten um ihn herum.

»*Wann kommen wir drei uns wieder entgegen, im Blitz und Donner, oder im Regen?*«, schrie die eine, und in diesem Moment bereute ich es, hergekommen zu sein. Ich saß zwischen meinen Eltern in der dritten Reihe, vor uns nur die Honoratioren der Stadt, der Direktor, die Prorektorin, der Regisseur und Deutschlehrer Kolarik, die Eltern der Schauspieler – und natürlich Dorothée, die Mutter des Hauptdarstellers.

Sie hatte sich vor Beginn der Aufführung ungefähr dreiunddreißig Mal umgedreht, um mitzuteilen, was Felix an diesem Tag gesagt, gegessen, gedacht hatte. Wie eine Wahrsagerin deutete sie jedes kleinste Detail als Omen für die heutige Premiere. Es konnte nur *fantastisch* werden, denn er hatte ausgeschlafen, es konnte nur *katastrophal* werden, denn gegessen hatte der Luftikus wieder mal nichts Vernünftiges. Doch egal, was ihr Sohn und die Theater-AG auf dieser Bühne abliefern würden, ich wusste: Es war ihre Show, hier unten in den Sitzreihen, wo jeder Stuhl seitlich mit zwei anderen verhakt war. Wir waren Söhne, wir spielten mit, wir waren siebzehn.

Als Kulisse hatte eine achte Klasse eine steinerne Zitadelle auf Stoffbahnen gepinselt, der blecherne Hexenkessel stieß Kunstnebel aus, die mattgelben, abgewetzten Dielen der Schulbühne gaben die Bretter, die die Welt bedeuten, und neben mir fröstelte meine Mutter sehr realistisch, weil es in der Aula zog wie in einer mittelalterlichen Burg.

*»Wenn der Wirrwarr stille schweigt, wer der Sieger ist, sich zeigt«*, keifte die zweite Hexe, und schon driftete ich ab, weg von den seltsamen Satzkonstruktionen und den speckigen Kitteln der Hexen, unter denen ich mindestens Lisa aus der Parallelklasse zu erkennen glaubte, die sich meiner Meinung nach nicht so aufwändig hätte maskieren müssen für ihre Rolle.

*»Da wird Macbeth sein. Fort, fort!«*, schrie nun die dritte, ich hatte längst den Anschluss verpasst. Vor uns rutschte Dorothée unruhig auf ihrem Stuhl hin und her, drehte sich um, zwinkerte mir zu, und endlich: Felix betrat als Macbeth die Bühne. Er trug ein Kettenhemd, eine grüne Leggins, ein Schwert am Gürtel, die Locken mit Gel zu einer Prinz-Eisenherz-Frisur um das Gesicht gelegt.

Als Felix zu uns herunterblickte in einer Mischung aus Hochmut und Gier, merkte ich sofort, dass etwas nicht in Ordnung war. Das Glitzern in seinen Augen war zu hell, die Wangen zu rot, die Pupillen zu groß. Seine Mutter würde es auf die Aufregung schieben, ich aber wusste: Er hatte nicht warten können. Die Belohnung, die wir uns für die Premierenfeier hatten aufsparen wollen, wirkte schon. Er sprach mit den Hexen und einem Gefolgsmann, immer ein wenig zu laut, zu schnell, dem Publikum mehr zugewandt als den Mitspielern, die brav ihren Text abspulten. Felix glühte, brannte und leuchtete.

*»Heil!«*, riefen die Hexen.

*»Ihr sollt König werden!«*, rief sein Lakai.

*»Erlebte Greuel«*, rief Macbeth, *»Sind schwächer als das Graun der Einbildung. Mein Traum, des Mord nur noch ein Hirngespinst, Erschüttert meine schwache Menschheit so, Daß jede Lebenskraft in Ahnung schwindet, Und nichts ist, als was nicht ist.«*

Von der linken Seite schwebte Lady Macbeth auf die Bühne.

Betörend schön, eine zarte Gestalt im weißen Kleid, die olivfarbene Haut im Kontrast dazu noch dunkler, die großen braunen Augen ohne chemische Hilfe weit aufgerissen vor Liebe, dann zu diabolischen Schlitzen verengt, jede Bewegung so grazil wie bestimmt und ihre Stimme, diese Stimme! Antonia spielte die Lady Macbeth als Verführerin, als trügerische Unschuld. Mit einem Satz aus ihrem Mund wusste ich wieder, warum ich hier war.

*»Kommt an die Weibesbrust, Trinkt Galle statt der Milch, ihr Morddämonen«*, rief sie, und ich wäre ihr durch die Hölle gefolgt, wenn ich auch nur eine Sekunde geglaubt hätte, dass sie auf der anderen Seite auf mich wartete. Aber da kam von rechts Macbeth, und sie hauchte ihm entgegen: *»Dein Brief hat über das armsel'ge Heut, Mich weit verzückt«*, und nur wir drei, sie, Felix und ich wussten, wie sehr das zutraf. Wie sie sich geküsst hatten, ohne Kostüme, zwei Wochen zuvor, weil Felix alles in diesen einen Brief gelegt, ihr seine ewige Liebe geschworen hatte, und jetzt standen sie zusammen auf der Bühne und planten den Königsmord. Ohne mich.

Verdammt, ich gebe es zu: Ich liebte sie. Ich hatte von ihren Haaren geträumt, mein Kopfkissen geküsst und mir vorgestellt, es sei sie. Ich hatte es ihr eintausend Mal fast gesagt.

Aber es war jedem klar, sogar mir, dass sie Felix wollte. Felix, der sie tagelang ignorierte und dann laut über den ganzen Schulhof rief, »Antonia, warte mal kurz!«, so dass sich alle umdrehten, sie anstarrten, als wären sie die Stars auf einem roten Teppich. Felix, der schneller rennen und weiter springen konnte als jeder andere, zumindest glaubte man es blind, wenn er davon erzählte. Felix, der Miles Davis hörte und Houellebecq im Original las. Felix, von dem ich wusste, dass er weder schnell rennen konnte noch Houllebecq verstand. Felix, der Antonia die ersten zwei Wochen »Tony« nannte, was sie hasste, und Felix, der schon so viele Mädchen hinter sich hatte. Aber auch Felix, der einem auf die Schulter klopfte und sagte, *es wird schon wieder*, wenn man Liebeskummer hatte, selbst wenn er einen gar nicht kannte. Felix, der den Lehrern widersprach, egal, was für Noten sie ihm dafür gaben. Felix, der auf der Bühne stand.

Und nicht mich.

Das Stück nahm seinen Lauf, Felix wuchs über sich hinaus, während Antonia mit dem Text kämpfte. Auswendiglernen war nicht ihre Stärke, das wusste ich, schließlich hatte ich mit ihr geübt, wochenlang, jeden Tag zwei Stunden. Hatte ihre Monologe dutzendfach gehört, ihr Hunderte Stichwörter souffliert und tausend Mal gebangt, ob sie weiterkommen oder in Tränen ausbrechen würde, als guter Freund eben – *Friend Zone*, hatte Felix es genannt, »du steckst in der *Friend Zone*, Herr Doktor« –, noch dazu als besonders verständnisvoller, denn mir ging es ähnlich. Ich hatte die Theater-AG gemieden, weil ich schüchtern war und weil ich es hasste, mich auf Befehl erinnern zu müssen, im Gegensatz zu Felix, der erstens die Bühne liebte und zweitens sich alles merken konnte, wenn er nur wollte, als sei die Erinnerung ein Meer, in dem er alleine trieb und welches man ebensogut zum Sport nutzen konnte, bevor man früher oder später sowieso darin ertrank.

Als Antonia im dritten Aufzug wieder einmal stockte, erschrocken zu Felix aufblickte, und er sie anstarrte wie einen Haufen Dreck, da ahnte ich: Game over. Macbeth, König von Schottland, hatte die Schnauze voll von seinem unzuverlässigen Weib und würde die Dinge jetzt, wie bei der Sache mit dem Thron, selbst in die Hand nehmen. Und die halbe Pille Ecstasy, die er vor der Vorstellung eingeworfen hatte, würde ihn nicht zurückhalten, nein, wenn Felix einmal zürnte, halfen auch keine Liebesdrogen mehr.

»Du dumme Schlampe«, zischte Macbeth, laut genug, dass man es in den ersten Zuschauerreihen hören konnte. Den Rest verstand vielleicht nur ich, weil mir klar war, was kommen würde: »Du hast ein Sieb im Kopf, irgendetwas hat da Löcher reingebohrt.«

In mir raste ein Aufzug vierzig Stockwerke nach unten. Seine Mutter blieb unbeweglich sitzen, auch alle anderen hätten sich am liebsten unsichtbar gemacht, aber sie wurden erlöst, als Felix sich dicht neben Lady Macbeth stellte und an ihrer Statt mit hoher Stimme ins Publikum säuselte: *»Mein liebster Mann, die Runzeln glätte weg; Sei froh und munter heut mit deinen Gästen!«* Dann trat er zurück und sprach seinen eigenen Part: *»Das will ich, Lieb'; und, bitte, sei es auch.«* Und so setzte er das Spiel abwechselnd fort, Antonia alias Lady Macbeth verstummte, versteinerte, verschwand neben ihm. Wer war dieser Typ? Und wer konnte man an seiner Seite noch sein?

Ich würde ihm nachher einen Satz hinlegen, wie eine Rampe aus rotem Samt die Bühne hinunter. Einen Satz, der ihm gefallen würde. *Das Stück ist Mumpitz, aber du warst ganz passabel*, so etwas. Einen Satz, der klarstellte, wie wenig mich diese ganze spießige Scheiße interessierte, und zugleich meine Kennerschaft bezeugen sollte: dass ich wusste, was ich verlachte, dass ich ein *Connaisseur* war, ein Wort, das Felix gern benutzte. Ein Satz, nur für uns. Wir hatten viele solcher Sätze geschaffen in den letzten Jahren, sie waren der Geldspeicher unserer Freundschaft, in dem wir wie Dagobert Duck ein Bad nahmen, um uns unseres Reichtums zu versichern. *Geh halt nach Moskau*, sagten wir, wenn sich jemand nicht so anstellen sollte. *In guten wie in schlechten Zeiten*, wenn einer mit Monsterkater aufwachte. *Sie ist eine ganz gewöhnliche Hure*, wenn uns jemand auf die Nerven ging, egal ob Mann oder Frau.

*Das Stück ist Mumpitz, aber du warst ganz passabel.*

Der hatte definitiv Potenzial.

*»Du musst das lassen!«*, sagten nun Macbeth und seine Lady gleichzeitig, es war Antonias Text an dieser Stelle. Felix grinste über das ganze Gesicht, ihm schien die Doppeldeutigkeit zu

gefallen, während Antonia mit leerem Ausdruck dastand, wie ein Roboter, dem man den Stecker gezogen hatte. Drei Wochen hatte sie sich gequält, mit mir, und dann kam er und konnte alles? Demütigte sie damit auf offener Bühne, vor allen?

*»Oh! von Skorpionen voll ist mein Gemüt!«,* rief Macbeth, und zum ersten Mal an diesem Abend sprach Felix die Wahrheit.

»Er hat es ja nicht so mit der Wirklichkeit«, hatte Dorothée vor der Vorstellung gesagt. »Deshalb tut ihm das Theaterspielen ganz gut. Da kann er seine Fantasien ausleben.«

Meine Mutter wurde hellhörig, sie interessierte sich immer für Felix und seine Extravaganzen. »Was meinen Sie damit?«, fragte sie.

Dorothée winkte ab. »Ach, vermutlich völlig normal in dem Alter. Er macht die Welt, wie sie ihm gefällt, das Leben war für ihn immer schon ein Farbmalkasten. Es hat es auch nicht leicht, sein Vater …« Hier brach sie ab, setzte, wie Felix, eine Kunstpause, bevor sie weitersprach. »Er denkt immer noch, Georg sei auf dem Weg der Besserung, fast gesund. Die Ärzte sagen etwas anderes. Ich kann meinen Mann kaum einen Abend allein lassen, aber ich muss auch mal raus …« Sie atmete durch. »Und Felix kommt nach ihm, in jeder Hinsicht. Das Überschwängliche, aber auch die Probleme … Er hat viel von seinem Vater geerbt.«

Meine Mutter nickte nur, wie immer.

»Ihr Sohn hingegen«, jetzt lächelte Dorothée wieder, »der ist schon ein Mann.«

*»Das Leben ist nur ein wandelnd Schattenbild«*, proklamierte Macbeth.

Was nicht ganz stimmte, dachte ich. Eigentlich war nur ich *ein wandelnd Schattenbild* – und zwar meiner selbst. In ein

Mädchen verliebt, das von meinem besten Freund ausgenutzt wurde, welcher Macbeth war und nachher Vasallentreue einfordern würde. Ich tastete nach dem Plastiktütchen in meiner Hosentasche. Ich würde meine Hälfte der Pille schlucken müssen, nach der Vorstellung, wenn wir weiterzogen. Felix würde mich bearbeiten, bis ich es auch wollte. *Geh halt nach Moskau*, ließ ich ihn in Gedanken sagen, während er dort oben stand und seinen Abschlussmonolog hielt.

Der Applaus war gigantisch. Als Felix in seinem Kettenhemd vortrat, schlug der Jubel hoch, jemand rief »Bravo!« und stand auf, ich höre das Klatschen der Hände noch heute. Dann sah ich Antonia, kaum beachtet, hinter ihm die Bühne verlassen, mit einer Hand hielt sie den Rock ihres Kleides gerafft, mit der anderen schützte sie ihr verheultes Gesicht, und bevor ich eine bewusste Entscheidung treffen konnte, war ich aufgesprungen und ihr durch den Seitenausgang gefolgt, während sein höhnischer Blick sich in meinen Rücken bohrte wie ein Schwert.

»Antonia war nur so eine Phase«, behauptete er später und heftete damit ein Preisschild an sie wie im Ausverkauf. Die runtergesetzte Ware durfte von ihm aus jetzt jeder haben, und damit traf er mich doppelt. Er hatte sie bekommen, obwohl er sie gar nicht wollte. Was bedeutete, dass sein Auge, das er auf sie geworfen hatte, mehr wert war als mein Herz, das ich ihr für immer versprochen hätte. Seine Taktik war besser als meine Liebe. Damit war sie keine Göttin mehr, sondern nur ein Spaß für drei Wochen. Er würdigte mich herab, sah zu, wie mein Herz ein zweites Mal brach, und ich konnte nichts dagegen tun, außer das Spiel mitzuspielen. »Die hellste war sie eh nicht«, würde ich sagen, *das Stück war Mumpitz, aber du ganz passabel.* Er würde wissen, was wirklich in mir vorging, mir einmal auf die Schulter klopfen, *wird schon wieder*, und dann würde es schon wieder werden, weil einer wie er immer recht hatte.

Ich fand sie auf dem Schulhof. Sie saß auf dem Rand eines Blumenkübels, zwischen zwei parkenden Autos. Die Hände vor dem Gesicht, leicht gebeugt, im Kostüm der mörderischen Lady Macbeth.

»Hau ab!«

Sie hielt mich für Felix. Sie wollte, dass ich Felix war, obwohl sie ihn hasste. Sie dachte nicht eine Sekunde daran, dass ich zu ihr kommen könnte. In ihrem Wunschdenken tauchte ich nicht auf. Aber in der Realität, Abteilung *Friend Zone*, umso mehr.

»Antonia«, sagte ich leise. Sie wirkte auf mich wie ein angefahrenes Einhorn, furchtbar und verletzt und wunderschön.

»Hau ab«, rief sie noch einmal, dünner. Dieses Mal galt es mir. Ich ignorierte es, setzte mich neben sie. *In guten wie in schlechten Zeiten.*

»Was ist mit Felix?« Die dümmste Frage, die ich hätte stellen können.

»Keine Ahnung. Es ist aus zwischen uns.«

»Das tut mir leid.«

Lügner.

»Vergiss es. Mit ihm war sowieso nichts anzufangen.«

»Wieso nicht?«, fragte ich, schon wieder ganz der beste Freund.

Antonia sah mich überrascht an, als hätte ich sie gefragt, wieso morgens die Sonne aufgeht.

»Weil er eine Insel ist«, sagte sie. Dann lief sie in ihrem Kostüm nach Hause.

# AQUARIUS

ÜBER DEM HÖLZERNEN TRESEN, auf einem großen Schild, das an Seilen von der Decke herabhing, stand geschrieben:

Give me your tired, your poor,
Your huddled masses yearning to breathe free,
The wretched refuse of your teeming shore.
Send these, the homeless, tempest-tossed to me,
I lift my lamp beside the golden door!

Ich stellte mich unter die Worte. Niemand zu sehen. Immerhin war hier Schatten, gespendet von einem Dach aus Palmblättern, etwa zehn Meter lang und fünf Meter breit. Von den Längsseiten bogen sich die Bäume über die Fläche, sie waren mit dünnen Seilen aneinandergefesselt, so dass eine fast natürliche Decke über der mit bunten Steinen gepflasterten Terrasse entstand. Ob die Lichtung selbst natürlich war oder man den Dschungel dafür abgeholzt hatte? Im Schatten der Überdachung, die von unten wie ein fein gewobener grüner Teppich aussah, hatte man eine runde Bar aus dunklem Tropenholz gebaut. Ein paar leere Flaschen standen darauf und eine Musikanlage mit alten Boxen. Dahinter füllte ein großer runder, niedriger Tisch den übrigen Teil der Lichtung aus. Um ihn herum lagen Kissen verteilt. Ich wartete einige Minuten. Nichts passierte. Ich betätigte die Messingklingel, die auf der Theke stand. Das Schild über der Bar schaukelte sanft in der Brise. Ich betrachtete die eingekerbten und mit grüner Farbe ausgefüllten Buchstaben, die Worte kamen mir bekannt vor, ohne dass ich sie zuordnen konnte. *Give me your tired, your poor.* Müde und arm – ich war hier jedenfalls richtig.

Eine Frau schälte sich zwischen den Palmen hervor, braungebrannt, mit Rastas bis zur Hüfte.

»Aloha«, sagte sie gedehnt und hob die rechte Hand zum Peace-Zeichen. Sie mochte so alt sein wie ich, bewegte sich jedoch gemächlich wie eine alte Dame.

»Aloha«, sagte ich.

Vom Strand aus, an dem mich das Boot abgesetzt hatte, konnte man die Lichtung nicht sehen. Wer auch immer das hier gebaut hatte, legte keinen Wert darauf, vom Meer aus entdeckt zu werden. Wir hatten erst das winzige Fischerdorf im Norden der Insel angesteuert, seine bunten Häuser waren im Morgenlicht auch von Weitem gut zu erkennen gewesen. Aber es war links und rechts von Felsen begrenzt, während das Foto auf Felix' Handy nur Sand zeigte, Meer und Dschungel. Ich bat den Fischer, die Insel einmal zu umrunden. Falls ich gar nichts fand, konnte ich immer noch zurück zu dem Dorf und dort herumfragen. Kaum zehn Minuten später erreichten wir die Südseite, die sich gegenüber einer kleineren unbewohnten Insel sanft aus dem Meer erhob. Das ganze Eiland, erkannte ich jetzt, lief wie der Hut eines Zauberers in der Mitte spitz auf einen grünen Gipfel zu. Im Süden erstreckte sich über einen Kilometer ein Strand, schöner als alle Strände, die ich je gesehen hatte. Strahlend weißer Sand, sanfte blaue Wellen, Palmen und dahinter dichtester Dschungel. Er hatte kein besonderes Merkmal, er war einfach nur perfekt breit, perfekt abfallend zum Meer, die Bäume perfekt angeordnet, um Schatten zu spenden. Ich verglich das Bild, das sich mir bot, mit dem auf Felix' Smartphone. Ohne dass ich es an etwas Bestimmtem, Unverwechselbarem festmachen konnte – es war eindeutig der richtige Strand.

Ich war vom Boot in flaches Wasser gesprungen, hatte meinen Rucksack entgegengenommen und dem Fischer die 150 Dollar hochgereicht. Er hatte mich an meinem Ziel abgeliefert, aber sein Blick verriet, dass er nicht glücklich war, einen Fremden im Nirgendwo sich selbst zu überlassen. Der Junge winkte mir zu und rief: »Good luck.«

Ich lächelte unwillkürlich. Mich erfüllte plötzlich die seltsame Gewissheit, dass ich hier etwas finden würde. Aus einer Laune heraus entschied ich mich, im Schatten der ersten Palmen nach rechts zu gehen. Kaum hundert Meter weiter entdeckte ich einen kleinen Weg, der sich den Hang hinaufwand, dann im Dschungel verschwand. Er war ausgelegt mit großen Steinen, in die etwas hineingraviert war. Der erste Stein war mit einem einfachen Strich gekennzeichnet, für die Zahl eins, vermutete ich. Darunter war ein Gesicht mit einem dritten Auge auf der Stirn zu erkennen. Es sah aus wie die Zeichnung eines Kindes, und dennoch spürte ich den Blick der drei Augen auf mir, als wären sie echt. Der zweite Stein war ebenfalls mit »l« markiert, außerdem waren zwei Hände, die sich hielten, eingraviert. Auf dem dritten Stein war der Strich in einer Variation zu sehen, die einem »i« glich, auf dem vierten las ich ein »k«. Ich ging noch einmal zurück. Der Strich war keine 1, sondern stand für das englische Wort I, *ich*! Mit schnellen Schritten nahm ich den Weg von Stein zu Stein und setzte die Buchstaben zusammen: *I like pleasure spiked with pain*. Was hatte das zu bedeuten? Ich war so gefangen von meiner Entdeckung, dass ich kaum bemerkte, wie sich der Dschungel lichtete. Plötzlich stand ich auf vielen kleinen Steinen, sie waren bunt und bildeten eine Terrasse vor einer hölzernen Bar. Mein Mut war belohnt worden.

»Ein Neuer«, begrüßte mich die Rastafrau auf Englisch.

»Ja, bin gerade angekommen. Ich würde gern ein Zimmer …«

Aber sie beachtete mich schon nicht mehr, fummelte stattdessen an einer altmodischen Sprechanlage herum, die sie unter dem Tresen hervorgeholt hatte, mit Signalschaltern von 1 bis

9. Als neben allen neun Schaltern ein Licht leuchtete, sagte sie in das kleine Mikro: »Achtung, Achtung. Wir haben eine neue Seele.«

Dann wandte sie sich wieder mir zu. »Warte am besten kurz, bis alle da sind.« Sie betrachtete ihre Fingernägel und gähnte. Hatte ich sie geweckt?

Auf einmal strömten von überall her Leute aus dem Dschungel zu der Bar, es gab wohl mehr Pfade, als ich zunächst angenommen hatte. Als Erstes erschien ein anderes Mädchen und verscheuchte die Rastafrau hinter der Rezeption.

»Sorry. Normalerweise lassen wir die Leute erst einmal einchecken, wie in einem normalen Hostel. Aber da sie jetzt schon einmal alle gerufen hat …« Sie sah aus wie ein Tag am Meer: strandblonde, verfilzte Haare, auf der linken Seite über dem Ohr kurz rasiert, tiefbraune Haut mit hellen Härchen, weißer Badeanzug. Sie bewegte sich mit dem Selbstverständnis eines Naturschauspiels, dessen Zeuge man sein durfte. Sie passte hierher, mehr als jeder andere Mensch, den ich noch sehen sollte. Als sie sich zu den eintreffenden anderen umdrehte, entdeckte ich die Tätowierung hinter ihrem linken Ohr: ein kleiner Delfin.

»Setz dich schon mal an den Tisch, den Rucksack kannst du hier stehen lassen«, sagte sie zu mir.

Ich schaute zu, wie sich die Lichtung allmählich füllte. Sie waren ungefähr fünfzehn, Männer und Frauen, alle Hautfarben und Nationalitäten. Ich sah eine Asiatin, eine Afrikanerin, einen großen blassen Typen, den ich für einen Finnen hielt. Ihre Tätowierungen waren subtiler, feiner, ironischer als auf dem Festland: Palmen, Bananen, Flugzeuge, Spielkarten, Figuren. Eine hatte den kleinen Prinzen am Knöchel, der von drei bunten Luftballons gezogen nach oben zu ihrem Knie schwebte. Felix war nicht dabei. Ich hatte mir fest vorgenommen, ihn nicht zu erwarten. Nicht enttäuscht zu sein. Aber es gelang mir nur halb. *Hoffnung*, dachte ich, *eine ganz gewöhnliche Hure ist das.*

Sie setzten sich im Kreis um mich herum. Zuerst fühlte ich mich beobachtet, aber sie nahmen kaum Notiz von mir, unterhielten sich miteinander, ich hörte ein »Was hast du gestern noch gemacht?« und ein »Hast du noch Zahnpasta?« Alltägliches Geplauder. Ich war der Neue, und fast war ich beleidigt, dass ich nicht mehr Aufsehen erregte. Ich versuchte Blicke aufzufangen, bekam jedoch nur ein beiläufiges Lächeln zurück. Sie scherzten untereinander wie alte Freunde, berührten sich wie Geschwister, ein zärtlicher Glanz in ihren Blicken, als würden sie sich ewig kennen und hätten Großes miteinander geteilt. Wer von ihnen hatte Felix gekannt? Und was genau mit ihm erlebt?

Ganz leise lief im Hintergrund Musik, jemand musste die Anlage angestellt haben. Nicht der übliche Quatsch, kein Jack Johnson, kein Bob Marley. Eher Jazz, Klavier, perlende Harmonien. Als sich alle um den Tisch herum versammelt hatten, die meisten im Schneidersitz, ich etwas unbequem gegen ein großes Kissen gelehnt, betrat als Letzter ein Mann die Lichtung. Er war deutlich älter als alle anderen und ein wenig untersetzt. Der Aufdruck auf seinem grauen Shirt war nach tausendmal waschen nicht mehr lesbar. Er trug einen langen Bart unter kleinen Augen, vor denen eine runde Brille klebte wie bei John Lennon. So stellte ich mir einen Hippie vor. Etwas in die Jahre gekommen, aber fröhlich. Er nahm ächzend Platz, seine Anwesenheit ließ die anderen verstummen.

»Willkommen«, sagte er, und alle, wirklich jeder, antwortete. »Willkommen«, schallte es über die Lichtung, und manche führten die Handflächen zum Gruß zusammen.

»Danke«, fühlte ich mich genötigt zu sagen, auch wenn ich am liebsten erst einmal geschwiegen hätte.

So wie der Hippie, der mich eine Weile anschaute. Nur ein Ventilator und der ferne Ruf eines Tieres aus dem Dschungel waren zu hören.

»Wie hast du uns gefunden?«, fragte er schließlich, freundlich, als würde er mir gerade ein Glas Rotwein anbieten. Bestimmt rauchte er selbstgedrehte Zigaretten und mochte Jazz, vermutlich war das seine Kassette, die hier lief, weil er neumodischen Kram wie Smartphones ablehnte.

Alle Augen waren auf mich gerichtet.

Ich musste schlucken, hatte im Ohr, wie Felix mich aufzog: *Herr Doktor hat Lampenfieber so arg, das grenzt an Lampenkrebs.* Doch etwas sagte mir, dass diese Menschen mich nicht auslachen würden.

»Ich habe am Festland ein Boot gemietet und bin über Nacht hergefahren«, begann ich.

Keine Reaktion, von niemandem. War das so gewöhnlich? Vermutlich ja. Wie sonst sollte man herkommen in aller Frühe, hier hereinspazieren wie ein Wanderer, der sich verlaufen hatte?

»Wie hast du uns gefunden?«, fragte der Hippie noch einmal, in kaum verändertem Tonfall. Ich hatte die Frage nicht beantwortet.

»Ich suche einen Freund«, setzte ich von Neuem an. »Er ist verschwunden, vor fünf Wochen. In dem Hostel, wo er zuletzt war, habe ich sein Smartphone gefunden.« Ich zog es aus der Tasche, gab die PIN ein. »Darauf war nichts außer einem Bild von eurem Strand.« Ich hielt das Handy hoch und wusste nicht, ob »euer Strand« zu viel war. Als niemand etwas sagte, auch der Hippie nicht, fuhr ich fort.

»Er heißt Felix … Das ist er.« Ich zeigte ihnen das Foto. Immerhin ging ich inzwischen effizient vor: fünfzehn potenzielle Zeugen auf einmal.

Keine Reaktion. Sie schienen auf mehr zu warten, bevor sie selbst etwas preisgaben.

»Und er hat dir gesagt, dass du herkommen sollst?«

*Ist das ein Verhör?*, wollte ich erwidern, aber mir fiel das englische Wort nicht ein. »Nein«, sagte ich stattdessen und hatte das Gefühl, dass das die richtige Antwort war. »Ich suche ihn.

Seit einer Woche. Das Bild von dieser Insel ist der einzige Hinweis, den ich bisher habe.« Wieder ein Moment des Schweigens. Als ob sie überlegten, wie glaubwürdig meine Geschichte war.

»Er war hier«, sagte der Hippie schließlich. »Aber er ist es nicht mehr.«

Natürlich. Mister X war längst fort. Ich war immer noch hintendran.

»Du kannst trotzdem gern hierbleiben und nach ihm suchen.«

Man musste mir die Enttäuschung angesehen haben.

»Danke«, sagte ich und versuchte, nicht genervt zu klingen. Es entstand die nächste Pause. Nicht peinlich. Nur seltsam. Diese Menschen waren offenbar zu entspannt, um dem üblichen Rhythmus eines Gesprächs zu folgen. Gleichzeitig behandelten sie mich beinah wie einen Verdächtigen. Wieso waren sie alle gekommen, wenn wir nicht miteinander sprachen? Ich beschloss, dass ich ab jetzt die Fragen stellte. Dass Felix auf dieser Insel gewesen war, wie lange auch immer, hatte einen Grund. Den musste ich kennen, wollte ich herausfinden, wo er jetzt war.

»Und ihr seid so eine Art Geheimgesellschaft?«, fragte ich.

Einige grinsten, andere räusperten sich.

»So geheim sind wir gar nicht«, sagte der Hippie. »Aber es gibt ein paar Regeln, an die sich hier alle halten.«

»Und die wären?«

»Im Grunde sind es nur zwei: Emma. Und Ambel. Immer abwechselnd.«

»Wer ist Emma? Und wer ist Ambel?«, fragte ich.

»Sie gehören untrennbar zusammen«, erklärte der Hippie. »Wie Yin und Yang. Emma und Ambel, ein Perpetuum mobile der Erfüllung.«

Alle lachten. Als wäre das völliger Unsinn oder so wahr, dass es banal war, es überhaupt auszusprechen.

»Kennst du Anatol Adamczyk?«, fragte der Hippie.

Stille.

»Nie gehört. Ist das der Vater von Emma?« Ich hatte keine Lust mehr. Ich war aus einem einzigen Grund hier, den sie offenbar sofort wieder vergessen hatten.

»Adamczyk ist ein polnischer Soziologe«, sagte der Hippie. Er hatte nicht erwartet, dass ich den Mann kannte. »Nach dem Zweiten Weltkrieg befragte er die Generation von Polen, die erst unter den Nazis, dann unter den Sowjets unfassbare Grausamkeiten erlitten hatten. Krieg, Hunger, Kälte, Vergewaltigungen. Er fragte sie, wie sie ihre Schicksalsschläge, diese kollektive Folter bewerten würden. Was sie für ihr weiteres Leben bedeuteten. Und jetzt rate mal, was die meisten von ihnen antworteten.«

»Keine Ahnung.«

»Sie sagten, dass sie vor dem Krieg, als alles in Ordnung war, den Frieden und die Sicherheit nicht zu schätzen wussten. Dass sie blind waren für ihr Glück. Dass erst die schrecklichen Jahre sie reifen ließen. Und dass sie heute dankbar seien für diese Abgründe.«

Ich schaute in die Runde. Keiner rührte sich. War das ein Test? Wenn ja, was war die Aufgabe?

»Und was soll das bedeuten?«, fragte ich.

»Morgen ist Emma hier«, sagte der Hippie und lächelte nachsichtig, als hätte ich nicht einmal das Blatt gefunden, auf dem ich den Test schreiben sollte. »Dann triffst du erst mal sie. Alles Weitere ergibt sich. Ich heiße Akela«, er deutete eine Verbeugung im Sitzen an und fügte hinzu: »Ich bin Schwede«, als erklärte das die seltsame Veranstaltung. »Willkommen«, sagte er abschließend noch einmal, und alle antworteten: »Willkommen!«

Mit diesem Wort erhoben sich alle Anwesenden, die Sitzung war beendet. Der Hippie wandte sich ein letztes Mal an mich: »Du kannst natürlich ansonsten machen, was du willst. Bis morgen.« Keine Rede mehr von Felix.

Nur das Mädchen mit dem Delfin hinter dem Ohr blieb mit mir zurück.

»Ich heiße Lilith.« Sie streckte mir ihre Hand entgegen. Sie fühlte sich so glatt an wie eine im Meer geschliffene Scherbe.

»Willst du ein Bett im Schlafraum oder ein Einzelzimmer?«

»Einzelzimmer.«

»Große Pläne?«, sagte sie und grinste anzüglich. Ihre blauen Augen machten mir Höhenangst.

»Fragst du professionell oder privat?«

»Ich kenne den Unterschied gar nicht.«

»Praktisch, wenn man für die Betten zuständig ist.«

Sie lachte. Dabei hatte ich es gar nicht als Scherz gemeint. Ich war zu müde dafür, aber auch zu müde, meinen Sarkasmus zu unterdrücken. War das ein Flirt? Ich überlegte, wann ich das letzte Mal geflirtet hatte. Mit einem schlaflosen Kopf, so leicht wie eine Wolke, ging es ganz einfach. Und wie all die anderen Menschen würde ich Lilith vermutlich schnell kennenlernen – und nie mehr wiedersehen.

»War ein kleiner Test. Wir haben nur Bungalows. Alle einzeln. Kannst dich richtig austoben.«

»Genau deshalb bin ich hier.«

»Warum bist du *wirklich* hier?«, fragte sie, ernster.

»Brauche ich einen Grund?«

»Jeder, der herkommt, hat einen.«

»Hast du eine Liste gemacht?«

»Ich bin seit zwei Jahren hier. Du wärst der erste ohne Grund.«

»Zwei Jahre? Und warum bist *du* hier?«

»Ich hab dich zuerst gefragt.«

Jetzt lächelte sie wieder, ihre Wangen bildeten Grübchen. Ich musste mitlächeln. Ich hielt ihr mein Handy hin.

»Das ist mein Grund, wirklich. Felix, mein Freund. Ich suche ihn. Mehr nicht.«

Sie zögerte. Ihr Blick haftete auf dem Gerät in meiner Hand. Sie atmete aus. »Ja. Den habe ich kennengelernt.«

»Und?«

»Er hatte seltsame Augen. Grün, grau, braun, blau …«

»Je nach Lichteinfall«, beendete ich den Satz.

»Genau. Ich weiß aber auch nicht, wo er hin ist … Er kann nicht weit sein. Ohne Boot. Ohne, dass jemand etwas mitbekommen hat.«

Wir standen uns gegenüber. Es gab nichts mehr zu sagen. Es tat gut, dass Lilith schwieg. Keinen Smalltalk, keine Aufmunterung probierte. Unser Blick dauerte eine halbe Sekunde zu lange. Sie wandte sich zum Gehen.

»Ich zeige dir am besten erst mal deinen Bungalow.«

»Alright.« Ich folgte ihr auf einen Pfad, der parallel zum Hang in den Dschungel hineinführte. Auch hier waren Zweige und Palmwedel so ineinandergeflochten, dass sich im Spiel von Schatten und Licht kunstvolle Muster ergaben. Einmal meinte ich sogar, das Gesicht einer Frau zu erkennen.

Wir hatten fünfzehn Bungalows hinter uns gelassen, als Lilith vor dem letzten in der Reihe Halt machte, die zwei Stufen zur Veranda hochstieg und die unverschlossene Tür öffnete. Ich konnte nicht anders, als kurz zu zögern, sie von hinten anzuschauen. Sie drehte sich fragend um, ich beeilte mich, ihr in den großen Raum mit Bett und Moskitonetz zu folgen. Dahinter lag ein kleinerer mit Toilette und Dusche. Alles aus Holz. Überall Kerzen. Es war spartanisch. Es war genau richtig.

»Strom gibt es nur für den Ventilator über dem Bett«, sagte sie. »Und vorn auf der Terrasse. Dafür aber fließendes, kaltes Wasser. Ist alles relativ selbsterklärend.« Sie sah auf mein Schienbein. »Soll ich mir das noch schnell anschauen? Wir haben Verbandszeug an der Rezeption.«

Das Blut war inzwischen getrocknet, die Wunde jedoch nicht geschlossen. Kein Wunder, bei der Hitze und Luftfeuchtigkeit.

*Wunder, Wunde*, dachte ich, *ein Buchstabe verschwindet, und alles wird anders.*

»Nein, danke, schon okay«, sagte ich. »Brennt nur ein bisschen, wenn Salzwasser drankommt.«

»Ist dir mal aufgefallen, dass Salz in allem ist, was zählt: Essen, Ozean, Tränen, Blut.« Sie sah für eine Sekunde aus, als wüsste sie nicht, wie schön sie war.

»Nein, aber du hast recht.«

»Na, dann. Bis später«, sagte sie und ging. »Verblute bitte nicht.«

Ich fiel aufs Bett. Ich hatte kaum geschlafen. Der Shopping-Trip steckte mir in den Knochen, das Schaukeln der Überfahrt setzte sich in meinem Kopf fort, ein innerer Wellengang, hoch und runter. Ich wollte die Augen schließen und nachdenken, oder besser: gar nichts mehr denken, wenigstens für ein paar Stunden.

Aber vorher musste ich Lea schreiben. In Deutschland war es mitten in der Nacht. Sie sollte wissen, wo ich gelandet war, wenn sie aufwachte.

*Hey*, schrieb ich. Der Empfang war schlecht, aber immerhin vorhanden. *Bin angekommen. Alles gut, so weit. Kein Felix. Überraschung.*

Sie antwortete nach dreißig Sekunden. *Wo bist du denn jetzt?*

*Warum bist du wach?*

*Ich hab dich zuerst gefragt.*

Seltsam, dass sie dieselben Wörter benutzte wie Lilith fünf Minuten zuvor. Was sollte ich ihr antworten?

Ein gut getarntes Hostel an einem einsamen Strand. Man konnte es finden. Aber dafür musste man herkommen und wissen, wonach man suchte. Riskieren, dass man auf einer unbewohnten Insel seine Tage auf der Jagd nach einer Urban Legend vergeudete. *Das perfekte Versteck*, dachte ich: In Zeiten, da jeder Winkel der Welt dokumentiert war, man per Google Maps und GPS selbst die abgelegensten Dschungeldörfer ausfindig machen konnte, jedes noch so ferne Hostel der Welt online buchbar war, würde niemand einfach drauflosfahren. Wie jede Industrie hatte auch die der Mobilität das Gegenteil dessen erreicht, was sie versprach: Niemand bewegte sich mehr wirklich. Auch wenn alle unterwegs waren, fuhren sie doch wie auf Schienen. Niemand schien Zeit und Energie aufzuwenden, die festgelegten Wege zu verlassen. Niemand, außer Felix. Und jetzt mir.

*Okay. Auf der Insel. Bin in einer Art Hippie-Enklave gestrandet. Nur jünger.*

*Und Felix?*

*Ist nicht hier. Muss mich ausruhen, dann werde ich mal rumfragen. Immerhin kennen sie ihn.*

*Auf der Insel meinst du? Wie heißt die eigentlich?*

*Gute Frage. Ich glaube, die hat keinen Namen. Höchstens auf Khmer.*

Pause. Eigentlich wollte sie etwas anderes.

*Was, wenn er doch einfach tot ist?*

Ich antwortete nicht. Wieso fing sie jetzt wieder damit an?

*Du musst auch andere Szenarien durchdenken. Andere als die große Rettung*, schob sie nach.

*Du hast recht.*

*Aber du glaubst es nicht.*

*Nein*, schrieb ich.

*Du klingst schon wie er … Vermisst du Deutschland?*

Ich überlegte. Tippte *Ja*. Löschte es, antwortete: *Nein. Ich vermisse dich.*

*Das musstest du jetzt schreiben.*

*Stimmt.*

*Falsch. Du meinst: »Ja, aber es stimmt.«*

*Stimmt.*

*Du bist da unten nicht schlauer geworden.*

*Immer noch schlau genug für dich.*

*Locker. Auch deshalb vermisse ich dich.*

*Jetzt sag du, warum bist du wach?*

*Du weißt doch, wie gut ich ohne dich schlafe.*

*Nicht mehr lange, hoffe ich. Wie kalt ist es bei euch? Hier mal wieder 30 Grad.*

Ich dachte erst, sie wäre eingeschlafen, weil es dauerte, bis eine Antwort kam.

*Es ist doch völlig egal, wie kalt es hier ist. Es könnte schneien oder sonst was. Du wärst immer noch weg, und niemand wüsste, wie lange noch. Also frag so was lieber nicht. Frag, wie es mir geht, dann lüge ich dich an und sage »gut«, damit du nicht auch noch ein schlechtes Gewissen meinetwegen bekommst, frag, wie die Arbeit läuft oder ob seine Mutter nervt, irgendwas, aber bitte nicht, wie das Wetter ist.*

Auf einmal war jemand im Raum. Ich blickte auf. Lilith stand in der Tür. Wie lange schon? Sie klopfte symbolisch an den Türrahmen.

»Hey.«

»Hey«, sagte ich und ließ das Handy sinken.

»Das haben wir vorhin vergessen zu erwähnen.« Sie deutete auf das Smartphone. »Du musst es abgeben, solange du hier bist.«

Ich lachte. Sie blieb ernst.

»Warum?«, fragte ich.

»Willst du eine gute Zeit hier haben?« Sie streckte die Hand aus und machte dabei nicht den Eindruck, als könnte man mit ihr diskutieren. »Dann musst du loslassen.«

»Manche lassen ihre Handys gleich auf dem Festland. Hat sich offenbar rumgesprochen.«

Hatte Felix deshalb das Handy in der Matratze versteckt?

»Okay, eine Sekunde«, sagte ich zu Lilith.

*Du hast recht. Tut mir leid. Muss Schluss machen*, schrieb ich an Lea. Ein seltsamer Ausdruck, wenn man nicht telefonierte.

*Wage es ja nicht!*, antwortete sie sofort.

*Ich melde mich wieder, versprochen. Kuss.*

Lilith hielt ihre Hand immer noch ausgestreckt. Ich stellte das Telefon auf Flugmodus, stand auf und gab es ihr. Zu meiner eigenen Überraschung stellte ich fest, dass es mir nichts ausmachte, dass ich beinah eine Erleichterung bei dem Gedanken spürte, mich nicht mehr irgendwo melden zu müssen.

»Du weißt ja, was über dem Orakel von Delphi steht«, sagte sie, als sie es entgegennahm.

»Nein«, sagte ich, ohne zu überlegen.

»*Erkenne dich selbst*«, sagte sie.

»Stimmt.«

»Und es gibt noch einen zweiten Teil, den wissen die wenigsten.« Sie wandte sich zum Gehen. »Er lautet: *Aber nicht zu viel.*«

# DIE ZEIT

FELIX WOLLTE MIR NICHT VERRATEN, woher er das Zeug hatte. »Belaste dein Bewusstsein nicht mit unnützen Informationen«, sagte er und wedelte mit dem Spray vor meinen Augen herum. Es war in einem kleinen Fläschchen, wie die Medizin, die uns seine Mutter immer aufzwang, wenn einem auch nur ein Nieser entfuhr. *Sprühst du einmal, wird dir warm*, lautete die Ansage zur Dosierung, *bei zweimal wird es lustig, bei dreimal verdreht es dir das Hirn, ab viermal wird es magisch.* Wo die herkam, wusste ich auch nicht.

»Wenn ich es nehmen soll, will ich wenigstens wissen, wer mich vergiftet«, sagte ich.

»Dein alter Freund Felix«, sagte er. »Wie immer. Wie schon unser ganzes gemeinsames Leben lang. Das muss reichen.«

Wir starteten jeder mit zweimal sprühen, direkt in die Nase. Nach zwanzig Minuten wurde mir warm. Nach weiteren zehn wurde alles andere auch warm, der Boden, die Luft, die Verbindung zwischen den Menschen. *Eine Nabelschnur zwischen den Seelen*, solche Sachen dachte ich plötzlich. Wir trauten uns einen dritten. Felix strahlte golden. Und sprühte noch mal.

»Halleluja«, sagte er und lehnte sich zurück, gegen den Baumstamm, vor dem er im Schneidersitz saß, »jetzt wird die Kerze der guten Laune von beiden Seiten angezündet.«

Wir waren im Wald, im Dschungel nahe dem alten Lager am Stauwehr. Wie immer, wenn uns wirklich niemand erwischen sollte. Und wir brauchten Ruhe, das hatte Felix immer wieder gesagt. »Das Setting ist entscheidend für den Trip«, betonte er.

»Gefährliches Zeug«, sagte ich vergnügt. Es war Frühling, alles lebte. »Macht das süchtig?«

»Wie definiert man denn Sucht?«, fragte er zurück.

»Wenn man mit etwas nicht mehr aufhören kann, obwohl man es will.«

»Ich kann nicht aufhören zu atmen. Ich bin luftsüchtig.«

Wir lachten. Lange. Viel länger als normal.

»Nun sag schon, womit ballern wir uns gerade weg?«, fragte ich, als wir uns beruhigt hatten.

»Jetzt, wo es eh zu spät ist, will ich dich erhellen: Man nennt es N-Bomb. Eine Art flüssiges LSD, das irgendein Chemiestudent zufällig entdeckt hat. Der ist jetzt reich. Oder im Knast. Oder beides.«

»Ich wünsche ihm nur das Beste«, sagte ich voller Inbrunst.

»Was genau wäre das für dich?«, fragte Felix, ehrlich interessiert.

Ich dachte nach. Ein paar Sekunden.

»Sag mal, Felix«, sagte ich gedehnt.

»Bitte?«

»Wie viel Zeit ist seit deiner Frage vergangen?«

»Zwei Minuten, wieso?«

»Ich habe zwei Minuten nichts mehr gesagt?«

»Korrekt.«

Ich war baff. Das Sprüh hatte meine innere Zeit in zäh tropfenden Honig verwandelt. Nein, andersrum, oder? Was war die Zeit, wenn nicht zäh tropfender Honig? Und war mein Leben dann ein großes Glas Honig? Ich hing diesem Gedanken einige Minuten nach. *Baff*. Was für ein schönes Wort. Wie weicher Filz. Aber ich sollte mich besser konzentrieren, bevor ich selbst die Zeit wurde. Bevor ich als eine wunderschöne Minute durch das Universum trieb.

»Und jetzt?«, fragte ich schließlich, nachdem ich eine ganze Weile darüber nachgedacht hatte.

»Wie jetzt?«

»Na, wie lange habe ich jetzt nichts gesagt?«

»Ein paar Sekunden.«

»Oh.«

Er kicherte. Lachte er über mich? Konnte er von dem Glas Honig wissen?

»Siehst du das auch?«

Er kicherte weiter, aber nicht über seine Worte. Er lachte über etwas, das nur er sah. Als hätte ihm ein Geist einen Witz erzählt.

Was für ein Vergleich. Dachte ich das gerade wirklich?

Ich schaute angestrengt in die Richtung, die er fixierte, seit Stunden. Wald. Licht. Aber sonst?

»Was genau meinst du?«, fragte ich, »Ich bin mir nämlich nicht sicher. Relativ unsicher, um ehrlich zu sein. Also …?«

Keine Antwort. Ich schaute weiter. Eine Stunde lang, und als ich immer noch nichts sah, einen ganzen Tag. Die Zeit verstrich jetzt direkt auf meiner Haut, wie Wind streichelte sie mich und stellte meine Härchen auf. Erst in Superzeitlupe, dann rasend schnell. Wie viel Beschleunigung war möglich? Wenn ich die Zeit kontrollierte, konnte ich dann Jahrmillionen hier sitzen, indem ich an den Anfang zurückging? Imperien fielen auseinander und Gletscher schmolzen, die staubigen Savannen von Mutter Erde wurden zu Regenwald und wieder zu Staub, und überall schenkten heiße Ausbrüche junger Liebe das Wunder des Lebens; Kinder wurden geboren, aufgezogen, bekamen Falten und starben in hohem Alter. Ich dachte die gesamte Kreidezeit darüber nach. Dann fragte ich mich plötzlich, wie viel Uhr es war. Wie sollte ich denn ohne Uhr wissen, ob ich die Zeit kontrollierte? Ich nahm mir vor, eine Uhr zu kaufen, um solche Probleme künftig zu umgehen. Hatten die Geschäfte noch auf? Ich wollte auf die Uhr schauen, aber ich hatte ja keine. Wie kaufte man eine Uhr, ohne eine Uhr zu haben? Ein Teufelskreis!

»Wenn du es sehen würdest«, sagte Felix endlich, und ich erinnerte mich daran, dass ich vor Äonen von Jahren irgendeine Frage gestellt hatte, »würdest du nicht fragen. Weil du dann ja wüsstest, was ich meine.«

»Wie lange«, begann ich, »ist zwischen meiner Frage und deiner Antwort …«

»Psssst«, machte er, so sanft, als würde er weiche Butter auf ein Baguette streichen.

»Das ist ja stark«, sagte ich, und das *rk* von *stark* fühlte sich an wie ein strahlender Ritter in Rüstung auf einem Pferd. *Pferd!* Ein morastiger Weg über eine grüne Wiese in England.

»Du darfst nicht so laut reden«, sagte er, »sonst läuft er weg.«

»Wer denn?«, fragte ich, und das Fragezeichen schmeckte wie ein Gummibär. Ein grüner? Oder ein gelber?

»Der Fuchs«, sagte Felix, so warm wie eine Daunenjacke.

*Ach so*, dachte ich, ohne etwas zu sehen.

»Ach so«, sagte ich zur Sicherheit, falls Felix meine Gedanken immer noch nicht hören konnte. »Welcher Fuchs?«

Dann fühlte ich ihn. Der unsichtbare Fuchs strich mir um die Beine wie … ein Fuchs eben. Sehr weich. Ich streckte die Beine aus, um mehr davon zu spüren.

»Meine Fresse, sind wir drauf«, sagte Felix, endlich. Sehnsüchtig hatte ich darauf gewartet, dass er aussprach, was seine Stimme in mir bereits seit einer Minute, Stunde, seit Lichtjahren zu sagen versuchte. Kurz war Stille.

*Meine Fingernägel schulden mir Geld*, dachte ich.

»Was hast du gesagt?«, fragte Felix und schaute mich erschrocken an.

Dann kicherten wir, bis wir uns vor Schmerzen die Bäuche massieren mussten, was gleich in den nächsten Lachanfall mündete, und die Ruhe, als wir endlich Luft holen konnten, fühlte sich an wie eine Tasse heißer Schokolade.

»Wenn uns dein Vater so sehen könnte«, sagte ich, und im

selben Moment fiel mir ein, dass ich das nicht sagen durfte. Georg wurde seit dem Unfall nicht mehr erwähnt, nie. Das Wort »Vater« klang wie das Gefühl, wenn Haut über rauen Stoff streicht.

»Er wäre begeistert«, sagte Felix und kicherte. »Mein Vater.« Und das Wort wurde weicher, weniger bedrohlich. Etwas löste sich.

»Vermisst du ihn?«, fragte ich. Eine Frage wie ein Haufen reifer Zitronen.

»Ich weiß es nicht«, sagte er.

Waldmeister auf meiner Zunge. Alles relativ erfrischend und angenehm, zum Glück. Es war nicht das erste Mal, dass wir etwas Härteres als Haschisch nahmen. Aber das erste Mal, dass wir es nur zu zweit taten, bewusst, ohne Musik oder Mädchen. Felix hatte darauf gedrängt. Als wüsste er, dass wir sonst niemals darüber reden würden. *Wahrheitsmodus*, nannte er das.

»Er ist nicht mehr da. Das ist traurig«, sagte er, seine Stimme sanft wie das Schaukeln einer Hängematte. »Aber er war ein mieses Schwein. Man soll nicht schlecht über die Halbtoten reden, aber was sagt man, wenn es nicht mal etwas Halbgutes zu erzählen gibt?«

Ich war einhundertprozentig auf ihn konzentriert. Das totale Mitgefühl. Es war unsere Chance.

»Alles ist besser, als eine Mumie im Haus zu haben. Dieses Zimmer macht mich krank. Er macht mich krank. Die Ärzte wollen sich nicht festlegen, man könne nicht wissen, wie lange jemand braucht. Es wird besser. Aber es wird nie mehr so werden wie früher.«

»Es ist nicht deine Schuld«, sagte ich.

»Nein«, sagte Felix. »Der Laster hat ihm die Vorfahrt genommen. Die Polizei sagt, es hätte jeden treffen können.«

»Und was glaubst du?«

»Ich weiß nicht.« Pause. »Ich glaube nicht, dass er eingeschlafen ist.« Pause. »Aber sie glaubt es. Sie fängt immer wieder von den Pillen an, redet von Sekundenschlaf, nicht nachweisbar. Und sie ist sich sicher, dass er bald stirbt. Sie behauptet, sie kann es spüren. Das ist irgendwie krank.«

Ich wollte etwas erwidern, aber er kam mir zuvor.

»Vielleicht hat sie recht. Vielleicht ist er am Steuer eingeschlafen, vielleicht ist es meine Schuld, und vielleicht stirbt er bald. Vielleicht auch nicht.«

Und damit, das spürte ich, war das Gespräch beendet. Es war ihm nicht so wichtig, was ich dazu dachte. Aber in diesem Zustand schwenkte ich leicht um. Konzentrierte mich auf den sinnlichen Hunger, der sich in mir aufgebaut hatte.

»Musik«, entfuhr es mir. »Ich würde wahnsinnig gern Musik hören, jetzt.« Der Wunsch, Töne zu spüren, mit den Finger anzufassen, bereitete mir eine Gänsehaut.

»Klar«, sagte Felix nur. Sonst zog er mich immer auf mit meinem Musikgeschmack – »das Beste der Fünfziger, Sechziger, Siebziger, Achtziger, Neunziger und bloß nichts von heute.« Felix hörte am liebsten die neuesten Sachen, anstrengend zeitgemäßes Zeug, morgen schon wieder vergessen, ohne hörbare Wurzeln. Ich liebte Melodien, die ich schon hundertmal gehört hatte, die vertraut klangen, in denen man zu Hause war.

»Lass uns zu mir gehen«, sagte ich. »Bisschen chillen und Musik hören.«

»Bombe«, sagte er.

»N-Bombe«, sagte ich. »Ist ja schließlich Sprühling!«

Er strahlte mich von der Seite an.

»Sprühling!«, rief er.

Was war Glück? Das Gefühl der Resonanz mit ihm. Wenn wir gleich schwangen, uns verstanden, die Luft um uns von demselben Ton erfüllt wurde, für ein paar kostbare Sekunden alles, die ganze Welt vibrierte in der harmonischen Amplitude unseres gegenseitigen Verständnisses. Oder besser noch: Wenn wir zusammen einen Akkord ergaben, einen Wohlklang, weil wir lachten, ein Wort das andere ergab, wie von einer uralten Lehre gefordert, C-G-E, und später, als wir Ironie und Zweideutigkeiten kennenlernten, kamen die Septen dazu, eine lustvolle Spannung, mit der wir spielten, andere aufzogen. Wir klangen schräg, aber umso richtiger, und das war Glück.

So ungefähr dachte ich in meinem eigenen Wahrheitsmodus.

Wir spazierten durch die dunkelnde Stadt. Ich spürte meine Füße kaum. Immer wieder kicherten wir unkontrolliert, mussten uns kurz hinter einer Laterne verstecken. Jetzt einem Bekannten begegnen? Der absolute Horror. Aber wir schafften es in mein Zimmer, ohne jemanden auszulachen.

»Du schläfst heute bei mir«, sagte ich. Völlig klar. Wir lagen nebeneinander auf meinem kleinen Bett. Wir schwiegen und hörten schweigend die Musik. Ich kletterte durch ihre Landschaften, es war magisch.

An der Decke, neben den Sternen, die seit zehn Jahren dort klebten und längst nicht mehr strahlten, tanzten Figuren wie aus einem Puppentheater zu der Musik. Ein Fuchs, ein Kasper, ein Krokodil, im Kreis. Dann war die Platte zu Ende. Wir fühlten uns beide zu schwer, zentnerschwer, um aufzustehen und Play zu drücken.

Kurz bevor Felix das Licht ausmachte, sagte er: »Ich mache gleich das Licht aus. Mal wieder. Im Leben macht man eine Million Mal das Licht aus. Irgendwann, ganz am Ende, macht man zum letzten Mal das Licht aus. Und stirbt. Dann ist man nur eins dieser Lichter, die man ausgemacht hat. Einfach weg. Wie nie da gewesen.«

»Was machst du«, fragte ich, »damit etwas von dir bleibt?«

Er atmete aus.

Dann flüsterte er: »Willst du das überhaupt?«

# EMMA, EMMA

DER ALARM SCHRILLTE SO LAUT, dass ich sofort wach war, ohne eine Sekunde zwischen Traum und Realität, direkt in den Notfallmodus. *Feuer*, dachte ich. Ich stand schon neben dem Bett, bevor ich mich umschaute, scannte blitzschnell, was ich mitnehmen konnte, der Rucksack war noch gepackt, als der Lärm sich veränderte, zweistimmig wurde, nicht weniger laut, aber natürlicher. Wie zwei Tiere, die um die Wette kreischten und nur langsam müde wurden. Dann brachen sie abrupt ab.

»Zikaden«, lachte Lilith, als ich eine Stunde später auf die Terrasse kam, nach einer Nacht dumpfen Schlafs mit kurzen Traumphasen, in denen ich Felix begegnete. »Es ist ihr Balzruf«, sie sagte es so, dass es möglichst wenige andere mitbekamen.

Sie saßen schon zu zehnt im Kreis um den großen Tisch und bereiteten etwas vor, das wie eine riesige Bowle aussah. Sie hatten mehrere gigantische Melonen ausgehöhlt, das rosa Fruchtfleisch in Eimern gesammelt, Unmengen von Ananas und Äpfel und Papaya und Mango und Passionsfrüchten und Kiwis kleingeschnitten. Der Saft lief ihnen die Arme hinunter, sie bewarfen sich lachend mit Obstresten. Genau das brauchte ich jetzt. Menschen voller Fruchtsaft, ohne Probleme.

Nachdem ich tags zuvor zwei Stunden Schlaf nachgeholt hatte, behandelte ich die Wunde am Schienbein mit dem Desinfektionsmittel, das mir Lea in Deutschland gegeben hatte. Dann beschloss ich, eine Tour mit Felix' Foto zu drehen. Ich hatte dafür mein Handy für eine Stunde bekommen, aber musste versprechen, es danach wieder abzugeben. Ich hatte jeden gefragt, der sich hier aufhielt. Bis auf einen großen Schwarzen mit Holzketten an den Handgelenken, der ein Schild um den Hals trug: *Ich heiße Jérôme. Ich spreche nicht mehr. Versuch es gar nicht erst.*

Die anderen waren kaum hilfreicher. Sie grüßten mich, erkundigten sich, woher ich kam, doch sobald ich anfing, von Felix zu erzählen oder nach ihrer Meinung fragte, wo er hingefahren sein könnte, verloren sie das Interesse. Ihr Blick wurde glasig, oder etwas hinter mir erregte ihre Aufmerksamkeit, und das Gespräch flatterte fort wie einer der großen bunten Schmetterlinge, die uns immer umgaben.

Die einzigen Ausnahmen bildeten die beiden blassen Nerds, zwei sich zwillingshaft ähnlich sehende Typen mit kurzen borstigen Haaren und dicken Brillen. Sie saßen auf dem Boden der Terrasse, jeweils einen schwarzen Laptop im Schoß, und jagten mit ihren Fingern ununterbrochen über die Tastatur. Ein Geräusch wie von Küchenschaben, die über Steinböden flitzen.

»Vielleicht«, sagte der eine, »ist er in diesem berüchtigten Labor an der Grenze zu Laos, da testen sie neue Drogen und tarnen das Ganze als Forschungsstation. Angeblich pilgern da viele Traveller hin, um *Quarks* und *Ganesha* zu probieren ... oder wie die neuesten Erfindungen heißen.«

»Er könnte auch auf Tuanaki sein«, sagte der andere, »der verschwundenen Insel, wo die Menschen angeblich nur getanzt haben.«

»Das hast du erfunden«, sagte der Erste.

»Nein, ich hab darüber gelesen. Ein britischer Matrose ging dort an Land, als es die Insel noch gab. Sein Kapitän gab ihm sogar ein Schwert mit, um sich zu verteidigen. Aber die Ureinwohner erklärten ihm, dass sie nie kämpften, sondern nur tanzten. Vollbeladen mit Früchten kam der Matrose zu seinem

Schiff zurück. Leider ist die Insel kurz darauf im Meer versunken.«

Der andere nickte anerkennend. »Heute muss man nicht im Meer versinken, auf den Philippinen kostet es nur 450 Dollar, den eigenen Tod vorzutäuschen. Inklusive gefälschter Sterbeurkunden und Polizeiberichte zum Unfalltod. Man kann auch in Leichenhallen einen namenlosen Körper erwerben, der dann zum eigenen Leichnam wird …«

»Oder er wurde von den Organhändlern geschnappt, die Reisende kidnappen und ausweiden.«

»Oder er ist in diesem Dorf im Dschungel, wo Menschen ohne Erinnerung leben. Und hat vergessen anzurufen.«

Sie kicherten gleichzeitig, im selben Ton, wie abgesprochen.

»Verarscht ihr mich?«

Sie sahen beide zu mir hoch, ihre Augen hinter den dicken Gläsern vergrößert, ich musste an Frösche denken. Dann starrten sie wieder auf ihre Laptops.

»Positiv«, sagte der eine.

»Sehr positiv«, der andere.

Ich seufzte.

»Was macht ihr hier eigentlich?«, fragte ich.

»Wir arbeiten«, sagte der eine.

»Das sehe ich. Aber woran?«

»An der Great Wall of the Island.«

»Und was ist das, wenn ich fragen darf?«

»Jede Frage kostet eine Gegenfrage. Sharing is caring«, sagte der eine, und der andere ergänzte: »Wenn uns deine Antworten gefallen, antworten wir auch.«

»Okay«, sagte ich. Sie waren Freaks. Was hatte ich für eine Wahl?

»Also«, begann der eine, »würdest du lieber ertrinken oder verbrennen?«

»Ertrinken«, sagte ich instinktiv.

»Qualvoll an Wasser ersticken, also?«

»Beim Verbrennen wird man angeblich sofort ohnmächtig, wegen des Rauchs«, fügte der andere hinzu.

»Super«, sagte ich, »trotzdem: ertrinken. Beim Verbrennen bleibt eine verkohlte Horrorpuppe von mir übrig. Beim Ertrinken mit etwas Glück nichts. Fische sind gründlicher als Flammen.«

Nickten sie? Jedenfalls gab es keinen Widerspruch. Die erste Runde hatte ich wohl bestanden.

»Jetzt seid ihr dran. Wie läuft das mit eurer Great Wall? Wie haltet ihr die Leute ab? Empfangt ihr sie unten am Strand und schickt sie zurück, wenn sie nicht frühmorgens ankommen, so wie ich?«

»Frag dich zuerst mal, wieso kaum jemand hierher kommt, obwohl es das Paradies auf Erden ist«, sagte er eine.

»Und so viele Gerüchte kursieren«, sagte der andere. »Nichts gedeiht unter Travellern so gut wie Gerüchte. Und Geschlechtskrankheiten.«

Diesmal kicherte ich mit.

»Erleuchtet mich doch bitte«, sagte ich und setzte mich zu ihnen auf den Boden. Vielleicht konnte mir ihre Arbeit etwas über Felix' Weg verraten. »Welche Tür genau haltet ihr geschlossen? Lasst mich raten: Ihr sorgt dafür, dass nirgends Informationen über diese Insel auftauchen. Kein Google, kein Tripadvisor, keine Hashtags, keine Locations. Ihr durchkämmt das Netz, die einschlägigen Foren, das ganze Traveller-Darknet«, ich kam allmählich auf Touren, niemand unterbrach mich, »und löscht alles, was mit der Insel zu tun hat. Sicher eine Menge Arbeit, diese Zensur, aber mit ein paar gut programmierten Bots absolut machbar für Jungs wie euch.«

Ich war stolz. Ich hatte ihren Trick durchschaut.

»Falsch«, widersprach der eine. »Wir schreiben das Jahr 2018. Du kannst heute keinen Krieg mehr *gegen* das Netz führen.«

»Das wäre wie gegen die Luft zu kämpfen, die du atmest«, sagte der andere.

»Du kannst den Krieg nur *im* Netz gewinnen«, fuhr der eine fort. »Wenn du nicht willst, dass dort etwas gesehen wird«, seine Finger bewegten sich keinen Deut langsamer, während er sprach, »kannst du entweder dafür sorgen, dass es gar nicht erst auftaucht. Das ist aber anstrengend. Du läufst immer hinterher. Und früher oder später übersiehst du etwas. Und schwupps, stehen die Australier in ihren Tanktops am Strand.«

»Verstehe«, log ich. »Aber worin besteht eure Tarnung?«

»Er ist gut!«, rief der andere, warum auch immer.

»Gegenfrage zwei: Würdest du lieber grenzenlos durch den Raum oder durch die Zeit reisen?«, begann der eine wieder.

»Durch die Zeit«, sagte ich.

Sie hörten auf zu tippen, schauten mich groß an.

»Endlich ein Zeitreisender«, sagte der eine. Dann trippelten die Küchenschaben weiter.

»Alle anderen hier wollen den Raum, diese Narren«, sagte der andere. »Welche Zeit würdest du gerne sehen?«

»Die Zukunft«, sagte ich. Weil es stimmte. Und ich begriffen hatte, was sie hören wollten.

»Er ist sogar sehr gut«, sagten sie im Chor.

»Und Tarnung ist genau das richtige Wort«, sagte der eine. »Nicht *Zensur*. Nicht *Löschen*. Nicht *Verstecken*. Wenn etwas in der Welt ist, was niemand sehen soll, dann kannst du nur versuchen, es gut genug zu *tarnen*. Und als was würdest du einen paradiesischen Ort tarnen, damit keiner hinfährt?«

»Als die Hölle?«, riet ich.

»Er ist sogar sehr, sehr gut«, sagten sie beide im Chor, kicherten und stießen mit ihren Fäusten zusammen. In der kurzen Stille, die folgte, weil beide ihre Hände von der Tastatur gehoben hatten und zum ersten Mal ihre volle Konzentration auf mich zu richten schienen, konnte ich plötzlich so klar denken wie lange nicht mehr.

»Ihr manipuliert die Bewertungen.«

Nicken.

»Ihr versucht gar nicht erst, die Insel aus dem Netz zu tilgen. Aber überall«, mir wurde warm bei dem Gedanken an diesen Geniestreich, »wo sie erwähnt wird, ist sie so schlecht bewertet, dass niemand auf die Idee käme, sich den Mist selbst anzuschauen.«

Sie sagten nichts, aber ich spürte, dass ich auf der richtigen Fährte war.

»Niemand fährt in ein Hostel mit 2,1 von 10 Punkten oder einem von fünf Sternen. Mit Hunderten vernichtender Kommentare.« Ich grinste. Das war ein großer Spaß. »Ratten. Schimmel. Diebstahl.«

»Sexuelle Übergriffe, Ärger mit der Polizei, und so viel mehr«, sagte der eine. »Was in so einem entlegenen Hostel alles schieflaufen kann. Du kannst es dir nicht vorstellen.«

»Und das funktioniert?«, fragte ich unnötigerweise. Der Beweis war greifbar: Wir waren genau sechzehn Menschen an diesem Ort, mich eingeschlossen. Ich war der erste Neue seit Felix. Dabei war das hier besser, schöner, abenteuerlicher und günstiger als alles, was ich bisher gesehen hatte. Es war speziell. Und damit genau das, was alle suchten. Aber sie fanden es nicht. Obwohl es vor ihrer Nase lag. Wenn ich nicht auf einer manischen Mission wäre, hätte ich vielleicht auch recherchiert und dieses Hostel gefunden. Und wäre niemals gekommen, weil alle davon abrieten.

»Hast du von dem besten vegetarischen Restaurant Londons gehört«, fing der eine wieder an, »das es niemals gab?«

»Nein.«

»Ein Engländer, der sich ein wenig mit Bewertungssystemen auskannte, hatte eine Seite für ein Restaurant gebaut, es überall angemeldet und langsam, aber sicher hochbewertet. Nach ein paar Monaten schoss es in die Top Ten der vegetarischen Restaurants von London. Es bestieg das Karussell der Empfehlungsalgorithmen. Wenn du einmal oben bist, zeigt dich das System immer neuen Menschen. Und du wanderst weiter nach oben. Bis an die Spitze. Binnen sechs Monaten galt ein Restaurant, das nie existierte, als die beste Adresse für vegetarisches Essen in London. Zumindest auf Tripadvisor.«

»Moment«, hakte ich ein, »wie konnten die Leute es denn bewerten, wenn sie noch nie da waren?«

»Wann«, setzte der eine zur nächsten Gegenfrage an, »würdest du am liebsten vom sicheren Weltuntergang erfahren? Alles zwischen einer Sekunde und einem Tag ist möglich.«

Ich dachte nach. »Wie würde die Welt untergehen?«, fragte ich dann.

»Bumm«, sagte der eine. »Ein Meteorit, dreimal größer als die Erde, Kollision, Ende. Von einer Sekunde auf die andere ausgelöscht. «

»In dem Fall, eine Sekunde vorher«, sagte ich. »Damit ich gar nicht erst in Versuchung gerate, noch mit irgendwem zu reden oder mir Gedanken zu machen, was danach kommt.«

Sie nickten beide wieder, kaum merklich.

»Wieso auch unnötig Angst haben«, sagte der eine.

»Abschiede sind überbewertet«, der andere.

»So wie Bewertungen im Netz?«

»Keiner derjenigen, die das Restaurant gut rezensiert hatten, war je dort gewesen«, sagte der eine. »Aber sie wollten sich alle wichtigmachen. Dass man nie einen Tisch dort bekam, es immer ausreserviert war, stärkte den Mythos nur.«

»Irgendwann hatte der Typ so viele Anfragen, dass er beschloss, für einen Abend in seinem Hinterhof wirklich ein Restaurant zu eröffnen. Wo sein Kumpel kochen sollte. Ohne jede Erfahrung.«

»Er wollte den Trick auflösen.«

»Aber die Leute, manche kamen extra aus New York angereist, um dort zu essen, waren so überzeugt, in einem ganz besonderen Laden gelandet zu sein, dass selbst der schlechteste Fraß, den man ihnen vorsetzte, sie nicht mehr umstimmen konnte.«

Ich musste lachen. Es war eine gute Story, wenn sie denn stimmte.

»Was machen diese zwei gastronomischen Genies heute?«, fragte ich.

Die Küchenschaben schienen innezuhalten, als müssten die beiden Freaks zum ersten Mal nachdenken, was sie mir sagten.

»Heute«, sagte der eine schließlich, »sitzen die beiden Freunde auf einer einsamen Insel und nutzen ihr Talent im Sinne ihrer Mitmenschen.«

Ich musste lachen. »Ihr wart das mit dem Restaurant?«

»Würdest du Betrügern glauben, wenn sie sich als Betrüger vorstellen?«, fragte der andere.

»Anyway: Wir halten die Leute weg von der Insel«, fuhr der eine fort. »Und wenn doch mal einer so irre ist und bei uns ein Zimmer buchen will, treiben wir ihn mit ewigen Nachfragen und Chaos in den Wahnsinn.«

Der andere räusperte sich. »Hier, das habe ich heute geschrieben: *Sehr geehrter Herr Thompson*«, las er vor, »*vielen Dank für Ihre freundliche Anfrage*, blabla, *bitte gestatten Sie uns ein paar kurze Nachfragen, damit wir Ihnen den bestmöglichen medizinischen Service bieten können. Haben Sie ansteckende Krankheiten? Wäre es Ihnen möglich, Ihren Impfpass mitzubringen? Wie lautet Ihre Blutgruppe? Da wir in letzter Zeit einige Fälle von Malaria hatten, wollen wir sichergehen, dass im unwahrscheinlichen Fall einer Infektion genug Blutkonserven vorrätig sind.*«

»Nicht euer Ernst.«

»Todernst«, sagte der eine.

Ich hatte genug gehört. Was auch immer davon stimmte. Ich würde später Lilith fragen, wie glaubwürdig die Jungs waren. »Gentlemen«, sagte ich und stand auf, »es war mir eine Ehre. Aber ich muss einen Freund finden.«

»Viel Glück«, sagte der eine, ohne aufzuschauen.

»Vielleicht ist er gar nicht verschwunden«, sagte der andere. »Vielleicht tarnt er sich nur gut.«

Der Strand war ein Traum, menschenleer, das Wasser beinah durchsichtig. Nirgends trieben Joghurtbecher und Flipflops, Plastiktüten oder Wasserflaschen wie vor dem Festland. Ich spazierte ein Stück in den sanften Wellen, genoss die selbstverständliche Schönheit dieses Fleckens. Das Gute an einem Strand war, dachte ich, dass es keine Linien gab, auf die man treten konnte. Ich hätte es schlimmer treffen können. Aber die Spur von Felix verlief sich hier. Keiner erinnerte sich an ihn. Außer Lilith.

»Er war bei uns, aber nur kurz«, sagte sie, als ich sie auf der Terrasse traf. Es wurde langsam Nachmittag, das Licht golden, die Hitze ließ nach. Die schönste Zeit des Tages. Die ausgehöhlten Melonen mit der Bowle lagen auf Eis und warteten auf ihre Bestimmung. »Die anderen erinnern sich vermutlich nicht an ihn, weil er eher für sich blieb. Ich habe ihn an der Rezeption in Empfang genommen, wie dich. Deshalb haben wir ein paar Worte gewechselt.«

»Ist dir irgendetwas aufgefallen?«

Sie musterte mich. Sah zur Seite. Schaute sie, wer uns zuhörte?

»Nein«, sagte sie schließlich, »tut mir leid.«

»Niemand hat ihn gesehen«, sagte ich und drückte ihr mein Smartphone in die Hand, »das kann doch nicht sein.«

»Hier vergisst man leicht. Und er war wirklich sehr schnell

wieder weg.« Sie verstaute mein Handy unter dem Tresen, außer Reichweite. Es erleichterte mich. Lilith tauchte einen Finger in eine Melone und probierte. »Fantastisch«, sagte sie.

»Gibt es eigentlich was zu feiern?«, fragte ich.

»Feiern ist genau das richtige Stichwort«, sagte Omar, ein Marokkaner mit riesigen Piercings im Gesicht. »Heute ist Emma zu Gast«, er schüttelte seine langen Haare.

»Yeah«, sagte Brad, ein glatzköpfiger Australier.

»Endlich eine Party«, sagte ich müde. »Kann's kaum erwarten.«

»Das ist keine Party«, sagte der Hippie, der gerade aufgetaucht war, »das ist eine Erfahrung. Eine Reise, ohne diesen Ort zu verlassen. Ein Abenteuer.«

Alle nickten.

»Und außerdem«, sagte Lilith, »Launen kommen und gehen. Wenn der Mensch zu siebzig Prozent aus Wasser besteht, dann auch zu siebzig Prozent aus Ebbe und Flut.« Sie steckte mir ein Stück Ananas in den Mund, als wäre ich ein Kind. »Und manchmal kommt der Appetit beim Essen.«

Kaum war die Sonne untergegangen, versammelten sich alle um den runden Tisch, wie bei meiner Ankunft. Manche trugen ein Laken um den Körper gewickelt, eine Art Toga, manche nur ein Tuch um die Lenden und einen Blumenkranz im Haar. Ihre Haut war dunkel von Monaten und Jahren in der Sonne. Die Älteren hatten helle Falten um die Augen. Die Körper der Jüngeren glänzten bronzefarben, sie waren durchtrainiert, hatten schlanke, sehnige Muskeln vom täglichen Yoga. *Schön wie friedfertige Raubtiere*, dachte ich, *alle auf ihre eigene Art*. Ich trug eine Badehose und ein Shirt, aber neben ihnen fühlte ich mich seltsam nackt.

Wir saßen im Kreis. Jeder bekam, einer nach dem anderen, ein großes Glas Bowle vom Hippie überreicht – ich konnte ihn nicht mehr anders nennen, er sah einfach aus wie der perfekte Hippie. Wie hieß er noch mal, Akela? Klang irgendwie ausgedacht.

»Mit welchen Gedanken geht ihr in diese Nacht mit Emma?«, wollte er wissen.

»Wir sollten uns selbst zu lieben lernen. Bevor es verboten wird«, sagte ein Mädchen neben mir.

»Namasté«, sagte alle leise im Chor.

Überall standen Kerzen und Räucherstäbchen. Ein paar Leute hatten eine größere Musikanlage aufgebaut, mit zwei alten Plattenspielern und Vinylscheiben.

»Wir schwimmen in einem kosmischen Jacuzzi«, antwortete jemand. »Aber wie Frösche merken wir nicht, dass das Wasser anfängt zu kochen. Keiner zuckt. Alle treiben mit dem Gesicht nach unten.«

»Namasté«, raunte der Chor.

»Die, die übrigbleiben, verdienen Millionen mit Büchern darüber, wie es hätte sein sollen.«

*Namasté.*

»Wenn man bedenkt«, sagte einer der Nerds hastig, als verlöre er sonst den Faden, »dass man auf einem Felsbrocken lebt, der in einem Meer von 1500 Grad heißem Magma schwimmt, das wiederum mit 1600 Stundenkilometern rotiert und mit 30 Kilometern pro *Sekunde* um einen aktiven Wasserstoff-Fusionsreaktor kreist … Dann wird einem klar, wie klein man ist!«

*Namasté.*

»Liebe dich selbst«, sagte Lilith, »sonst tut es keiner.«

*Namasté.* Irgendjemand lachte leise. Ich begriff nicht, was vor sich ging. Aber ich spürte, dass etwas Fröhliches anstand. Etwas Großes, auf das sich alle freuten. Weswegen sie vielleicht sogar überhaupt hier waren. Also freute ich mich mit, fragte nicht nach. Ich wollte ein Abenteurer sein. Erleben, was es zu erleben gab. War das nicht der Sinn einer Reise? Hätte Felix es nicht genauso getan?

»Ich würde gerne tanzen, die ganze Nacht, mehr nicht.«

*Namasté.*

»Ich mach mit, bis zu den Sternen!«

*Namasté.*

»Ich würde gerne diese Wärme spüren, diese große Wärme, und sie mitnehmen in das Leben.«

*Namasté.*

Plötzlich spürte ich ihre Blicke auf mir wie Insekten, die ich nicht verscheuchen konnte. Es war nun an mir, etwas zu sagen.

»Ich bin sehr gespannt …«, setzte ich an, und als ich Omar sah, wie er krampfhaft nach unten schaute, das Gesicht rot und heiß vor Beherrschung, war ich mir sicher. »Ich bin *wirklich* gespannt«, sagte ich mit einem breiten Grinsen, »ob ihr tatsächlich gedacht habt, ihr könntet mich so leicht kriegen mit diesem esoterischen Schwachsinn.«

Alle brachen in schallendes Gelächter aus.

»Du bist schnell dahintergekommen«, rief Omar, »manche brauchen drei Tage!«

»Die machen ewig mit«, lachte die Rastafrau, der ich zu allererst begegnet war, sie war Portugiesin und hieß Joana. »Selbstliebe, Achtsamkeit, das ganze Blabla.«

»Manche sind regelrecht beleidigt, wenn sie es rausfinden«, sagte einer der Nerds. »Dabei wollen wir einfach nur feiern.«

»Manchmal ist es wirklich gemein«, sagte Lilith, wieder dieses Grinsen. »Zum Glück bist du wohl zu abgeklärt.«

Ich nahm die Huldigungen bereitwillig entgegen, dann beruhigten sich langsam alle wieder.

»Gute Reise«, wünschte der Hippie mit einer übertriebenen Geste, breitete die Arme aus, als wollte er seine Schäfchen segnen. Irgendjemand flüsterte »Namasteeeeee«, und wieder lachten alle.

Die Bowle wirkte schnell. Nach zehn Minuten wurde mir warm, nach zwanzig heiß, ich redete ohne Pause, erzählte Lilith von einem Buch, das ich gelesen hatte, vor Jahren, über die Menschwerdung, das Wunder des Feuers, das Leben in einer Sippe, in der man füreinander sorgte, zusammenlebte und zusammen starb, was für ein Glück! Dann wurde ich ruhiger, atmete tiefer und tiefer.

»Das hätte Felix gefallen«, sagte ich. »Habt ihr euch eigentlich mal näher unterhalten? Ihr hättet euch gemocht.«

»Lass uns woanders darüber reden«, sagte Lilith, »du musst dich sowieso mal ein bisschen umschauen. Bevor Emma richtig losgeht.« Sie zog mich an der Hand, nur kurz, aber ich folgte. Wir gingen zum Strand hinunter, und dann zu den Felsen, die die Bucht zur Nordseite der Insel hin abgrenzten. Während wir darauf zuliefen, wurden meine Füße leichter und leichter. Ich schaute immer wieder hoch zu den Sternen, die so nah und hell waren, als wäre ich nicht nur 10 000 Kilometer nach Osten gereist, sondern auch ein paar tausend Lichtjahre hinaus ins All, näher an die Sterne heran.

»Bleib einfach dicht hinter mir«, sagte Lilith, als wir bei den Felsen angekommen waren, und watete ins Meer. Sie trug nur ihren Badeanzug, ich zog mein Shirt aus und warf es in den Sand. »Es gibt da eine kleine Höhle.« Sie zeigte auf den massiven Stein, der links von uns aufragte. Wir standen schon bis zur Brust im Wasser. Nur der Mond leuchtete, aber das Wasser reflektierte seinen Schein so stark, dass ich die Öffnung sofort entdeckte, die in den Felsen hineinführte.

»Komm«, sagte Lilith nur, und ich spürte das Vertrauen, das ich ihr entgegenbrachte, die Lust, ihr zu folgen, wohin auch immer. Ich konnte die Verästelungen dieses Gefühls wie unter einem Mikroskop erkennen, zehnfach vergrößert. Seine Molekularstruktur wurde sichtbar, seine Färbung durch Sympathie, vielleicht auch Begehren. Ich durchschaute das Gefühl und mich selbst, wie einfach ich einem Menschen vertraute, von dem ich gemocht werden wollte. Ich konnte in mich hineinsehen und sah ein warmes Blau. Ich zoomte wieder auf, wir beide, sie und ich, von oben, im dunklen Wasser: zwei junge Menschen, Meer, Nacht, Mondschein, eine geheime Höhle. Wir waren ein Filmplakat.

Sie schwamm vor mir, mit kräftigen Stößen, ich musste mich anstrengen, ihr zu folgen, aber das Wasser war so weich und angenehm kühl auf meiner heißen Haut, ich wollte nirgendwo sonst sein. Sie drehte sich zu mir um. »Ich tauche zuerst durch und warte drüben«, sagte sie, »sind nur ein paar Meter.« Normalerweise hätte mich der nächtliche Felsen abgeschreckt, eine kalte Angst in mir ausgelöst. Jetzt aber überwog die Neugier, was mich wohl auf der anderen Seite erwartete, und der Wunsch, Lilith, deren Silhouette ich in dem Spalt im Stein verschwinden sah, dort wiederzutreffen. Ich zählte zehn Sekunden ab, holte tief Luft und tauchte ihr hinterher.

In der totalen Finsternis, die unter Tonnen von Stein herrschte, bildete ich mir ein, durch meine geschlossenen Augenlider einen goldenen Schimmer zu sehen, vielleicht von Liliths Haaren, vielleicht von der Sonne der letzten Tage. Ich tastete mich langsam voran, die Hände von unten gegen den Stein, der wunderbar glatt war, aber auch immer wieder Griffe bot, an denen ich mich vorwärtsziehen konnte. Ich kam schnell voran. Gerade als ich mich fragte, was ich tun sollte, wenn mir die Luft ausginge, wenn sich der sanfte Druck auf meinen Ohren auf meine Lunge ausdehnen würde, wenn ich den schrecklichen Fehler begreifen würde, einer nahezu Fremden nachts und auf Drogen in eine Höhle unter Wasser gefolgt zu sein, wenn mein Mund sich zu einem lautlosen Schrei öffnen würde … griffen meine Finger ins Leere, ich strampelte und durchbrach die Wasseroberfläche.

»Hallo Fremder.« Sie saß lächelnd auf dem Rand des Felsens,

der die kleine Lagune umgab. Es war dunkler hier als auf dem offenen Meer, man sah nur einen Ausschnitt des Sternenhimmels. *Wie eine Erinnerung immer nur das aus dem unendlichen Strom der Zeit herausgreift, was man braucht*, dachte ich.

»Hi«, sagte ich, und: »Wahnsinn.«

»Warte, bis du oben bist.« Ich zog mich neben ihr aus dem Wasser, während sie schon begonnen hatte, den Felsen seitlich hochzuklettern. Von unten betrachtet erschien mir lebensmüde, was sie da machte, zumal mit nassen Füßen. Doch bei näherem Hinsehen entdeckte ich, dass man über eine natürliche Treppe im Stein relativ leicht nach oben kam. Als ich die letzte Stufe genommen hatte, sah ich zum ersten Mal auf das Meer hinunter. Der Blick war atemberaubend. Zur Rechten erhob sich die unbewohnte Insel, dunkel, wie ein großes Tier, das sanft im Meer trieb.

»Zu viel versprochen?«, fragte Lilith, als ich neben ihr auf den Felsvorsprung sank. Mein Herz pochte von der Anstrengung und von Emma.

»Ich bin total enttäuscht«, sagte ich, und nahm ihr Lächeln aus den Augenwinkeln wahr.

»Diese Inseln hier …« Sie stockte, schaute aufs Meer. Weit draußen am Horizont leuchtete es dunkelgrün. Ein Schiff?

»Ja?«, fragte ich.

»Sie haben mehr Geheimnisse, als man denkt«, sagte sie.

»Was, zum Beispiel, ist das?«, fragte ich und zeigte auf das grüne Licht. »Ein abgestürztes UFO?«

Sie lachte. »Das ist ein Schiff, das nach Tintenfischen sucht. Das grüne Licht verschreckt sie nicht. Sie sind daran gewöhnt, weil sie die Sonne ähnlich grün sehen, unter Wasser.«

»Ein grüner Trick also«, sagte ich. »Eine Tarnung.«

Wir saßen stumm nebeneinander.

»Wenn du so willst.«

»Woher kommst du eigentlich?«, fragte ich nach einer Weile.

»Ich bin ein Kind Gaias«, sagte sie bedeutungsschwanger, und wir lachten beide.

»Was steht in deinem Pass, meine ich.«

»Ukraine. Ein Land, das es in gewisser Weise schon nicht mehr gibt.«

»Sicher schön da«, sagte ich, nur um etwas zu sagen.

Sie schwieg.

»Warum eigentlich du?«, fragte sie dann.

»Was, warum ich?«

»Warum suchst ausgerechnet du ihn? Wer bist du?«

Gute Frage. Wer bin ich? Diese drei Wörter erschienen mir auf einmal schwer und kostbar.

»Weil wir alles zusammen erlebt haben«, sagte ich. »Bis er ging.«

Lilith schaute mich aufmerksam an. Ihre blonden Haare umgaben sie wie ein Heiligenschein, nein, da musste es einen besseren Vergleich geben. »Deine Haare sind wie ein Heiligenschein« sagte ich. »Aber ich finde noch einen besseren Vergleich, versprochen.« Plötzlich konnte ich meine Worte nicht mehr kontrollieren. Ein Kurzschluss zwischen Herz und Mund. Mir war sehr warm, obwohl wir auf dem Vorsprung saßen und tropfnass waren.

»Felix mochte es, aufs Wasser hinunterzuschauen«, sagte ich.

»Ich weiß.«

»Woher?«

»Er hat es mir erzählt.«

»Wann?«

»Als wir einmal hier saßen.«

Ihre Stimme verklang. Und ich ließ mich in die Erinnerung hinab. Die Klippen, Südfrankreich. Ultimativ frei sein. Hier war es nicht hoch genug, um zu sterben, schätzte ich.

»Ich bin hier«, sagte ich, »weil Felix und ich über den Klippen waren. Hohe Klippen. Hoch genug, um sich umzubringen.«

»Wo war das?«

»Südfrankreich. Steilküste. Wunderschön. Nicht so schön wie hier. Anders. Und wir standen da oben. Allein. Nur der Wind und der Abgrund bei uns. Und Felix …« Ich hielt inne.

Sie sagte nichts. Wartete.

»… er stand ganz nah am Rand. Ich hinter ihm. Und er fragte, ob ich ihn stoßen würde. Oder jemand anderen. Für ihn. Ich habe das alles nicht verstanden, bis heute nicht. Und jetzt ist er verschwunden. Aber ich weiß, ich weiß es einfach, dass er noch lebt, hier oder woanders, keine Ahnung. Und ich glaube, er *will*, dass ihn jemand findet. Er will, dass *ich* ihn finde.« Die Sätze fielen aus mir heraus, ich hatte keine Kontrolle mehr. »Ich glaube, er wollte mir etwas sagen. Schon immer. Ein Geheimnis, einen Grund für alles. Jetzt ist er weg, und vielleicht ist auch das nur eine Botschaft. Die ich noch nicht begreife. Aber deswegen bin ich hier. Deshalb bin ich auch bei euch. Er muss hier etwas gesucht haben. Und er wollte, dass ich ihm folge.«

»Das bist du.«

»Ja. Das bin ich. Und trotzdem verstehe ich ihn nicht.«

»Aber du musst eine Ahnung haben.«

Ja, wollte ich sagen. Und nein. Ich hatte keine Erklärung. Doch ich kam ihm näher.

»Kennst du«, fragte ich, »diesen einen Moment, wenn du an der Ampel stehst, und sie schaltet von Rot auf Grün? Du weißt schon, dass du losgehen kannst, es ist dir bewusst, dass sich etwas verändert hat, denn du siehst es ja deutlich. Aber es dauert eine Sekunde, ganz genau eine Sekunde, die du sehr bewusst spürst, wenn du darauf achtest, bis dieses Wissen, bis der Befehl in deinen Füßen angekommen ist. Obwohl du darauf vorbereitet bist, obwohl du weißt, was passieren wird, bist du in einem Schwebezustand. Wie in einem Wachkoma. Du weißt es, kannst aber nichts tun.«

Ich holte Luft. Schmerzhaft schön war es hier oben.

»Ich fühle mich, als stünde ich an dieser Ampel. Als wüsste ich, was als Nächstes passiert. Als würde ich das grüne Licht schon sehen, sich mein Bewusstsein aber noch nicht trauen, zu reagieren. Ich suche überall, vor allem suche ich in meiner Erinnerung. Vielleicht weiß ich schon, worum es geht. Der Befehl ist bloß noch nicht in meinen Beinen angekommen. Ich weiß nicht, wohin ich laufen soll, um Felix wirklich zu finden. Vielleicht habe ich auch etwas übersehen? Oder es schon gesehen, aber nicht sehen wollen?«

»Ein schlauer Mensch hat mal gesagt: Du kannst das Leben nur vorwärts leben. Und rückwärts verstehen.«

»Ich versuche es wirklich«, sagte ich leise. »Ich kann nicht ohne ihn zurück.«

Sie schaute mich an. Wollte etwas sagen, oder etwas tun. Sie war näher gerückt. Oder bildete ich mir das ein? Etwas lag ihr auf der Zunge, ich konnte es spüren. Die Nacht, die salzige Luft, das Branden der Wellen unter uns. Musste ich ein schlechtes Gewissen haben? Mit einer Frau hier zu sitzen, während meine Freundin zu Hause auf mich wartete, mein Freund irgendwo verschollen war?

Langsam trocknete das Salz auf unserer Haut, hinterließ weiße Schlieren auf ihren braunen Armen. *Salz ist in allem, was zählt.* Ihre nassen blonden Haare fielen ihr über das freirasierte Ohr, auf ihren angewinkelten nackten Oberschenkel. *Jetzt und hier, auf diesem Vorsprung, ist alles möglich*, dachte ich. Aber was war *alles* für Lilith? Was wollte ich, was es für sie war?

So plötzlich er kam, war der Moment vorbei.

»Lass uns zurück zu den anderen«, sagte Lilith, »so lange wir es noch schaffen. Ich fliege gleich weg. Es ist so unfassbar schön, oder?«

»Ja, klar«, sagte ich, schon auf dem Weg ins Tal von Emma, die in Wellen kam und ging, »lass uns gehen.« Und war überrascht von dem kurzen, heftigen Schmerz in meiner Brust, Lilith für diesen Augenblick, bis auch ich wieder fliegen konnte, zu verlieren.

Die anderen hatten inzwischen angefangen zu tanzen. Nur die beiden Nerds saßen noch herum. Der Abstieg, das Tauchen, der Spaziergang hatten lange genug gedauert, um das Tal zu durchschreiten. Als wir die Terrasse erreichten, spürte ich, wie ich zum nächsten Gipfel abhob. Ich fühlte mich den Menschen hier nahe. Joana kam auf mich zu, umarmte mich. Jemand drückte meine Hand und lächelte. Wir waren alle miteinander verbunden, eine Sippe. Alle kümmerten sich um alle, und allen ging es gut.

Plötzlich rief jemand: »Schwimmstunde!«

Und wir rannten los.

Kein Zögern mehr. Keine Vergangenheit, keine Zukunft, keine Erinnerung, keine Angst. Wir fliegen in das warme Wasser. Wir sind Fische, wir sind das Meer. Der Ozean und seine kleinen Wellen sehen aus wie tausend Diamanten, über eine blaue Decke gestreut. Ich fühle mich schwerelos. Ich bin glücklich. *Ich wünschte, du wärst hier.*

»Was machst du da mit dem Feuerzeug?«, fragte jemand.

»Ich schicke Signale an Ufos.«

*Ich fliege, verdammt*, dachte ich.

»Emma, Emma«, sang jemand auf den alten französischen Hit *Ella*. Ich liebte dieses Lied.

Ich dachte: Man sieht sich selbst meistens als ein unfertiges Puzzle. Hunderttausend Teile, das denkbar schwerste Motiv. Große Lücken, so viel noch unsortiert, so viel Arbeit noch zu tun. Aber manchmal, wenn sich nur ein einziges, lange gesuchtes Teil irgendwo einfügt, dann fühlt man sich plötzlich ganz. Dann ergibt sich endlich ein Bild. Und es gefällt. Vielleicht ist die Kunst ja, nicht ständig das noch passendere Teil zu suchen. Sondern das Puzzle zu betrachten als das, was es ist: eine Aufgabe von überwältigender Schönheit.

Dann kam der Regen.

Ich hatte einen solchen Regen noch nie erlebt. Das war kein Regen mehr, es war, als fiele der Himmel auf die Erde. Als leitete dort oben ein frecher Gott ganze Seen hinunter und beobachtete, wie die kleinen schwarzen Punkte vor dem Wasser flüchteten. Oder, wenn sie von seinen Gnaden waren, wie sie das Wasser suchten und darin tanzten.

Deutschland war weit weg, für mich zählte nur, was hier war, die Menschen, die Insel, die Küste, der Strand, die Hitze, die Musik, Kambodscha, dieses Land voller Rätsel, wie auf einem wimmelnden Gemälde schoss alles auf mich ein, und immer führte es zu: Felix. Er war in meinem Kopf. Wenn es früher mal in Strömen geregnet hatte, natürlich nie so stark wie hier, hatten wir uns einen Spaß daraus gemacht, mit den Fahrrädern mitten durch das Wasser zu fahren. Unsere Reifen pflügten durch die riesige Pfütze, zu der die Straße geworden war. Wir kreischten, wenn eine besonders hohe Fontäne zur Seite spritzte. Wir teilten das Meer. Wir wurden nie nass. Wir waren Wasser.

Dann hörte der Regen auf.

Plötzlich tanzten Lilith und ich allein auf dem Stück Strand, das zur Tanzfläche geworden war. Wir waren schon wieder tropfnass, es perlte silbern an mir herunter, und doch war mir wunderbar warm. Meine Füße im Sand. Ich tanzte, tanzte. Und vor mir Lilith, sie drehte sich, ihre Haare flogen um ihren Kopf wie Kinder auf einem Kettenkarussell. Sie war schön, so schön, ich hielt es kaum aus, sie anzusehen. Wenn sie einen meiner Blicke auffing, lächelte sie, drehte sich, warf meinen Blick in die Luft und schnappte ihn mit ihren Augen wieder auf. Die Musik wurde langsamer, ich weiß nicht, ob das wirklich passierte oder uns nur so vorkam, das Tempo war perfekt, wir schwammen in der Musik und dem Regen und der warmen Luft, Lilith trug eine Blüte hinter dem Ohr, unsere Arme berührten sich, warm, fast heiß, dann tanzten wir miteinander.

»You look like …«, sagte sie.

»I look good, don't I?« Ich lachte.

Sie zögerte, schien für eine Sekunde weit weg zu sein. Ich spürte die Entfernung. Die Musik wurde wieder schneller.

Dann sagte sie: »Yes, you look very good.«

Kam näher. Lächelte.

»I quite like your lips«, sagte ich.

Sie lachte.

»I quite like your hips«, sagte sie und drückte mir einen Finger gegen den Hüftknochen, den meine Badehose freigab.

»I quite like your eyes«, sagte ich, und strich sanft mit einer Fingerspitze über ihr Augenlid.

»I quite like your hair.«

Sie fuhr mir mit der rechten Hand durch die Haare, lachte über die Geste. Ich lachte mit ihr. Ich musste. Es gab nichts als Lachen in mir. Leises, helles, friedliches Lachen.

Sie sagte: »I quite like your chest.«

Ein Finger auf meiner Brust.

Ich sagte: »I quite like your waist.«

Eine Hand an ihrer Taille.

Sie sagte: »I quite like your ways.«

Sie schaute auf meinen Mund.

Und dann küssten wir uns. Alles floss wie Gold durch meinen Körper, über meine Haut, in unseren Kuss. Ihr Atem an meinem nassen Hals. Sie legte die Arme um meine Hüften. Flüsterte in mein Ohr.

»It is raining so much. Let's go.«

Der Regen trommelte auf das Dach meines Bungalows. Ich war wach. Sie schlief. Ihr nackter Körper lag zusammengerollt neben mir. Ich lehnte mit dem Rücken an der Wand, sah sie an wie ein Bergsteiger das Tal, aus dem er emporgestiegen ist, in das er zurückkehren würde. Das Gold ebbte langsam ab.

Wir hatten aneinandergeklebt, vor Schweiß und Sand und Salz. Der Lufthauch des Ventilators wie Seide, das Moskitonetz ein silberner Schleier über uns. Jetzt atmete sie leise und ruhig, ich musste sie anschauen, als wäre ich für alles andere blind geworden. Sanft fuhr ich mit einem Finger über ihre rasierte Schläfe. Tausende Haare stellten sich zu mir auf.

Hätte ich gewusst, was passieren würde, ich hätte mich in diesem Augenblick nicht so bemüht, mir ihr schlafendes Gesicht einzuprägen. Aber da ich nicht ahnen konnte, wie flüchtig jede Erinnerung werden würde, studierte ich Lilith wie eine Schatzkarte, die ich auswendig lernen wollte: Jede Pore, jede Sommersprosse versuchte ich in mein Gedächtnis zu brennen, den Delfin hinter ihrem Ohr genauso wie den Strich ihrer Haare. Mein Arm schlief ein. Meine Augen fielen zu. Der Regen setzte wieder ein, wurde schwächer, hörte auf. Aber erst als sie sich umdrehte, weg von mir, und mir nur noch ihr Nacken blieb, ihre blonden Haare, der Flaum an ihrem Ohr, gab ich den sinnlosen Versuch auf, ihren Anblick niemals wieder vergessen zu können.

# GEORG

HALLO«, SAGTE SIE LÄCHELND, eine Tasse Tee in der Hand. »Komm rein und setz dich zu mir.« Sie ging ins Wohnzimmer, als hätte sie mich erwartet.

»Felix ist nicht da?«, fragte ich und folgte ihr an den großen, schweren Tisch aus Mahagoni. Dunkles, edles Holz, das ich mich kaum anzufassen traute.

»Er musste noch einmal weg«, sagte sie. *Wohin?*, fragte ich mich. Wir waren verabredet. Oder hatte ich mich geirrt? Sie las die Fragen in meinem Gesicht.

»Ich habe etwas Wichtiges in der Stadt vergessen, also habe ich ihn losgeschickt und bin hier geblieben, damit jemand, na ja, *hier* ist. Die Polin kommt erst später. Er ist sehr schwach, ich hoffe, er erholt sich.« Sie seufzte, und erst jetzt begriff ich, dass sie von Georg sprach, nicht von Felix. »Vielleicht stirbt er auch bald. Kein Mensch kann das wissen. Wir können nur hoffen. Aber Felix fällt es sehr schwer.«

Als ich nichts sagte, sprach sie weiter.

»Er gibt sich die Schuld an dem, was mit Georg passiert ist.«

Ich zuckte zusammen, ging in Deckung.

»Warum?«

Sie sah mich lange an. Ihre Augen bohrten sich in mich hinein. Ich starrte zurück. Das hatte ich schon immer schon gut gekonnt: starren, mich leer machen, mich wie ein Insekt in meinen Panzer zurückziehen und aushalten, was kam. Schaute mir jemand in die Augen, schaute ich entweder gleich weg, oder ich starrte, bis der andere den Blick abwandte.

»Ich weiß es nicht«, sagte sie und schlug die Augen nieder. Hatte sie etwas in mir gefunden, oder spielte sie nur mit mir? »Die beiden haben oft gestritten, Georg war hart zu ihm, Felix hat rebelliert. Du kennst das sicher auch von zu Hause.«

Sie lächelte wissend, dabei wusste sie nichts über mein Zuhause, über meinen Vater, der mir alles verzieh, weil sein eigener Vater so streng gewesen war. Der mir höchstens über den Kopf strich und sagte: *Du wirst schon das Richtige tun.*

»Am Morgen des Unfalls haben sie sich fürchterlich angeschrien, hier, im Hausflur. Georg hatte Felix verdächtigt, dass er in seinen Sachen herumgewühlt hatte. Felix hat das von sich gewiesen. Natürlich.« Diesmal lächelte sie entschuldigend. Sie war nur eine Frau zwischen zwei Männern, die es nicht lassen konnten, sich zu beharken, damit der eine dem anderen einen Platz in der Welt freimachte. »Was weiß ich, wer recht hatte … Ich hab mich da schon lange nicht mehr eingemischt.« Sie log, und gleichzeitig sagte sie die Wahrheit. Sie mischte sich natürlich ein, sie hatte immer die Kontrolle. Aber, und der Gedanke kam mir zum ersten Mal: Manchmal wollte sie vielleicht sogar, dass die beiden stritten.

»Georg verließ das Haus, Türen schlagend. Aber du kennst die beiden genauso gut wie ich«, eine weitere Lüge, ich wollte sie glauben, »das war doch nur ein Missverständnis.« Sie spielte ihre Rolle perfekt.

»Sicher«, antwortete ich und war froh, überhaupt einen Ton herauszubekommen.

»Und solange Georg dort liegt, fühlt Felix sich schuldig. Du bist sein bester Freund, du weißt das. Er sagt es nicht, aber es wäre ihm lieber, wenn Georg nicht hier wäre, und ich kann das verstehen. Ich will stark sein«, sie senkte ihre Stimme, flüsterte nun beinah, »aber ich kann ihn verstehen.«

»Es ist für dich bestimmt auch nicht leicht«, sagte ich vorsichtig.

Sie lächelte mich an, als hätte ich ihr ein Kompliment gemacht.

»Weißt du«, sagte sie langsam und legte mir eine Hand auf den Arm, eine warme Hand, »wenn jemand nicht mehr er selbst ist, nur noch eine leere Hülle, eine kaputte, sperrige Hülle, die nichts mehr mit ihm zu tun hat und die, seien wir ehrlich, viel Kummer macht, die ein Haus verändert, alles Leben darin umwirft, bestimmt, vereinnahmt …« Sie zögerte, wog ihre Worte ab, war gleichzeitig den Tränen nahe, griff nun leicht zu, mein Pulli schlug Falten unter ihrer Hand. »Dann ist es, als wäre derjenige verschwunden, als hätte er sich aus dem Staub gemacht und einfach nur einen Haufen Zellen dagelassen.« Sie weinte, ihre Stimme bebte, sprach nicht mehr zu mir, sprach zur Erde, zu Gott – wer auch immer für dieses Schicksal verantwortlich war. »Es ist wie eine Prüfung, ein Test, wie lange man durchhält, wie lange man sich dieser sinnlosen Aufgabe widmet, wie lange man Sisyphus sein will, nur damit das Andenken an denjenigen gewahrt wird, der längst woanders ist. Der sowieso nicht zurückkehrt.« Kobaltblaue Striemen zeichneten ihr Gesicht wie vergiftete Flüsse, ich spürte ihre Fingernägel in meiner Haut. »Er ist weg, für immer, und irgendwann fragt man sich, worin wahre Stärke besteht. Im Aushalten, Erdulden, in der ständigen Erinnerung an den Menschen, der unwiederbringlich fort ist? Im Opfern des eigenen Lebens für ein lebendes Grab?«

Sie stand auf, zog mich am Arm. »Komm mit, bitte.«

Wir gingen die Treppe hoch, den Gang entlang zu dem verbotenen Zimmer. Die Tür stand halboffen. Georg lag auf dem Krankenbett, oder vielmehr lag dort das, was er zurückgelassen hatte.

»Was ist denn dieser Körper da in seinem Bett, wenn nicht ein lebendes Grab?«, sagte sie leise, als sollte er sie nicht hören.

Ich schwieg. Sie hatte recht. Es wäre besser, wenn Georg nicht hier wäre. Er würde nie wieder gesund werden, alles andere war

Wunschdenken. Und Felix war nicht schuld, aber er fühlte sich schuldig. Sie wandte sich abrupt zum Gehen.

»Ich muss an die frische Luft. Die Polin müsste auch jeden Moment kommen, Felix auch. Kann ich dich ganz kurz alleine lassen? Nur ganz kurz?«

Ich nickte stumm.

»Danke«, hauchte sie mir zu. »Danke, dass du mir zugehört hast.« Sie umarmte mich, ihr süßer Duft, das Bonbon hüllte mich ein, ihre braunen Locken an meiner Nase, die Berührung mit ihrem Körper, eine Sekunde lang. Ich wusste nicht, ob ich sie an mich ziehen oder wegrennen sollte, aber dann ließ sie mich auch schon wieder los. »Felix könnte sich keinen besseren Freund als dich wünschen. Du wirst ihm sicher immer helfen, egal, worum es geht, das weiß ich.«

Sie ging die Treppe wieder runter, ich hörte ihre Absätze auf dem Parkett, dann die Haustür, ihre sich entfernenden Schritte auf dem Asphalt des Weges.

Ich überlegte nur kurz, dann trat ich zu dem Bett vor. Keine Alarmanlage schrillte. Es war nicht verboten, hier zu sein. Wir hatten es bloß nie gewollt. Ich versuchte, zu ergründen, wonach es in diesem Raum roch. Nicht nach Krankenhaus, nicht nach Mensch. Es roch nach nichts. Überhaupt nichts.

Sein Gesicht hatte sich verändert. Seltsamerweise sah er jünger aus als früher, jetzt, da er sich keine Mühe mehr gab, jung zu wirken. Ich scannte ihn ab, lauerte nach einer Regung. Er schien zu schlafen, angeblich spürte er nichts.

»Georg«, sagte ich.

Keine Antwort.

»Hörst du mich?«

Nichts.

Ich schaute ihn lange an.

Dann machte ich einen Schritt auf ihn zu.

# BERMUDA

FÜR EINE SEKUNDE WUSSTE ICH NICHT, wo ich war.

Lag ich zu Hause, bei Lea? Oder auf einem fremden Planeten, fünfzigtausend Lichtjahre weit weg? Solange ich meine Lider geschlossen hielt, war alles möglich. Aber ich konnte mich nicht ewig selbst belügen. Ich zählte bis drei, dann schlug ich die Augen auf, sah den Lichtstreifen unter der Tür, die Holzplanken des Bungalows durch den Schleier des Moskitonetzes. Und wie bei einem animierten Flug auf Google Earth schoss mein Standort einmal um die Welt, von Deutschland, wo ich mich hingewünscht hatte, hinaus ins All, die Erdkugel drehte sich, bis ich über Asien schwebte, das Bild zoomte hinein, Thailand, Vietnam, Kambodscha schälten sich aus dem Dunst, Phnom Penh, etwas darunter, an der Küste, wurde eine namenlose Insel sichtbar inmitten der blauen Fläche des Ozeans, und dort landete schließlich meine rote Nadel.

Ich stand auf, zog meine Badehose an, trank eine halbvolle Flasche Wasser in einem Zug leer und beobachtete die Muskeln unter der Haut meines Unterarms. Sie zuckten leicht, ohne dass ich darauf Einfluss hatte. In mir arbeitete etwas – wo wollte es hin? Ich trat aus dem Bungalow. Es war schon heiß. Die Zikaden hatte ich wohl verschlafen. Das Licht schien heller als sonst. Ich war empfindlich, setzte die grüne Sonnenbrille auf. Dachte kurz an Luca. Er war sicher aus der Nummer rausgekommen. Jemand wie er kam immer irgendwie raus. Ich nahm mir vor, ihn zu kontaktieren, sobald ich mein Handy wiederbekam.

Lilith war nirgends zu sehen.

Der Hippie hatte es sich auf einer der Liegen unter dem Palmdach der Terrasse bequem gemacht. Er war, wenn ich es richtig überblickt hatte, gestern nicht dabeigewesen. Rechts und links neben ihm lagen Joana und Jérôme, der Typ, der nicht mehr sprach. Sie hatten ihre Köpfe ihm zugewandt, schienen ihm zuzuhören, obwohl er nichts sagte. Was für eine Rolle spielte er hier? Den Guru? Den gütigen Vater?

»Hey«, sagte er, als hätte er bemerkt, dass ich über ihn nachdachte, »setz dich zu uns, neuer Mensch.«

Ich gehorchte. Ich war viel zu schwach, um einen eigenen Willen zu haben.

»Wie geht es dir?«

»Es geht«, antwortete ich, zu matt zum Lügen.

»Hilft das vielleicht?« Er streckte mir einen Joint entgegen.

Warum nicht. »Danke.«

»Ansonsten helfen Bananen und die Sonne, wieder Serotonin aufzubauen«, sagte Joana, »deine Speicher sind leer.«

»So kann man es auch nennen«, sagte ich. »Ansonsten fühle ich mich«, das Gras stieg mir sofort zu Kopf, »als müsste ich mein Leben grundlegend ändern.«

»Musst du ja auch. Müssen alle Menschen«, sagte sie.

»Ach ja?« Ich reichte den Joint an sie weiter.

»Das Einzige«, sagte der Hippie, »was alle Menschen in den sogenannten westlichen Gesellschaften, in denen der Individualismus alle Gemeinsamkeiten aufgelöst hat, gemeinsam haben, ist die Gewissheit, dass sie ihr Leben ändern müssen. Und die Last der Freiheit, es auf Millionen Arten tun zu können.«

»Jeder«, pflichtete Joana ihm bei. »Aber keiner weiß, wie. Und das verunsichert uns. Verdrängung funktioniert, aber nicht ewig. Irgendwann können wir die Dissonanz, die wir spüren, nicht mehr ignorieren ... Es gibt drei Faktoren, die diese Dissonanz ausmachen, und damit auch drei Schrauben, an denen man drehen kann: Man selbst. Die Regeln, nach denen man lebt. Die Realität.«

Ich hatte die Abzweigung verpasst, an der das Gespräch sich in Richtung Welterklärung entwickelt hatte. Aber ich war weich genug im Kopf, um einfach zuzuhören. Wenn ich auch das Gefühl hatte, dass sie diese Ansprache schon öfters gehalten hatten.

»Manche lösen die Dissonanz auf, indem sie sich selbst verändern. Sie werden Veganer, Eremiten, Systemverweigerer. Andere, indem sie ein Regelsystem relativieren, das sie für sich als gültig erachten, die zehn Gebote oder die Menschenrechte, oder was auch immer. Man könnte sie als Zyniker bezeichnen. Man findet sie erstaunlich oft in Regierungen von Staaten, deren Verfassung auf genau diesen Regeln basiert. Immer mehr Leute aber versuchen ihr Leben zu harmonisieren, indem sie den dritten Faktor in der Gleichung ändern: die Realität. Klimaskeptiker, Verschwörungstheoretiker, sonstige Spinner – ihnen fällt es leichter, die Wirklichkeit zu verändern, als sich selbst.«

*Stimmt*, dachte ich. Manchmal hatte ich mit Lea darüber gesprochen. Wie alles den Bach runterging. Wie sehr das System zum Scheitern verurteilt war. Aber uns hatte diese Klarheit gefehlt.

»Dein Freund«, sagte der Hippie und veränderte seine Position, saß nun im Schneidersitz, »hat sich diese Gedanken vielleicht auch gemacht. Und wollte die Dissonanz auflösen. Auf seine Weise.«

»Indem er einfach verschwindet?«, fragte ich.

»Bevor man verschwindet, muss man erst einmal *da* sein. *Sich selbst gefunden haben.* Und dieses ›Selbst‹ definieren, das wir uns heute als eine Entität denken, die es zu verwirklichen und in die Welt zu bringen gilt. Früher war bei deiner Geburt vorherbestimmt, wer du sein würdest. Heute fällst du in einen bunten

Strauß der Optionen. Lebst ein Leben in Zeiten der Möglichkeiten. Dabei ist natürlich nichts greifbar, das Selbst hat kein einziges Atom, das man anfassen könnte. Es entsteht nur in deinem Kopf. Es ist die Geschichte, die du von dir selbst erzählst. Das ist ein Riesenproblem, weil die großen Geschichten, die Religionen und Ideologien, immer schwächer werden, das Selbst deshalb in großer Unsicherheit entsteht. Dein Freund hatte offensichtlich keine Lust mehr, seine Geschichte weiterzuspinnen. Und noch keine Geschichte, die besser zu ihm passte.«

»Welche Geschichte erzählt ihr von euch?«, fragte ich. Ich wollte lieber mehr über sie erfahren, als eine Ferndiagnose zu Felix zu bekommen.

»Wir versuchen, an allen drei Schrauben gleichzeitig zu drehen«, sagte Joana. »Wir ändern uns. Wir ändern die Regeln. Und wir verändern die Realität.«

»Mit Emma«, warf ich ein.

»Auch. Wir leben vegan, wir verbrauchen fast kein $CO_2$, wir tun niemandem weh. Würden alle so leben wie wir, die Welt wäre ein einziges Kant'sches Paradies. Es ist doch Wahnsinn, dass es ausgerechnet die weitgereisten Menschen sind, die nicht merken, wie sehr ihr Lebensstil dem Planeten schadet, die Flüge, die Devisen, die sie in arme Länder bringen, die ihretwegen erschlossen und versaut werden. Trotz Überschwemmungen, Todeszonen im Meer und einer Erwärmung, die alles ersticken wird, rennen sie weiter hin und tun dabei so, als liebten sie die Natur. Sie sind genauso verlogen wie alle anderen auch. Deshalb arbeiten wir an unserer Gier, an der Bulimie des Reisens, die die meisten von uns befallen hat und die uns Orte, Menschen, Eindrücke, Sonnenuntergänge fressen lässt, ohne sie zu verdauen. Stattdessen bleiben wir hier und reisen im Kopf.«

»Wir beenden die ewige Jagd nach dem Besseren, indem wir diese Insel nicht mehr verlassen«, machte der Hippie weiter. »Und um hier unsere Ruhe zu haben, ändern wir die Regeln eben ein bisschen«, er grinste, ich ließ meinen Blick zu den beiden Nerds wandern, die über ihren Laptops eingedöst waren. »Ansonsten halten wir uns streng an unsere eigenen Regeln, die uns die Angst nehmen, etwas zu verpassen. Emma, Ambel, Pause. Und wieder von vorn, du weißt schon. Mit Emma wird man zum glücklichen Kind. Mit Ambel begegnet man seinen ältesten Ängsten. Sie arbeiten zusammen: Man weiß Emma erst zu schätzen, wenn man mit Ambel in die Abgründe geschaut hat. Man erträgt Ambel, wenn man ihm in diesem Paradies hier begegnet. Das ist alles. Und es genügt.«

Er lächelte, bevor ich nachfragen konnte. »Ein wenig hast du es ja schon mitbekommen. Den Rest verstehst du, wenn du es erlebt hast.«

Keiner sagte mehr etwas. Die Ansprache war beendet. Hatten sie Felix das Gleiche erzählt? Hatte er ihnen widersprochen? Oder war er darin aufgegangen, hatte sich gelabt an den Verheißungen, die ihm die Insel bot?

»Warum hier?«, fragte ich.

»Es ist ein besonderer Ort«, sagte Joana.

»Was heißt das?«

Der Hippie räusperte sich, gab mir den Joint und sagte: »Dass die roten Khmer ihr eigenes Volk halb ausgerottet haben, weißt du?«

»Hab davon gehört, ja«, sagte ich knapp.

»Weiß du auch, warum?«

Ich schwieg.

»Sie haben alle verfolgt«, fuhr er fort, »die eine Brille trugen, die Französisch sprachen, lesen konnten. Sie wollten die Intelligenz, das Gedächtnis des Volkes auslöschen. Es ist ihnen beinah gelungen. Am Ende waren Millionen Menschen tot. Und bis heute wissen viele Kambodschaner nicht, was mit ihren Eltern, ihren Großeltern passiert ist. Der Völkermord ist kaum aufgeklärt. Die Roten Khmer wurden zwar besiegt. Aber ihr Ziel haben sie erreicht: Dieses Volk hat kein Gedächtnis. Es hat nur ein einziges großes Trauma.«

Wir schwiegen. Alle hatten genau zugehört, auch wenn sie, wie ich, die Geschichte schon kannten. Ich war wund, meine Seele stand jedem Einfluss offen wie ein leeres Glas. Ich nahm auf, was immer man mir gab. Es war ein echter, sanfter, edler Zustand, zumindest empfand ich ihn so. Mein Ego stand mir nicht im Weg. Felix stand mir nicht im Weg. Ich war einfach *da*.

»Eine tiefe Wunde ist auch eine Chance«, sagte der Hippie. »Keine Vergangenheit belastet sie. Sie waren in der Hölle. Und sind mit einem Lächeln wieder herausgekommen. Sie wissen, wie man weitermacht. Wo, wenn nicht in diesem Land, könnte man Neues wagen?«

»Unser Neues ist eigentlich uralt«, führte Joana aus. »Es ist das Ende der tausend Optionen. Endlich ankommen, Frieden finden. Und trotzdem wissen, wer man ist und sein will. Unendliche Reisen, aber in die eigene Seele, statt in kaputte Länder. *Das einzig wahre Ausland ist die Vergangenheit*, hat mal jemand geschrieben. Genau das bieten wir. Nicht mehr und nicht weniger.«

Plötzlich sagte Jérôme, der bisher konsequent geschwiegen hatte, wie auf seinem Schild angekündigt, mich nur immer wieder gemustert hatte: »Wenn ich verschwinden wollte, dann auf der anderen Insel.«

Alle schauten ihn erstaunt an.

»Es ist meine Entscheidung, wann ich rede«, sagte er.

Niemand widersprach.

»Welche Insel?«, fragte ich.

Doch Jérôme hatte beschlossen, wieder zu schweigen.

»Er meint die neben uns«, sagte Joana schließlich. »Geh zum Strand und ein Stück nach rechts, dann siehst du sie. Sie ist unbewohnt. Allerdings hat dort jemand vor ein paar Jahren illegal Bungalows hingebaut. Ein paar stehen noch. Und es gibt eine

Wasserquelle. Da wächst alles Mögliche. Bananen. Kokosnüsse. Man kann gut dort überleben.«

Ich sah Felix vor mir, wie auf einer Postkarte. An einem verlassenen Strand. Auf der Insel. *Ultimativ frei.*

Es ergab plötzlich alles Sinn: Er war hier gewesen, hatte es nicht ausgehalten, immer noch zu viele Menschen, er wollte allein sein. Also setzte er über, lebte dort in Sichtweite, konnte immer zurück, wartete auf mich.

»Wie komme ich da rüber?«

»Mit dem Kajak«, sagte der Hippie. »Ist easy. Schon mal gepaddelt?«

»Nein.«

»Egal. Dauert nur zwanzig Minuten. Keinerlei Strömung. Ist wie Fahrrad fahren, rechts, links«, er ruderte mit seinem immensen Oberkörper in der Luft, »rechts, links. Rechts links.«

Zehn Minuten später war ich auf dem Meer.

*Rechts, links, rechts, links.* Das Paddeln wirkte harmonisierend. Die Dissonanz, dass ich hier war und Felix dort, verringerte sich mit jedem Schlag, mit jedem Meter, den ich auf ihn zutrieb. Felix hatte irgendeinen Misston nicht mehr ausgehalten und entschieden, sich aus der Gleichung rauszunehmen. Damit hatte er jedoch auch meine Realität verändert. Und die Regeln unserer Freundschaft: dass man sich nicht im Stich ließ. Dass man nicht einfach ging.

Aber was immer er tat, er war nur *ein* Faktor in der Gleichung. Ich war der andere. Ich konnte nach den Regeln spielen oder es lassen. Auch ich konnte mich ändern, über mich hinauswachsen. Ihn finden. Ich konnte alles ausgleichen, in Ordnung bringen, wiedergutmachen.

Es mochte Emma sein, die noch in meinem Blut pochte, oder der Joint oder Lilith, aber ich fühlte mich blendend, stark und voller Vorfreude. Zwanzig Minuten paddeln, schmerzende

Arme, allein auf dem Meer, aber was für eine Belohnung wartete auf mich!

*Ich komme*, sagte ich zu Felix, *warte kurz!*

*Ich komme.*

# SUPERMARKT

»ICH KOMME«, hatte Felix mir geschrieben, und das war keine gute Nachricht. Wenn er mich im Supermarkt aufsuchte, dem Ort, den er in der Stadt wohl am meisten hasste, zumindest seit der Sache mit dem Eistee und dem Wodka, dann arbeitete etwas in ihm, wühlte in ihm wie die Kunden in der Ware auf den Grabbeltischen am Eingang, wo einmal im Monat alles, was dem Filialleiter keinen Umsatz brachte, zum halben Preis verramscht wurde. »Pass nur auf, eines Tages landest du auch auf so einem Tisch«, hatte Felix einmal zu mir gesagt, »und dann komme ich und kaufe dich für einen Euro.« Wir hatten Ideen, wir brauchten Geld, wir waren neunzehn.

Ich räumte Tetra Paks mit H-Milch aus Zwölferkartons, die sich mannshoch auf einem schmalen Wagen türmten, in ein Regal. Seit zwei Monaten arbeitete ich in dem Laden. Meine Mutter hatte den Aushang gesehen, ich war hingegangen, hatte fünf Minuten mit dem Chef gesprochen, der »diese Sache« nur einmal kurz erwähnte – »und diese Sache haben wir ja beide längst vergessen, oder?« –, wobei ich nicht genau wusste, ob er den Eistee oder den Wodka meinte. Uns hatte man damals drangekriegt, ihn nie, er hatte alles abgestritten. So oder so war ich erleichtert. Alles war vergeben, ich konnte sofort anfangen. Felix war außer sich. »Bist du jetzt völlig bescheuert?« Die Locken flogen ihm durchs Gesicht. »Im Supermarkt arbeiten? Haben sie dir deinen Arsch ins Gehirn verpflanzt?«

Er hasste den Supermarkt, aber noch mehr hasste er es, wenn ich etwas allein tat. Trotzdem besuchte er mich ab und zu, stand auch jetzt wieder plötzlich vor mir, als ich mich bis in die Mitte des Tetra Pak-Bergs vorgearbeitet hatte. Bevor ich hier angefangen hatte, hatte ich mir nie Gedanken gemacht, wie tief diese Regale waren. Wie viele Kartons man hineinbekam, wenn man sie nur geometrisch perfekt einräumte. Tetra Paks waren verhältnismäßig einfach: zwei aufrecht nebeneinander, die schmale Seite nach vorn, in drei Reihen hintereinander, rechts oder links davon drei übereinanderliegend, den Boden nach vorn. In der ersten Reihe stellte ich zwei mit der Vorderseite zum Kunden auf, logisch. *Wir alle müssen Opfer bringen*, dachte ich.

»Na, Herr Doktor«, begann Felix und drehte damit das Gespräch gleich auf Anschlag. Ich würde nie ein Doktor werden, das war uns beiden längst klar. »Wie lebt es sich im Dickdarm des Kapitalismus?«

»Freut mich auch, dich zu sehen«, antwortete ich, »gerade als ich dachte, der Tag könnte nicht mehr schlimmer werden …«

»Willst du auch ein Softgetränk, du Held der Arbeit?«

Er ließ eine kalte Dose Pepsi vor meiner Nase schweben, die er aus dem Kühlschrank um die Ecke genommen hatte. Seit ich hier arbeitete, dachte Felix, ich könnte anschreiben oder so was, und bediente sich einfach, wenn er vorbeikam. Ich musste dann hinterher zur Kasse und bezahlen, was schwierig war, denn ich hatte die Ware ja nicht, und jedes Mal schaute mich die Kassiererin an wie einen Schwachsinnigen, bis ich etwas von »hab ich in der Pause getrunken und vergessen« murmelte, und sie sagen konnte: »Das hat der Chef aber nicht so gern.« Dann wusste ich wieder, dass der Einzige, der in der Hierarchie noch unter ihr stand, ich war, noch unter dem Fleischer, der seine Unterarme fünfmal täglich desinfizierte, unter der Brötchenfrau, deren Unterarme aussahen wie Zebrastreifen, weil sie sich ständig an den heißen Blechen verbrannte, sogar noch unter Pfand-Holger, dessen Name alles sagte und der angeblich, wenn Not am Mann war, die Reste aus den Bierflaschen süffelte; der Einzige, der hier absolut gar nichts zu melden hatte und den das auch alle spüren ließen, das war ich.

»Nein, danke, ich trinke keine imperialistische Brause«, sagte ich, und er lachte darüber. *Gut*, dachte ich. *Freunde, die lachen, beißen nicht.*

»Okay, aber kannst du gleichzeitig reden und niederste Dienste verrichten, oder muss ich warten, bis du deine gewerkschaftlich verordneten dreizehneinhalb Minuten Pause hast?«

»Für dich reicht ein Fünftel meiner geistigen Kapazität, also halb so viel wie für die Milch.« Ich schob den Wagen ein Stück weiter, damit ich besser an die Regale kam. Die Leute kauften Unmengen H-Milch. Ich hatte keine Ahnung, warum. Und es interessierte mich auch nicht. Damit war schon mal ausgeschlossen, was der Marktleiter in unserem Gespräch als »kaufmännische Laufbahn« bezeichnet hatte, die bei vielen »ganz unten am Regal« angefangen habe, »von der Pike auf«, woher auch immer dieser Ausdruck eigentlich kam. Nichts war mir egaler als die Einkäufe fremder Leute. Felix mochte den Supermarkt hassen. Ich fand ihn sogar zum Hassen zu langweilig.

»Ich habe eine Idee«, sagte er.

»Das hatte ich befürchtet.«

»Hör halt erst mal zu.«

»Ich kann ja schlecht wegrennen.«

»Eine Idee, die dich, unter anderem, hier rausholt.«

»Jetzt höre ich«, sagte ich, griff dabei nach dem nächsten Karton, sechs Kilo Milch, endlose weiße Weiten.

»Wir trampen nach Spanien.«

»Das nennst du eine Idee?«

»Wir brauchen kein Geld und kein Auto dazu«, er senkte die Stimme, als ob er etwas furchtbar Geheimes zu verkünden hätte, schaute den menschenleeren Gang hoch und runter, durch den außer uns nur die ewige Supermarktmusik floss, »was gut ist, weil wir beides nicht haben. Also, du hast bald ein bisschen Geld, falls du hier überhaupt bezahlt wirst, und ich habe ein bisschen Geld, weil meine Eltern«, er korrigierte sich, »weil meine Mutter Geld hat. Aber wir haben lange nicht genug Geld, um es bis nach Spanien zu schaffen. Dort jedoch …«

Er liebte diese Kunstpausen, und diese dehnte er so lange, dass ich einen ganzen Karton unterdessen einräumen konnte, zweitunterstes Regal, ich musste mich tief bücken.

»… wohnt eine alte Brieffreundin von mir. Wir könnten bei ihr absteigen.«

Ich reagierte nicht. Räumte weiter ein. *Räumen*, dachte ich, *träumen. Ein Buchstabe verschwand, und alles wurde anders.*

»Warum sagst du nichts?«, fragte er.

»Weil ich eine Arbeit zu erledigen habe. So sind wir Menschen des Spätkapitalismus. Wir arbeiten.«

»Bullshit. Wir sind Jäger und Sammler, wir müssen uns bewegen, wir müssen etwas suchen und finden. Nicht nur konsumieren und gehorchen.«

»Jäger und Sammler, soso, sehr interessant. Was willst du mir mit diesem historischen Exkurs sagen?«

»Das Leben ist zu kurz für diese Scheiße hier.«

»Welche Scheiße genau meinst du?«

»Regale einräumen wie ein verfickter Roboter.«

»Ich mag Roboter.«

Er packte mich am Arm, in dem ich einen Karton Milch hielt. »Ernsthaft jetzt.« Er schwitzte. »Was genau«, stieß er hervor, »bedeutet das Leben überhaupt für dich?«

»Einatmen, ausatmen, irgendwann damit aufhören?«

Ich kannte diese Ansprachen schon. Ich hatte keine Lust auf eine weitere. Ich war zu müde, zu sehr in der Defensive, schämte mich zu sehr für den weißen Kittel mit meinem Nachnamen drauf, den ich tragen musste.

»Idiot. Dein Leben ist kein Zustand, kein Zufall. Du bist aus einem bestimmten Grund auf diese Welt gekommen. Du hast

Jahrzehnte, also Hunderttausende Stunden, um herauszufinden, welchen Sinn es hat. Denk doch mal nach: Ein ganzes Leben! Was für ein Geschenk! Und du stehst hier und schleppst Milch durch die Gegend. Lass uns was draus machen! Lass uns das Geschenk auspacken!«

»Du klingst wie der kleine Prinz.«

»Und du wie der große Schwachkopf! Wir haben nur dieses eine Leben, mein Freund«, fuhr er ruhiger fort, »zumindest hat uns niemand das Gegenteil bewiesen. Es kann so schnell vorbei sein. Georg dachte immer, er lebt ewig. Und dann – bumm – noch zwei Jahre als Pflegefall, als Gemüse, und dann Ende, aus.«

Er wusste, wie er mich zum Schweigen bringen konnte. Ich ertrug es nicht, wenn er von seinem Vater anfing. Auch zwei Jahre danach nicht. Es war, als käme Georg hier gleich reinspaziert, ob es uns gefiel oder nicht, um uns irgendwelche Sprüche zu drücken. Ich wollte nicht an ihn denken, nie wieder.

Nie wieder wollte ich erinnert werden an diesen Tag vor zwei Jahren, als ich allein in Georgs Zimmer stand. Und überlegte, was mir inzwischen unfassbar erschien, wie es wäre, das große Kissen, auf dem er lag, bewusstlos, so gut wie tot, seit langer Zeit, einfach zu nehmen und ihn wegzuschicken. *Nein*, dachte ich damals, *so einfach geht es nicht*, und zwang mich, ganz genau darüber nachzudenken, was es von mir erfordern würde: drei Schritte zum Bett, ein Griff an das Kissen. Eine Hand unter seinen Kopf. Sie schnitten ihm regelmäßig die Haare, sehr kurz, wegen der Pflege. Wie würde er sich anfühlen? Ich müsste das Kissen unter seinem Kopf hervorziehen, ihn sanft ablegen, damit er nicht ausgerechnet in diesem Moment aufwachte. Und dann müsste es schnell gehen, das Kissen auf sein Gesicht, Mund und Nase komplett einschließen, es war mehr als groß genug dafür. Ich müsste nicht fest drücken, nur ein wenig von meinem Körpergewicht nach vorn verlagern, dabei auf die Tür hören, falls sie doch schon zurückkam. Falls das hier doch kein Auftrag war.

Es würde mir eine Minute Disziplin abverlangen, und die Überwindung, danach seinen Atem zu kontrollieren, mit dem kleinen Spiegel, der gegenüber vom Bett an der Wand hing. Wenn sie es so wollte, würde sie mich decken. Einfach sagen, sie habe ihn morgens so gefunden. Dann erst einen Arzt rufen. Der würde anhand der Totenstarre feststellen, dass Georg irgendwann nachts zu atmen aufgehört haben musste. Niemand würde sich weiter dafür interessieren. Ich würde es für Felix tun, und ich konnte es tun. Kein Gewissen hielt mich davon ab, das wurde mir in diesen Minuten klar. Es war das Richtige. Und er würde es niemals erfahren.

Felix streckte mir seinen Zeigefinger entgegen.

»Ein Leben. Lass es etwas bedeuten. Lass es ein großes Abenteuer sein – oder gar nichts.«

»Und wenn nicht?«

»Was, wenn nicht?«

»Was, wenn es das schon war?«, fragte ich und richtete mich auf, stand ihm gegenüber. Keine Milch mehr in den Händen. »Wenn es einfach nichts bedeutet? Wenn du dich abmühst und dem Sinn hinterherrennst wie ein Irrer, aber wir nun mal einfach nicht dafür gemacht sind, große Abenteuer zu erleben? Weil wir weiße Mittelschichtkids sind mit Krankenversicherung und Bausparvertrag, keine Gangster oder Glücksritter mit Narben von Schießereien?«

»Krieger werden nicht geboren. Krieger entscheiden sich.«

»Vielleicht sind wir einfach am Leben, um am Leben zu bleiben.«

»Dann bin ich lieber tot.«

Er knallte die Pepsi auf die Kartons, schaute mich wütend an. Als ich nichts dazu sagte, ging er. Er sprach eine Woche nicht mehr mit mir. Nach Spanien fuhr er, so weit ich weiß, nie. Aber er fragte mich auch nie wieder, ob ich irgendwohin mitkäme. Und er erzählte allen, dass ich Angst hätte, aus meinem kleinen Spießerleben auszubrechen.

Man konnte ihm nicht böse sein deswegen. Das wäre, als wollte man dem Wind böse sein, weil er uns zerzaust.

# GEISTER

DAS MEER WAR GLATT. Der Strand der unbewohnten Insel kam langsam näher. Das Kajak, in dem ich saß wie in einer Raumkapsel, entfernte sich auf unsichtbaren Schienen immer weiter von Lilith und dem Hippie und all den anderen. Von den Paddeln regnete es auf mich herab. Die Wunde am Schienbein machte sich bemerkbar. Sie war immer noch nicht verheilt, brannte ein wenig, was mich beruhigte, denn es bedeutete, dass ich wach war und nicht träumte. Ob Salzwasser, warm und voller Bakterien, eher schadete oder half, wusste ich nicht. Aber da es nicht zu vermeiden war, kümmerte ich mich nicht darum.

*So, so you think you can tell?*, sang es in meinem Kopf. *Heaven from hell? Blue skies from pain?*

Es war schnell gegangen. Eben saß ich noch am Strand, kiffte und ließ mir die Welt erklären, und plötzlich dieser Satz von Jérôme, dem Schweiger: *Wenn ich verschwinden wollte, dann auf der anderen Insel.*

Dass der entscheidende Hinweis ausgerechnet von ihm kam, passte irgendwie. Er hatte bis zu diesem Zeitpunkt kein Wort gesagt. Nicht besonders interessiert an mir und meiner Geschichte gewirkt.

»Warum«, hatte ich Lilith gefragt, »spricht er nicht mehr?«

Sie erzählte mir, dass Jérôme angeblich vor zwei Jahren beim Poker auf Mentawai gegen den Hippie verloren hatte, Runde um Runde, bis es auf einen Zweikampf zwischen den beiden hinauslief. Der Hippie spielte still, Jérôme hingegen versuchte ihn zu verunsichern, wie ein Basketballer, mit *Trash Talk*, spekulierte über den Beruf seiner Mutter und den Charakter seines Vaters, doch nichts half. In einer letzten Runde, als er bereits seinen gesamten Besitz verspielt und zwei Monate unentgeltliche Arbeit gesetzt hatte und als Letztes seine Seele in den Topf werfen wollte, sagte der Hippie zu ihm: »Behalt deine Seele. Ich will lieber deine Stimme.« Er nahm dabei einen Zug von seinem Joint, ohne den er nie spielte. »Du redest zu viel. Würde dir mal guttun, es für eine Weile zu lassen.« Jérôme wollte etwas erwidern, dem ungewaschenen Freak sagen, was auch immer er ihm zu sagen hatte, da merkte er, wie müde er war. Wie ihn die anderen, längst ausgestiegen, anschauten, bei jedem Wort zusammenzuckten, das er herausschleuderte. Wie wenig sie ihn mochten, wie sie ihm die Niederlage wünschten, nur damit er Ruhe gäbe. Wie ihn sein Mundwerk längst zum Verlierer gemacht hatte, bevor es eine verlorene Runde Poker tun konnte. Er setzte seine Stimme mit einem letzten »All in«, deckte seine vier Könige auf, der Hippie seinen Royal Flush, und erst viel später, als Jérôme schon drei Monate stumm auf der Insel saß, das Schild um den Hals und dem Hippie unendlich dankbar, fiel ihm auf, dass zu einem Royal Flush gegen vier Könige ein fünfter König gehörte. Aber jetzt war es zu spät, er lag mit ein paar anderen Chillern auf der sandigen Terrasse einer Aussteigergemeinde mitten im Chinesischen Meer, und er war so glücklich wie nie zuvor, was er jedem versichert hätte, wenn er noch redete.

In dieser Gesellschaft hatte sich Felix bestimmt wohlgefühlt. Aber dann musste ihm auch das zu viel geworden sein. Wie lange war er wohl schon auf der verlassenen Insel? Ob er inzwischen aussah wie Robinson Crusoe? Wilder Bart, abwesender Blick, aber ansonsten bester Dinge? Hatte er sich eine Hütte am Strand gebaut? Oder wohnte er in einem der alten Bungalows?

*Wo hast du dich versteckt, Herr Doktor? Soll ich dich rufen?*

»Felix!« rief ich, als das Kajak mit einem letzten Schwung auf dem weichen Grund aufsetzte. Ich stieg ins Wasser, zog das Kajak weit genug an den Strand hoch, damit die Flut es nicht mitnehmen würde. Ich atmete durch, nahm einen Schluck Wasser aus der Flasche, die ich als einzigen Proviant mitgenommen hatte. Jetzt erst wurde mir bewusst, dass ich auf einer weiteren Insel war, erneut ohne Plan. Entweder er ist hier, sagte ich halblaut, dann finde ich ihn schnell, die Insel ist klein. Oder er ist nicht hier, dann paddle ich zurück und setze meine Seele beim Poker.

Vom Strand aus sah die Insel der anderen, von der ich kam, sehr ähnlich, nur hatte sie keine Erhebung. Der dichte Dschungel ließ einen etwa fünf Meter breiten Sandstreifen frei, dahinter schien er sich über die ganze kreisrunde Fläche zu erstrecken. Ich musste also einen Pfad ins Dickicht finden. Und dann weitersehen.

*»So you think you can tell?«*, sang ich leise.

Ich gratulierte mir selbst, wie gut das Lied passte. Schaute einmal rechts den Strand hinunter. Dann nach links. Ich konnte nur raten. Also warf ich innerlich eine Münze, wandte mich nach rechts, vielleicht, weil die Palmen dort etwas mehr Schatten versprachen als links, wo die Sonne erbarmungslos auf den weißen Sand knallte. Ich hatte mein T-Shirt in die Tasche meiner Badehose geknüllt, Lucas Sonnenbrille auf der Nase, die Wasserflasche in der Hand, die Flipflops, die ich im Bungalow gefunden hatte, an den Füßen. Ihr vormaliger Besitzer hatte die gleiche Schuhgröße wie ich, zum Glück, denn der Sand war so heiß, dass ich barfuß nicht darauf hätte laufen können. Nach fünfzig Metern schwitzte ich, trotz des Schattens. Die Sonnencreme hatte ich vergessen, ein Grund mehr, den Pfad besser schnell zu finden. Ich fühlte mich auf einmal selbst wie Robinson Crusoe, der gerade auf seiner Insel gelandet war und nach einer Möglichkeit suchte, nicht in den nächsten 48 Stunden zu sterben. Aber wer war Felix dann – Freitag? Unwahrscheinlich. Auch Robinson Crusoe, nur zwei Monate weiter? Wie konnte ich ihn einholen, damit wir uns nicht nur am selben Ort, sondern auch in derselben Zeit befanden, eine Chance hatten, uns zu treffen?

Einmal, wir waren vielleicht elf oder zwölf, wollte Felix mich zu einer Wanderung überreden, mit Übernachtung. Er packte ein Zelt, zwei Schlafsäcke, eine Taschenlampe und zwei Tüten Chips ein.

»Wir sagen am besten niemandem was, sie erlauben es uns eh nicht.«

»Aber sie werden uns suchen, so wie damals bei der Mutprobe.« Das war höchstens ein halbes Jahr her. Lange genug, dass Felix die Erinnerung daran beiseitegeschoben hatte wie ein altes, unnützes Spielzeug. Mir steckte sie noch in den Knochen. »Und dann gibt es wieder Riesenärger!«

»Aber das ist doch der Spaß daran«, sagte Felix und grinste. Ein neues, funkelndes Spielzeug.

»Wo willst überhaupt hinwandern?«, fragte ich.

Statt einer Antwort schaute er mich lange an, als wäre diese Frage völlig absurd.

»Wo du hinwandern willst, habe ich gefragt.«

Er seufzte. Dann sagte er: »Wenn du zu viel Angst hast, dann lassen wir es besser.«

Beinah hätte ich den Pfad verpasst. Er war leicht zu übersehen, längst überwuchert von der Vorhut des Dschungels, die sicher nur ein paar Wochen brauchte, um zurückzuerobern, was menschliche Füße freigetrampelt hatten. Das Unterholz lag schon quer über dem schmalen Streifen, der in das Grün hineinführte. Es war nur eine Frage der Zeit, bis das Innenleben der Insel wieder vom Strand abgeschlossen sein würde. Einige

Sekunden stand ich unschlüssig da und überlegte, ob es tatsächlich so schlau gewesen war, nur in einer Badehose und mit Flipflops herzukommen. Wer wusste, was da im Unterholz lauerte. Ich hatte keine Lust auszuprobieren, was mit der Wunde an meinem Schienbein passierte, wenn ich mich durch Blätter und Spinnweben schlagen musste, ob vielleicht ein Parasit darin eine neue Heimat finden würde. Aber mir blieb keine Wahl. Ich trat auf die ersten Zweige, entdeckte einen losen größeren Ast, mit dem ich wenigstens das Gestrüpp vor mir ein wenig zur Seite drängen konnte. Kaum hatte ich ein paar Schritte zurückgelegt, wurde es dunkel. Hatte die Sonne zuvor alles erbarmungslos ausgeleuchtet und, vom Meer reflektiert, mich geblendet, mussten meine Augen sich nun erst mal an die natürliche Dämmerung gewöhnen. Der Dschungel war dicht hier, und ich hatte nicht das Gefühl, dass er auf mich gewartet hatte. *So you think you can tell.* In meinem Kopf verklang die Musik. Das Lied war zu Ende.

Auf dem Boden lag braunes Laub, riesige Blätter, zwischen unzähligen niedrigen Pflanzen. Darüber bogen sich die großen Bäume und Sträucher. Es roch modrig, alles war feucht. Eine leichte Brise wehte durch die Blätter und sorgte für ein konstantes Rauschen, irgendwo zirpten Insekten, ansonsten war es still. Ich ging tiefer und tiefer in die Insel hinein, wie durch einen Tunnel. Hatte Felix ihn gegraben, für uns?

In meinem Kopf stellte ich mich auf eine mehrstündige Wanderung ein, sah mich über umgestürzte Bäume springen, wilde Flüsse überqueren. Aber dann wurde der Pfad plötzlich breiter und endete auf einer Lichtung. Rechts schlängelte sich ein kleiner Bach, der in eine Art Wasserstelle mündete, wo er sich an mehreren großen Steinplatten staute. Wahrscheinlich hatte man deswegen versucht, hier zu bauen.

Im fahlen Licht, das durch die Bäume fiel, erschienen die Bungalows noch maroder, als sie ohnehin waren. Ich zählte acht schiefe Bauten aus morschem Holz mit rostigem Wellblech und eingefallenen Veranden. Sie gruppierten sich in einem großen Kreis und in scheinbar zufällig gewählten Abständen um den einzigen soliden Bau, den ich entdecken konnte. Auch er bestand aus nicht viel mehr als drei Wänden, immerhin aus Beton, und einem Dach. Ich sah ein paar verwitterte weiße Geräte, die vielleicht einmal zu einer Küche gehört hatten. Was war hier geschehen?

Hier hatte seit Jahren niemand mehr gekocht, und hoffentlich auch seit Jahren niemand mehr gelebt. Nachdem ich das deprimierende Gesamtbild in mich aufgenommen hatte, drehte ich eine Runde um die Bungalows. Ein wenig Müll war, vom Regen aufgeweicht, schon halb mit dem Dschungel verwachsen. Überreste eines besseren Lebens gammelten auf und unter den Veranden herum: ein Badmintonschläger, ein Fußball, so etwas wie ein portabler Grill. Alles sah aus wie vor Jahren fotografiert und seitdem mit einem Bildbearbeitungsprogramm künstlich verblichen.

Ich erklomm eine der Veranden, die mir noch betretbar vorkam, und stieß mit einem Fuß die angelehnte Tür auf. Sie öffnete sich quietschend, und ich konnte einen Blick in das dunkle Innere werfen: eine Matratze, die unter einem zerrissenen Moskitonetz vor sich hin schimmelte, ein zerbrochener Spiegel. Sonst nichts. Wer auch immer hier mal gewohnt hatte, er hatte es einfach gehalten. Oder alles von Wert war längst geplündert worden.

Ich versuchte mir vorzustellen, wir hier einmal Menschen gelebt, gesungen, gelacht und getanzt hatten, so wie wir vergangene Nacht drüben, auf der anderen Insel. Und ich versuchte mich in Felix hineinzuversetzen. Wo war er, wenn nicht hier? Joana hatte nur diese eine Anlage erwähnt. Ich ging die zwei Stufen der Veranda wieder hinunter und hatte für einen Moment das seltsame Gefühl, dass mich jemand beobachtete. Dass jemand aus einem der anderen Bungalows spähte und wartete, dass ich die Lichtung wieder verließ. Ich blieb stehen, lauschte, aber nicht einmal der Wind strich mehr durch die Blätter. Es war so lautlos, als ob selbst die Grillen den Atem anhielten.

Ich betrachtete einen Bungalow nach dem anderen. Überlegte, ob es klug war, wie ein Opfer in den Dschungel hineinzurufen und dadurch vielleicht etwas oder jemanden anzulocken. Oder ob ich langsam irre wurde, weil ich hier eine Bedrohung vermutete, mir vielleicht sogar wünschte. Weil selbst eine Bedrohung weniger deprimierend gewesen wäre als die Sinnlosigkeit einer längst verlassenen Insel.

»Hello«, rief ich halblaut, erstaunt über meine eigene Stimme. »Hello«, noch einmal lauter, »is anybody here?« Von irgendwoher, weit weg, antwortete ein Vogel auf meinen Ruf. Ansonsten: Stille. Ich schüttelte den Kopf und verließ die Lichtung, nicht ohne mich noch einmal umzudrehen und zu vergewissern, dass sich keine Tür geöffnet hatte.

Der Pfad schlängelte sich weiter durch den Dschungel. Nach meinen Berechnungen konnte es nicht mehr lange dauern, bis ich auf der anderen Seite der Insel wieder rauskam. In einem sanften Bogen führte der Weg jetzt nach rechts. Der Urwald lichtete sich, und der Boden wurde uneben. Er wölbte sich nach oben. Ich blieb stehen. Waren das Ameisenhügel? Die Erhebungen wirkten unnatürlich, es sah aus, als würde die Natur auf irgendetwas allergisch reagieren. Als hätte sie einen Ausschlag bekommen. Vor dem nächsten Hügel ging ich in die Hocke, versuchte etwas zu erkennen, schaute mir den nächsten genauer an, aus dem etwas Weißes herausragte, Plastik, vermutete ich. Hatten sie hier ihren in Müll entsorgt? Ich beugte mich vor und zog das Teil aus dem Boden, zuckte zusammen. Es war kein Plastik. Es war ein Knochen. Ich nahm ihn in die Hand: ein weißer kleiner Knochen, wie von einem Tier. Plötzlich wusste ich, was mich an den Hügeln so eigenartig vorkam: Sie waren heller als der Rest des Erdreichs. Ich suchte sie mit den Augen nach weiteren Hinweisen ab, bis ich in zehn Metern Entfernung etwas sah. Nein. Es sah *mich*.

Als wir klein waren, schauten Felix und ich gern diese amerikanische Krimiserie, in der ein allwissender Ermittler komplizierte Fälle anhand kleinster Indizien löste. Etwa nahm er einen Knochen des Opfers in die Hand, beschnupperte ihn und entwarf dann präzise Theorien zu Tathergang und Motiv des Mörders. In einer Folge waren die Leichen einer ganzen Familie erst zwanzig Jahre nach ihrem Verschwinden aufgetaucht, weil der Boden, in dem sie vergraben lagen, Blasen geworfen hatte. Wenn verwesende Körper unterirdisch gären, müssen die Gase irgendwohin austreten, hatte der Cop erklärt. »Quatsch«, hatte Felix gesagt, »das ist ja voll unrealistisch.« Aber mich hatte die Geschichte nicht losgelassen, das stete Blubbern der Erde, die unheilige Botschaft aus dem Jenseits, die uns die Toten schickten. Ich hatte meinen Eltern davon erzählt, und mein Vater hatte mir in einer für ihn ungewöhnlich langen Antwort erklärt, dass man nicht alles glauben sollte, was in solchen Krimiserien passierte. Dass Morde sehr viel seltener waren als dort dargestellt, zumal in Deutschland. Dass heutzutage fast alle Mörder geschnappt würden, auch ohne Superermittler, einfach durch Wissenschaft. Dass die Serie in diesem konkreten Fall allerdings richtigliege und die Gärprozesse offenbar akkurat darstelle. Dass insbesondere in Ländern, die ein Bürgerkrieg mit Massengräbern übersät hatte, der Boden Blasen werfe, als wäre er krank.

Der Schädel ragte mit den Augenhöhlen aus der Erde, sah genau in meine Richtung. Man erkannte ihn nur, wenn man, wie ich, in der Hocke saß. Ich sprang entsetzt auf. Das hier war keine Müllkippe, auch keine Laune der Natur. Ich stand auf einem Massengrab. Ich ließ den Knochen in meiner Hand auf den Boden fallen, als wäre er giftig. Mit einem Mal begriff ich: Dieses Grab war Jahrzehnte alt. Älter als die Bungalows. Wahrscheinlich wussten sie nichts davon, als sie sie bauten. Und flohen dann von der Insel, als die Knochen langsam, aber sicher an die Oberfläche kamen.

Ich zählte zehn große Blasen. Das machte, wenn man der Serie trauen konnte, um die vierzig Leichen. Oder mehr. Der Schreck über meine Entdeckung versetzte mich abrupt in Bewegung. Ich lief los, behielt die Hügel rechts im Blick, begann zu rennen, wollte raus aus diesem verhexten Wald. Nach wenigen Augenblicken erreichte ich den Strand. Das Meer, das in allen Schattierungen von Blau schimmerte, die Sonne, der Sand, alles erschien mir plötzlich unwirtlich und öde. Planlos lief ich am Strand entlang, erst nach rechts, dann nach links. Er war schmaler hier als auf der anderen Seite. Sonst bot sich das gleiche Bild. Doch diese Insel war kein Paradies, keine Traumkulisse. Sie war ein einziger großer Friedhof. Wenn Felix wirklich hierher gekommen war, dann sicher nicht, um in Frieden abzuhängen. Sondern um sich umzubringen.

Ich rannte zurück zu den Bungalows. Ich hatte nur in einen der acht hineingeschaut, was, wenn er in einem der anderen sieben war? Weil ihm vielleicht egal gewesen war, in welchem Zustand sich das Dach über seinem Kopf befand – Hauptsache, es trug einen Strick? Links flog das Massengrab an mir vorbei, ich erreichte die Lichtung mit der Wasserstelle und den Gebäuden, rannte zum erstbesten Bungalow, riss die Tür auf: nichts. Nur eine weitere verfaulte Matratze. Raus, die Veranda runter, die nächste hoch, die zweite Tür: nichts. Ich war erleichtert und enttäuscht zugleich. Was erwartete ich? Felix, blau am Strick baumelnd, voller Maden? Noch eine Tür und noch eine, dahinter: Leere. Der letzte Bungalow. Wie hoch war die Wahrscheinlichkeit, dass ich ihn hier fand? Ich war einmal gut darin gewesen, Prozente zu berechnen. Jetzt hatte ich die einfachste Regel vergessen: Blieb die Wahrscheinlichkeit nicht immer gleich, unabhängig von der Anzahl der Versuche? Oder stieg sie? Tür auf: nichts. Auch dieser Bungalow sah aus wie alle anderen, leer und tot.

Ich trottete zum Strand zurück, dorthin, wo ich das Kajak an Land gezogen hatte. Das Licht wurde schon golden und weich. Hunderte kleine, durchsichtige Krebse buddelten sich durch den feuchten Sand. Felix war wie einer dieser Krebse, die unablässig Sterne in den Sand zeichneten, mich mit ihrer Kunst lockten, dann aber, sobald sich meine Schritte näherten, flüchteten. Ich sah seine Muster überall, wollte sie sehen, in den Wolken, im Sand, in den Menschen. Aber er war verschwunden, bevor ich ihm auch nur nahe kam.

Müde setzte ich mich neben dem Kajak in den Sand.

Und jetzt?

Ich stand wieder auf. Lief ein paar Meter. Aber wohin wollte ich gehen? Es war eine Insel. Eine kleine, verfluchte Insel. Man konnte nur im Kreis rennen. Man entkam nicht. Wo sollte ich weitersuchen? Warum sollte ich weitersuchen? Warum immer ich? Warum musste immer ich ihm hinterherrennen, diesem egoistischen Schwein? Was hatte er jemals für mich getan?

Plötzlich schrie ich den Dschungel an: »Komm raus! Komm endlich her! Jetzt!«

Ich drehte mich einmal um mich selbst.

»Du dummes Arschloch«, schrie ich. »Du abgefucktes Stück Scheiße!«

Ich wollte etwas kaputt machen, aber es gab nichts in meiner Reichweite, außer Palmen und Sand und Meer – und dem Kajak. Also nahm ich das Paddel und schlug es mit voller Kraft auf das Boot, wie wahnsinnig geworden. »Warum immer ich?«, brüllte ich, schlug noch einmal zu, das Paddel rutschte mir aus den Händen, aber es brach nicht, ich fiel auf die Knie, »ich kann nicht mehr!«, dann fiel ich zur Seite in den Sand.

»Komm bitte her«, bettelte ich, krümmte mich wie ein Embryo, aber ich war allein. Und ich konnte die Fragen nicht mehr zurückhalten.

Was, wenn ich ihn nie finden würde? Hörte es dann nie auf? Die Erinnerungen? Würde ich bis zum Ende an ihn denken? An uns? Unser ganzes Leben wieder und wieder an mir vorbeiziehen sehen? War das die Strafe, die Folter, die ich verdiente? Oder würde ich ihn vergessen können? Würden die Erinnerungen mit der Zeit verblassen? Ganz natürlich, weil das Gehirn eben neuen Platz braucht, wenn es nicht platzen will? An welche Bilder würde ich mich klammern? Wäre es meine Entscheidung, was ich von ihm behalten würde?

Vielleicht musste ich in dieses Dorf ohne Gedächtnis, wenn es denn existierte, vielleicht musste ich alle Erinnerung auslöschen, damit ich ein neues Leben anfangen konnte. Vielleicht musste ich auch verschwinden.

*Du fängst an zu spinnen.*

Hatte ich das gerade laut gesagt? Nur gedacht? Oder hatte ich es zu Felix gesagt? Das Meer leckte den Strand wie eine Katzenmutter ihre Kinder. Träge, aber mit unendlicher Zärtlichkeit. War das Verschwinden wie das Meer? Eine ruhige Naturgewalt, die dennoch jeden verschluckt, der nicht aufpasste? Ich richtete mich auf, starrte es an. *Gib mir meinen Freund zurück*, sagte ich, dachte ich. *Was willst du mit ihm?*

So saß ich, bis die Sonne den Horizont fast berührte. Wenn Menschen Sonnenuntergänge beschreiben, werden sie wahllos. Dass der Himmel blutrot sei, wird oft behauptet, stimmt aber nicht. Blut ist dunkler. Der Himmel ist eher ein höllisches Orange, wie die Glut eines zu heißen Grills, in den man Spiritus gekippt und deshalb fast in der Stichflamme gestanden hatte, und nur weil der beste Freund einen im letzten Moment wegriss, besaß man danach noch ein Gesicht. *Vielleicht ist es am schönsten, wenn die Sonne nicht mehr da ist*, dachte ich.

Mir kamen die Tränen. Diesmal hielt ich sie nicht zurück. Ich weinte. Über die Schönheit. Über Felix. Über mich.

Ich weinte, länger als sonst. Bis ich leer war.

Dachte an nichts mehr. Was natürlich gelogen ist. Man denkt immer an irgendwas. Aber ich wollte nichts mehr denken. Ich wollte aufgeben.

Es dämmerte.

*Kann ich nach Hause?*, fragte ich.

Ich stand auf, zog das Kajak ins Wasser, setzte mich hinein. Wenn das Paddel gebrochen wäre, hätte ich ein ernsthaftes Problem gehabt. Aber nicht einmal das hatte ich geschafft.

# INDIANER

**ICH BIN WIEDER IN DER BAR**, mit Lea. Nicht das erste Mal, seitdem wir uns kennengelernt haben.

Aber heute war etwas anders. Wieder stand sie da. Wieder schaute ich sie von hinten an. Aber heute drehte sie sich um, als hätte sie mich gespürt.

»Jemand gestorben?«, fragte sie.

»Den Spruch kenne ich schon.«

»Trägst du immer nur Schwarz?«

»Meistens.«

Ich hatte einen heftigen Ohrwurm. Ein paar Zeilen, wieder und wieder: *I want a perfect body. I want a perfect soul.*

Der Song lenkte mich ab. Ich wollte, dass er mich ablenkte. Alles war besser als der Stress, mit ihr reden zu müssen, jeder Satz ein Minenfeld, jedes Wort vielleicht das letzte.

»Kennst du das Indianerspiel?«, fragte sie.

»Nein.« Ich wollte etwas Witziges erwidern, nur was?

*You're just like an angel, your skin makes me cry.*

Mir fiel nichts ein.

»Es ist ganz einfach: Wir schauen uns in die Augen«, sie fixierte mein linkes Auge, ihre Iris zwei grüne Kiesel, »und keiner darf wegschauen. Wer es zuerst tut, hat verloren. Blinzeln, zucken, weinen, alles erlaubt. Nur wegschauen nicht.«

»Klingt machbar.«

Ihr auf unbestimmte Zeit in die Augen schauen? Ohne sie anzufassen oder wegzurennen? Es klang übermenschlich. Was für eine wahnsinnige Idee.

»Okay, dann: Auf die Plätze, fertig, los.«

Die Menschen um uns herum tranken, redeten, gingen und kamen, alles unverändert. Nur wir liefen wie in einem Film in einer anderen Geschwindigkeit ab, Slow Motion, während um uns herum die Welt mit rasendem Tempo durch das All flog. Ich sah direkt in ihre Pupillen, *das Fenster zur Seele* und so weiter, aber ich hatte viel zu große Angst davor, was sie sehen würde. Ich trank mein Glas leer, schaute sie dabei über den Rand an, sie lächelte kurz. Wir schwiegen eine, zwei, fünf Minuten. Es war kitschig, es war ein Klischee, aber ich erkannte in ihren Augen, dass sie gut war. Dass sie es gut meinte.

»Du bist ehrgeizig«, sagte ich, um überhaupt irgendetwas zu sagen.

»Ich habe noch nie verloren.«

»Ich habe noch nie gespielt.«

*»I want you to notice, when I'm not around«*, sang ich ganz, ganz leise.

»Singen ist nicht fair, aber erlaubt«, sagte sie.

Ich konnte nicht anders.

*»You're so fuckin' special. I wish I was special«*, flüsterte ich.

»Ich habe noch nie verloren«, sagte Lea, aber es klang nicht mehr selbstbewusst, ich nahm ihren flackernden Blick wahr und wie sich ihre Pupillen weiteten und wieder verengten, sich schlossen wie die Kiemen eines Fisches an Land, ich spürte, dass sie etwas Unerwartetes gesehen hatte, dass sie gegen alle Widerstände wegschauen musste. Ich würde gewinnen.

Auf einmal schob sich ein Detail in mein Blickfeld, das nicht zu ihr gehörte. Ein Fehler, ein Fleck auf der Linse. Es war einer der Jungs, mit denen Felix hier war.

»Dein Bruder kriegt draußen gleich richtig auf die Fresse«, sagte er. Ich kannte den Typen nicht. Er musste gesehen haben, wie ich mit Felix ankam. Fans wie er hielten uns öfters für Brüder. Vielleicht, weil Felix neben einem stillen kleinen Bruder wie mir noch heller strahlte?

»Irgendjemand hat was über seine Mutter gesagt, jetzt will er sich unbedingt prügeln.«

»Ich muss«, sagte ich zu Lea, und schaute weg. Sie rieb sich die Augen, erleichtert. Ich schluckte meine Wut runter und folgte dem Typen nach draußen. Ein großer Kreis Menschen. Es hörte sich an wie die Menge bei einem Rockkonzert. Stimmen. Rufe. Anspannung.

Felix tanzte um den Großen herum, reckte immer wieder die Fäuste vor dessen Gesicht, und dass der ihn gewähren ließ und noch nicht zuschlug, lag wohl an den Worten, die Felix ihm zurief.

»Und ich wasche mir nie die Hände nach dem Scheißen! Vielleicht habe ich sogar AIDS!« Wie einen Bannspruch spuckte er es seinem Gegner hin. »Wenn du mich anfasst, welche von deinen Schlampen will dich dann noch?«

Ich schob mich in das Innere des Kreises. Lea stand plötzlich schräg hinter mir.

»Der hat zu viel gesoffen«, flüsterte sie mir ins Ohr.

»Das ist nicht der Alkohol«, sagte ich. »Er ist dicht. Aber der Alkohol ist nicht schuld.«

»Was dann?«

Ich antwortete nicht. Wenn man mit Felix zusammen war, konnten sich plötzlich die Ladungen ändern, die Statik eines Moments, einer Geschichte, wie in einem Traum, in dem man eben noch der Gute war und plötzlich als Bösewicht gejagt wurde. Ich konnte damit umgehen, hatte es lernen müssen. Fremde verstanden das nicht.

Der Große zog langsam sein Hemd aus, kein gutes Zeichen. Seine linke Brust war tätowiert, ein schwarzes X. Er war massig wie eine Bulldogge.

»Ja, zieh dich aus, Baby, ich steh auf Tattoos, vor allem auf so hässliche«, rief Felix und tänzelte weiter um ihn herum, als würde jede Runde einen Punkt für ihn bedeuten.

»Sag einfach, dass er Tourette hat. Oder sonst wie irre ist.«

Ich schaute Lea erstaunt an. Sie verlor nicht die Nerven, so viel war sicher.

»Das würde ihm gefallen«, sagte ich anerkennend. Mir war schwindlig. Lea hatte mich nervös gemacht, ich hatte schneller als sonst getrunken. Dass Felix mir den Abend mit ihr versaute, musste ich hinnehmen. Aber wenn er zu Brei geprügelt wurde, hätte das Konsequenzen. Ich wäre schuld. In den Augen seiner Mutter, meiner Mutter. Und vielleicht würde auch Lea so denken. Ein guter Freund half seinem Freund, wenn der in Schwierigkeiten steckte. Ich musterte den Großen. Er war überall rasiert, sah aus wie ein glatter Fels, unverwundbar. Ich hatte nie mehr jemanden geschlagen seit der Prügelei mit Felix, damals, auf dem Schulhof. Und der Große sah aus, als boxte er sich jeden Tag, zum Spaß. Das schwarze X, fiel mir jetzt ein, stand für *Straight Edge.* Ich wusste von Felix, der sich für alles Extreme immer brennend interessierte, dass manche Kampfsportler keine Drogen nahmen, auf Alkohol und Zigaretten verzichteten, um fitter zu sein. Wir würden auch zu zweit keine Chance haben. Und ich war mir fast sicher, dass Felix ihn genau deshalb ausgesucht hatte.

»Drecksschwuchtel«, sagte der Große, als Felix ihm seinen Hintern zuwandte und lasziv damit wackelte.

In diesem Moment kam mir eine Idee.

»Schau weg«, sagte ich zu Lea, »ich muss das machen.«

Dann lief ich los, wie ferngesteuert, auf Felix zu. Der Große beachtete mich nicht, bis ich genau zwischen ihnen stand, ganz nahe an Felix herantrat. Er schwitzte, die Locken klebten ihm im Gesicht. In seinem Blick lag ein fast erfreutes Blitzen. Er erkannte mich. Und er war neugierig.

Das war der kritische Moment: Ich musste schnell sein, die

Überraschung ausnutzen, bevor der Große mich entweder von hinten einfach ausknockte, oder Felix mich packte und aus dem Weg schob, mir vielleicht noch eine verpasste, um die Stimmung zusätzlich aufzuheizen.

Ich küsste Felix.

Auf den Mund, so zärtlich ich konnte. Ich fuhr ihm mit einer Hand durch die Haare, hielt ihn am Hinterkopf fest, dass er nicht ausweichen konnte. Ich spürte, wie er erstarrte. Aber er hielt still.

Hinter mir jaulte der Große auf.

»Schaut euch die Schwuchteln an«, rief er, und einige der Umstehenden johlten und pfiffen anfeuernd. »Die kann ich doch nicht schlagen!«, jammerte er.

Ich packte Felix am Handgelenk und zog ihn aus der Menge, die sich hinter uns wieder schloss.

»Schon peinlich, dass dein Bruder dich raushauen muss«, sagte der Typ, der mich geholt hatte und jetzt an der Tür zum Klo aufpasste, dass der Große es sich nicht anders überlegte. Wir saßen auf dem Boden, jemand hatte uns zwei Bier besorgt. Lea stand in der Ecke und schaute uns von oben an, ein unlesbarer Blick. Vielleicht dachte sie gerade darüber nach, was für ein seltsamer Held ich war. Oder wie sie mich am besten wieder loswurde.

»Der ist nicht mein Bruder«, sagte Felix. Er hasste es, wenn ich ihm half. Noch schlimmer, wenn andere dabei zuguckten. Diesmal war ich allerdings seine einzige Chance gewesen, mit allen Zähnen heimzukommen, das wusste er so gut wie ich. Aber er würde es niemals zugeben.

»Das wäre auch noch Inzest«, sagte ich. »So war es nur die am wenigsten schlimme Variante, wie der Abend ausgehen konnte.«

Der Typ lachte. Sonst niemand. Felix hatte noch nicht genug, das spürte ich, er suchte nach einer weiteren Bombe, die er zünden könnte.

»Ja, wäre echt krank« sagte der Typ, »wenn ihr Brüder wärt.«

Felix schaute mich an. »Mein Bruder würde nicht mit so einer Nutte hier rumstehen.«

Lea zuckte zusammen. Sagte aber nichts. Es war an mir. Es gab nur einen Weg, sie zu schützen.

»Er kennt sich aus«, sagte ich zu dem Typen, und zeigte mit dem Daumen auf Felix, »sein erstes Mal war mit einer Nutte.«

»Du lügst«, zischte er. »Das stimmt nicht. Schön wär's.«

»Bitte«, antwortete ich müde, »sei einmal vernünftig, und geh jetzt einfach nach Hause.«

»Vernünftig sein ist wie tot sein. Nur früher.«

»Was für ein dummer Satz.«

»Dumm sein ist auch wie tot sein. Die anderen haben das Problem. Du selber merkst ja nichts davon.«

»Du bist durch«, sagte ich, »Du weißt nicht mehr, was du redest. Geh nach Hause.«

»Wenn du wüsstest«, sagte er, lachte hohl. »Ach, du weißt es ja ganz genau.« Dann stand er auf, balancierte seine halbvolle Bierflasche zwischen zwei Fingern in der Luft, grinste uns an und ließ sie los. Mit einem Knall zerschellte die Flasche am Boden, Scherben und Bier spritzten hoch, ich hatte mein Gesicht gerade noch mit einem Arm schützen können, Lea hatte einen Satz zur Seite gemacht. Felix war schon aus der Tür, als es knallte.

»Ende Gelände«, sagte der Typ und folgte ihm. Menschen wie er bewunderten Felix für das hier.

Ich stand mühsam auf. Meine Hose war nass von dem Bier. Lea kam zu mir, legte mir ihre Hand auf die Schulter. Wo waren wir stehen geblieben?

»Es tut mir leid …«, begann ich, aber sie unterbrach mich.

»Hatte der überhaupt schon mal eine Freundin?«

»Was?«

»Du hast ihn eben geküsst, du musst es doch wissen …«

»Der hat ständig was am Laufen.«

»Ich meine was Ernsthaftes.«

»Was ist schon ernsthaft?«, sagte ich lässig.

»Vielleicht ist dein Freund«, sagte sie, »der große, irre Felix, auch einfach nur einsam und neidisch auf Menschen wie dich.«

»Was soll das heißen?«

Ich spürte, wie ich wütend wurde. Warum war er immer und immer Thema? Warum konnten wir nicht weitermachen, wo wir eben aufgehört hatten? Es war nicht fair, dass sie mich jetzt bestrafte, indem sie ihn analysierte. Was wusste sie schon.

»Ich sag dir, was ich denke: Irgendeine sollte ihn mal flachlegen, damit er sich endlich entspannt.«

»Nur zu, tu dir keinen Zwang an.« Ich wollte sie treffen. Und ich wusste, wie. »Vielleicht hast *du* ja ein Problem mit *ihm*, und nicht andersrum.«

»Und mein Problem wäre?«

»Vielleicht nervt dich einfach, dass er dich nicht mit dem Arsch anschaut?«

Es tat mir in derselben Sekunde leid, noch bevor sie ihren Blick senkte. Sie hatte mehr von mir erwartet. Endlich hatte jemand etwas von mir erwartet. Und ich hatte sie enttäuscht. Aber Felix färbte ab, ich schwang mit ihm, konnte nichts dagegen tun. Lea sah aus, als würde sie das Gleiche denken. Blinzelte, schaute weg. Ich wollte mich entschuldigen, aber er nähte mir die Lippen zu. Ich wollte, dass sie noch etwas sagte, aber er hielt mir die Ohren zu. Ich dachte schon, dass sie mich einfach stehen lassen würde, so wie er uns.

Doch dann sagte sie tatsächlich etwas.

»Wenn ich deine Augenlider wäre, würde ich deine Augen

offenhalten, tagelang. Nicht für ein Spiel, das hättest du sowieso gewonnen. Sondern damit du wirklich mal hinschaust.«

Dann ging sie.

# AMBEL

BEVOR DU MICH FRAGST: Ich habe ihn nicht gesehen.«

»Ich habe dir ja noch nicht mal das Foto gezeigt.«

»Brauchst du auch nicht«, sagte das Mädchen, eine stille Amerikanerin mit heller Haut und rötlichen Locken. Ich hatte sie in den vergangenen Tagen anscheinend verpasst, vielleicht war sie krank gewesen. Sie verzog das Gesicht, als hätte ihr jemand die Mundwinkel in den Boden genagelt. »Ich kenne ihn nicht. Ich kenne dich nicht. Und niemand hat dich gebeten, herzukommen.«

Es war das erste Mal, dass mir jemand feindselig begegnete. Natürlich hatte es sich herumgesprochen, dass ich Felix suchte. Aber erst nachdem sie mich abgekanzelt hatte wie ein nerviges Kind, fiel mir auf, dass ich nicht mehr zögerte, auf andere zuzugehen. Ich hatte meine Angst überwunden. Was offenbar nicht unbedingt gut war. Sofort meldete sich meine alte Scham wieder, ich vermutete den Fehler bei mir, machte mich klein.

Den Nerds, die wie immer mit ihren Laptops auf der Terrasse saßen, war die Szene nicht entgangen. Ich suchte mit Blicken ihre Unterstützung. Aber sie reagierten nicht. Tippten weiter. Es war ihnen egal. Wem war ich hier noch egal? Und wem sogar ein Ärgernis? Sofort ging ich im Kopf alle Reaktionen durch: Lilith war freundlich gewesen. Joana eher gelangweilt. Jérôme, der nie sprach, zählte nicht. Die anderen? Hatten geantwortet, einsilbig, ohne Ergebnis. Hatten sie etwas zu verbergen? Oder wollten sie mich einfach nur loswerden? Hatten sie deshalb die Vermutung geäußert, dass Felix auf der anderen Insel war? Hofften sie, mich zu frustrieren? Oder war ihnen einfach alles völlig gleich?

Wie auf das Kommando eines Regisseurs tauchte der Hippie in meinem Blickfeld auf. Er gab mir ein Lächeln, es wirkte kalkuliert. Die Wärme in seinem Blick – er schien sie anzudrehen wie einen Heizofen. Eine trockene, unnatürliche Temperatur. Er kam in seinem eigentümlichen Watschelgang direkt auf mich zu und wedelte mit einem dünnen Joint herum.

»Bisschen Entspannung gefällig?«

Ohne meine Antwort abzuwarten, setzte er sich zu mir.

»Warum nicht«, sagte ich, es gab im Moment nichts für mich zu tun. Und schon sah ich Lilith auf uns zukommen, ich war erleichtert. In ihrer Nähe fühlte ich mich weniger unerwünscht hier. Ich merkte, dass ich sie vermisst hatte, als ich durchgefroren, leer und müde von der Toteninsel zurückgekommen und direkt ins Bett gegangen war.

»Aus deiner schlechten Laune schließe ich, dass du da drüben nichts gefunden hast«, sagte der Hippie und zündete den Joint an. Rauch stieg auf.

Schlechte Laune? Gar kein Ausdruck.

»Nein«, sagte ich, »bis auf verlassene Bungalows und …« Sie würden mich endgültig für verrückt halten, wenn ich von den Gerippen anfing.

»… alte Knochen«, vervollständigte der Hippie und reichte mir mit spitzen Fingern den Joint.

»Genau«, sagte ich. Natürlich war er selbst drüben gewesen, vor langer Zeit.

»Was ist dort passiert? Eine Seuche? Sind die verhungert?«, fragte ich.

»Erzähl's ihm«, sagte Lilith und setzte sich zwischen uns.

»Diese Insel hier«, sagte der Hippie, nahm den Joint wieder entgegen und deutete mit der glühenden Spitze auf den Boden,

»war einer der wenigen sicheren Orte während der Diktatur der Roten Khmer. Künstler, Professoren, Schauspieler flüchteten hierher, versteckten sich wie Ratten in Erdlöchern. Geschützt von den paar Fischern, die hier lebten.«

Dieser paradiesische Flecken und der blutige Bürgerkrieg, man brachte es nicht zusammen.

»Sie lebten eher schlecht als recht, aber sie lebten. Bis einer der Fischer sie verriet. Er fuhr nachts mit dem Boot hinaus, gab mit einer Fackel ein Signal, und die Roten Khmer kamen mit ihren Schiffen. Sammelten die Geflohenen unter dem Vorwand ein, sie ans Festland zu bringen, wo Häuser und Arbeit auf sie warteten und die große Revolution. Dann aber setzten sie mit ihnen auf die unbewohnte Insel über und töteten alle. In einer Nacht, mit Macheten, um Munition zu sparen. Dem Verräter banden sie Hände und Füße zusammen und warfen ihn über Bord. Wer seine eigenen Leute auslieferte, konnte ihnen nicht von Nutzen sein. Seitdem ist die Insel drüben, aber auch dieser Strand hier, an dem sie Lager machten, ein verfluchter Ort. Ein Ort der Schande, an dem die Geister der Toten umgehen. Niemand hat sich je die Mühe gemacht, rüberzufahren und sie ordentlich zu begraben, nachdem man sie nur eilig verscharrt hatte. Mit den Jahren und dem Regen wurden immer mehr Knochen ans Tageslicht gespült, und der Boden warf Blasen, weil die Leichen unterirdisch gärten.«

Meine Fernsehbildung war also korrekt. Der Hippie ließ sich Zeit, sog an seinem Joint, bevor er weitersprach, damit sich das Gesagte setzen konnte.

»Deshalb wohnen wir nicht mehr drüben«, sagte er mit gepresster Kifferstimme. »Deshalb sind wir hier. Und werden geduldet. Für die Khmer sind nun beide Orte verflucht. Und wir so was wie Geister.«

Ich schaute ihn sprachlos an. Die verfallenen Bungalows, die Wasserstelle. Das war die erste Kommune gewesen?

»Ihr habt damals da drüben gewohnt?«, fragte ich.

»Bis vor drei Jahren. Bis der Boden die Leichen ausgespuckt hat.«

»Wieso habt ihr mir davon nichts gesagt?«

*»Man kann einen Menschen nichts lehren. Man kann ihm nur helfen, es in sich selbst zu finden.«*

Ich schaute ihn verständnislos an.

»Galileo Galilei. Ein Zitat. Es bedeutet …«

»Ihr hättet mich vor dem Massengrab warnen können«, unterbrach ich ihn.

»Wärst du dann sofort euphorisch rübergepaddelt?«

»Gar nicht wäre ich rübergepaddelt, wenn ich es gewusst hätte. Weil es Bullshit ist, dass Felix sich auf so einer Insel versteckt, wo die Scheißknochen aus dem Boden kommen.« Ich stand auf, wütend, zitterte fast. Hatten die nicht verstanden, dass ich nicht zum Spaß hier war? Ich wollte Jérôme suchen und ihn schütteln, bis er mit mir sprach, mir erklärte, warum er mich rübergeschickt hatte.

»Setz dich wieder«, sagte Lilith ruhig und legte mir eine Hand auf den Fuß. Ihre Stimme hatte eine ungewohnte Kraft. »Du wärst du früher oder später auch von allein auf die Idee gekommen, rüberzufahren. Aber aus purer Verzweiflung, weil du deinen Freund nirgendwo sonst gefunden hast. Dann lieber so, oder?«

Sie hatten mich manipuliert. Meine Notsituation ausgenutzt, um mir eine Lektion zu erteilen. Wozu waren sie noch in der Lage?

»So weißt du«, sagte der Hippie, »dass er weder hier noch drüben ist. Und kannst alle Fragen, die dich umtreiben, heute Abend stellen. Sie mitnehmen.«

Was redete er da?

»Heute ist Ambel hier«, sagte Lilith. »Und du solltest ihn treffen.«

»Wozu?«

»Er kann verschwundene Menschen zurückbringen.«

»So ein Quatsch«, entfuhr es mir. Ich lachte bitter. Niemand lachte mit.

»Ich spreche jedes Mal mit meinem Vater«, sagte Lilith. »Er ist seit zwanzig Jahren tot, hat sich umgebracht. Uns im Stich gelassen. Ich hasse ihn. Aber er ist da.«

Der Hippie nickte.

»Ich glaube, ich verzichte«, sagte ich. Ich war verwirrt und schwach. Wo war ich falsch abgebogen? Wohin führte der Weg? Ich war am Ende der Welt und dabei, mich zu verlieren. Ich hatte Lea betrogen. Luca würde mich auslachen, wenn er mich sehen könnte. Konnte er aber nicht. Weil ich auch ihn betrogen hatte. Was würde ich noch alles zu tun, wenn ich so weitermachte?

Der Hippie lächelte mich an. »Es ist keine Entscheidung«, sagte er.

»Was meinst du?«

»Ambel. Es ist nicht deine Entscheidung. Alle hier nehmen es. Weil alle es brauchen. Du ganz besonders«, sagte er mit seinem zu warmen Lächeln. »Oder denkst du, du wärst besser als die anderen?«

Ich schaute von ihm zu Lilith und zurück. Um uns herum wirkte alles normal: Die Nerds tippten. Einer der Chiller presste Saft aus ein paar Orangen. Es war der Lauf der Dinge hier: Man tat, was man tat, und der Hippie wusste, was am besten für einen war. Plötzlich wusste ich, was ich an ihm nicht mochte: Er bevormundete mich. Hinter der weichen Fassade des selbstlosen Gönners lauerte eine feindliche Übernahme. Er wölbte sich mit seinen klugen Sprüchen und rhetorischen Fragen über einen wie eine riesige Spinne, die ihr Opfer in einen Kokon aus Empathie und Anteilnahme einschnürte, bis es sich nicht mehr bewegen konnte.

Was war Ambel? Der Gegenpart zu Emma? Wenn Emma so wundervoll war, wie war dann Ambel?

»Natürlich hast du Angst«, sagte der Hippie, »die meisten hier haben Angst. In die eigenen Abgründe zu schauen ist niemals angenehm. Umso wichtiger ist, dass wir *alle* diesen Weg gehen.«

Ich schwieg.

»Dein Freund hat es auch getan.«

»Mein Freund hat vieles getan«, sagte ich. »Manchmal verschenkte er seine Sachen, einfach so. Mal ein Hemd, mal einen Gürtel. Soll ich deshalb auch meine Sachen verschenken?« Ich hätte wütend werden können, auf die Überheblichkeit des Hippies. Auf Lilith, weil sie mitspielte. Aber es war sinnlos. Sie waren die falschen.

»Vielleicht ist das dein Schicksal«, sagte Lilith.

»Meine Kleider zu verschenken?«

»Nein. Eines Tages, wenn du längst wieder zurück in Deutschland bist, triffst du jemanden, der seinen Gürtel trägt. ›Woher hast du den?‹, wirst du fragen. ›Von einem Strand, weit weg‹, wird er dir antworten. ›Bring mich hin‹, wirst du sagen. Und dann fängt alles wieder von vorn an.«

Ewig suchen? Nein, dann lieber immer mehr werden wie er. Auch die dummen Sachen tun, die er getan hat. *Wenn schon, denn schon, Herr Doktor.*

»Also gut«, sage ich. »Immerhin ist es kein Krokodil.«

»Was?«, fragte der Hippie.

»Ach, egal.« Ich winkte ab. Wenigstens einmal wollte ich *ihn* ratlos zurücklassen.

Als wäre eine Kamera von oben auf mich gerichtet, beobachte ich mich selbst. Dazu die versteckten Linsen in den Augen aller Menschen um mich. *Selfie-Modus* nannte Felix das. Die Kamerabilder zeigen mir Folgendes: Wir sitzen im Kreis, wie immer, jemand hat Sam Cooke aufgelegt: *I was born by the river, in a little tent.*

Das Zeug namens Ambel kreist in einer Plastikflasche, ist gemischt mit Ananassaft und Eis, schmeckt trotzdem wie eine kalte, süße Pilzsuppe. Wir trinken schweigend, Schluck für Schluck. Bis die Flasche leer ist. Niemand scherzt, niemand glüht wie bei Emma.

*Oh and just like the river I've been running ev'r since.*

Mein Magen brodelt.

Nichts passiert.

Ich denke nach.

Vielleicht würde ich wieder Wörter spüren können, so wie damals mit dem Sprüh. Vielleicht würde Felix auftauchen, mit mir reden. Was würde ich ihn fragen?

Lilith sagt zu irgendjemand: »Kein Mensch ist eine Insel.«

Ich muss lachen. Vielleicht, weil sie so falsch liegt. Es macht keinen Spaß, das Lachen. »Es wird gleich anders«, sagt sie.

»Wie denn?«

»Schmerzhaft. Jeder hat eine Angst. Ambel holt sie hervor.«

»Aha.«

»Fragst du dich manchmal, warum er dir das antut?«

»Wer?«

»Dein Freund. Warum er verschwunden ist und dich suchen lässt.«

»Nein. Ja.«

»Und?«

»Ich glaube, meine größte Angst ist, es nie herauszufinden.«

Aber das ist nur die halbe Wahrheit. Was ist schlimmer: Nichts herauszufinden oder etwas herauszufinden, das alles auf den Kopf stellt? Dieser Gedanke erscheint mir so dunkel und weit weg, ich kann ihn nicht aussprechen. Nicht einmal jetzt.

*It's been a long time, a long time coming. But I know a change is gonna come. Oh yes, it will.*

Ich warte.

»Was hast du gefühlt«, fragt Omar, »da drüben, als du die Knochen gefunden hast?«

»Nichts«, antworte ich ehrlich. »Weil ich etwas anderes gesucht habe. Aber jetzt frage ich mich: Warum? Wie kann man seine eigenen Leute so brutal abschlachten?«

»Wenn man das wüsste. Die Nazis und die Shoa, die Folter auf Guantánamo, der Schrecken der Kolonialzeit, der Stalinismus, Assad in Syrien. Grausamkeiten sind eine menschliche Konstante. Egal, für wie zivilisiert wir uns halten. Wenn ein kritischer Punkt erst mal erreicht ist, greift die Barbarei um sich. Dann gibt es keinen Grund mehr dagegen. Nur noch Gründe dafür. Der Totalitarismus ist eine abschüssige Ebene. Wenn nur genug mitmachen, ist es für jeden einzelnen viel einfacher und sicherer, zu gehorchen, statt sich zu wehren. Jeder versucht nur noch, sich selbst und seine Angehörigen zu retten. Keiner hat mehr die Kraft, sich aufzulehnen. Und hat man erst einmal moralisch resigniert und spielt man nach ihren perversen Regeln, dann ist die schlimmste Gewalt nur konsequent. Genau so wie die Verdrängung danach.«

Ich sehe die Knochen vor mir. Sie sind nun archäologische Funde, Ausgrabungen für die Wissenschaft. Meine ganze Reise ist eine Ausgrabung. *Ich muss tiefer graben, wenn ich etwas von Wert finden will,* denke ich.

»Jede Gesellschaft, die so etwas erlebt hat, ist auf Verdrängung gebaut. Weil die Täter die Väter, Nachbarn, Freunde waren. Und man mit ihnen weiterleben muss. Die Nazis waren ja auch keine Aliens, die landeten, mordeten und wieder abflogen. In einer traumatisierten Gesellschaft beschäftigt man sich mit allem, nur nicht mit der Frage, wie es passieren konnte. Weil die Antwort alle Wunden wieder aufreißen würde. Und nur ehrlich wäre, wenn sie auch beinhaltete, dass es wieder passieren könnte. Es kann immer wieder passieren.«

Ich verstehe ihn, tiefer, als mir lieb ist. Er spricht über Deutschland, aber auch über mich, doch das spüre ich mehr, als dass es mir bewusst wäre.

»Es geht mir nicht in den Kopf«, sage ich, und bin mir nicht ganz sicher, was ich meine.

Ich will nicht mehr zuhören. Ich will mit Felix sprechen oder gar nicht. Das Flackern der Kerzen, ist das nicht gefährlich? Die Flammen wirken heißer als sonst. Ich sollte mich von ihnen fernhalten. Was ist mit den Menschen um mich passiert? Sie sehen seltsam aus. Wie Echsen. Auch Lilith. Je öfter ich hinschaue, desto hässlicher wird sie. Auf einmal ist ihr Gesicht alt, graue Haare sprießen ihr aus den Leberflecken, sie altert rasant, gleich wird sie sterben. Sie reden unverständliches Zeug. Reden sie über mich? Haben sie einen Code? Bin ich der einzig Normale unter lauter Verrückten? Ich muss hier weg. Vielleicht besser, wenn es niemand mitkriegt. Ich stehe unsicher auf, trete aus dem Kreis, niemand hält mich auf, ich gehe langsam zum Strand hinunter, bleibe immer wieder stehen. Lausche. Folgt mir jemand? Die Geräusche des Dschungels machen mir Angst. Ich setze mich in den Sand, meine Gedanken wandern hinaus aufs schwarze Meer.

Ich entspanne mich ein wenig. Lasse kurz los.

Plötzlich wird mir schlecht. Übermenschlich, ungekannt, ultimativ schlecht. Ich kotze auf den Sand, als wären in mir Tausende Liter, die rausmüssen, bevor ich platze. Was aus mir herausbricht, stinkt übel nach Galle, Pilz und Moder. Kurz geht es mir besser, doch Ambel ist noch nicht fertig mit mir. Eine gigantische Welle rollt auf mich zu, erst denke ich, das Wasser wäre aufgestanden, eine Flut, ein Tsunami, ich will kämpfen, dann aber fällt mir auf, dass die Welle in der Luft ist, es gibt kein Entkommen. Alles vibriert, das Meer, der Strand, die Luft, und ich mit ihnen. Ich verliere jegliche Kontrolle. Kippe zur Seite.

Als ich eine Millisekunde später aufwache, halte ich mein

Smartphone in der Hand. *Er ist wieder da!*, schreibt seine Mutter. *Komm schnell!* Mir kommen die Krebse in den Sinn und ihre Sterne aus Sand. Sie werfen den Sand sternförmig auf, in alle Richtungen, aber zum Schluss flüchten sie sich doch wieder in das dunkle, feuchte Loch, das sie ihr Zuhause nennen. Ich haste zum Flughafen, alles läuft jetzt fastforward: *Check-in Boarding Takeoff Touchdown Exit.* Ich klingle bei Dorothée, renne die Treppe hoch, seit wann wohnen sie in einer Wohnung, die aussieht wie unsere? Egal, er ist wieder da, sie macht mir strahlend die Tür auf: »Da bist du ja!« Lea und Christoph und Dita und Luca und Lilith stehen im Wohnzimmer und trinken Sekt, klopfen mir auf die Schulter.

»Endlich wieder da, *my man*«, sagt Luca, »Felix ist im Nebenzimmer, er kommt gleich. Überall hat er dich gesucht!«

»Ich war ihn suchen, er war verschwunden!«, rufe ich, sie starren mich an. »Wo war er? Wo ist er?«

Ich schreie, sie lachen. Ich schreie lauter, sie lachen lauter. Meine Kehle tut weh. Ich sitze alleine in der Ecke. Ich weine. Sie lachen über mich.

»Der Stress«, sagt seine Mutter zu den anderen, und sie glauben ihr, glauben schon wieder ihr, nicht mir, »das ist nur der Stress.«

»Jetzt stell dich nicht so an«, sagt Lea kopfschüttelnd. »Er kommt ja gleich.« Aber er kommt nicht. Ich bin allein. Ich weiß nicht mehr weiter. Ich sitze in der Ecke. Weine, bis mir alles weh tut. Sie stoßen an. Niemand beachtet mich. Niemand spricht mit mir. Ich bin eine Schande. Erst verschwinden, Felix in solche Gefahr bringen, und dann, wenn endlich alle zu Hause sind, auch noch undankbar sein. Es gibt nur eine Möglichkeit, sie aufzuwecken. Ich stehe auf, nehme Anlauf und springe aus dem offenen Fenster der Wohnung.

Ein kurzer Fall.

Dann knalle ich auf das Pflaster. Es fühlt sich an wie ein

mächtiger Faustschlag, am ganzen Körper. Ich bin nicht sofort tot. Ich liege mit unerträglichen Schmerzen auf dem Asphalt. Ein paar Passanten stehen um mich herum. Ich halte Ausschau nach Felix, starre angestrengt in die Menge, aber der Schmerz überwältigt mich. Mein Rückgrat ist gebrochen, ich kann mich nicht umdrehen, um besser sehen zu können. Es tut so wahnsinnig weh.

*Was*, denke ich, *wenn ich sterbe, bevor ich ihn finde?*

Dann sterbe ich.

Ich griff nach der Kette um meinen Hals. Sie war nicht da, sie war *wirklich* nicht da. Hatte ich sie abgenommen? Hatte jemand sie gestohlen?

Ich lag am Strand. Stand auf, klopfte mir den Sand ab. Ich hatte Angst. Was, wenn ich hier verrückt wurde? Einfach wahnsinnig? Kurz war ich mir nicht mehr sicher, ob es Felix überhaupt gab. Welcher Tag war heute? Ich versuchte mich zu konzentrieren, ging in Gedanken den Kalender durch. Hatte Mühe, sicher zu sein. *Falls Felix am Leben ist*, überlegte ich, *wird er heute in zwei Monaten ein Jahr älter. Oder morgen.* Auch egal. Felix war ja nicht hier. Zum ersten Mal, seit ich in das Flugzeug gestiegen war, dachte ich an ein leeres Grab.

Dann dachte ich an Lea.

# FEUER

ICH RIEF LEA ERST EINE WOCHE SPÄTER AN. Ich brauchte diese sieben Tage, um vor mir selbst zugeben zu können, dass schlimmer als die Angst vor dem, was sie sagen würde, nur die Angst war, sie nie mehr wiederzusehen. In dieser Woche vergaß ich mitten in Gesprächen, mit wem ich gerade redete. Beim Essen wusste ich nicht, wie herum ich Messer und Gabel halten sollte. Meine Schnürsenkel gingen dauernd auf, weil ich sie nicht zu Ende band. Nachts wand ich mich in meinen verschwitzten Laken, schreckte hoch wie von bösen Geistern geweckt, nur um festzustellen, dass ich falschrum im Bett lag. Und in meinem Kopf fuhr eine Liedzeile Karussell, immer im Kreis, ich wusste, wie das Lied weiterging, aber ich erlaubte mir nicht, es weiterzusingen, bevor ich nicht mit Lea gesprochen hatte.

*I can eat my dinner in a fancy restaurant.*
*I can eat my dinner in a fancy restaurant.*
*I can eat my dinner in a fancy restaurant.*

Wie könnte Lea einen wie mich lieben?

Ich rief sie an.

»Es tut mir leid«, sagte ich.

»Sag mir das lieber persönlich.«

Eine halbe Stunde später standen wir uns gegenüber, irgendwo draußen, ich habe vergessen, wo. Die nächsten Minuten löschten alles Unwichtige.

»Es tut mir leid«, sagte ich noch mal.

»Falsch«, antwortete sie, und zum ersten Mal hörte ich die Querflöte in ihrer Stimme. Silbern, weich und hart, kühl und warm zugleich. »*Es* tut dir leid ist falsch.«

»Ich meine es ehrlich, Lea!«

»Ich weiß. Es ist trotzdem falsch. Nicht präzise. Es ist nur ein Buchstabe, aber der ist wichtig.«

Wollte sie mich quälen? Ich war bereit, mich vor ihr in den Staub zu werfen und kleinzumachen. Aber musste sie es so auskosten? *I can eat my dinner, I can eat my dinner, I can eat my dinner*, drei Mal sang ich es innerlich, ein Sprung in der Platte, bevor ich fragte.

»Was genau wäre richtiger?«, fragte ich.

»Er. Es müsste heißen: *Er* tut mir leid.«

»Ja, er tut mir leid. Manchmal. Er ist aber auch selber schuld, wenn er sich mit solchen Leuten anlegt, ich weiß auch nicht …«

»Das meine ich nicht. Ich meine es wörtlich: Er tut dir *leid*. Er tut dir nicht gut. Er schadet dir. Aber aus lauter Mitgefühl nimmst du hin, dass er an dir auslässt, was auch immer mit ihm nicht stimmt. Weil du ein guter Mensch bist. Und er nicht.«

»Wir kennen uns, seit wir sieben sind. Er ist mein bester Freund. Ich kann ihn nicht einfach …«

Sie unterbrach mich.

»Nein. Du machst das vor allem, weil er dir ein bunteres Bild von dir widerspiegelt als jeder andere. Felix ist wie diese bonbonfarbenen Blumen, die dich in allen Farben reflektieren, du siehst dich in Grün, Rosa, Blau. Man weiß nie, welches Bild das echte ist. Aber immer schillert man wie eine Süßigkeit.«

Sie hatte ihn durchschaut, indem sie ihn nicht durchschaut hatte. Indem sie nicht hinter seiner Oberfläche nach der Wahrheit gesucht hatte, sondern ernst nahm, was er sie sehen ließ. Und damit hatte sie auch mich durchschaut.

»Er ist anders ...«, sagte ich.

»Ich glaube, er wäre gern wie du.«

Ich lachte. »Nein, ganz sicher nicht.«

»Doch. Weil du mich hast.«

Was hatte sie gerade gesagt? War ich jetzt dumm, taub oder einfach nur verrückt geworden? Und egal, was es war: Konnte es bitte genau so bleiben?

»Entschuldigung«, korrigierte sie sich mit einem Ausdruck ehrlichen Bedauerns, den nur sie beherrschte, die Stirn gekräuselt, feine Wellen des Anstandes, den Blick gesenkt, dann wieder in meinem verschränkt, »das kam jetzt falsch rüber. Ich meinte«, die Zeit verlangsamte sich, ich füllte sie mit tausend und keinem Gedanken, sah mich in ihren Augen, eine jämmerliche Gestalt und doch groß und bunt, wie sie gesagt hatte, in einer Farbe, einem dunklen Gelb, an der sie sich wärmen konnte, weil ihr doch immer kalt war, *my dinner, my dinner*, »ich wollte sagen: weil du mich haben *könntest*, rein theoretisch. Wenn du mich endlich mal küssen würdest, verdammt.«

Die Musik in meinem Kopf stoppte.

Wir küssten uns.

Heute frage ich mich: Hatte sie das wirklich gesagt? Oder hatte ich es mir dazugedacht, weil diese Szene so einen Schluss brauchte? Würde ich sie je noch mal danach fragen können?

Wir lösten uns voneinander. Genau gleichzeitig.

»Er leidet«, begann sie, »das weißt du ...«

»Du kennst ihn doch kaum.«

Ich wollte nichts mehr von Felix hören. Nie wieder.

»Aber wenn du willst, dass es ihm ...«

»Ich will dich«, sagte ich.

Ich küsste sie wieder. Es war ein Kuss wie eine Entschuldigung. Eine Bitte. Ein Geständnis, dass ich zu schwach war. Aber weil sie mich zurückküsste, wir minutenlang miteinander verwachsen waren, war es ein Kuss wie ein Pakt.

Dann gingen wir nach Hause. Ich wollte ihr so nahe sein, es tat furchtbar weh, zu wissen, dass doch immer ein minimaler, mikronesisch kleiner Abstand zwischen uns existieren würde. Wir würden niemals wirklich verschmelzen können. Aber wir konnten es versuchen. Und, halleluja, wir versuchten es.

»Aber du musst mir versprechen«, sagte Lea später an diesem Abend, ihr Kinn auf meiner Brust, »dass wir beide, wenigstens wir, immer ehrlich zueinander sind. Was zwischen uns ist, muss klar sein.«

»Wie soll das gehen?«

»Wie soll was gehen?«

»Ehrlich sein.«

»Indem du nicht lügst, du Kasper?«

»Aber total ehrlich sein«, sagte ich, »das ginge ja nur, wenn wir uns total kennen würden. Wenn wir alles voneinander wüssten. Und selbst, wenn wir das wollten, was ist mit unseren Erinnerungen? Ich müsste dir mein ganzes Leben erzählen, alles, woran ich mich erinnern kann. Und auch dann: Erinnerungen sind trügerisch. Wir formen sie genauso, wie sie uns formen. Könntest du meinen Erinnerungen überhaupt trauen? Wer garantiert dir, dass ich nicht etwas weglasse?«

Sie schaute mich so lange an, dass ich schon dachte, sie würde gar nichts mehr sagen.

»Du bist eine seltsame Kreatur«, sagte sie schließlich doch. »Dann versprich mir halt, ab *jetzt* immer ehrlich zu sein.«

Etwas sagte mir, dass ich das konnte.

»Versprochen.«

Dann küssten wir uns wieder. Ich wandte den Blick ab von der Vergangenheit, endlich, und schaute über die Gegenwart in die Zukunft. Ich sah ein ganzes Leben vor mir, voller Lust auf immer mehr. Das Nicht-Bedenken aller Folgen hatte uns ergriffen.

»Gute Nacht, du schöner Mensch«, sagte sie, und ich machte das Licht aus, zum ersten von so vielen Malen neben ihr.

*Was machst du, damit etwas bleibt?*, fragte er.

*Ich bleibe bei ihr*, antwortete ich.

# TROCKENMACHEN

SIE MACHTE EIN FOTO.

»Ich hasse Fotos«, sagte ich.

»Aber du hasst mich nicht«, sagte Lilith.

»Wir kennen uns erst drei Tage«, sagte ich.

Sie lachte. *Sie lacht oft über meine Witze*, dachte ich.

»Du bist schön«, sagte sie und kam näher. Ich war stehen geblieben, die Füße schon in der sanften Brandung. Wir kamen zurück von einem Ausflug zu der Lagune. Tagsüber und nüchtern erkannte ich die Schönheit noch einmal neu.

Wir hatten auf dem Vorsprung gesessen, über unsere Heimat geredet und fantasiert, wo wir überall hinreisen wollten, falls wir die Insel jemals verlassen sollten. Ich tat, als wäre ich ein einfacher Traveler ohne Mission. Ließ mich mit Lilith im Wasser treiben, tauchte ihr hinterher, als sie den Felsen umrundete, der den Strand begrenzte und einige Meter zum offenen Meer hinausragte wie ein freches Grinsen. Meine Angst vor der Tiefe schluckte ich herunter und entdeckte wunderschöne Stalaktiten, bunte Korallenmuster, Fische in allen Farben. Einen nassen Garten Eden. Wir küssten uns schwimmend, bis wir keine Luft mehr bekamen.

»Schau«, sie hielt mir die Kamera hin. Auf dem Display war ein junger Mann an einem Traumstrand zu sehen, die sonnenhellen Locken fielen ihm verwegen in die Stirn, ein Ausdruck verschmitzter, gespielter Abwehr lag auf seinem Gesicht. Wann hatte das erste Mal jemand zu mir gesagt, ich sei schön?

»Da bist du sprachlos, oder?«, sagte sie.

»Ich bin nicht schön. Du machst mich schön.«

»Ich kann nur herausholen, was schon in dir ist.« Sie schmiegte sich an mich. »Ich glaube, wir müssen dringend reingehen«, sagte sie.

Noch im Laufen, auf den Holzstufen meines Bungalows, zog sie sich das Höschen ihres Bikinis von den schlanken braunen Beinen, fiel im Drehen auf das Bett, nur für mich.

Fünf Minuten, nachdem wir miteinander gekommen waren, die Hände ineinander verhakt, für einen Moment alles vergeben und vergessen, klopfte es an der Tür. Wir hatten nicht gehört, dass jemand die Stufen zur Veranda hochgestiegen war.

»Yes«, sagte ich laut.

Die Tür öffnete sich. Dahinter kam die knollige Nase des Hippies zum Vorschein. Sein zu warmes Lächeln.

»Hey«, sagte er. »Kann ich reinkommen?«

Wir lagen nackt auf den dünnen Laken des Bettes.

»Klar«, sagte ich, und Lilith nickte.

»Cool«, sagte er und schloss die Tür hinter sich. Er setzte sich auf den einzigen Stuhl im Raum.

»Euch geht es gut, sehe ich?«

Wir grinsten.

»Kann nicht widersprechen«, sagte ich.

»Nicht widersprechen, wie bescheiden. *Die Jugend ist verschwendet an die jungen Leute*«, sagte der Hippie. »Oscar Wilde.«

»Er lag falsch«, sagte Lilith.

Der Hippie wechselte das Thema. »Nun, es tut mir leid, dass du deinen Freund immer noch nicht gefunden hast, nicht einmal mit Ambel.«

»Danke. Ich suche weiter«, sagte ich, aber es klang in diesem Moment wie eine Lüge. Ich lag neben einer nackten Frau, während meine Freundin zu Hause auf mich wartete, mein Freund verschwunden blieb, seine Mutter auf Nachrichten hoffte. *Und wisst ihr was*, hörte ich mich ihnen allen zurufen, Lilith und dem Hippie und den anderen: *Es ist mir egal.*

»Bist du dir sicher, dass er noch lebt?«, sagte der Hippie.

»Ja«, sagte ich automatisch.

Schweigen. Nicht die gute Sorte.

Der Hippie seufzte. »Ich hoffe, ich darf offen mit dir sprechen. Ich glaube, es ist wichtig, dass du alle Möglichkeiten in Betracht ziehst. Vielleicht spaziert er irgendwo fröhlich durch dieses wunderbare Land. Vielleicht ist er aber auch tot, ertrunken, gesunken. Tiefer als der tiefste Costeau jemals sinken würde.«

»Ja, vielleicht«, sagte ich schnell. Sie sollten nicht glauben, ich sei ein Spinner, verblendet von dem Zwang, nicht zu versagen. Sie sollten mich nicht als Problem betrachten. Ein Problem will man irgendwann loswerden, mit allen Mitteln.

»Ich habe mit den anderen gesprochen«, begann der Hippie vorsichtig. »Du brauchst dir keine Sorgen zu machen. Sie verstehen deine Situation. Aber wir sind uns alle einig, dass deine Suche hier in einer Sackgasse angelangt ist ... Und dass es eine Variante gibt, die am wahrscheinlichsten ist.«

»Und die wäre?«, fragte ich. Wenn der hohe Rat ohne mich getagt hatte, wollte ich wenigstens die Beschlüsse kennen.

»Wir haben dir nicht alles gesagt. Über deinen Freund. Und wie er gegangen ist.«

Mir wurde heiß. Noch heißer, als mir ohnehin schon war.

»Er ist mit einem der Kajaks abgehauen. Ohne jemandem Bescheid zu sagen. Er hatte seinen Rucksack dabei. Aber das kann vieles heißen.«

Ich stellte mir Felix vor, nachts, mit seinem Rucksack in einem dieser wackligen Dinger.

»Wieso hat mir das keiner gesagt?«, fauchte ich.

»Wir dachten ehrlich, dass er drüben ist, auf der anderen Insel. Aber wir wollten dir das Gefühl geben, dass du selber draufgekommen bist. Ihn selber gefunden hast. Ich weiß, wie wichtig es für einen Menschen wie dich ist, die Kontrolle zu behalten.«

Da war sie wieder, die Spinne. Was bildete er sich sein, über mich zu wissen?

»Herzlichen Dank«, sagte ich, »hat super funktioniert.«

Ein einsamer Gecko rief draußen seine Artgenossen. *Gecko! Gecko!*

»Er war, verdammt noch mal, nicht drüben«, stieß ich hervor. »Wo könnte er mit dem Scheißkajak sonst hin?«

Der Hippie lächelte. Lächelte tatsächlich!

»Lass deine Wut raus«, sagte er, »das ist okay. Und dann denk selber nach: Wo wollte er mit einem Kajak hin, wenn nicht zu einer anderen Insel? Das Dorf ist zu weit weg und zu Fuß viel leichter zu erreichen. Es gibt hier nichts, wo er hätte hinpaddeln können. Nichts, außer dem Meer selbst.«

»Und wieso sollte er dann seinen fünfzehn Kilo schweren Rucksack mitnehmen?«, fragte ich. Aber in dem Bild lag bereits die Antwort. So wie ich mich von Lucas Boot hatte gleiten lassen, ließ sich Felix in meinem Kopf langsam ins dunkle Meer gleiten. Den Rucksack auf dem Rücken, als wäre er voll kostbarer Handelsware, die er einem fremden Volk feilbieten wollte. Einem Volk, das auf dem Meeresgrund lebte.

Schon nach drei Metern wäre es zu spät. Selbst wenn er es sich nun anders überlegte, er könnte nicht mehr nach oben. Das Gewicht des Rucksacks würde ihn zum Grund ziehen. Die Schnallen hätte er nicht verschlossen, sondern doppelt um seinen dünnen Körper geknotet, weil er wusste, dass es ein letztes Aufbäumen, einen Todeskampf geben würde, den er gegen sich selbst gewinnen musste. Das Gewicht würde ihn nach unten drücken, vierzig, fünfzig Meter tief. Er würde nie wieder auftauchen. Der Rucksack, ausgerechnet dieses Symbol der Freiheit, würde ihn als tödlicher Ballast für immer in der Tiefe halten.

Keine Spuren. Keine Leiche. Das totale Verschwinden. Für immer.

*Ultimativ frei sein, Herr Doktor.*

Es wäre perfekt.

Als ich am Abend zuvor vom Strand zum Lager hochkam, fand ich zu meinem Erstaunen die meisten friedlich mit ihren Handys über die Terrasse verteilt. Ihr Anblick beruhigte mich. Etwas Normaleres als ein paar gebräunte Westler, die auf Smartphones schauten, hätte ich mir nicht vorstellen können.

»Hier«, sagte Joana, »dein Telefon. Du hast fünfzehn Minuten.«

Ich nahm das Gerät entgegen, es kam mir nach diesen wenigen Tagen schon fremd vor. Wie konnten wir bloß unser ganzes Leben an diesem kalten Stück Metall ausrichten? Lustlos, eher um mich zu beschäftigen, schaltete ich es an.

*Was ist los, wo bist du? Ich mache mir Sorgen.*

Lea. Sie hatte geschrieben, mehrmals.

*Ich mache mir Gedanken ohne Ende. Alles ist so fusselig geworden, seit du weg bist. Wenn es doch nur eine Fusselbürste für Gedanken gäbe!*

*Schreib wenigstens kurz, dass alles okay ist.*

*Alles okay*, schrieb ich. *Nichts Neues.*

Ging die weiteren Nachrichten durch.

Christoph. *Meld dich mal. Ernsthaft.*

Machte ich nicht.

Dorothée. *Ich glaube an dich, immer noch. Du bist meine letzte Hoffnung.*

Ich hatte ihr nichts zu sagen. Sah sie vor mir, auf ihrem Sofa mit den Stickereien. Als Kind war ich manchmal mit den Fingern die Muster entlanggefahren. Es waren komplizierte Muster, Bilder, die ich nie verstanden hatte, die weder meine Finger noch meine Augen entschlüsseln konnten. »Wasch dir bitte die

Hände«, hatte sie mich einmal zurechtgewiesen, »wir wollen doch keine Sauerei aufs Sofa machen.«

*Ich suche weiter*, antwortete ich ihr knapp.

*Wirklich?*, fragte Lea unerwartet aus der Ferne, es war Nacht in Deutschland. *Wirklich alles okay?*

*Das sage ich dir, wenn ich von dieser Insel runter bin. Aber mach dir keine Sorgen. Mir geht es gut.*

Pause.

*Okay. Nur eins: Dorothée war hier.*

*Was wollte sie??*

*Bisschen quatschen und den Akkuschrauber ausleihen … Na, was wohl? Sie wollte wissen, was bei euch los ist!*

*Bei uns?*

*Sie ist überzeugt davon, dass du Felix längst gefunden hast. Und dass ihr irgendwo zusammen abhängt, ohne ihr was zu sagen. Ich solle aufhören, sie anzulügen, und dich sofort anrufen, damit sie Felix sprechen kann.*

*Sie ist verrückt.*

*Genau das habe ich ihr auch gesagt. Dann hat sie mir eine geballert.*

*Das glaube ich dir nicht.*

*Stimmt auch nicht. Im Gegenteil: Sie hat mich angefleht. Sich vor mich auf den Boden geworfen, immer wieder geheult: »Ich kann doch nichts dafür …« Die totale Erniedrigung.*

*Was hast du gemacht?*

*Ich konnte ihr ja auch nur sagen, dass ich keine Ahnung habe, was los ist. Sie hat nicht lockergelassen, also habe ich versucht, dich zu erreichen. Natürlich kein Empfang. Dann ist sie abgehauen und hat mir noch gedroht. Dass ich es bereuen würde und so.*

*Ich habe ihn aber nicht gefunden!!*

*Weiß ich.*

*Woher?*

*Weil du mir dann gar nicht mehr antworten würdest.*

*Sehr lustig.*

Lilith sammelte die Handys wieder ein. Sie fing am anderen Ende der Terrasse an, wie um mir ein bisschen mehr Zeit einzuräumen.

*Ich melde mich wieder*, schrieb ich hastig an Lea. *Kuss.*

»Wenn ich an deinen Freund denke«, sagte der Hippie, »fällt mir ein chinesisches Sprichwort ein. Willst du es hören?«

»Ja.« Immerhin fragte er.

»*Wenn der Scheffel zu voll ist, streicht der Mensch ihn glatt; ist der Mensch zu voll von sich selbst, streicht der Himmel ihn glatt.*«

Ich sagte nichts dazu. Dachte nicht einmal darüber nach. Ich hatte schon verstanden. Ich war verwirrt, aber nicht dumm.

»Es mag hart klingen, aber wir denken, dass du ihn trockenmachen solltest.«

»Was machen?«, fragte ich heiser.

Der Hippie wechselte einen Blick mit Lilith.

»Trockenmachen. Es ist ein altes Ritual der Einheimischen. Wenn einer der Ihren verschwindet, meistens auf See, entscheiden die Dorfältesten gemeinsam mit der Familie nach einiger Zeit, den Ertrunkenen *trockenzumachen.* Also zu akzeptieren, dass er nicht wiederkommt. Und ihn zu beerdigen.«

»Ihn beerdigen«, wiederholte ich tonlos. Mein Hals war eine Wüste. Vom Klimawandel meines Lebens ausgedörrt. Trockengemacht.

»Wir wissen, wie schlimm das für dich ist«, sagte der Hippie. »Aber du kannst das Leben nur vorwärts leben. Und rückwärts verstehen.« Den kannte ich irgendwoher. »Abschließen ist jetzt das einzig Sinnvolle. Für uns alle hier.« Er sah mich undurchdringlich an, lächelte nicht. Er meinte es ernst. Auf einmal war er *Akela.*

Lilith legte ihre Arme um meine Schulter. Ich hörte die Wellen gegen das Land rauschen. Ich hatte plötzlich Hunger. Es würde veganes Curry geben, später. Sie bauten das Gemüse hier selbst an, es schmeckte intensiver, viel besser als zu Hause. Die Gewürze, das Zitronengras und der Koriander, rochen wie Lexikoneinträge ihrer selbst. Ich sah den gedeckten runden Tisch vor mir, die guten Menschen, roch das Sandelholz, das sie gegen die Moskitos verbrannten, keinen einzigen Stich hatte ich hier abbekommen. Lachen, Wärme und ein Morgen, neben ihr, so hell. Durfte ich so fühlen?

Lilith löste sich und hängte mir etwas um den Hals. Die Kette mit seinen Haaren. »Ich hatte sie dir abgenommen«, sagte sie, »um dich zu befreien.«

Ich spürte den Blick des Hippies auf uns ruhen. Waren das seine Worte? Hatte sie nur getan, was er ihr befohlen hatte?

»Du solltest diese grausame Kette zusammen mit ihm begraben«, sagte er, wie zur Bestätigung.

Ich spürte das Gewicht des kleinen Behälters auf meiner Brust. Er war ein Talisman gewesen, ein heiliger Auftrag. Jetzt, nachdem ich ihn eine Weile nicht getragen hatte, brannte er auf meiner Haut wie ein Ausschlag.

»Okay.« Ich musste schlucken. »Wann?«

»Heute Abend«, sagte der Hippie sofort. »Die Einheimischen haben auch einen Verlust zu betrauern. Sie sind einverstanden, wenn du dich der Zeremonie anschließt. Sie kommen sogar an unseren Strand dafür.«

# STRAIGHT EDGE

DU MUSST MIT IHM REDEN.

Lea sagte kaum einen Satz öfter als diesen. Wobei sie ihn niemals, kein einziges Mal, genau so sagte. Aber sie ließ ihn mich spüren. Wann immer ich von Felix erzählte, oder auch nur von mir, das war meistens dasselbe, schaute sie mich an. Stellte Fragen, die ich nicht beantworten konnte, legte frei, was ich alles nicht wusste. Und ich hörte: *Du musst mit ihm reden.*

Also redeten wir. Ohne Rausch. Ohne Wahrheitsmodus. Trafen uns, wie *zwei alte Freunde*. Ich bekam Gänsehaut, wenn ich daran dachte, dass wir einmal nur noch *alte Freunde* wären, die über *alte Zeiten* sprachen.

»Wie geht es dir?«, fragte ich. Wann hatten wir uns jemals so lange nicht gesehen, dass einer den anderen das fragen musste?

»Gut«, sagte er, vor sich ein Glas Wasser, »wirklich gut. Seit fünf Wochen keinen Alkohol. Auch nichts anderes. Ist gerade besser so.«

Ich nickte. Er spielte mit einem Stück Papier. Schob es von links nach rechts, klemmte es sich zwischen die Finger, faltete es zu und wieder auf.

»Vielleicht fahre ich bald weg«, sagte er. »Mit dem Rucksack. Einfach los, nach Asien, open end.«

Ich nickte wieder. Ich wollte mit ihm über etwas anderes reden. Aber ich brauchte Anlauf.

»Und«, sagte Felix, »was macht die kleine verschrumpelte Rosine, die du dein Herz nennst? Dieses Lea-Mädchen, ist die was?«

»Ich glaube schon«, sagte ich.

»Du glaubst?«

»Wenn du's keinem verrätst: Sie ist das Beste, was mir seit langem passiert ist.« *Das Beste, was mir jemals passiert ist*, dachte ich, aber ich wollte es nicht sagen. Ich hatte sie heute Morgen beim Duschen gehört. Manchmal sang sie dabei, und ich lag im Bett und wusste nicht, wohin mit meinem Glück.

Felix betrachtete seine Hände. Das Papier war zehnmal gefaltet.

»Sag mir nicht, dass du neidisch bist.«

Er grinste. »Ich hab sie zuerst gesehen.«

»In der Liebe«, sagte ich, »gibt es keine Nummern, die man zieht und nach denen man aufgerufen wird.«

»Und in einer Freundschaft gilt keine Menschenwürde?«

»Würde – das war doch für dich immer nur ein Konjunktiv.«

Er lachte. Ich konnte es noch.

»Touché, Herr Doktor.«

»Hättest du sie denn gewollt?«

»Nein.«

Er hätte auch nein gesagt, wenn die Eifersucht ihn aufgefressen hätte. Ich glaubte ihm trotzdem. Er hatte sich keine Sekunde wirklich für Lea interessiert, so als sprächen sie verschiedene Sprachen, oder als wäre sie seine Schwester und alles zwischen ihnen wäre schon tausendmal gesagt worden. Ich verstand erst später, dass er sie mied, nicht, weil sie sich zu wenig zu sagen hätten, sondern viel zu viel.

»Seit das mit deinem Vater passiert ist …«, begann ich, aber er unterbrach mich sofort.

»Darüber willst du reden?«

»Die Tic Tacs … waren deine Idee«, sagte ich. »Aber du darfst dir deshalb keine Schuld geben.«

Er schaute mich lange an. »Hast du das jemals geglaubt?«

»Ich weiß es nicht. Vielleicht ist er doch am Steuer eingeschlafen. Wer kann das hinterher schon so genau sagen, und selbst wenn der Unfall nicht seine Schuld war …«

»Nein, ich meine: Hast du tatsächlich geglaubt, ich hätte die Tabletten ausgetauscht?«

»Was sagst du?«

»*Gute Nacht, Arschloch*. Das war ein Witz. Einer von tausend Versuchen, dich zu schockieren. Ich habe die Tic Tacs wieder rausgeholt, ich bin doch nicht wahnsinnig.«

Ich sah Georgs Gesicht vor mir. Das Kissen. Der sanfte Druck, der nötig gewesen wäre. *Eine Freundschaft wiegt nur so schwer wie die in ihr behüteten Geheimnisse.* Ich konnte mich nicht mehr erinnern, wie ich aus dem Haus, auf die Straße gekommen war, wo Dorothée überhaupt war. Zwei Wochen später starb er. Einfach eingeschlafen. Zu schwach, hieß es, man konnte ihm nicht helfen, er hatte sich selbst erlöst. Ich hätte es für Felix getan. Aber jemand hatte dieses Opfer gestohlen.

»Du bist echt ein seltsamer Vogel«, sagte Felix, stand auf, klopfte mir auf die Schulter und fragte: »Noch was zu trinken?«

# WAHRHEIT

DAS FEUER IN UNSERER MITTE erleuchtete den Strand. Es war groß genug, dass man eine Puppe darüber aufbahren konnte, an einem metallenen Gestell, wie ein Stück Fleisch über einem Grill. Die Puppe war aus Reisig, das man mit Meerwasser getränkt hatte, ein Gesicht war mit Kohle auf den Ballen gemalt, der den Kopf bildete. Um ihren Hals: die Kette mit dem Behälter, seinen Haaren. Sie starrte in den Nachthimmel. Es fehlten nur die hellen Locken. Erst würde man das Reisig über dem Feuer trocknen, dann die Puppe in ein Grab legen. Bis der Verstorbene, seine auf dem Meer verlorene Seele, trocken war. Und Frieden finden konnte.

Felix würde es hassen.

»Rituale«, sagte er einmal, »dienen nur dazu, die Menschen zu knechten. Ihnen wie einem Hund den eigenen Willen aufzudrücken. Wenn jemand nicht das tun will, was ich von ihm verlange, dann sage ich: Es ist ein Ritual. Und schon wäre es ein Verstoß gegen die höhere Ordnung, wenn er sich wehrte. Sonntags in die Kirche, montags zur Arbeit, dienstags an den Stammtisch – Rituale sind Knechtschaft.«

Aber Felix war nicht hier. Ich war allein in der Verantwortung. Konnte nicht mehr zu ihm schauen, abwarten, was er tun würde, seine Zustimmung einholen. Ich musste selbst entscheiden.

»Seit zwei Wochen suche ich meinen Freund«, sagte ich zu den Versammelten. Dreißig Einheimische, mehrere Familien mit Kindern, und drei Weiße: der Hippie, Lilith und ich. »Ich weiß nicht, wo er ist. Vielleicht ist er ertrunken. Vielleicht müssen wir ihn trockenmachen.«

Jemand erkannte das englische Wort, übersetzte, viele stimmten ein, nickten, ja, das war es, das musste man tun.

»Ich danke euch«, sagte ich. Es roch nach Feuer, Reisig und Meer. Ein Kambodschaner hockte an der Seite und schlug langsam eine Trommel. Die anderen standen im Kreis um die lodernden Flammen, wie ich, Lilith und der Hippie, der alles organisiert hatte. Wie viel Geld hatte er ihnen wohl für diesen Hokuspokus gezahlt? Kümmerte mich das? War es nicht immer so auf Reisen, man wollte etwas finden oder verlieren, und die Einheimischen spielten das Theater mit, solange sie damit verdienten. Nur kam es mir nicht vor wie ein Trost. Sondern wie ein Menschenopfer.

Aus den Augenwinkeln nahm ich wahr, dass Lilith immer wieder den Kopf schüttelte. Vielleicht konnte sie einfach nicht glauben, ebenso wenig wie ich selbst, dass ich aufgab. Es fühlte sich falsch an. Ein Freund gab nicht auf, und ich wollte Felix nicht aufgeben. Aber ein Freund verschwand auch nicht einfach. Man konnte es ewig drehen und wenden. Vielleicht fühlte es sich nur so falsch an, weil er mit dem Falsch angefangen hatte. Und mich zwang, mich so von ihm zu verabschieden: Allein, am Ende der Welt, mit Fremden. Ich wollte es ihm sagen, zumindest in meinem Kopf, versuchte ihn mir vorzustellen, wie er mir gegenübersaß. Aber ich sah ihn immer nur im Wasser treibend, mit dem Gesicht nach unten, die Arme ausgestreckt. Tot. Doch etwas daran stimmte nicht. Felix würde springen und fliegen. Oder brennen. Aber nicht ersaufen, nicht an Wasser ersticken. Er war selbst Wasser. Oder war er Wind? Ich wusste es nicht mehr. Vielleicht war er schon zu weit weg.

»Ich hoffe, mein Freund findet heute seinen Frieden.« Mir versagte die Stimme.

Zustimmendes Gemurmel. Es war das Richtige, wollten sie

mir mitteilen. Es ist nie einfach, es *muss* schwer sein, einen Freund gehen zu lassen. Aber es war das Richtige, und wir taten es zusammen, so wie sie alles zusammen taten, anders als wir Westler, die wir das Einzelne so schätzten. Ich spürte Erleichterung in mir aufsteigen, sah in den Rauch des Feuers. Wenn ich nur loslassen könnte, würde alles einfacher werden. Ich könnte noch ein wenig hierbleiben. Verstehen, was diese Insel mir geben konnte. Und dann nach Hause. Wieder ich sein.

Zwei Khmer zogen die beinah trockene Puppe, die nur noch leise vor Feuchtigkeit zischte, vom Feuer in Richtung der Grube, die wir ausgehoben hatten. Lilith wurde immer unruhiger. Ich richtete die folgenden Worte ebenso an sie wie an mich.

»Wenn jemand verschwindet, ist es für die Hinterbliebenen besonders hart. Sie hoffen, sie beten, aber sie müssen um ihrer selbst willen irgendwann akzeptieren, dass ein Loch bleibt«, meine Stimme wurde wieder fester, ich hatte keine Angst mehr zu sprechen. Lilith nahm meine Hand, aber sie drückte sie nicht zur Ermutigung, sondern zog an mir, energisch, zog mich fort aus dem Kreis, vom Feuer.

»Lilith«, ich stolperte hinter ihr her, »was soll das?«

»Nein«, sagte sie nur, »nicht trockenmachen.«

Ich spürte die erstaunten Blicke in meinem Rücken, als Lilith loslief und ich mit ihr, immer schneller. Wir rannten den Strand entlang, die Stufen hinauf, über die Terrasse in den Dschungel zu ihrem Bungalow. Drinnen zog sie mich auf ihr Bett.

»Lilith ...« Sie küsste mich, um mich zum Schweigen zu bringen. Ich löste mich von ihr. »Rede mit mir.«

Sie zog ihr Shirt aus. Sie begann, an meiner Badehose zu nesteln.

»Hör auf!«, sagte ich.

Sie hielt inne, den Kopf gesenkt. Auf einmal sah ich, was sie verborgen hielt. Es war, als wäre er mit uns im Raum.

»Wo ist er?«, fragte ich.

Sie atmete laut aus.

»Wo ist er?«, wiederholte ich, lauter. Ich kniete vor ihr. Sie lag auf der Seite.

»Nicht mehr hier«, sagte sie. »Und er liegt auch nicht tot im Meer.«

Ich fühlte mich, als wäre ich die Puppe über dem Feuer, so heiß glühten meine Wangen. »Wie kannst du das wissen? Hast du ihn gehen sehen?«

»Nein.«

»Wieso bist du dir dann so sicher? Wann sagt mir hier endlich mal jemand die Wahrheit?«

»Wahrheit ist die Erfindung eines Lügners.«

»Toller Spruch. Hast du den von deinem Guru? Sei ehrlich zu mir, wenigstens einmal.«

»*Ehrlich*. So ein einsames Wort.«

»Lilith!« Ich schrie. Sie schaute mich erschrocken an. »Keine Lügen mehr ... Wo ist er?«, sagte ich etwas ruhiger.

»Ich weiß nicht, wo er ist. Aber er hat diese Insel lebend verlassen. Und hatte nicht vor, sich umzubringen.«

»Woher weißt du das?«

»Weil ich fast mit ihm gegangen wäre. Zurück aufs Festland.«

Die Welt um mich drehte sich. Er war so nah.

»Er wollte unbedingt, dass ich mitkomme. Erst mit dem Kajak in das Dorf, also einmal um die Insel. Wir paddelten eine Stunde. Zurück ließ ich mich von einem Fischer bringen. Das Kajak verkaufte ich dort, gegen ein bisschen Geld und ihr Schweigen. Felix wollte nicht, dass irgendwer erfuhr, dass er abgehauen war. *Das findet keiner raus, fast keiner*, sagte er.«

*Fast keiner.* Meinte er mich damit? Wollte er es mir so schwer wie möglich machen? Warum? Hatte er geahnt, dass ich hierher finden, Lilith treffen würde?

»Wo ist er hin?«, fragte ich wieder. Ich konnte mich selbst nicht mehr hören.

»Erst an die Küste, dann weiter Richtung Osten, bis zur Grenze. Mehr weiß ich nicht. Wirklich nicht.«

»Wozu?«

»Ich weiß es nicht.«

Ich atmete aus. »Warum du?«

»Weil wir uns so nah waren, wie du und ich es sind.«

Ihre Blicke. Ihre Berührungen.

»Du meinst im Bett?«

»Ja.« Sie schaute weg. »Auch da. Aber er war …«

»Wo habt ihr es noch getrieben?«

Sie schwieg.

»Wir haben im gleichen Bett gefickt wie ihr, richtig?«, sagte ich langsam. Schloss die Augen, sah sie, eine zweite Lilith mit Felix, hier im Zimmer. Sie lagen auf dem Bett, eng umschlungen. Sie küsste seinen Nacken, flüsterte ihm ins Ohr: »Du bist schön.« Er biss sie in die Schulter, hielt sich an ihr fest. Er sah aus wie ich. Ich sah aus wie er.

»Er wollte mich mitnehmen, irgendwohin. Er wollte nicht darüber reden. Ich müsse ihm vertrauen, sonst hätte es keinen Sinn. Und er sprach von dir. Immer wieder von dir. Dass du es schon herausfinden würdest, wenn du wolltest.«

»Wieso wollte er, dass du mitkommst?«

»Damit er es wirklich tat, es sich nicht unterwegs anders überlegte, irgendwo hängenblieb, oder so. Aber ich konnte es nicht. Ich wollte nicht weg. Niemals will ich hier wieder weg.« Sie begann zu weinen. Es brach mir das Herz und machte mich gleichzeitig wütend. Warum weinte sie denn? Sie kannte ihn doch gar nicht. Hatte ihn im Stich gelassen und mich belogen.

»Wir haben im Dorf übernachtet«, sagte sie endlich, ganz leise, »am nächsten Morgen war er verschwunden. Ohne ein Wort. Hat sich nicht verabschiedet.« Sie wischte sich die Tränen aus dem Gesicht.

Ich wartete schweigend ab.

»Weißt du«, sagte sie und sah mir endlich wieder in die Augen. Sie war so schön, dass meine Brust sich zusammenkrampfte. Warum sind alle Frauen schön, wenn sie weinen? Alle, außer seiner Mutter.

»Er hat brav mitgemacht«, sagte sie. »Emma. Ambel. Der ganze Zirkus. Aber er war nicht wirklich dabei. Man spürte«, sie strich sich die Haare aus dem Gesicht, »*ich* spürte, dass er das erledigte wie eine Schulaufgabe.«

Wenn sie wüsste, dass er seine Schulaufgaben nie erledigt hatte. Wenn überhaupt, dann hatte er bei mir abgeschrieben.

»Am Tag, bevor er ging, sagte er: *Drogen kann man vergessen.* Aber er meinte es nicht als Witz. Ich wusste, dass er enttäuscht war. Von uns. Von allem hier. Vielleicht auch von sich selbst, weil er nicht zu uns passte.«

»Warum nicht?«

»Wir alle sind hier, weil wir nicht mehr weiter wollen. Weil wir süchtig nach Leben waren. Hier haben wir Ruhe. Keine Entscheidungen, niemand verpasst mehr was. Es gibt nur noch uns, das genügt.« Ich hörte einzelne Regentropfen auf dem Dach. Ich liebte dieses Geräusch. »Aber mit ihm stimmte etwas anderes nicht«, sagte Lilith. »Wir mit unseren Luxusproblemen ... Er hatte wirklich eins. Er hat es versucht, aber er war wie getrieben, kam auch hier nicht an. Nicht einmal mit Emma. Er hasste es schon beim zweiten Mal. Und du, du bist genauso. Ihr seht euch ähnlich. Und ihr fürchtet euch ähnlich. Ihr denkt, ihr sucht etwas. Dabei rennt ihr beide vor etwas weg.«

*Recht hat sie*, sagte eine Stimme in meinem Kopf. *Hau endlich ab.* Ich stand auf.

»Wohin willst du?«

»Zu ihm.«

»Wie soll das gehen?«

»Keine Ahnung. Was geht es dich an?«

Sie wollte mich anfassen, aber mein Blick hielt sie ab.

»Bleib hier«, sagte sie.

»Du sagst doch, ich renne vor etwas weg. Du hast recht.« Ich war an der Tür. »Ich renne jetzt vor dir weg.« Dann stieß ich die Tür auf und flog die Veranda hinunter. Lilith lief mir nicht hinterher, rief nicht nach mir. Dafür hallte die andere Stimme in meinem Kopf, so laut und deutlich, als stünde jemand neben mir. *Bravo*, sagte sie, *endlich haust du ab von dieser bescheuerten Insel.* Ich blieb stehen, zwischen zwei Hütten, wie eingefroren. Starrte ins Leere. *Echt, eine Puppe zu begraben, was für eine schwachsinnige Idee. Glaubst du jetzt an Voodoo?*

*Bist du das?*, sagte ich in meinem Kopf zu ihm.

*Wer denn sonst?*, fragte Felix. *Oder ist noch jemand verschwunden?*

Eine halbe Stunde später stand ich auf einem Boot. Es war magischerweise aufgetaucht, kurz nachdem ich den Hippie aufgesucht hatte, um ihm zu sagen, er könne sich beruhigen, ich würde die Insel so schnell wie möglich verlassen. Er nickte nur, gab mir die Kette mit der Kapsel und mein Handy zurück. Er hatte gewusst, dass ich deshalb zu ihm kommen würde. Ich nahm die Sachen entgegen und ging ohne ein Wort zum Anleger. Vielleicht hatte der Hippie das Boot gerufen. Vielleicht war es Zufall, vielleicht war es Felix. Es war mir egal. Ich packte die Hand des Fischers, der mir an Bord half. Er war allein. Kein Junge im Fußballtrikot, der Deutschland liebte. Ich stellte mich an die Reling und starrte in die Dunkelheit, diesmal in die andere Richtung, wo das Festland sein musste.

*Den Firlefanz mit der Puppe*, sagte Felix, *musst du mir irgendwann noch mal erklären, alter Quacksalber.*

*Es sollte deinen Geist besänftigen*, sagte ich, *damit er nicht in Köpfen der Hinterbliebenen herumspukt.*

*Touché … Aber glaub mir, auf dieser Insel spinnen sie alle noch mehr als wir.*

*Die einen mehr als die anderen.*

*Das Girl hat dir gefallen, stimmt's? Tut mir leid, dass sie es dir so gesagt hat. Nicht die feine Art.*

*Lilith? Das war nur so eine Phase.*

*Touché again.*

Dann schwiegen wir eine Weile.

*Immerhin*, dachte ich, *habe ich ein paar Sachen gelernt auf dieser Suche.*

*Was hast du?*, fragte Felix.

*Ruhe. Ich rede nicht mit dir. Ich denke nach.*

*Schon gut, Herr Doktor, schon gut. Dann rede mal mit dir selbst. Was weitaus weniger irre ist, als mit deinem verschwundenen Freund zu reden, falls dir das hilft.*

*Tut es.*

Also. Was habe ich gelernt auf dieser Suche?

Vielleicht genau das: Wenn ein Mensch verschwindet, hinterlässt er ein Loch. So unendlich tief und dunkel, man kann hineinfallen und nie wieder auftauchen. Viel dunkler aber als das Loch ist das, womit wir es füllen. Viel schlimmer als die Abwesenheit eines Menschen ist die Vorstellung, was mit ihm passiert ist. Wie ist er gestorben? Verblutet? Vergiftet? Ertrunken? Erstickt? Hat er gekämpft? Hat er gelitten? Hatte er eine Chance? Ging es schnell?

Wenn die Ungewissheit unerträglich wird, die Zeit gefriert und wir mit ihr, wächst wie ein Eiszapfen an unserer Seele: der Wunsch nach Fakten. Nach einer Leiche. Nach einem Ende. Die Stewardess hatte recht: Heulend am Strand der verlassenen Insel hätte ich eine Leiche hingenommen, nur um nicht mit leeren Händen zurückkehren zu müssen. Und genau dieser Wunsch macht dich fertig. Nicht die Suche, nicht die Hoffnung, nicht die Ungewissheit. Sondern die Schuld, so selbstsüchtig zu sein, dass man irgendwann alles, wirklich alles einer weiteren Stunde des Wartens vorzieht. In dem Moment ist man am Boden des

Lochs angekommen. Wie soll man die Schuld aushalten, ihn tot zu wünschen, nur damit man weiterleben kann? Was, wenn ich es beende? Woran bin ich dann schuld?

*Wann ist es zu Ende, Felix?*

*Aha. Fertig mit dem Selbstgespräch?*

*Ja. Sag es mir, bitte.*

*Es ist zu Ende, wenn es zu Ende ist. Das weißt du selbst.*

*Ich kann es nicht beenden.*

*Richtig.*

*Du kannst es nicht beenden.*

*Auch richtig.*

*Ich muss dich finden.*

*Ja.*

*Und dann ist es zu Ende?*

*Vielleicht. Aber es geht gar nicht um mich. Es geht um dich. Du hast Angst vor dem Abgrund in dir. Höhenangst quasi. Deshalb suchst du mich als Halt. Deshalb geht es immer weiter. Ich bin gar nicht so wichtig. Du bist wichtig. Aber du fürchtest dich zu sehr.*

*Das verstehe ich nicht.*

*Ganz einfach: Erkenne dich selbst, Herr Doktor*, kicherte er. *Aber nicht zu viel.*

Es sollten seine letzten Worte für sieben Tage sein. Er sprach erst wieder mit mir, als ich in den Dschungel ging.

Das Boot steuerte aufs Festland zu. Die Insel blieb hinter mir. Schon bald war sie nicht mehr zu sehen. Als hätte sie nie existiert.

Als hätten wir alle niemals existiert.

# IV

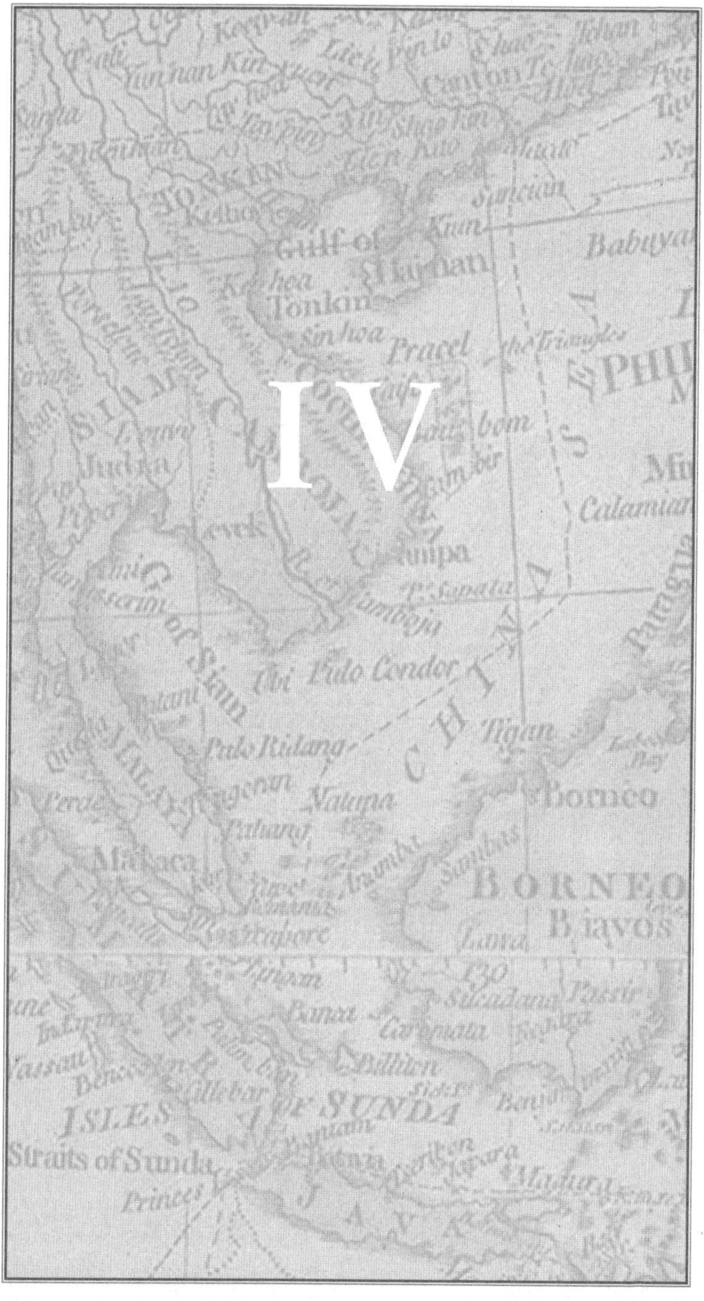
Canton
Gulf of
Tonkin
Pracel
Pulo Condor
Pulo Ridang
Natuna
Borneo
BORNEO
Calamian
Straits of Sunda
SUNDA
ISLES
Madura

AUF EINMAL WAR DA ein Satz in meinem Kopf. Wie eine Flaschenpost irgendwoher angespült.

*Das Geheimnis der Erlösung heißt Erinnerung.*

Wer hat das gesagt?

*Wer hat das gesagt, Felix? Na? Du weißt doch immer alles.*

Keine Antwort.

*Was muss ich dich fragen, damit du antwortest?*

Stille.

*Na, danke*, sagte ich. *Du Tyrann. Du Folterknecht. Du Ausgeburt der Hölle.*

Wie ich ihn auch beschimpfte, er schwieg. Nur manchmal, zu den unpassendsten Zeiten, wenn ich gerade einschlafen wollte oder beim Essen saß, fing er plötzlich ein Gespräch an, eher einen Monolog, laberte mich mit Banalitäten voll, etwa, welche Suppen hier besonders gut waren, wie er seinen ersten Sonnenbrand bekämpft hatte, dem Rekord seiner Stiche an einem Tag. Aber sobald ich etwas von ihm wissen wollte, nicht einmal, wo er war, sondern eine einfache Frage stellte, verschwand er aus meinem Kopf wie der Geist, der er war. Und ich durfte wieder warten. Nicht, dass ich Besseres zu tun gehabt hätte.

Ich lag am Strand. Genau wie drei Wochen zuvor, nur weiter die Küste hinunter. Erst war ich zurückgefahren in den Ort, wo ich das Hostel und Dita und Luca gemieden und nur kurz haltgemacht hatte, um einen Bus nach Osten zu nehmen. In einer Nachahmung von Felix' Weg, so wie Lilith ihn angedeutet hatte, seiner Flucht folgend, immer weiter weg von dem, was wir

Heimat genannt hatten. Ich hatte natürlich noch einmal herumgefragt, überall.

*Have you seen this guy? No, it's not me.*

Ich konnte es plötzlich sehen, zum ersten Mal, in ihren Blicken: Sie hielten mich für irre. Aus Hilfsbereitschaft war erst Mitleid geworden, dann Ablehnung. Jetzt hatten sie Angst. Sie fragten sich: War der Typ mit dem Handy gefährlich?

*War ich das?*

Sie erkundigten sich vorsichtig, mit einem Mindestabstand, als wäre ich ein giftiges Tier: »Immer noch auf der Suche?«

Ich antwortete: »Ja.«

Gespräch beendet.

Immerhin das hatte ich gelernt: Ein *Ja*, das alle Konversation besiegelte. Ein ehrliches *Ja*, keine Floskel wie *verstehe*, mit der viele Leute sich entzogen, dabei stimmte es nicht: Nichts verstanden sie.

Früher hatte ich selbst gern gesagt: *Verstehe*, oder *OK*. *Genau*. Jetzt fielen mir diese Worte auf als Ausreden, die Menschen benutzen, wenn sie nichts zu sagen haben. Wenn ihnen etwas peinlich oder unangenehm ist. Wenn sie überspielen wollen, dass sie eigentlich nicht deiner Meinung sind, dich für verrückt oder dumm halten. All diese Dinge, hinter denen immer ein *Aber* steckt – das deutscheste aller Worte, wie Luca meinte –, all diese Dinge, die Menschen nur sagen, um andere nicht zu verletzen. Oder weil sie sich selbst nicht verletzen wollen, es ist nicht ertragen würden, jemandem ins Gesicht zu sagen, dass er falsch liegt. Weil sie dann etwas verteidigen, zu etwas stehen müssten. Wirklich jemand *sein* müssten.

All diese Dinge – Felix sagte sie nie. Wenn jemand Schwachsinn redete, nannte er es Schwachsinn. Wenn jemand etwas Lustiges sagte, unfreiwillig, lachte er, genauso unfreiwillig. Und wenn er anderer Meinung war, sagte er auch das. Er sagte die Wahrheit, auf seine Art. Er fehlte mir mehr denn je.

Ich war weitergefahren. Die Küste entlang, weg von den Touristen, immer am Meer, bis ans Ende der Straße in einem Ort, in dem es nur einen Grenzübergang und eine Herberge gab, für die paar neugierigen Weißen, die wissen wollten, ob danach wirklich nichts mehr kam, denn über die Grenze durften nur Einheimische. Hier war er gewesen, aber schon lange wieder weg, sagte der Neuseeländer, der den Laden führte und ständig dieses Lied sang, *Bella ciao, Bella ciao, ciao, ciao.* Hier verlor sich seine Spur, als wäre er den Strand hinunter in die Wellen gegangen. Als wäre er zwei Mal untergetaucht, aufgetaucht, hinausgeschwommen, immer weiter, immer weiter. *Bella ciao.*

Hatte ich etwas übersehen? Nein. Er musste das Land verlassen haben. Vielleicht sogar diese Welt. Aber was sollte ich tun? Ich hatte einzig diesen letzten Ort seiner Existenz. Im Moment konnte ich nur herumliegen und grübeln und auf eine Flaschenpost warten.

*Das Geheimnis der Erlösung heißt Erinnerung.*

Eine jüdische Weisheit. Weil Felix mir nichts verraten wollte. Ich googelte die Worte. Vielleicht sollte ich sie mir als Tattoo stechen lassen, dann wäre ich, wie all die anderen, als fortgeschrittener Reisender erkennbar. Ich hatte inzwischen die ganze Küste gesehen, wenn auch im Schnelldurchlauf. Die Moskitos ließen mich in Ruhe, Sonnenbrand bekam ich auch nicht mehr. Ich gehörte jetzt hierher.

Wenn einer neu ankam und fragte, wo hier was los sei, winkte ich nur ab. Die kleinen Küstenstädte erschienen mir so austauschbar wie die Speisekarten mit Currys und Bananenpfannkuchen und Fruchtshakes, die jedes Restaurant in der Region anbot. Der Tourismus, dieser sich selbst hassende Dämon, war über diese Orte hergefallen wie eine Plage, hatte die ehemaligen Fischerdörfchen aufgebläht, reich und kaputt gemacht. Ich wusste mehr denn je, warum ich bei diesem Wahnsinn nie hatte mitmachen wollen.

*Was hattest du hier verloren?*, fragte ich Felix. *Es ist beschissen hier.*

*Aber besser als zu Hause ist es immer noch, oder?*, sagte er.

Ich überlegte. Was wartete zu Hause? Christoph schrieb mir nicht mehr. Das bedeutete wohl, dass ich gefeuert war, er es mir aber persönlich sagen wollte, sollte ich jemals wieder auftauchen. Ich wünschte, Dorothée hätte mich auch gefeuert.

*Ich warne dich*, schrieb sie. *Wenn du mich auch noch im Stich lässt, erzähle ich Lea alles.*

Dass ich ein Verlierer war, der ihr Geld hier verprasste? Das wusste sie längst.

*Sie weiß längst alles*, schrieb ich ihr. Dorothée antwortete nicht mehr.

Nur Lea gab nicht auf. *Wenn du wüsstest, wie oft ich an dich denke.* Pause. *Ich würde dir leidtun.*

Ich begann eine Antwort. Löschte sie. Begann von vorn. Löschte sie wieder.

*Ich kann sehen, dass du mir schreibst.*

Ich antwortete nicht. Was auch? Ich hatte versagt. Ich wollte nach Hause. Ich konnte aber nicht. Oder wollte ich vielleicht gar nicht? Wäre es nicht am leichtesten, einfach hierzubleiben? Mein Geld würde noch für Monate reichen, wenn nicht für Jahre. Ich hatte am Morgen zum ersten Mal seit Wochen wieder in einen Spiegel geschaut. Meine Haut war dunkel. Meine Zähne weiß. Ich sah mich, und ich sah einen anderen. Meine Haare waren deutlich heller geworden von der Sonne, ihr dunkles Braun jetzt von hellen Fäden durchsetzt, außerdem lockten sie sich in der feuchten Hitze mehr. Ich strich mir über das Gesicht. Eigentlich gefiel ich mir ganz gut so.

Aber ich litt auch. Alles war Zeugnis meines Versagens. In allem, was ich sah, lag immer der Vorwurf, dass ich nicht genau genug hinschaute. *Aber wer die Suche beendet, begeht Mord*, dachte ich. Und Selbstmord. Denn das sogenannte Ich, dieses fragile Gebilde namens Selbst, ist so vielfältig und instabil wie ein Gemischtwarenladen, gebaut aus Essstäbchen. Nimmt man eines weg, fällt alles ineinander. Das Ich ist die Wesen gewordene Chaostheorie, das Leben ein einziger *Butterfly Effect*. Der Flügelschlag eines Schmetterlings kann einen Wirbelsturm in meinem Selbst auslösen. Identität ist Instabilität. Wenn die Suche zu Ende ist, bin ich auch zu Ende.

*Ich zähle die Stunden. Ich zähle die Sekunden*, schrieb Lea.

*Ich bin ein Messgerät.*

Nach drei Tagen tauchte eine der Spanierinnen in der Herberge auf, eine von denen mit den blonden Haaren, ich hatte ihren Namen vergessen.

»Hey«, sagte sie.

»Hey«, sagte ich.

»Suchst du immer noch?«

»Ja.« Gespräch beendet, eigentlich. Aber ich war neugierig, immerhin ein bisschen. Warum sie allein? War sie abgehauen, verschwunden? Suchten die anderen sie? Konnte sie mir erklären, wie man jemanden wiederfand?

Sie habe die Schnauze voll vom Weiterhetzen, erzählte sie mir, jede Nacht woanders, nie genug Schlaf. Sie wollte irgendwo ankommen. Ihre Freundinnen seien schon mal ohne sie weiter. Das war es.

»Viel Glück«, sagte ich.

»Dir auch«, sagte sie.

*E se io muoio da partigiano, O bella ciao*, sang der Neuseeländer, er hieß Brian und trug Tätowierungen am ganzen Körper, Schlangen und Drachen und Schiffe und geheimnisvolle Schriftzeichen. Ein Neuseeländer, der italienische Partisanenlieder sang, ein Iraner, der sich als Italiener ausgab und nicht zaubern konnte, ein Schwede, der als Hippie eine Kommune auf einer einsamen Insel führte wie ein sanfter Diktator, ein Deutscher, der am Ende der Welt hängengeblieben war, weil er seinen besten Freund nicht finden konnte. Mich wunderte nichts mehr. *Bella ciao, Bella ciao, ciao, ciao, ciao, ciao, ciao, ciao.*

Dann wurde ich krank. Es hätte viel früher passieren müssen, aber Felix hatte mich am Laufen gehalten, ich war immer weitergejagt, wie der Kojote im Roadrunner-Comic, der schon über dem Abgrund schwebte und trotzdem rannte und rannte, bis er es bemerkte und fiel. Ich bekam üblen Durchfall, erbrach mich ein paar Mal, bis das Fieber mich vollends umwarf. Ich lag auf dem Bett, war leer und nahm nichts mehr wahr und war glücklich. Endlich hatte jemand den Stecker gezogen. Ich fand im Netz den Zusammenschnitt: Dutzende Male fiel der Kojote, in Hunderten Folgen jagte er vergeblich den Roadrunner, *Beep-Beep*. Felix und ich hatten uns die neun Minuten, dreizehn Sekunden wieder und wieder angeschaut, vor zehn Jahren. Und jedes Mal hatten wir gelacht und gestaunt über den Moment der Erkenntnis, der den Kojoten einholte, während er in der Luft schwebte und nach unten schaute; er hatte genau zwei Sekunden Zeit, zu verstehen, dass er gleich in den Abgrund stürzte. Erst wenn er sich seines Schicksals bewusst war, und der Zuschauer mit ihm, fiel er. Als würde er selbst den Fall auslösen, als öffnete sein Entsetzen eine imaginäre Falltür, als wäre er das Opfer seiner eigenen selbsterfüllenden Prophezeiung. Der Neuseeländer besorgte mir Elektrolyte und Zwieback. Nach drei Tagen war der Spuk vorbei.

Die Wunde an meinem Schienbein heilte, das zarte Narbengewebe leuchtete im Dunkeln wie Plankton. Ein kleines Loch in der Haut blieb, manchmal nässte es, tat aber nicht weh. Es war einfach nur da. Oder besser gesagt: nicht da. Ich kümmerte mich nicht mehr darum. Ich aß *Fish Amok* mit dem Neuseeländer, trank Angkor-Bier mit den zwei, höchstens drei Neuen jeden Tag. Man erkundigte sich nach meiner Suche, man staunte ein wenig. Ich war ein Kuriosum, eine Sehenswürdigkeit. Bald würde ich im *Lonely Planet* stehen, und wie jeder weiß, geht es vom *Lonely Planet* nur noch bergab. *Check out the guy who stranded here years ago while looking for a friend.* Ab und zu würde ein Reisender nach mir fragen, *keine Fotos*, würde ich sagen. Aber auch das wäre egal. Wir waren am Ende der Welt. *Hier könnte jemand*, dachte ich und bewegte meine spröden Lippen dazu, *hier könnte jemand verschwinden. Wirklich und für immer.*

*Nicht wahr?*, sagte Felix.

*Wieso hier?*, fragte ich.

*Wieso nicht hier?*, sagte er.

*Touché*, sagte ich.

Nach einer Woche hatte mein Handy immer noch 24 Prozent Akku. Ich lud es nicht mehr, aber es wurde nicht weniger. Lea schrieb, Lea rief an. Ich antwortete nicht. Felix' Mutter schrieb nicht mehr. Vielleicht spürte sie, dass ich aufgegeben hatte. Christoph sowieso nicht.

Vielleicht war es ihnen lieber so.

*Man kann nicht immer gewinnen*, das hatte Felix gern gesagt, wenn irgendetwas schiefgelaufen war. In der zehnten Klasse hatte ihm jemand die Fahrradreifen zerstochen. Wir verdächtigten wie immer den irren Robert, aber Felix war es seltsam egal. *Man kann nicht immer gewinnen*, sagte er und schob das Rad nach Hause. *You win some, you lose some*, sagte der Neuseeländer zu mir, als ich ihn nach einer Übersetzung fragte. Von da an sagte ich zu jedem, mit dem ich über Felix sprach: *You win some, you lose some.* Und fühlte mich gleich besser.

Die Tage vergingen.

Ich schlief gut.

Die Erinnerungen, die ich bisher heraufbeschwören musste, erschienen plötzlich von allein. In kurzen Abständen, aus dem

Nichts, wie Windstöße. Ich bekam Gänsehaut. Aber ich hielt es aus. Mehr konnte ich nicht tun.

*Bella ciao.*

***

Wir sitzen in dem kleinen Park, einen Tag vor seiner Abreise. Ich habe das Notizbuch, das ich ihm schenken will, in der Tasche.

Keiner sagt etwas. Unser altes Spiel. Wer hält das Schweigen länger aus? Natürlich er. Obwohl er mich treffen wollte, nicht andersrum. Sofort.

»Was ist denn passiert?«, frage ich.

»Ich habe nachgedacht«, sagt Felix.

»Hättest du wohl lieber gelassen«, sage ich. Er lacht nicht. »Worüber hast du denn nachgedacht?«

»Über das Nachdenken. Das Erinnern. Erinnerungen sind banal. Und heilig. Sie sind das Einzige, was wir haben. Sie formen mich zu dem, der ich bin. Ich forme sie zu dem, der ich sein will. Aber sie können mich auch verfluchen.«

»Spannend«, sage ich mit aller Ironie, die ich aufzubieten vermag. »Und deshalb musst du los?«

»Deshalb kann ich nicht hierbleiben.«

»Kommt aufs Gleiche raus.«

»Komm halt mit.«

»Jetzt soll ich auf einmal wieder mitkommen? Du kannst mich nicht nehmen wie einen Schluck Wasser, immer wenn dir danach ist.«

Er schaut mich traurig an. »Du weißt es nicht mehr, oder?«

»Was?«

»Du hast es vergessen können. Ich beneide dich mehr, als du dir vorstellen kannst. Auch deshalb muss ich weg. Du erinnerst mich daran, und du hältst mir vor Augen, was ich nicht geschafft habe.«

Dann stand er auf und ging.

Ich schrieb auf einen Zettel: *Was immer es ist, du kannst es mir erzählen. Oder schreiben.* Warf ihn mit dem Notizbuch ein. War erleichtert, als ich seiner Mutter nicht begegnete.

Er schrieb nie.

***

Ich hatte den Typen nicht bemerkt, er musste in der Herberge nach mir gefragt haben. Ich lag, wie meistens, im Sand, nah am Wasser, das mich manchmal erreichte, meine Füße leckte, an meinen Zehen saugte wie ein Säugling am Daumen, mich kühl hielt. Um einen Liegestuhl oder ein Handtuch kümmerte ich mich nicht mehr. Ich dachte lieber darüber nach, wie schnell sich meine Haut ablösen würde, wenn ich für immer hier liegen bliebe. Es würde eine Weile dauern, so viel war sicher. Ich schloss die Augen, schaute die Mikroben auf meiner Netzhaut an, die von der Mitte nach außen schwammen, helle Würmer vor dem rötlichen Weltall meiner Augenlider. Das hatte ich als Kind schon gemacht, wie unter einem Mikroskop sah ich die lustigen kleinen Viecher sinnlos herumschwirren wie mich selbst. Ab und zu öffnete ich die Augen einen Spalt, um etwas Sonne in mein Weltall zu lassen, als jemand einen Schatten auf mich warf und die Mikroben vertrieb.

»Hey!«, sagte eine unbekannte Stimme.

»Hey!«, rief ich pflichtbewusst zurück und blinzelte. Wenn sich jemand die Mühe machte, zu mir zu kommen, musste ich antworten. So gehörte sich das auf Reisen. Man antwortete. Man blieb höflich. Man verschwand nicht einfach.

»I thought you were already up in the village for some months«, sagte der Typ. Er war neu, sah aus wie der durchschnittliche Traveller: jung, Bart, weiche Augen. Skandinavier, seinem nahezu akzentfreien Englisch nach zu urteilen.

»Was machst du hier?«, fragte er und setzte sich neben mich, schlug mir mit einer Hand auf den Arm. »Gut, dich zu sehen, Mann! Hast dich kaum verändert.«

Er sah nett aus. Betrachtete mich wie jemanden, den er hier nicht vermutet hätte, aber den er kannte und den er mochte. Er begrüßte mich wie einen Menschen, den man gern kennenlernte, zumal am anderen Ende der Welt, weil er auf Leute zuging, viel lachte, gern etwas erzählte, sich selbst nicht so ernst nahm und etwas an sich hatte, etwas Besonderes, Seltsames, das manchmal zu kippen drohte, aber für ein paar Stunden oder Tage konnte man es übersehen.

Es dauerte lange – ein Leben lang, vielleicht aber auch nur zwei Sekunden –, bis ich verstand, wen er meinte.

***

Dorothée, Felix und ich, bei ihnen zu Hause. Felix spricht seit drei Tagen nicht. Das letzte Mal hat er es eine Woche durchgezogen. Wir sind fünfzehn. Wir überleben. Wir halten uns für stark.

Es klingelt.

»Das ist das Jugendamt, Felix, also reiß dich zusammen«, sagt sie. Da ist etwas in ihrer Stimme, das ich nicht kenne. Kein Bonbon. Kein Gift. Irgendetwas Kälteres.

Felix schaut sie schweigend an. Ich muss an einen Film denken, den wir neulich im Englischunterricht gesehen haben: Ein kleiner Mann mit randloser Brille namens Mahatma Gandhi legt sich mit seinen Anhängern den Engländern in den Weg, vor die heranpreschenden Reiter. Die Pferde scheuen. Und so befreit er ein ganzes Land.

»Felix!«, sagt sie lauter. Sie will schreien, denke ich, aber das würde die Frau vom Jugendamt durch die Tür hören. Felix sitzt im Schneidersitz auf dem Sofa. Die braunen Locken umranden wie eine Hecke sein Gesicht. Er ist dünn wie nie, seine Arme, Streichhölzer. Er wird sich nicht bewegen, das weiß ich.

Sie macht einen Schritt auf ihn zu, als wollte sie ihn schlagen oder treten, bleibt dann jedoch abrupt stehen und dreht sich zu mir um. Es ist keine Entscheidung, keine Sekunde, in der es passiert. Sie ist zu schnell, man sieht es ihr nicht an.

»Na gut, *Felix*«, sagt sie zu mir, betont den Namen so sehr, dass er fast zerbricht, »dann wollen wir mal aufmachen.«

Sie nimmt mich sanft am Arm, ich bin größer als sie, aber das zählt jetzt nicht. Sie schiebt mich durch den Flur zur Haustür. Reißt sie mit einem Strahlen auf. »Entschuldigen Sie bitte, aber wir haben noch einen Freund von Felix zu Besuch, dem geht es nicht so gut, Liebeskummer. Sie wissen ja, Jungs in dem Alter.« Sie lacht dieses helle Lachen, das alle Menschen an ihr mögen, mit dem sie eine Bank ausrauben könnte, und die Kassierer würden ihr noch hinterherwinken. »Da hab ich gesagt, Mensch, komm zu uns rüber, ist doch blöd, in deinem Zimmer zu hocken, wo dich alles an die Verflossene erinnert … Wir beide sind zwar alt«, sie meint die Frau vor der Tür, bittet sie mit einer einladenden Geste herein, »aber wir wissen schon noch, wie sich das anfühlt, das Knacken des Herzens, nicht wahr? Ach, einmal noch so verliebt sein wie mit fünfzehn … Felix, nimm der Dame doch den Mantel ab«, und ich reagiere mechanisch, strecke den Arm aus, die Frau reicht mir ihre Jacke.

»Vielen Dank«, sagt sie freundlich, und ich weiß in diesem Moment, dass alles glattlaufen, dass selbst der schweigende Felix auf dem Sofa nicht stören wird, weil er vermutlich schon weg ist, wenn wir kommen, dass ich mit der Frau und seiner Mutter am Mahagonitisch sitzen und Tee trinken und erzählen werde, was ich zu erzählen habe: Schule läuft gut, fühle mich wohl, vermisse den Vater, die wöchentlichen Sitzungen helfen. Ist alles nicht leicht, aber das Abitur ist jetzt das Wichtigste, vielleicht Medizin später, wenn die Noten stimmen. Ich weiß, wie seine Mutter mich anschauen wird, ich weiß, dass er in seinem Zimmer warten wird und wir, wie immer, hinterher nicht darüber sprechen werden.

»Freut mich, dich kennenzulernen, Felix«, sagt die Frau und gibt mir die Hand.

Seine Mutter schließt die Haustür.

***

Wer durch den Dschungel will, muss auf alles vorbereitet sein.

*Wir brauchen einen kleineren Rucksack*, sagte ich zu Felix. *Den großen lassen wir in der Herberge, bei Brian. In den kleinen kommt nur das Nötigste: Wasser. Ein Moskitonetz. Lange Kleidung. Was zum Feuermachen. Eine Hängematte zum Schlafen. Ein Messer.*

*Guter Mann*, sagte Felix zu mir. *Das wird ein großes Abenteuer!*

Er sprach jetzt regelmäßig mit mir. Als ob er, je näher ich ihm kam, auch besser zu empfangen wäre in meinem Kopf, wie zwischen Joghurtbechern in einem Tunnel.

Es war verlockend, einfach mitzuspielen. Dass ich den Skandinavier nicht erkannte, dass ich auf seine Freude, mich wiederzusehen, reagierte wie auf ein Paket, das ich nicht bestellt hatte, schien ihn überhaupt nicht zu stören. Im Gegenteil. »Kein Stress, ich hatte nichts anderes erwartet«, sagte er und lachte, als hätte er einen Witz gemacht, den nur wir beide verstanden. Nachdem ich ihm erklärt hatte, dass ich nicht Felix war, ihn aber suche, seit Wochen, weil er verschwunden war ohne eine Nachricht, schaute er mich staunend an. Mein Englisch war inzwischen präzise, wie kleine Eiswürfel fühlten sich die einstmals fremden Wörter an, glatt und rein. An der Sprache konnte es also nicht liegen, dass er plötzlich aussah, als würden sich in seinem Kopf einige Drähte neu verschalten. Er schien hinunterzuschlucken, was er eigentlich hatte sagen wollen, und gratulierte mir stattdessen dazu, »so ein *great guy* zu sein, der seinen besten Freund überall sucht, wirklich überall«. Schließlich erklärte er mir den Weg. Wir beugten uns über die Karte auf meinem Smartphone.

»Immer nach Norden, über den Hügel hier, da gibt es keine offiziellen Wege mehr, aber man kommt durch. Die Holzdiebe sind schon überallhin vorgestoßen. Bleib auf ihren Pfaden, mach ein bisschen Krach wegen der Schlangen, dann hauen die schon ab.«

»Schlangen?«

»Bambusottern vor allem, gut getarnte Viecher, kaum zu erkennen. Die beißen und sind giftig, zwar selten tödlich, aber dann liegst du da mit Schaum vorm Mund ... Naja, nach zwei Tagen müsstest du abends das Dorf erreichen.«

»Gut.«

»Und pass auf die Minen auf. Das Gebiet wurde zwar geräumt, inzwischen setzen sie Ratten ein, die das TNT erschnüffeln können, angeblich dreißigmal schneller als ein Mensch mit einem Metalldetektor. Aber es liegt noch genug Zeug herum. Die Vietnamesen haben damals kilometerbreite Streifen zugepflastert, damit die Roten Khmer nie wieder aus dem Dschungel hervorkriechen. Jedes Jahr erwischt es ein paar Holzdiebe oder ein verlaufenes Kind.«

»Klingt fantastisch. Wie erkenne ich eine Mine?«

»Gar nicht. Du steigst einfach nicht drauf.«

»Und wenn doch?«

Er zuckte mit den Schultern. »Wenn du Glück hast, ist es eine kleine, die dich nur kampfunfähig machen soll. Aber wenn du allein im Dschungel unterwegs bist, ist ein abgerissenes Bein vielleicht größeres Pech als der Tod. Die Tiere kommen schnell.«

»Also, notiert: am besten trete ich auf keine Mine.«

»Exakt. Hast du Höhenangst?«, fragte er.

»Ab einem halben Meter, ja.«

Er lachte. »Es gibt eine haarige Stelle. Siehst du dann.«

»Oder ich mache die Augen zu.«

»Gute Idee. Und … viel Erfolg!«

Ich hatte ihn unterschätzt. Im Vergleich zu mir war er ein Experte. Wir gaben uns zum Abschied die Hand, er sah mich lange an.

»Du wirst staunen«, sagte er.

Zurück in der Herberge, packte ich meine Sachen zusammen und kündigte mich Felix an. *Beeil dich*, sagte er. Als ich fertig war, machte ich mich ein letztes Mal auf an den Strand. Wer wusste, wann ich das Meer wiedersehen würde. Es war schön, so schön wie noch nie. Die Sonne ging mal wieder nicht blutrot darin unter. Ich machte ein Foto. Ich hatte nicht viele Fotos gemacht, aber das hier bedeutete etwas. Ich schaltete den Flugmodus aus, wollte das Bild an Felix schicken, warum auch immer.

Mein Handy vibrierte sofort, als hätte es tagelang auf diesen Moment gewartet.

*Lea.*

Zum wievielten Mal rief sie wohl gerade an? Sie saß sicher zu Hause, blass, auf einer Stuhlkante. War wütend, wippte mit ihrem linken Knie, hatte vielleicht etwas von mir in der Hand, die nicht das Telefon hielt. Ein T-Shirt. Vielleicht auch nicht, sie könnte alles weggeräumt haben, was sie an mich erinnerte.

Sie ließ es zehn Mal klingeln. Zwölf Mal.

Was sollte ich sagen, wenn ich ranging – *es tut mir leid, er tut mir leid, du tust mir leid*? Das wäre alles wahr und gelogen zugleich. Zur Floskel geworden, *ja ja, genau, ok, verstehe*. Möglich, dass ich genau deswegen das Gespräch annahm. Endlich spürte ich keinen Druck mehr, das Richtige sagen zu müssen.

»Lea?«

»Ich bin in Laos.«

»Wie bitte?«

»Ich bin auf dem Mond«, sagte sie. »Besser?«

»Spinnst du?«

»Nein.« Ihre Stimme wurde leiser. »Ich bin in Laos. Im Ernst. Ich bin eben gelandet. Der Flug war okay, das Essen mies, die Filme spannend, ich habe fast eine ganze Stunde geschlafen. Danke der Nachfrage.«

Ich lauschte, versuchte an den Hintergrundgeräuschen zu erkennen, ob sie die Wahrheit sagte. Vientiane, die Hauptstadt, in der die internationalen Flüge landeten, lag 1000 Kilometer nördlich von hier. Lea klang nicht näher, auch nicht weiter weg als sonst. Sie hatte mich noch nie angelogen.

»Was zum Teufel machst du da?«, fragte ich.

»Dich holen.«

Ich wartete drei Sekunden, ob ich vielleicht gleich aufwachte. Etwas stimmte hier nicht. Vermutlich war ich es. Aber was genau so höllisch schiefgelaufen war, wusste ich nicht.

»Wieso in Laos?«, fragte ich.

»Fang gar nicht erst an zu lügen. Ich weiß, dass du dort bist. Es ist schlimm, seinen Freund zu vermissen. Schlimmer ist nur, ihm hinterherfliegen zu müssen. Du kennst das.«

Pause. Ich sagte nichts.

»Aber es wäre wirklich der Gipfel der Kaputtheit, würde er selbst dann noch lügen, wenn man ihn schon fast an seinem dreckigen Hals packen und nach Hause schleifen kann. Und ja, dieses Mal entscheide ich mich bewusst, wütend zu sein, weil ich sonst sofort wieder heule, und ich hab genug geheult in letzter Zeit. Deinetwegen, vor allem deinetwegen, aber auch meinetwegen, dass ich so dumm war und dich habe gehen lassen, obwohl ich es besser wusste. Also, wo genau bist du, und wie komme ich dahin?«

Ich atmete durch. Die Sonne stand nun direkt auf dem Wasser. Gleich würde sie nicht mehr zu sehen sein.

»Ich bin nicht in Laos«, sagte ich. »Ich bin …«

»Du bist«, unterbrach sie mich sofort, »gestern nach Laos geflogen. Nach Vientiane. Und du hast kein Anschlussticket gekauft. Ja, ich habe vor genau einer Woche deine Mails gelesen, und da habe ich den Flug gesehen, und du hast mir nichts davon erzählt. Deshalb bin ich hier. Weil ich nicht mehr weiß, ob ich dir vertrauen kann. Nein: Weil ich dir offensichtlich nicht mehr vertraue. Klingt wie aus einer fucking Soap. *Ich kann dir nicht mehr vertrauen, Julius*«, sagte sie mit affektierter, hoher Stimme, *»und Mutter hat dich aus dem Testament gestrichen. Schloss Lahnstein wird niemals dir gehören.«* Sie lachte ohne jede Freude. »Klingt scheiße. Ist aber so.«

Jetzt fiel es mir ein: das Ticket. Gekauft in Kambodscha am Flughafen, damit sie mich überhaupt einreisen ließen. In aller Eile gebucht, für dreißig Euro, irgendwohin, nach Vientiane, um genau zu sein. Ich hatte es völlig vergessen.

»Hast du einen Bus genommen und bist über Nacht nach Thailand, oder was?«, fragte sie. »Ist er da? Sag schon, ich bin müde. Ich will nicht streiten. Ich will dich nur sehen.«

Ihre Stimme klang rau.

Das Meer spülte den Sand um meine Füße und mit jeder Welle, die träge herangerollt kam, zog es ihn wieder zurück ins Meer. Eine sanfte, unaufhaltsame Kraft. Ich hätte stundenlang so dastehen können, den Nachhall von Sonne auf meiner Haut, Felix im Kopf.

*Da hat sie echt meine Mails gehackt und sich in ein Flugzeug gesetzt*, sagte ich zu ihm.

*Die Nummer hast du mit mir ja auch probiert*, antwortete er. *Nur weniger erfolgreich.*

*Noch ist sie nicht bei uns. Und du nicht bei mir.*

»Hallo?«, sagte Lea, und mir fuhr es in die Brust.

Die Sonne war weg. Der Himmel leuchtete. *Der Sonnenuntergang ist wirklich am schönsten*, dachte ich, *wenn die*

*Sonne schon verschwunden ist. Wenn man sie nicht mehr sieht und sie den Himmel und die Wolken anmalt, von ihrem Versteck hinterm Horizont. Diesem Ende, das sich als Anfang tarnt.*

»Bist du noch da?«, fragte Lea.

Sie hatte auf mich gewartet. Mir vertraut. Hatte versucht, mir zu helfen. War für mich in ein fremdes Land gereist. Für mich, der ich am Strand herumlag und mich bemitleidete. Der im Kopf mit seinem verschwundenen Freund sprach. Der sie anlog.

»Hast du ihn längst gefunden? Liegt ihr zusammen am Strand? War das seine Idee? Gib ihn mir! Ich will ihm selber sagen, was für ein Hurensohn er ist!«

Das war genug.

»Lea«, sagte ich.

»Halt einfach den Mund«, sagte sie. »Bitte, sei ruhig.«

Sie weinte. Es klang wie die letzten Schatten Blau, die den Himmel bedeckten, bevor er schwarz wurde.

»Ich bin nicht in Laos«, sagte ich. »Das Ticket habe ich nur gekauft, damit sie mich in Kambodscha einreisen lassen. Wenn du mir nicht glaubst, schau auf die Uhrzeit der Buchung. Exakt zwanzig Minuten nach der Landung.«

Ich konnte hören, wie sie den Atem anhielt. Es war schlimmer, als hätte sie laut aufgeheult. Dann atmete sie aus. Und etwas in ihr gab auf.

*Jetzt ist der Moment*, dachte ich. Oder sagte ich es zu Felix?

*Jetzt ist die Chance*, dachte er. Oder war das ich?

Egal. Ich hatte mich längst entschieden. Sie würde mich nicht zu Felix lassen, sie würde nachkommen, sie würde mich genauso aufspüren wie ich ihn, und wir könnten niemals frei sein. Sie war zu gut. Mir blieb nur, dafür zu sorgen, dass es ihr so leicht wie möglich fiel.

»Ich weiß jetzt, wo er ist«, sagte ich. »Aber ich muss allein dorthin. Flieg nach Hause. Warte nicht auf mich. Ich will nichts mehr von dir. Es ist vorbei.«

»Was?«, sagte sie.

»Es ist falsch.«

»Was ist falsch?«

»Wir. Wir sind falsch.«

»Meinst du das ernst?«

»Ja.«

»Sag mir, dass du mich nicht liebst.«

Ich wartete. Es musste so wirken, als würde ich Anlauf nehmen. Als würde ich etwas Vernünftiges tun, das mir schwerfiel, das mich schmerzte, das ich jedoch für sie tat. Es musste so wirken, als würde ich es bedauern, aber nicht zu sehr. Sie durfte nicht merken, dass ich Deutschland keine Sekunde vermisst hatte, sondern nur sie. Sie durfte nicht wissen, dass mein Heimweh ihr galt, nur ihr. Und dass ich mir nichts mehr wünschte, als sie hierzuhaben. Sie durfte nicht merken, dass ich log. Dieses eine Mal nicht.

»Ich liebe dich nicht.«

Stille.

Sie sagte meinen Namen. Leise. Dann lauter.

Sie schrie ihn über tausend Kilometer hinweg, während wir uns rasend schnell voneinander entfernten wie zwei Meteoriten, die in entgegengesetzter Richtung durchs All flogen. Sie schrie, aber ich hörte sie nur noch ganz leise, als das Telefon, in einer perfekten Parabel aus meiner Hand übers Meer geschleudert, Dutzende Meter von mir und den Wellen und dem Sand und meinen unterspülten Füßen entfernt, die Wasseroberfläche durchbrach und ein letztes Mal in der untergehenden Sonne glitzerte wie ein fliegender Fisch.

***

Drei Monate vor seiner Abreise. Nur ein Fetzen Erinnerung, wie eine der Plastiktüten, die hier herumfliegen.

Wir besuchen ihn, holen ihn ab, aber seine Mutter zwingt uns, Kaffee zu trinken. Kann das sein? Sie geht in die Küche, Lea auch, als ob sie sie verfolgen will. Etwas bringt mich dazu, Felix am Mahagonitisch sitzen zu lassen und auch in die Küche zu gehen, als könnte ich dort etwas Schlimmeres verhindern; als brauchte Lea meine Hilfe, die sie in Wahrheit noch nie gebraucht hat.

Die Tür ist angelehnt, die beiden räumen Geschirr aus der Spülmaschine. Ich bleibe an der Tür stehen. Sie sehen mich nicht. Felix sieht mich nicht. Sie vermuten mich bei ihm, er vermutet mich bei ihnen. Es ist wie der Trick mit dem Übernachten. Für einen Moment weiß keiner, wo ich bin.

»Wie viele Tassen brauchen wir?«, fragt Lea.

»Vier«, sagt Dorothée.

»Aber Felix meinte, er will keinen Kaffee.«

»Doch, doch.«

»Sicher?«

Ich kann hören, wie Dorothée ihr einen Blick zuwirft. »Was meinst du damit, *sicher*?«

»Ob du sicher bist, dass er Kaffee will, er sagte eben …«

»Ich werde ja wohl noch wissen, was mein Sohn in meinem Haus trinkt und was nicht.«

Es gibt Wege, es gibt Gabelungen, es gibt Entscheidungen. Man spürt es, wenn man schweigen kann oder sprechen. Ob Lea wusste, was sie tat, oder ob sie blind diese Abzweigung nahm – ich weiß es nicht. Ich habe sie nie gefragt, denn sie durfte ja nicht wissen, dass ich lauschte.

»Dann weiß ich mehr als du, scheint mir.«

Leas Ton ist ohne Scherz. Die Temperatur ändert sich schlagartig, nein, es ist das Licht. Als hätte jemand eine Lampe ausgeknipst, so dunkel ist es plötzlich in der Küche.

»Was weißt du denn, bitte, Lea?«

»Ich weiß genug, Dorothée. Er braucht Hilfe.«

»Aha. Sehr interessant. Nun, als ich so jung war wie du, dachte ich auch noch, ich wüsste alles. Aber woher willst du irgendwas von uns wissen? Du warst ja nicht einmal dabei.«

»Wobei?«

Jemand schiebt die Schubladen der Maschine kräftig zurück, schließt die Tür.

»Du hast ja keine Ahnung, wie einen die Männer in dieser Familie im Stich lassen. Du wirst schon noch lernen, dass eine Frau sich behaupten muss gegen sie.«

»Ich verstehe kein Wort von dem, was du sagst.«

»Glaubst du wirklich«, ihre Stimme ist leiser als vorher, als ob sie wüsste, dass ich lausche, aber immer noch laut genug, so dass ich jedes Wort mitbekomme, »ich lasse zu, dass du dich zwischen mich und meine Jungs quetschst? Ich kenne sie, seit sie denken können. Du glaubst nur, du kennst sie. Aber du hast keine Ahnung. Also halte dich raus.«

Dann herrscht Stille, und ich weiß, dass Lea gleich herauskommen, sich zu uns setzen und schweigen wird. Dass sie die Abzweigung ein Stück gegangen ist, so wie ich es später im Dschungel tun würde, um dann umzukehren und den anderen Weg zu nehmen. Also beeile ich mich, so leise wie möglich zurück zu Felix zu huschen. Er schaut mich an, als hätte er mitgehört. Keine Frage, keine Überraschung, kein Zweifel ist in seinem Gesicht.

***

Ich war mir sicher, dass ich den Dschungel hassen würde: unsere erste Begegnung auf der Insel der Toten, meine Abneigung gegen Tiere, Insekten, die schwüle Hitze ohne Chance auf Abkühlung, Schlangen, Minen und ich, allein.

Aber, verdammt noch mal, ich liebte ihn. Er roch nach feuchtem Laub und Sand und Wind, schützte mich vor der Sonne, empfing mich wie die ersten Akkorde eines Liedes, das ich sofort mochte. Vom ersten Schritt an, der mich hineinführte in dieses unendliche Dickicht, fühlte ich mich gut, besser denn je auf dieser unseligen Reise. Ich konnte nicht glauben, dass ich wirklich *durch den Dschungel* wanderte, in ihm herumlief wie in einem Gemälde. In Deutschland war ich selten in den Wald gegangen, dort schien alles immer begrenzt zu sein, nützlich und von einem Förster geplant. Hier war alles, wie es sein wollte, und immer Grün, in unzähligen Abstufungen: lindgrün, fast gelb, strahlend blattgrün bis dunkelgrün, beinah schwarz. Irgendwo hatte ich mal gelesen, dass der Mensch dreißig verschiedene Schattierungen von Grün wahrnehmen kann, viel mehr als von jeder anderen Farbe. Damit man vor hunderttausend Jahren erkennen konnte, um welche Pflanze es sich handelte, um Bewegungen im Laub schon von Weitem sehen und abschätzen zu können, ob hinter dem nächsten Baum ein Tiger lauerte. Es fühlte sich seltsamerweise so an, als ginge ich nach Hause, vielleicht wegen des Grüns und wegen Felix. Endlich hatten wir unseren Tunnel.

Man sah keine zwanzig Meter weit, dazu stand das Gewächs zu dicht, Bambus und allerlei anderes, das ich nicht kannte. Ich dachte immer, ein Dschungel sei zwangsläufig ein düsterer, unheimlicher Ort, wie in Kriegsfilmen. Der echte Dschungel sah anders aus. Heller. Schöner. Der Weg war nur eine Spur im weniger dichten Unterholz, die ich nicht verlieren durfte. Manchmal teilte sie sich scheinbar, und ich ging vorsichtig einige Meter in die mir sympathischere Richtung. Nur einmal kam ich nicht weiter, musste kehrtmachen, weil der Pfad sich schnell verlor. Es war viel einfacher, als ich dachte, und ich fühlte mich stark.

Vor allem aber war ich endlich wieder mein eigener Herr. Die Anstrengung war brutal, ich schwitzte wie nie, aber genau das tat gut. Solange ich auf dem Weg zu Felix war, endlich wirklich auf dem Weg zu ihm, und niemanden mehr fragen musste wie ein kleines Kind, war ich so gutgelaunt, dass ich laut vor mich hin sang. Endlich durften die Melodien, die mich in meinem Kopf verfolgten, raus in die Welt.

*Ich bin der König im Affenstall, der größte Klettermax, spring ohne Hast von Ast zu Ast, das ist für Sportler ein Klacks!*

Und ich war nicht mehr allein. Ich war viele.

Alle echten Abenteurer, die ich kannte, begleiteten mich, verschmolzen mit mir zu einer Person, ließen sich von mir tragen wie eine Rüstung. Ich war Marco Polo, ich war Indiana Jones, ich war Alexander von Humboldt, ich war Rambo. Sie alle schlugen sich mit der Machete durch das Dickicht, klatschten in die Hände gegen die Schlangen, summten mein Lied. Indiana Jones war mein Liebling: Akademiker, aber Draufgänger, die Nazis seine denkbar bösesten Feinde. Und immer eine schöne Frau dabei.

*Tatataaaa! Tata-tataaaa! Tata-ta-ta-taa!*

Ein dicker Bambus wurde zu einem SS-Offizier. *Klatsch, k.o.* geschlagen. Eine herabhängende Liane zu einer Kobra. *Zack, Kopf ab. Bravo*, riefen meine Gefährten, halfen mir, sprachen mir gut zu. Erinnerten sich mit mir an Felix, wir kannten uns schließlich alle schon lange. Alexander von Humboldt sagte: *Mein lieber Felix, treuer Gefährte, heute durchschritt ich mit Hilfe deines besten Freundes den Urwald von Kambodscha.* Rambo sagte: *Um im Dschungel zu überleben, muss man selbst zum Dschungel werden. So wie Felix.* Indiana Jones sagte: *Wenn einer den Heiligen Gral finden kann, dann ihr zwei.*

*Hörst du das, Felix? Ich bringe Gesellschaft mit. Natürlich sind die nicht echt, ich bin ja nicht irre. Aber wäre schon slick, oder?*

Er antwortete nicht. Als ob er jetzt, da ich so nahekam, lieber noch einmal das Schweigen genießen wollte. Aber ich spürte ihn. Näher und näher.

*Bald sprechen wir uns mal in Ruhe aus, alter Junge. Gibt viel zu erzählen.*

Damit mir die Zeit nicht zu lang wurde, erzählte ich den anderen von meinen Abenteuern. Von meinem Hechtsprung vom Boot, wie Luca rief: *Einer muss das Zeug retten, ich kann nicht schwimmen, du musst es wagen*, wie ich durch haiverseuchte Gewässer gekrault war. Wie ich Felix' Handy knackte, die Insel gefunden hatte, ganz allein, dort jeden Hinweis sammelte, bis ich sicher sein konnte, dass er nicht dort war. Wie ich nicht aufgab, am Festland aufs Neue noch der kleinsten Spur folgte, ihn schließlich aufstöberte, ihm einen Tag ließ, um sich vorzubereiten auf unsere Heimreise, denn er musste wissen, dass ich bald kam und ihn abholte.

*Bravo*, sagten die Gefährten, und wir marschierten.

Irgendwann, es war schon nachmittags, pausierte ich und trank einen Schluck Wasser, als ein besonders interessant gemaserter, grüner Stock vor mir meinen Blick einfing. Ich wollte ihn untersuchen, machte einen Schritt auf ihn zu, da richtete sich sein linkes Ende schlagartig auf. Eine Schlange fauchte mich mit weit aufgerissenem Maul an. *Giftgrün*, schoss es mir durch den Kopf, das war sie, und wunderschön. Einen Meter fünfzig lang, halb aufgerichtet, auf Höhe meiner ungeschützten Oberschenkel. Einen Meter entfernt. Ich erstarrte. Ich hatte die nahezu volle Wasserflasche aus Plastik in der Hand. Sie wog ein Kilo. Sie war eine Waffe. Bevor ich nachdenken konnte, schwang mein Arm sie auf den Kopf der Schlange, die im letzten Moment zurückzuckte, überrascht von dem Angriff. Panik durchfuhr mich, ich musste sofort wieder zuschlagen, sonst hätte sie die Gelegenheit, mich zu beißen, ich schwang zurück, sie zischte, ich veränderte den Winkel meiner Attacke und erwischte sie beim dritten Mal seitlich am Kopf. Benommen zog sie sich zurück, aber nicht tiefer ins Unterholz, das war ihr Fehler, sondern auf den Weg, der an dieser Stelle gut sichtbar war. Ich umfasste die

Flasche fester und setzte ihr nach. Erwischte sie noch einmal, etwas unterhalb des Kopfes, dann schlug ich von oben zu, sie ringelte sich schützend zusammen. Ich stand über ihr, mit einem kleinen Sicherheitsabstand, damit sie nicht doch noch zubeißen konnte. Dann holte ich aus und traf ihren Kopf voll, quetschte ihn gegen den Boden, noch einmal, und noch einmal, bis die Flasche grün und rot war.

*Drachentöter*, flüsterte Felix anerkennend.

*Na endlich*, sagte ich, heftig atmend. *Da bist du ja wieder.*

Als das Licht schwächer wurde, erreichte ich nach einer kurzen Steigung eine Art Aussichtspunkt. Von hier aus blickte man auf die Küste, Grün um Grün vor Blau, kein Haus, kein Mensch. Als wäre man allein auf der Welt. Ich beschloss, auf diesem Hügel für die Nacht zu rasten, auch weil ich sofort zwei auseinanderstehende Bäume entdeckte, zwischen denen ich meine Hängematte spannen konnte. Hoch genug, hoffte ich, um vor Schlangen sicher zu sein, denn wer weiß, ob die Tote nicht Freunde hatte, die sie rächen kamen, mitten in der Nacht.

Ich knotete die Hängematte fest, legte mich probehalber hinein und fand es so gemütlich, dass ich liegenblieb. Ich schaute nach oben, in die Blätter, durch die klebrig wie Aprikosenmarmelade die Abendsonne tropfte.

*Schau mal nach oben*, rief Felix, drei Meter vor mir auf einem Palmwedel liegend. *Sieht aus wie im Dschungel.*

Wir lachten.

*Geht's dir gut?*, fragte ich.

*Besser denn je, mein Freund, besser denn je.*

Es dämmerte. *Du musst ein Feuer machen*, sagte einer, ich glaube Rambo, *gegen ungebetene Besucher.* Seit Felix mit mir sprach, hielten sich die anderen zurück, wofür ich dankbar war. Zu viele Stimmen waren nicht gut. Dafür passte mein Lied immer besser, und ich sang es, während ich die Sturmstreichhölzer und die Anzünder und die kleine Feuerschale auspackte:

*Ich möchte es aber wissen, es war so abgemacht!*

*Sei nicht gemein, vom Feuerschein träum ich die ganze Nacht …*

Als das Feuer brannte, legte ich mich wieder hin. Überall zirpte und gurrte es. Die Nacht weckte den Dschungel auf. Jetzt passierten Dinge, von denen wir niemals erfahren würden, die uns Angst machten und deren Teil wir dennoch waren. So viele fiebrige Gedanken um Essen und Töten und Sterben, so viele Herzen, die noch schlugen und bald aufhören würden zu schlagen. *Das Gesetz des Dschungels*, nennen sie es und meinen das Recht des Stärkeren. Das große Tier frisst das kleine Tier. Dabei heißt das Gesetz der wahren Herrscher des Dschungels, der Pflanzen: Alles strebt nach Sonnenlicht. Alles wächst nach oben, das war die Ordnung hier, und wenn es einen Gott gab, dann lag er oder sie darin.

Für Felix und mich galten beide Gesetze: Er war der Stärkere. Und ich wuchs zu ihm hin.

Am nächsten Morgen wachte ich sanft auf vom ersten Licht, den lauter werdenden Geräuschen. Ich fühlte mich gut, hatte etwas Muskelkater, war aber ansonsten frisch. Ich packte zusammen und lief los. Ich hatte mein Lager so aufgeschlagen, dass man mich vom Weg aus nicht sah. Als ich zurücklief und ihn suchte, trat ich auf eine leicht erhabene Stelle, und etwas knackte unter meinem Fuß. Ich erstarrte. Hörte sich so eine Mine an? Hörte man überhaupt etwas, wenn man darauf trat? Oder explodierte sie sofort? Ich sah die Szene aus irgendeinem Kriegsfilm wieder vor mir, ein junger Soldat tritt irgendwo im Dschungel auf eine Mine, und die ganze Kompanie erstarrt. Sein Sergeant redet auf ihn ein, will ihn beruhigen, befiehlt ihm, sich nicht zu bewegen, aber der Junge, kaum achtzehn, das Gesicht von Schmutz verschmiert und vor Schreck verzerrt, behält die Nerven nicht, pisst sich erst ein, die Army-Hose färbt sich dunkel, die Kamera hält erbarmungslos drauf, dann, bevor der Sergeant Maßnahmen zu seiner Rettung ergreifen kann, nimmt der Junge den Fuß, der ihm nicht mehr gehorcht, von der Mine, will nur noch weglaufen, endlich weg aus diesem Scheißkrieg, und explodiert.

War ich der Soldat oder der Sergeant? War ich cool? Und war es halbwegs realistisch, oder hatte man für den Film nur so getan, als gäbe es noch eine Chance, wenn man einmal mit dem Fuß auf einer Mine stand?

Ich sah an mir hinunter, unter meinem rechten Fuß ragte ein winziges Plastikteil hervor. Ich bewegte den Fuß ganz vorsichtig, millimeterweise. Dann sah ich: Das Plastik war eine Verpackung. Ich atmete aus und trat zur Seite. Auf der Verpackung waren Kekse abgebildet. Hier kamen also Menschen vorbei.

Kurz darauf fand ich den Weg und ging weiter.

Ich erreichte die Hängebrücke gegen Mittag. Der Skandinavier hatte sie mir angekündigt, trotzdem konnte ich ein Stöhnen nicht unterdrücken. Sie führte ungefähr zwanzig Meter über eine Schlucht, bis an den Rand bewachsen, die letzten Lianen fielen am Abhang hinunter wie Kletterseile. Auf der gegenüberliegenden Seite setzte sich der Dschungel fort. *Was auch immer dort unten ist, ich bleibe hier oben*, dachte ich und ging langsam auf den Übergang zu, achtete dabei auf meine Füße, als würde ein einziger unbedachter Schritt mich sofort auf die Brücke führen, und *verdammt!*, ich war noch nicht bereit dazu. Je näher ich kam, desto tiefer wirkte die Schlucht, desto morscher sah das Holz der Brücke aus. Schiefe Planken, schmaler und dünner, als ich erwartet hatte. Sie wurden von zwei Seilen rechts und links zusammengehalten, die wiederum auf beiden

Seiten um große Bäume geschlungen waren. In der Mitte bog sich die Konstruktion durch, gut einen Meter oder sogar zwei, so dass man halb in den Abgrund hinunterstieg. Wenn man sich denn traute.

*In einem meiner Filme*, meldete sich Indiana Jones, *ist so was mal nach der Hälfte abgerissen, und dann hing ich …* Ich verscheuchte ihn mit einer Handbewegung. Ich hatte jetzt keinen Nerv mehr für Kinohelden. Ein anderer ließ sich jedoch nicht zum Schweigen bringen.

*Jetzt bin ich ja mal gespannt*, sagte Felix.

*Das letzte Mal habe ich mir fast in die Hosen gemacht*, sagte ich und machte einen weiteren Schritt Richtung Brücke. Die dünnbewachsenen Felswände, sah ich nun, fielen steil ab, mindestens dreißig Meter tief. *Du weißt schon, die Scheißklippen in Südfrankreich.*

*Du musstest da ja unbedingt hoch.*

Ich blieb stehen.

*Bullshit. Du hast mich hochgeschleppt.*

Felix lachte.

*Du hast dir deine Erinnerungen immer schon so zurechtgelegt, wie du sie brauchen konntest.*

*Jetzt klingst du wie deine Mutter.*

*Touché*, sagte er. *Aber über die Brücke musst du trotzdem.*

Ich fixierte die andere Seite der Schlucht, dann lief ich, plötzlich entschlossen, einfach los. Schaute nicht nach unten, genau wie alle immer rieten. Schloss die Augen, als ich das Holz unter mir spürte. Was nützte mir die Sicht, ich musste nur einen Fuß vor den anderen setzen, mich auf beiden Seiten mit ausgestreckten Armen an den rauen Seilen festhalten. Die Brücke schaukelte weniger, als ich befürchtet hatte. Und sie trug mich. Nur ab und zu schielte ich zwischen den Schlitzen meiner Lider auf die nächste Planke, in der Hoffnung, dass ich es bald geschafft hätte.

*Ich komme*, sagte ich zu ihm, mir selbst sprach ich Mut zu: *Die Seile sind gut, dein Griff ist gut, dein Tritt ist gut, nächster Schritt. Ja, das machst du großartig. Gleich bist du drüben!*

*Beeindruckend*, sagte Felix. *Wie haben sie nur einen Mann aus dir gemacht, seit ich weg war?*

*Die Zeit ohne dich hat mir einfach gutgetan*, presste ich hervor.

*Schau lieber mal nach vorn.*

Ich machte die Augen weiter auf. Genau in der Mitte der Brücke fehlten zwei Planken. Aber es war zu spät, ich hatte ein Drittel geschafft, ich konnte nicht mehr umkehren, und ich wollte auch nicht. Ich ging weiter, bis zu dem Loch. Es fehlten sogar drei Planken, man musste einen großen Schritt machen, und der musste genau sein. Ich atmete durch.

*Hast du dich eigentlich mal gefragt*, sagte Felix, *warum es im Englischen viel positivere Ausdrücke mit »fallen« gibt als bei uns, allen voran »falling in love«? »In Liebe fallen« statt des egozentrischen »sich verlieben«?*

*Stimmt*, sagte ich. *Sie haben irgendwie besser verstanden, wie viel Spaß es machen kann, sich fallen zu lassen. Kein Gewicht mehr zu haben. Sich zurückzulassen.*

*Die Kontrolle abzugeben.*

*Ultimativ frei zu sein.*

Ich musste lächeln.

Ich könnte mich jetzt einfach vornüberkippen und fallen lassen, wie ein Kind sagen: Ich spiele nicht mehr mit! Und Ende. Wer nicht mehr mitspielte, konnte zwar nicht mehr gewinnen, vor allem aber nicht mehr verlieren. Es war verlockend.

*Ich weiß, was du denkst*, meldete sich Felix.

*Ja, und?*

*Ich will nicht, dass du springst*, sagte er. *Ich will, dass du weitergehst. Du bist so weit gekommen. Es sind nur noch ein paar Meter. Ein Schritt.*

Ich richtete meinen Blick wieder geradeaus, dorthin, wo ein Pfad im Dschungel verschwand. Es war, als existierten die Brücke und das Loch in ihr nicht mehr. Zum ersten Mal, seit ich unterwegs war, hatte er mich gerufen.

*Ich komme ja schon*, sagte ich und machte einen großen Schritt. *Aber der Tunnel wäre wirklich einfacher gewesen.*

Bei Einbruch der Dunkelheit erreichte ich das Dorf. Es lag in einer Senke, wo die Bäume niedriger waren, so dass man die Behausungen von Weitem erahnte. Es bestand aus einfachsten Hütten, nirgends ein Stück Metall oder Blech, stattdessen hölzerne Quadrate um eine kleine Lichtung gepaart, auf der ein Feuer brannte. Der Weg wurde breiter, ich passierte die erste Hütte. Vor ihr saß ein Khmer, er trug nur eine Art Toga, ein dickes Tuch um den Körper gewickelt, und rauchte etwas wie einen Zigarillo, aus dunklen Blättern gerollt. Er schaute mich regungslos an, ich grüßte, er nickte. Ich ging weiter, leicht bergab, zu der Lichtung hin, und mir wurde in diesem Moment, auf diesen letzten Metern, noch einmal bewusst, wo ich war, wie weit ich gekommen war, in diesem Urwald, in Kambodscha, diesem Land voller Rätsel und Leichen, diesem Labyrinth voller Gier, Rausch, Blut, Schuld, Hitze und: Felix.

Er stand barfuß am Feuer, mit zwei langhaarigen Männern, und rührte in einem großen Topf. Ich sah ihn von schräg hinten, er war dünn geworden, die Haare ein bisschen länger, die Haut brauner, schmutzige Füße und Beine, kurze Hose, sonst nichts. Er hatte sich wenig verändert. Als hätten wir uns nur für zwei Tage getrennt, als hätte ich länger gebraucht zur nächsten Etappe einer gemeinsamen Reise, als hätte er schon mal einen Schlafplatz organisiert und etwas zu essen. Ich beschleunigte meine Schritte, rannte auf ihn zu, der Rucksack schlug gegen meinen Rücken. »Felix!«, schrie ich, die umstehenden Khmer schauten mich erstaunt an. Einer hatte eine Stück Holz statt eines Arms, das nahm ich noch wahr, dann drehte Felix sich um, betrachtete mich.

»Felix«, sagte ich außer Atem, ließ die letzten Schritte austrudeln, blieb vor ihm stehen, beugte mich nach vorn, stützte mich auf die Knie, Schweiß im Gesicht. Tausend Mal hatte ich mir diesen Moment ausgemalt. Wenn ich ihn endlich gefunden hätte. Wenn wir uns wiedersähen. Eine große Rede wollte ich schwingen, wo ich überall war, was ich alles getan hatte. Aber dass ich zu müde sein würde, zu erschöpft vom Marsch und den Wochen davor, um mehr als seinen Namen zu sagen, das hatte ich nicht erwartet.

»Ist alles in Ordnung?«, fragte ich, immer noch atemlos.

Er schüttelte nur sanft den Kopf. »Kennen wir uns?«

»Felix …« Ich richtete mich auf, sah ihm ins Gesicht. Irrte ich mich? Nein. Er war es. Die Augen: Grün, grau, braun, blau. Je nach Lichteinfall.

Aber sie waren leer.

***

Der Tag, an dem ich Felix fast umbrachte, fing perfekt an. Blauer Himmel rundherum. Morgens schon eine Wärme wie Honig auf einem Toast und vor allem: Ferien! Wir rasten mit den Rädern ins Freibad. Wir hatten den ganzen Sommer eine Verabredung mit dem Sprungbrett, den Fußballtoren hinten am Zaun, dem Eis und dem Wasser, dem unendlichen Wasser. Wir waren schnell, wir hatten Ideen, wir waren elf.

Wir schauten nach dem Bademeister, einem dicken Mann, der sicher niemanden retten, dafür umso lauter brüllen konnte, wenn jemand Quatsch machte. Zum Beispiel zu zweit auf dem Dreimeterbrett federn. Er war am anderen Ende des Beckens, beschimpfte zwei Mädchen, die ins Wasser gesprungen waren, ohne vorher zu duschen. Eine fing an zu heulen. Er würde beschäftigt sein.

Blitzschnell stiegen wir die Leiter hoch zum Dreimeterbrett. Wir stellten uns gegenüber auf die Spitze des Brettes, packten uns an den Schultern, so hatten wir es bei den Älteren gesehen, die Gesichter kaum eine Kinderarmlänge voneinander entfernt. Felix hatte noch keine Narbe am Kinn. Wir begannen zu federn. In der Theorie wollten wir dadurch höher kommen als jeder einzeln, wegen des doppelten Gewichts. Was wir tun wollten, wenn wir ganz hoch federten, hatten wir nicht besprochen.

»Schneller!«, schrie Felix, »komm schon!«, und ich versuchte, genau gleichzeitig mit ihm aufzukommen, seinen Rhythmus zu halten. Es klappte. Wir federten höher und höher. *»Ich kannte eine Annett«*, begann er zu singen, und ich stimmte ein, *»die sprang vom Dreimeterbrett!«* Wir flogen immer höher, sangen immer lauter – jetzt erinnere mich wieder an das Lied, natürlich! *»Der hat es vor gar nichts gegraut, außer vor Pudding mit Haut.«* So hoch war ich noch nie gekommen. Wir schwebten wie Vögel über dem Becken. Hinter Felix' lachendem Gesicht rauschten Bäume und Himmel hoch und runter, als wären sie auf einen Karton gedruckt, den der liebe Gott hin und her wedelte. »Noch zwei Mal!«, schrie er, seine Stimme voller Glück. Wir stießen uns ab, und noch einmal, eine letzte Millisekunde der Schwerelosigkeit, ich wollte in diesen Sprung alles legen, was ich hatte, spannte alles an. Mein linker Fuß traf nur die Kante des Brettes. Sofort riss mich die Wucht unserer Bewegung in die Tiefe, ich zog ihn mit mir, nur auf einer Seite löste sich unsere Umarmung. Ich schoss neben dem Brett nach unten, er schlug mit dem Kinn vorn auf die Kante, sein Kopf in den Nacken gepresst. Er musste den Himmel vor Augen gehabt haben, als wir fast gleichzeitig auf das Wasser prallten.

Zog ich ihn raus, oder zogen wir uns gegenseitig? Der Schock, habe ich mal gelesen, löscht nicht die Erinnerung an ein traumatisches Erlebnis. Er versetzt das Gehirn in einen Alarmzustand, der schon das Abspeichern einer Erinnerung verhindert, weil alle Kapazitäten für den Notfall gebraucht werden. Irgendetwas abzuspeichern wäre in einem solchen Moment unnötig, die Erschütterung sitzt ohnehin so tief, dass sie noch in weiter Zukunft wertvolle geistige Ressourcen verbrauchen wird. Der Schreck des Abrutschens, der Verlust des Gleichgewichts, der Fall, die Berührung des Freundes, nicht mehr vertraut, sondern furchtbar, weil sie bedeutete, dass auch er fiel und ich schuld war, diese totale Auslieferung an die Schwerkraft – etwas in meinem Kopf sprang in jenem Augenblick um, schaltete sich aus. Ich kann nur noch sicher sagen: Wir schafften es irgendwie zum Beckenrand. Der Bademeister kam angelaufen, als wir mit letzter Kraft rauskletterten.

»Nichts passiert«, sagte Felix zu ihm. Dann kippte er um. Von seinem Kinn rann das Blut in dicken Streifen. Sofort sammelte sich eine Menge um uns. Ich hörte alles wie aus der Ferne. Der Aufprall hatte mich taub gemacht. Der Bademeister kniete sich hin. »Ihr verdammten Idioten«, schimpfte er. Ich fühlte nichts mehr und alles zugleich, flog immer noch durch die Luft. Wann würde ich im Wasser eintauchen? Felix stöhnte. Ratschläge wurden erteilt. Wir saßen einige Minuten da, oder auch Stunden, wer weiß. Ich hatte nur den einen Wunsch: dass er aufstand und lachte, alles für einen Scherz erklärte, mich wieder einmal drangekriegt hatte.

Auf einmal war seine Mutter da. Als hätte sie das Blut gerochen. »Felix, mein Kleiner, was machst du denn?«, rief sie, bahnte sich einen Weg durch die Menge zu Felix, Tränen verschmierten ihre blau ummalten Augen. »Immer rennen und springen wie ein Verrückter«, schluchzte sie, zu mir, zu allen, zu Felix. »Er tut sich doch auch nichts«, damit meinte sie mich. Ich war nass, ich fror vor Schreck, aber ich spürte die Blicke der Umstehenden heiß auf mir. »Komm mit, komm mit mir«, sagte sie, hob Felix vom Boden auf wie einen Haufen dreckige Wäsche, und trug ihn raus, weinend, ohne mich weiter zu beachten. Dann waren sie verschwunden. Felix hatte nichts mehr gesagt. Nur stumm dagelegen. Die Menge löste sich auf. Ich ging zu unserem Platz zurück. Setzte mich. Schaute auf die Wiese, ob ich jemanden kannte. Felix' Handtuch, auf dem ein Strand war und Fische im Meer, lag verknüllt neben mir. Ich packte alles ein, nahm unsere beiden Rucksäcke, und fuhr nach Hause.

Am nächsten Tag in der Schule präsentierte Felix seine fünf Stiche am Kinn. »Wenn er mich nicht festgehalten hätte«, sagte er und zeigte auf mich, »wäre ich mit dem Kopf auf das Brett geschlagen und jetzt vielleicht tot.«

Wir wussten beide, dass das nicht stimmte.

Seine Mutter rief bei uns an und wollte, dass wir nicht mehr ins Schwimmbad gingen. Meine Eltern wunderten sich. Was denn passiert sei?

Als Felix Narbe verheilt war, fuhren wir wieder hin. Meine Eltern fragten mich, ob bei denen zu Hause alles in Ordnung sei.

»Klar«, sagte ich.

***

Unsere Geschichte endete mit meiner Faust. Sie landete genau auf seinem Mund. Ich hatte gezielt. Es war kein Reflex gewesen, sondern ein uralter Bewegungsablauf, ein Algorithmus des Angriffs, der schon Millionen Fäuste in Millionen Gesichter geführt hatte. Tief in allen von uns, unter den viel befahrenen Autobahnen des Bewusstseins, hinter der Vernunft und der Moral, existiert eine Abkürzung. Sie führt vom Schmerz, den man erleidet, zu dem Schmerz, mit dem man ihn kühlt. Sie muss nur eine kaum merkbare Kurve nehmen, welche die Frage berührt, ob man mit Absicht verletzt worden war. Ich war verletzt worden. Vielleicht mit Absicht, vielleicht ohne. Es war mir egal. Jetzt wurde abgerechnet. Es war unser Ende, wie ich es erzähle.

Er hatte mich nicht erkannt. Was auch immer mit ihm passiert war in diesen letzten Wochen, er kannte mich – denjenigen, der ihn gesucht und gefunden hatte, gegen alle Widerstände – so wenig wie irgendeinen Fremden. Ich stand vor ihm, sagte seinen Namen, er sagte »Entschuldigung«, drehte sich um, einen Topf in der Hand, lief auf eine der Hütten zu, vor der eine Frau und zwei kleine Kinder Bohnen ausnahmen. Was wollte er dort holen, die Bohnen? Oder Bananenblätter als Unterlage? Es war so lächerlich banal. Für eine Sekunde hatte ich nicht einmal mehr die Kraft, einen Schritt zu tun.

Dann rannte ich ihm hinterher, packte ihn von hinten, wie damals über den Klippen. »Was ist denn?«, sagte er und schaute mich so beiläufig und verständnislos an, als wären wir auf der Straße zufällig ineinandergelaufen. Er war wie ein Kind, schien wirklich nicht zu wissen, was hier los war, wer ich war und warum ich hier war.

Ich war ans andere Ende der Welt gereist. Ich hatte alles aufgegeben, sogar mich selbst. Und jetzt, da ich ihn endlich gefunden hatte, machte er einen seiner Witze? Ich spürte Hass aufsteigen, auf ihn, aber noch mehr auf mich selbst. Ich war ein armseliger kleiner Köter, der angehechelt kam, wenn er nur pfiff. Ich war nichts und er alles, ich konnte uns keine Sekunde länger ertragen.

»Hör auf mit der Scheiße …«, begann ich, bis meine Stimme versagte.

Ich wollte schreien, aber plötzlich weinte ich, vor Erleichterung und Wut. Morgen würde ich abhauen, nach Hause fliegen, endlich nach Hause. Mich bei Lea entschuldigen und allen erzählen, dass Felix tot war, sich umgebracht hatte aus Feigheit, ohne echten Grund, ersäuft wie eine räudige Katze. Eine bessere Geschichte hatte er nicht verdient, dieser unmenschliche

Mensch, der jetzt hinter meinen Tränen stand wie hinter Milchglas. Die Tür unseres Hauses damals, sie hatte solches Glas. Wenn er mich abholte, klingelte er zwei Mal kurz, zwei Mal lang. Ich öffnete nie, ging nie an die Sprechanlage, ich zog gleich meine Schuhe an und rannte hinunter, drei Stufen auf einmal, eine Hand am Geländer. Unten im Treppenhaus angekommen, sah ich ihn verschwommen. Aber ich wusste immer, dass er es war.

»Ich kann nicht mehr«, sagte ich und versuchte, mich zusammenzureißen.

»Was kannst du nicht mehr?«, fragte er mich.

»Dich suchen.«

»Aber ich stehe doch vor dir.«

Er lachte plötzlich. Endlich veränderte sich etwas in seinen Augen, als hätte er zwar nicht mich, aber zumindest meine Verzweiflung erkannt. »Herr Doktor«, sagte er, »es tut mir leid, ich habe etwas gebraucht …« Er legte mir eine Hand auf die Schulter. »Was machst du denn hier?«

Ich schluckte. Atmete aus. Beruhigte mich, wischte mir die Tränen aus dem Gesicht. Was für ein schlechter Witz.

»Warum so traurig?«

»Ich bin nicht traurig«, sagte ich. Er sollte nicht denken, ich würde seinem dummen Scherz auf den Leim gehen. Er sollte das Richtige denken: Wie stark ich war. Was ich geschafft hatte. Was keiner sonst geschafft hätte. Er sollte von mir denken, was ich von mir dachte, nur besser.

Plötzlich wurde mir klar, warum ich bis ans andere Ende der Welt gerannt war. Warum mich nichts hätte aufhalten können. Was mir gefehlt hatte. Ich liebte und ich hasste dieses Leben mit ihm. Die Angst, nicht zu genügen, auf der Bühne seines Bewusstseins keine Rolle zu spielen, oder eine schlechte, langweilige. Und die Hoffnung auf die seltenen Momente, in denen ich für ihn glänzte. Ich war ihm hierher gefolgt, um ein für alle Mal die Hauptrolle zu bekommen. Ich wollte mich sehen, wie ich mich damals gesehen hatte, auf dem Schulhof, in seinen Augen.

Und mit diesem Gedanken wurde es, zum ersten Mal, egal. Was er sah. Was ich sah.

Ich stieß ihm beide Hände gegen die Brust.

»Hey«, sagte er, das Gesicht voller Unverständnis. *Gut*, dachte ich. *Genau richtig*. Er sollte mich jetzt einmal so fürchten, wie ich ihn fürchtete. Er sollte lernen, mich nie wieder zu verarschen. Das hier sollte sein letzter Witz mit mir gewesen sein.

Dann schlug ich zu.

Wäre unsere Geschichte ein Film, er hätte die Schläge hingenommen wie ein reuiger Sünder, der seine Strafe erduldete. Ich hätte auf ihn eingeprügelt, bis er zu Boden ging und ich die Sinnlosigkeit eines Kampfes verstand, den ich, so wie die letzten Wochen auch, allein ausfocht. Eine symbolische Szene, die dem Zuschauer eindeutig zu verstehen gab: Hier ist einer (Felix) längst jenseits aller Konflikte angekommen, während der andere (ich) gerade den letzten Schritt dorthin macht. Und vermutlich wäre es genauso passiert, wenn er sich, wie ich, an die letzten Wochen, Monate, Jahre erinnert hätte. Das Gewicht unserer gemeinsamen Zeit wäre wie auf einer Wippe auf seine Seite gerutscht, hätte ihm die Arme hinuntergedrückt und meine in sein Gesicht. Aber er erinnerte sich nicht. Er wusste vielleicht wieder, wer ich war, aber er wusste nicht, warum ich zuschlug. Und deshalb tat er das, was jeder tun würde, der grundlos angegriffen wurde: Er schlug zurück.

Ich traf ihn zuerst, er taumelte, schützte sich mit den Armen gegen den nächsten Schlag, den ich unkontrolliert auf ihn warf, ich rutschte ab, stolperte gegen ihn, er hielt mich fest, wir rangen kurz miteinander, dann löste ich mich, und er schlug zu, ich duckte mich weg, aber er erwischte mich noch an der Schläfe. Ich holte zu einem neuen Angriff aus, traf seinen hochgereckten Arm mit meinen Knöcheln, Schmerz explodierte darin, er rammte mir seine rechte Faust in den Magen, ich stieß meine Stirn auf seine Nase, dann mischten sich andere Hände ein, braune, starke Arme, fremde Laute, wollten uns trennen, doch wir klammerten uns ineinander gegen jeden Widerstand.

»Ich weiß jetzt, wer du bist«, schrie er. »Ich weiß es wieder! Lass mich los!«

Ich fiel zu Boden, er auch. Wir saßen uns gegenüber, keuchten. Um uns standen die Dorfbewohner, beobachteten uns. Er sagte etwas auf Khmer zu ihnen, hob den Arm, bedeutete ihnen, dass wir friedlich bleiben würden. Sie starrten uns ratlos an, dann zogen sie sich langsam zurück, als wollten sie nur vergessen, was sie gesehen hatten.

Ich keuchte und wusste, dass jetzt wieder das alte Spiel kam: Wer schwieg länger? Ich wollte nicht spielen.

»Was ist los mit dir?«, fragte ich.

Er schaute mich mit blutender Lippe an, das Gesicht zu einer Fratze der Konzentration verzogen. »Es ist schwer. Ich bin schon zwei Wochen hier.«

»Was ist schwer?«

»Mich zu erinnern.«

»Bist du wahnsinnig geworden?«

»Sozusagen.« Er spuckte Blut auf die staubige Erde. »Aber eins weiß ich noch: Du hast mich drei Mal verletzt.«

»Was?«

»Auf dem Schulhof, mit der Faust. Auf dem Sprungbrett, am Kinn. Und jetzt. So wie Jesus von Judas drei Mal verraten wurde.«

Er grinste.

»Solche Regelmäßigkeiten bleiben länger im Kopf. Wir suchen immer nach Mustern. Nur die offensichtlichsten, die wollen wir nicht sehen. Interessant, oder?«

»Was zum Teufel willst du hier?«, fragte ich und fuhr einmal vage mit dem Arm herum. »Mitten im Niemandsland? Am Arsch der Welt?«

»Sag mir nicht, es gefiele dir nicht. Ich kenne dich zu gut. Du wärst nicht hier, wenn du den Dschungel nicht geliebt hättest auf deiner kleinen Wanderung.«

Ich sagte nichts. Wir hatten ja miteinander gesprochen. Er wusste alles.

»Was siehst du hier? Einen Urwald. Millionen Jahre alt. Eingeweide dieser Erde, eine Welt für sich. Und diese Welt wird überall von Menschen zerstört. Was für ein Wahnsinn, aber auch völlig logisch. Der Mensch kann eine solche Landschaft schwer ertragen. Sie braucht ihn nicht, sie ist zu komplex, zu undurchsichtig und gefährlich. Der Mensch kann nicht neben ihr existieren, kein Mensch kann neben etwas existieren. Jeder muss immer irgendwo rein, sich Platz verschaffen, vermehren, ausbreiten, wuchern. Kein Mensch ist eine Insel, sagen sie. Jeder Mensch ist ein Dschungel, sage ich.«

»Bist du jetzt ein Prediger?«, fragte ich, ungeduldig und verschwitzt, »ein Robin Wood? Ist es der Regenwald, den du jetzt zu retten versuchst, statt dich selbst? Weil der Regenwald der leichtere Fall ist?« Ich wollte ihm weh tun. Endlich etwas heimzahlen.

»Jetzt sag schon: Was willst du hier?«, fragte ich. »Allein unter Wilden?«

Er lächelte. »Weißt du noch: *Bis später, im Dschungel*? Wer hätte gedacht, dass wir recht behalten würden.«

»Sag mir nicht, du bist hier, weil wir früher immer …«

»Ich bin *allein* hier«, unterbrach er mich, »weil du nicht mitkommen wolltest. Aber ich habe inzwischen verstanden, dass du die Schnauze voll hattest von mir und meiner Suche nach Erlösung. Du hattest Lea. Und weder einen Grund zu gehen, noch eine Ahnung, warum ich gehen wollte. Also bin ich allein gefahren.«

»Du wolltest allein fahren.«

»Nein. Ich hatte wahnsinnige Angst davor. Deshalb habe ich dich gefragt, ob du mitkommst.«

Es stimmte. Er hatte gefragt. Ein Mal, zwei Mal. Ich hatte nein gesagt. Weil ich ihm nicht geglaubt hatte, dass er Hilfe brauchte. Weil es besser in mein Bild von uns, in mein Leben gepasst hatte, wenn er, wie immer, egoistisch war. Weil ich mich sonst hätte fragen müssen, wie es so weit kommen konnte.

»Ich dachte, du fragst nur aus Höflichkeit. Deshalb habe ich nein gesagt.«

Es war eine Lüge. Ich hatte nicht nein gesagt, viel schlimmer: Ich hatte gar nichts gesagt. Und so getan, als hätte er nie gefragt. Als hätte er die Frage nicht ernst gemeint. Weil ich vielleicht zum ersten Mal in meinem Leben nein zu ihm gesagt hätte.

»Als wäre ich jemals höflich zu dir gewesen.«

Wir schauten uns an. Für eine Sekunde waren wir wieder dreizehn, zu zweit gegen den Rest der Welt, und dann ab nach Moskau, was immer das auch hieß. Er sagte nichts mehr. Die Dorfbewohner kümmerten sich nicht weiter um uns, da wir jetzt miteinander redeten, obschon in dieser harten Sprache, die für sie wie ein Streit klingen musste, selbst wenn wir uns ewige Freundschaft geschworen hätten. Die Frau vor der Hütte war aufgestanden und zur Feuerstelle gegangen, ihre beiden Kinder tanzten um sie herum, wollten zu uns, trauten sich nicht, zogen an ihr. Sie versuchte, unbeirrt das Essen zuzubereiten. Sie grillte tatsächlich etwas auf Bananenblättern. Ich kannte mich inzwischen aus hier.

Was hatte ich ihm eigentlich mitzuteilen? Ich war ihm so weit gefolgt, und jetzt redete nur er?

»Warum hast du nichts gesagt?«, fragte ich. »Warum hast du dich darauf verlassen, dass ich schon auftauchen würde? Was hättest du gemacht, wenn deine Mutter gekommen wäre?«

Er wurde ernst, robbte ein Stück zu mir herüber, griff an meine Brust. Die Kapsel. »Das gehört mir, glaube ich«, sagte er.

»Woher willst du das wissen?«

»Ich kenne sie länger als du.«

Er riss die Kette mit einem Ruck ab, schnitt mir dabei in die Haut.

»Fuck«, sagte ich und rieb mir den Nacken.

Er stopfte sie in die Tasche seiner Badehose.

»Ich wusste, dass sie dich schicken würde.«

»Woher?«

»Das hat sie doch immer gemacht.«

»Es war auch meine Entscheidung.«

Er schaute mich mitleidig an. »Nichts war deine Entscheidung.«

»Okay, sie hat mich in das Hostel geschickt, aber danach …«

»Zu Dita und Luca?«, unterbrach er mich.

»Klar.«

»Verdammte Freaks.«

»Und auf der Insel war ich.«

»Bei Akela?«

»Schwachsinniger Name.«

»Aber ein besonderer Ort.«

»Mit besonderen Menschen.«

»Lilith?«

»Ja, Lilith.«

Wir schauten uns an und wussten es beide. Manche Dinge brauchte man nicht auszusprechen.

»Ich bin über eine fucking Hängebrücke, um hierher zu kommen.«

»Respekt.«

»War nicht ganz so schlimm wie der Felsen und die Klippen damals.«

»Oh ja, der Felsen«, sagte er. »Du wolltest da unbedingt hoch.«

Ich suchte in seinem Gesicht nach einem Zeichen für Ironie.

»Quatsch. Das hast du im Dschungel schon behauptet, und es wird nicht wahrer.«

»Was?«

»Du wolltest da hoch, nicht ich. Du hast mich hochgetrieben.«

Sein Lächeln wurde milde. Er sah mich voller Zuneigung an.

»Du wolltest auf den Felsen«, sagte er. »Du wolltest zu dem geheimen Lager am Stauwehr. Und du hast immer so getan, als wäre ich an allem schuld. Als wäre ich das freie Radikal, und du würdest mir nur hinterherlaufen. Das war immer deine Geschichte. Die du uns beiden erzählt hast. Und ich habe dich verstanden. Es war leichter für dich so.«

»Und du denkst, du warst immer ehrlich?«

»Auf keinen Fall. Das weiß ich jetzt. In einer Sache lag ich vor allem falsch. Die unzähligen Male, die ich erzählt habe, wir hätten nur ein Leben und das müsse etwas Besonderes sein, ein großes Abenteuer oder nichts«, er machte eine Pause, als warte er, dass ich mich erinnerte, dabei kannte ich diese Worte wie meinen eigenen Namen. »Das war falsch. Wir haben zwei Leben, wenn wir wollen. Wir müssen nur das eine dafür aufgeben. Ein hoher Preis – oder auch gar kein Preis, wenn dieses erste Leben ein Mangel war, kaputt, krank auf die Welt gekommen und nie mehr zu reparieren, egal, wie sehr man es versucht, egal, wie weit man rennt oder wie hoch man springt.«

»Und deshalb bist du abgehauen?«

»Ich musste erst so weit weg von zu Hause, wirklich alles probieren, um zu erkennen, dass mein Leben hinüber ist, nicht mehr zu retten, es niemals war. Aber mir wurde eine zweite Chance gegeben. Hier.«

Ich atmete schwer, bekam plötzlich Angst. Was redete er da? Wohin führte das? Konnte er nicht aufhören damit?

»Das ultimative Tabu«, sagte er. »Niemand spricht darüber. Aber es passiert.«

»Hör auf!«

»Wir beide haben versucht, damit zu leben. Egal, was genau mit uns los ist. Wir sind wie Brüder. Ich hasse dich nicht dafür, dass du lange vor mir alles vergessen hast.«

Ich wollte mir die Ohren zuhalten, weil ich wusste, tief in mir, dass er recht hatte. Ich stand an der Ampel. Sie war grün. Und ich lief endlich los.

»Aber ich werde mich jetzt noch einmal erinnern. Damit du dich erinnerst. Und dann vergesse ich. Alles.«

Er lächelte. Ich weinte wieder. Meine Brust hob und senkte sich wie ein Schiff in Seenot. Mir wurde schlecht.

»Weißt du es denn wirklich nicht?« Seine Miene verdüsterte sich.

Ich wollte mich nicht erinnern. Er durfte mich nicht zwingen. Es durfte nicht sein.

»Du und sie, ihr seid beide schuld.«

»Was meinst du denn?«, fragte ich verzweifelt, ein letztes Mal unschuldig, ein letztes Mal ohne Erinnerung. Aber es war eine schwache Lüge, ein Selbstschutz, ich war schuldig, mehr als alle.

Er lächelte mich böse an. Seine Hand zuckte nach unten, an den Bund meiner Badehose, fuhr mit einem Finger darunter, ein Nagel kratzte mich.

*»Willst du nicht lieb zu mir sein?«*, sagte er mit hoher Stimme. Er roch für eine Sekunde süß. Wie ein Bonbon. Ich würgte. Wollte wegkrabbeln. Er hielt mich fest. *»Magst du mich denn nicht? Willst du nicht ein guter Sohn sein?«*

In mir zerbrach etwas. Eine Hülle aus Glas, dunkel, damit man nicht hindurchschauen konnte. Aber sie war nicht zu retten, wenn sie mit Wucht erschüttert wurde. Sie schützte etwas, das niemand sehen durfte. Nicht meine Eltern, nicht Lea, nicht einmal ich selbst. Nur Felix wusste, was sie verbarg, seit wir noch Kinder waren. Er war Teil dessen, was geschützt werden musste, gegen alle Blicke, gegen alle Mächte. Er war der Grund. Hinter den Scherben lag die Wahrheit.

»Bitte«, sagte ich, aber er ließ mich nicht los, griff das rechte Bein meiner Badehose, drehte es in der Faust, wie um etwas herauszuwringen, wie um mich zu sich zu ziehen, oder sie auszuziehen. Sie war feucht von meinem Schweiß.

»Willst du nicht endlich frei sein?«, fragte er.

***

Wir sitzen auf ihrem Bett.

Ich wünschte, es wäre einer dieser Albträume, die immer wiederkehren, und deshalb nicht real sein können: der Nachmittag im Schlafzimmer. Die Gardinen, durch die Licht auf das Bettlaken fällt. Ihr Geruch, wie ein Bonbon. Ihre Brüste. Der Graben dazwischen.

Sie.

Wann war das? Ich kann es nicht sagen. Frühling, Sommer? Ein zu früh schon zu warmer Tag? Ein zu spät noch zu warmer Tag? Vor oder nach der Narbe vom Sprungbrett? Danach, glaube ich. Damals hatte ich die Badehose noch. Aber nicht lange. Welches Jahr? Warum bin ich hier? Allein mit ihr? Wo ist Felix? Ich weiß es nicht. Woran ich mich erinnere: Mir ist schlecht. Nein. Mir ist gar nichts. Ich spüre nichts. Ich bin nicht da. Ein anderer sitzt hier mit ihr und hört diese Musik. Chansons, Edith Piaf.

*Je ne regrette rien.*

»Wenn du mein Sohn wärst«, sagt sie, »würdest du mich jetzt liebhaben. Ein Sohn liebt seine Mutter. Ein Sohn tut alles für sie. So wie sie alles für ihn getan hat.«

Ihre Hand auf meinem Oberschenkel, auf meiner Badehose. Ihre Finger unter dem Stoff. Ein Boot ist darauf gedruckt, ein blaues Boot, eine grüne Welle, auf der das Boot fährt. Der Stoff ist verknittert. »Paradise Cruise«, steht auf dem anderen Bein. Ich sehe es deutlich, obwohl alles andere verschwommen ist.

»Willst du nicht lieb sein zu mir?«

Ich habe diese Hose vorher jeden Tag getragen. Ich habe diese Hose am nächsten Tag weggeschmissen und meiner Mutter erzählt, ich hätte sie verloren. »Einfach verschwunden ist sie«, sagte ich immer wieder, die Hilflosigkeit musste ich nicht spielen. Ich weinte sofort, meine Mutter beruhigte mich. »Einfach verschwunden«, sagte ich noch ein paar Mal. »Ist ja schon gut«, sagte sie, aber das war es nicht.

»Magst du mich denn nicht?«, fragt Dorothée. »Magst du nicht wie ein Sohn für mich sein?«

Ihre Finger fahren immer weiter nach oben. Ich spüre, wie ich reagiere, ich kann nichts dafür.

»Magst du nicht wissen, wie das geht? Für später? Für die Frauen? So wie Felix? Magst du nicht sein wie er?«

Plötzlich renne ich. Ich sehe mich von oben wie in einem Computerspiel, ich renne und renne und weiche Hindernissen aus und springe und klettere. Ich weiß nicht mehr, wie ich aufgesprungen und ihre Hand weggeschlagen hatte, wie ich aus dem Zimmer und dem Haus gekommen war, aber ich renne, nach Hause, so schnell wie noch nie, und ich schaue mich kein Mal um, ob Felix noch im Gang steht, wo ich ihn gesehen hatte, als ich losgerannt war. Er steht dort und schaut mir nach, oder er war mit uns im Zimmer, oder er war nirgends, damals schon verschwunden.

Ich erinnere mich nicht genau.

***

»Felix.«

»Es ist egal.«

Ich wollte ihm sagen, was in mir tobte, all die Bilder und Geschichten und Gefühle, die Erinnerungen an sie.

Einmal sah ich, wie sie die Tür der Toilette, auf der Felix war, mit einer Münze aufmachte, die Klinke herunterdrückte und erstaunt rief, als sie Felix mit heruntergelassenen Hosen ertappte: »Warum schließt du denn nicht ab?«

Einmal, in Südfrankreich, musste ich ihr den Rücken eincremen, und sie machte ein wohliges Geräusch dabei, als hätte sie ein besonders gutes Stück Schokolade im Mund.

Einmal, als wir mit der Schule ein Wochenende wegfuhren, Abschied auf dem Parkplatz, Felix war schon im Bus, meine Eltern schon im Auto, da umarmte sie mich, lange, drückte sich an mich.

So viele Momente, die gestapelt von hier bis zur Wahrheit reichen. Einzeln habe ich sie nicht erkannt, vielleicht hätte sie jemand von außen erkannt, für mich waren sie unsichtbar. Wie Anhänger einer Sekte, einer Geheimpolizei, die nie auffällig sind, in der Menge untergehen, aber tief in eine Gesellschaft wirken können mit ihrem Gift.

Das alles wollte ich sagen, davon erzählen, mich freireden. Aber ich sagte nichts. Er wusste es ohnehin. Wir saßen einander gegenüber, schauten uns an, ganz ruhig. Wir hätten tausend Worte verlieren können, oder keines. Es war gleich. Er wusste, was ich wusste. Und ich wusste, was er wusste. Zum ersten Mal überhaupt sahen wir einander wirklich. Das Feuer brannte langsam nieder. Sie hatten das Essen geholt und uns allein gelassen. Wie lange hatte ich nichts mehr gegessen?

»Du«, sagte Felix, »musst dich jetzt entscheiden.«

»Für was?«

»Für die Zukunft. Oder die Vergangenheit. Bleibst du bei mir? Gehst du den Weg mit mir? Oder gehst du zurück?«

»Erklär mir bitte endlich«, sagte ich, »was du hier eigentlich machst.«

»Sehr wohl, Herr Doktor«, sagte er.

Und dann erklärte er mir alles. Ich hörte zu. Ich wusste nicht mehr, ob er wirklich zu mir sprach, oder nur in meinem Kopf. Was er erzählte, klang genauso echt wie fantastisch. Traum wie Realität. Aber ich hörte zu und verstand.

»Die Gerüchte stimmen«, sagte er. »Traveller erzählen viel Unsinn, aber diese eine Legende ist wahr: Es gibt ein Dorf, wo sie ohne Gedächtnis leben. Sie trinken jeden Tag den Sud einer Wurzel, dreifach ausgekocht, viel zu stark. Er löscht deine Erinnerungen. Deshalb haben sie keine Worte für *gestern* oder *letztes Jahr*. Es gibt nur *heute* und *später*. Sie sehnen sich nicht nach etwas, das einmal war. Sie fürchten nichts, was ihnen einmal zugestoßen ist. Sie sind die glücklichsten Menschen der Welt. Als ich in Deutschland davon hörte, glaubte ich es nicht. Als im Hostel jemand davon erzählte, wusste ich, dass ich wenigstens versuchen musste, das Dorf zu finden. Also vermutete ich es auf der Insel. Aber ich hatte mich geirrt.«

»Wir sind hier. Das hier ist es!«

»Genau. Du hast es gefunden. Da drüben«, er zeigte auf das Feuer, wo der Topf noch stand, in dem er gerührt hatte, »ist die Medizin gegen das Erinnern. Ein Sud aus Pflanzen, die nur sie kennen. Er lässt dich vergessen. Alles. Du wirst ein neuer Mensch. Ein leerer Mensch. So wie sie hier. Sie trinken jeden Tag ein bisschen. Sie vergessen jeden Tag ein bisschen. Jemand wie ich, mit einem halben Leben auf dem Rücken, muss mehr trinken. Über Wochen. Aber es funktioniert. Ich habe schon angefangen zu vergessen. Ich habe dich nicht erkannt. Zuerst verschwinden die Gesichter und Stimmen, sagen sie. Später die Geschichten dazu. Irgendwann auch die Gefühle. Und dann ist man frei. Ultimativ frei.«

»Das hast du über den Klippen auch gesagt. *Ultimativ frei sein.* Aber du meintest etwas ganz anderes.«

»Verstehst du nicht? Dieses Mal könnten wir wirklich neu anfangen. Zusammen. Ohne all das, was passiert ist.«

Er lächelte. Er freute sich darauf. Er wollte mich überzeugen, mit ihm zu gehen, wie auf einen Ausflug, eine Wanderung über Nacht, ohne jemandem Bescheid zu sagen, ohne den Weg zu kennen.

»Aber es ist doch trotzdem passiert!«

»Ist es das? Wenn sich niemand daran erinnert, ist es dann geschehen? Es gibt keine Beweise. Für nichts. Aber es gibt immer eine Version, die man glauben *will*. Weil sie besser ist, schöner, größer. Überhaupt schön und groß genug, um zu existieren. Und ich wähle eine ganz neue.«

Er hatte recht. Ich hatte immer gewählt, was ich glauben wollte. Und es war immer Felix' Perspektive gewesen, die ich mir aussuchte. Weil sie es mir einfacher machte, mich zu vergessen. Mich kleinzumachen und damit auch das, was ich wusste und nicht wissen wollte. Längst hatte ich mich gefragt: Habe *ich* das gesehen? Oder hat mir Felix erzählt, dass ich es gesehen habe? Wer bin ich, wenn ich mich oft genug entscheide, seine Erinnerung zu meiner zu machen? Will ich überhaupt meine eigene Erinnerung haben? Will ich mich haben, ohne ihn?

»Die Samurai glauben«, fuhr er fort, »dass sie schon tot sind. Ihr Leben ist eine einzige Erinnerung. Deshalb fühlen sie sich unsterblich.«

»Du willst ein Samurai sein?«

»Das Gegenteil. Ich will gar keine Erinnerung mehr haben.« Er lächelte. »Ich habe schon damit angefangen. Es ist der Himmel für mich. Tabula rasa. Ein leeres Blatt Papier. Das Jahr null.«

»Du bist verrückt.«

»Nein. Endlich werde ich gesund. So leicht werde ich, dass ich schwebe, ich fliege. Ich bin nur noch *ich*, nicht mehr sie, nicht mehr du, nicht mehr wir, niemand mehr.«

»Und du willst, dass ich mitkomme?«

Er zögerte mit seiner Antwort. Dachte nach. Dann legte er eine Hand in meinen Nacken, ganz vorsichtig.

»Es besteht ein Risiko«, sagte er. »Wir hatten einmal großes

Glück miteinander. Wer weiß, wie es beim zweiten Mal wird. Wir könnten wieder Freunde werden. Oder uns gar nicht verstehen. So oder so, es muss dir klar sein: Alles wird weg sein. Alles, auch die guten Dinge, die wir zusammen erlebt haben, alles wird verschwinden.«

Ich versuchte seine Worte zu fassen. Ich spulte vor meinem inneren Auge zurück. Zu ihm, zu uns auf dem Schulhof, im Wald, im Lager. Spucke, Eistee, sein Vater. Der Mercedes. Die rote Tür, Moskau. Frau Dubois, die Heizung, die Nikes, die Klippen. Das Maisfeld, Macbeth, seine Mutter. All das hatten wir geteilt.

Die letzten Wochen. Luca und das Boot, die Shots und der Stuhl, auf dem jeder singen musste. Dita, Belmondo, wie ich getaucht war. Die Überfahrt, die Hippies, Lilith und die Lagune.

Lea.

All das hatte mich hergebracht.

All das würde vorbei sein.

War es das wert? Ein Leben verlieren, um ein neues zu bekommen? Was war es überhaupt wert, wenn ich erst herkommen musste, um es zu sehen? Um unsere ganze Geschichte erzählen zu können?

»Wie viel Papier hast du hier?«, fragte ich.

»Ein leeres Notizbuch. Und zwei Stifte.« Er lachte. »Du wusstest, dass ich es niemals benutzen würde.«

»Ich hätte nicht gedacht, dass du es überhaupt mitnimmst.«

»Ich kann doch von dir kein Geschenk ablehnen.«

»Hol es her.«

»Jetzt?«

»Ja.«

Er ging. Ich starrte ins Feuer. Er kam wieder.

Und dann, endlich, redeten wir. Die ganze Nacht hindurch. Erzählten uns, was damals passiert war, was seitdem passiert ist, und warum. Bis wir die Mitte zwischen uns gefunden hatten.

Ich schrieb alles auf.
Ich hatte mich entschieden.

***

Eine Frage bleibt, die einzige Frage.

Wer bin ich? Was ist das Ich? Das Selbst? Die Identität? Die Seele?

Wer sind wir, wenn nicht Spiegelungen im Bewusstsein der anderen? Ist das ganze Leben nur eine Aneinanderreihung von Phantomen, ein Daumenkino voller Trugbilder, Lüge auf Lüge auf Lüge, und dann ist es vorbei?

Einmal war ich mit Felix auf einem Volksfest. Er liebte solche Sammlungen von Buden und Menschen und Knallern und Orgeln. Es gab ein Spiegelkabinett, ein Labyrinth aus Glas, durch das man hindurchfinden musste, während man sich selbst unendlich oft sah. Es war von außen einsehbar, wir liefen gerade daran vorbei, als zwei Betrunkene, verwirrt von den Täuschungen, gegeneinanderliefen. Ungläubig sahen sie sich an. Dann schlug der eine dem anderen ins Gesicht. Der fiel gegen eine Scheibe, Blut lief daran hinunter. Ihre Freunde wollten ihnen zu Hilfe eilen, aber sie liefen gegen Glas, drehten sich verzweifelt im Kreis. Felix und ich standen sprachlos davor.

Bis er sagte: »Das sind wir.«

***

Das Feuer ist aus. Irgendwann, in der Nacht, hat Felix unsere beiden Pässe hineingeworfen. Das Papier brannte gut, das Plastik kohlte vor sich hin, der bordeauxrote Einband war noch lange zu sehen. Der Sud wurde kalt. Ich habe noch einen Becher bekommen, als er warm war. Bitter schmeckte er, sonst nach nichts.

Gleich kommt jemand und holt das Papier, das ich beschrieben habe. Das Notizbuch ist voll. Das war meine einzige Bedingung: Morgen wird es jemand an die Küste mitnehmen. In ein Paket packen. An eine Adresse in Deutschland schicken. Es ist bis zur letzten Seite gefüllt. Ich habe keinen Platz mehr und keine Zeit.

Was bleibt zu sagen?

Ich will noch einmal von ihr erzählen, aber ich kann nicht. Ich kann nur ihren Namen schreiben.

Lea.

Du bist das Einzige, das ich nicht vergessen will. Du bist der Preis, den ich zahle. Den ich längst gezahlt habe, als ich losgefahren bin, als ich nicht heimgekommen bin, als ich Lilith traf, als ich das Handy ins Meer warf. Ich habe dich abgestottert wie eine Schuld, weil ich dich nicht verdient hatte. Das hier ist die letzte Rate. Eigentlich sind diese Seiten für dich. Aber du bist so klug, du weißt sowieso schon alles, hast es immer gewusst. Du sollst mich so in Erinnerung behalten, wie du mich gesehen hast, als du in ein Flugzeug gestiegen bist, um mich zu holen. Besser hat mich nie jemand gesehen.

Du brauchst kein einziges dieser Wörter hier.

Deshalb schicke ich sie jemand anderem.

*Dir.*

Dass du diese Seiten lesen kannst, bedeutet, dass ich deinen Sohn gefunden habe. Er lebt. Es geht ihm gut. Er wird hierbleiben. Und ich bei ihm. Ein ganzes Leben wartet auf uns, neu und leer wie dieses letzte Blatt Papier. All die Seiten davor sind unsere Geschichte. Erzähle sie, wem du willst. Verbrenne sie. Aber vergiss sie niemals. Wir stehen einen Schritt vom Tod entfernt. Aber wir stehen nebeneinander. Und nur das zählt.

Was also schreibe ich auf diese letzte und erste Seite unseres Lebens?

Nachts, im Dschungel, hört man die ganze Welt, Grillen und Leguane und Geckos, den Wind in den Blättern, ein Rufen von weit, vielleicht einen Affen. Man spürt Moskitos auf der Haut und die Hitze und die feuchte Luft, überall Bäume und Dunkelheit und oben die Sterne, ganz hell. Der Dschungel ist so warm und gefährlich, ohne einen Freund ist man in ihm verloren.

Daran erinnere ich mich genau.

# QUELLENNACHWEIS

Brown, Fredric, »Der Posten« (1954), in: ders., *Flitterwochen in der Hölle und andere Schauer- und Science-Fiction-Geschichten*, aus dem Englischen von B. A. Egger, Zürich: Diogenes 1979.

Es finden sich Zeilen aus folgenden Liedern in dem Roman:

Das Dschungelbuch, *Ich bin der König im Affenstall*, S. 12–15, 20, 129 f., 352.
Queen, *Bohemian Rhapsody*, S. 17.
Matthew Wilder, *Break My Stride*, S. 38–40, 64.
The Marvelettes, *Please Mr. Postman*, S. 48 f., 51.
Suzanne Vega, *Luka*, S. 88.
Ellie Goulding, *Close to me*, S. 127.
Wonderwall, *Oasis*, S. 130.
Edith Piaf, *Je ne regrette rien*, S. 192, 373.
George Michael, *Faith*, S. 196 f., 199.
Red Hot Chili Peppers, *Aeroplane*, S. 213.
Pink Floyd, *Wish you were here*, S. 273, 275, 277.
Radiohead, *Creep*, S. 285 f.
Sam Cooke, *A change is gonna come*, S. 299.
Sinéad O´Connor, *Nothing compares 2 U*, S. 304–306.
Trad., *Bella ciao*, S. 335 f., 338.
Okay Kiosk, *Senatore Dottore* (Instrumental)